W0300581

Oceani. 12

Marina Perezagua

Yoro

Traduzione di Pino Cacucci

La nave di Teseo

© Marina Perezagua, 2016
Casanovas & Lynch Agencia Literaria S.L

© 2017 La nave di Teseo editore, Milano

ISBN 978-88-9344-131-5

Prima edizione La nave di Teseo marzo 2017

A Robert Wimmer

Sommario

Signore,

le pagine che seguono costituiscono la mia dichiarazione, e riguardano in modo particolare le circostanze che mi hanno portato a commettere i delitti per i quali verrò giudicata, atti di cui non mi pento.

Questa non è una confessione. Qualsiasi confessione non è altro che un'arma del potere per far sì che chi scrive finisca per autodenunciarsi. Non sarò certo io a denunciare me stessa. Come si vedrà, ho fatto tutto il possibile per resistere al potere. Se mi sono macchiata di qualcosa, non è stato certo per difendere il potere.

Questo scritto non intende essere neppure una giustificazione.

Ciò che lei leggerà è il marchio lasciato da un ferro rovente sull'anca di un mulo, il buco scavato nella roccia dall'erosione della pioggia, l'inclinazione di un albero per il vento incessante. In definitiva, lei leggerà la risposta logica di una natura sensibile, la mia storia. Una storia scritta da me, ma sotto la spinta della fatalità che altri hanno tramato dall'alto.

Andando avanti nella lettura, lei riconoscerà il ritratto di qualche suo collega, di qualche familiare o di se stesso. Se non le piace quello che si troverà davanti, può sempre infrangere lo specchio o bruciare ciò che ha letto, ma non riuscirà a liberarsi dell'infezione con cui le viscere corrotte inquinano fiumi, mari, uteri, campi. E non potrà nemmeno togliermi la gioia che finalmente sono riuscita a conoscere.

Ho deciso di chiamare me stessa H perché mi è sempre stata negata la voce e uno spagnolo mi ha detto che nella sua lingua la *h* è una lettera muta. La userò come nome, considerando che è anche il nome di tanti altri muti che forse troveranno qui la propria voce.

Credo che presto mi troveranno. Non opporrò resistenza, perché la mia resistenza è questo racconto degli eventi. Chi verrà a catturarmi vedrà questo fiume limaccioso che io vedo ora, dal rifugio africano che mi ha permesso di scrivere la mia testimonianza in questi ultimi giorni. Forse chi sta per catturarmi è ormai così vicino da vedere l'ippopotamo che in questo preciso momento sto guardando, nella stessa posizione, con quell'uccello posato sul dorso, mentre si asciuga al sole come se non vi fosse l'inferno attorno.

Ho scritto questa nota dopo aver raccontato tutta la storia che segue. Sono molto stanca, forse dipende da questo il tono freddo che riscontrerà nelle mie ultime parole. Non lo prenda come qualcosa di personale. L'amore ha sempre prevalso in me. Ho amato e amo come se fossi nata e cresciuta appositamente per questo. Se lei legge bene, vedrà che alla base di ogni mio gesto c'è sempre l'amore. Mi giudichi secondo la sua legge, ma questa richiesta la consideri come il mio ultimo desiderio:

Una volta che anche lei mi toglierà la voce, se avrà l'opportunità di parlare per me, non menzioni alcuna parola di morte. Quando solleverà la mia testa tra le sue mani, tutti avranno saputo che ho ucciso. Perciò le chiedo soltanto di ricordare, se glielo domandassero, che le ultime parole di H sono state:

"Dio solo sa quanto ho difeso la vita."

H

Repubblica Democratica del Congo

Gravidanza zero: 1942
Noi che ci portiamo la bomba dentro

Davanti a noi bruciava la tenda principale dell'accampamento di rifugiati. Il telone bruciava con la velocità della pelle sintetica. Stringevo la mano di Yoro. Mi accorsi che tremava, e lo faceva al ritmo del crepitare dell'incendio. Il tremito di Yoro sembrava conferire al fuoco qualcosa che il suo suono non possedeva: materia. Yoro e le fiamme erano schiena e petto di un unico essere, due parti indissolubili come lo sono il tamburo e il suo rullare. E così, attraverso di lei, sentivo nella mano l'ultimo schiocco dell'anima di un tavolo, di un boccale di latta, dei tubi metallici che sostenevano la tenda. Concentrarmi sulla sottigliezza di quei dettagli non significava che non mi importasse nulla che persone e cose stessero bruciando davanti a noi, ma ho imparato a controllare l'impulso di correre via nelle situazioni più critiche, di piangere, di cercare un rimedio all'irrimediabile. Non volevo battere ciglio. Chiudere gli occhi troppo di frequente è come iperventilare. Mantenere costante il battito delle palpebre fa risparmiare ossigeno, energia, e mi aiutava a far sì che le gambe non cedessero. Solo così sono riuscita a rimanere in piedi. Solo così ho potuto tenere lo sguardo fisso su quanto stava accadendo. Certo che avevo paura. Certo che provavo compassione. Però mi controllavo, non solo perché se mi fossi lasciata andare altri mi avrebbero sbranato, ma anche perché non volevo che un solo muscolo si contraesse di rabbia, né di pena. Non un solo muscolo. Lo avevo promesso a lui. Avevo promesso a Jim che non avrei più contratto un muscolo per rabbia o pena. Soffermarmi su questi pensieri, guardare da una certa distanza un calore che mi era vicino quanto la mia stessa pelle, mi ha aiutato a mantenere la promessa. Ho cercato la serenità, a modo mio, in quel filo della memoria che tiro quando ho bisogno di rievocare qualche ricordo che mi aiuti a restare impassibile. L'ho trovato. Il filo. Il filo che ho tirato è quello della morte di Quang Duc, il monaco che a sessantasei anni si era dato fuoco davanti ai miei occhi e a quelli di tanti altri monaci in una strada di Saigon. Si era immolato cercando la libertà, si era dato fuoco da solo, e mentre le fiamme lo avvolgevano non aveva alterato la sua postura meditativa, nessun movimento, nemmeno il più impercettibile. Io e gli altri monaci piangevamo, senza opporci alla sua decisione; qualcuno chiedeva aiuto, per salvargli la vita, lo faceva per lui, ma al tempo stesso contro la sua volontà, perché lui doveva bruciare per porre fine alla persecuzione, conquistare la pace per i suoi fratelli e per tutti coloro che, come me, hanno bisogno di non battere ciglio mentre affrontano un incendio. Ho ritrovato la serenità. Il calore dei teloni in fiamme mi allontanava da lì, da quel presente, e ravvivava nella memoria il calore del monaco che avevo visto bruciare a Saigon, e così, più bruciava la tenda di rifugiati, più tornavo, senza muovermi, al momento in cui era morto Quang Duc. Così come il tremito di Yoro sembrava dare corpo al crepitio delle fiamme, anche i gemiti di noi che amavamo il monaco parevano dare suono al suo silenzio, poiché lui, che bruciava vivo, non emise una parola, un grido, neppure un fruscio che esprimesse un lamento, un dolore, un rimprovero.

L'incendio è stato il finale di una ricerca iniziata esattamente cinquantacinque anni fa, quando conobbi Jim. La storia di Jim è la mia storia. Non perché la sua storia sia legata alla mia, il fatto di averlo amato non ha influito sulla mia vita, ma senza di lui io non sarei arrivata a essere, e per *arrivare a essere* intendo quel momento in cui ho osato vedere ciò che ero sempre stata. Arrivare a vedere, arrivare a essere, è questo che io devo a Jim. Avevo detto addio a quella parte di me scorticata, privata dell'organo più esteso del corpo – la pelle –, addio alla me stessa che non reclama il diritto all'unica pelle che ci spetta gratuitamente, e poco alla volta mi sono convertita in quella che si lancia a caccia della preda che mi era stata tolta da sotto i denti, io tramutata in un leone che corre, salta, lotta per riprendersi la carne che le hanno sottratto, la propria carne, non carne di zebra o di antilope, né quella di un altro leone, bensì la propria. Ero stata una leonessa a caccia di se stessa. E avevo raggiunto lo scopo. Con la mia carne ho riempito la pelle ritrovata. Così sono diventata quella che sono oggi, completa, lucente, minacciosa. La mano di Jim è stata la prima che ha conosciuto e accarezzato la pelle genuina che mi aveva dato mia madre nascendo, la pelle che mi ha restituito la naturale protezione che mi spettava. Sono riuscita a diventare così forte che oggi, guardandomi, anche quando sono nuda, mi sento protetta da una corazza. Mi sono lasciata alle spalle quei tempi in cui mi svegliavo tentando di infilarmi nella scorza di un'altra, e alla fine della giornata andavo a letto triste, con le articolazioni doloranti. Del resto, come potevano non deformarsi le mie ossa dopo tanti tentativi di adattarmi a ciò che ci si aspettava da me? Ma ora non mi duole più niente. Grazie a Jim si è arrestata la deformazione alle dita perché cercavo di raggiungere frutti che erano cresciuti per altri; grazie a Jim anche le mie gambe hanno cominciato a raddrizzarsi da quando ho smesso di percorrere le curve di paesaggi dei quali non mi importava nulla, e grazie a lui la mia schiena, oggi che sono vecchia, è molto più dritta di quando avevo vent'anni e portavo sulle spalle le aspettative degli altri.

Immagino che, essendo cosciente dell'importanza di Jim fin dall'inizio, io abbia cominciato a prendere appunti durante gli anni trascorsi insieme, e tutto quello che ho scritto si è accumulato nell'arco del tempo con naturalezza, senza rendermi conto che magari stavo mettendo da parte il materiale che poi, forse oggi, poteva servirmi a ricostruire una storia che desse un senso a questo incendio. Basandomi su quegli appunti, dunque, cercherò di articolare il racconto del lungo viaggio che suppongo stia ormai raggiungendo la sua destinazione.

Prima di conoscermi, e prima di riconoscere anche il ruolo che ho avuto nella sua vita, Jim era stato uno dei soldati statunitensi di stanza nel Giappone occupato. I giorni erano passati a lungo senza alcun senso, nei territori assegnati a un ufficiale perché semplicemente li occupi. Gli interventi compiuti per rimettere in sesto il paese erano stati minimi, come minimo era stato anche qualsiasi genere di cambiamento. Non accadeva nulla da rendere interessante la vita di un soldato, sia nelle opere umanitarie – che allora non venivano chiamate così – sia nel più ristretto ambito dell'egoismo individuale o nazionale.

Jim non sapeva ancora che in quei mesi, molto prima di incontrarci, la nostra unione avrebbe avuto la sua genesi quando, nel maggio del 1950, la base militare gli consegnò, in custodia, una creatura appena nata. Mi raccontò che gli era stata affidata senza alcun preavviso, come se fosse una missione qualsiasi, al pari del territorio assegnatogli per occuparlo. All'inizio aveva provato un istintivo rifiuto, ma nel giro di un solo giorno, e nel modo più naturale, capì che quella neonata dagli occhi a mandorla gli forniva almeno in parte la riconciliazione che cercava da sei anni, da quando i giapponesi avevano deciso di rendere più crudele la prigionia a cui era sottomesso ormai da anni, e lo avevano imbarcato a Manila assieme ad altri 1600 prigionieri statunitensi. Tutto ciò che Jim aveva subìto su quella nave trasformata in carcere galleggiante, tutto quello che aveva patito prima, si tramutò in un senso di pace quando sentì il peso leggero della creatura la prima volta che la prese fra le braccia. Non sarebbe stato possibile dimenticare tanta sofferenza, ma quella bimba, vittima degli Stati Uniti d'America, fu il frutto messo sul piatto della bilancia per ristabilire l'equilibrio nel carico di crudeltà tra i due schieramenti.

La nave in cui era stato recluso Jim era stata costruita a Nagasaki nel 1939, e l'iniziale destinazione d'uso erano le crociere di lusso per agiati civili giapponesi. Si chiamava *Oryoku Maru*. Quando la nave venne adibita a prigione finì per guadagnarsi il soprannome di "Crociera della Morte". Jim non mi raccontò granché sulla sua permanenza a bordo, sicuramente per il dolore che quei ricordi gli ravvivavano, ma pochi anni fa sono venuti fuori alcuni articoli i cui originali erano stati distrutti dal generale MacArthur, senza sapere che nel cassetto dell'autore, George Weller, giacevano le copie carbone, che poi il figlio del giornalista aveva recuperato e pubblicato. Una parte di quegli articoli mi è servita per colmare le lacune nella testimonianza di Jim.

In quella traversata la *Oryoku Maru* doveva trasportare anche alcune centinaia di civili giapponesi. I prigionieri americani sarebbero rimasti rinchiusi nelle stive. Il viaggio in nave fino al Giappone, che i prigionieri pensavano sarebbe durato una decina di giorni, si prolungò per sette settimane. Jim mi confessò che se avesse saputo cosa sarebbe accaduto durante la traversata, avrebbe preferito gettarsi contro le baionette che i soldati giapponesi puntavano loro addosso per farli imbarcare. Se questo fosse accaduto, se Jim si fosse tolto la vita, io sarei rimasta soltanto una donna pusillanime, rassegnata, triste, una morta vivente a vent'anni che aspetta il giorno del proprio funerale per altri quaranta, sessanta, settant'anni. Ma Jim non poteva immaginare cosa lo aspettasse, e così tenne duro. Degli iniziali 1619 prigionieri, in Giappone ne arrivarono appena quattrocento circa (si ignora il numero preciso). Un centinaio di loro era in condizioni talmente gravi che morì prima della consegna alle autorità sulla terraferma, e altrettanti ne sarebbero morti nei campi di lavoro in Giappone. Si calcola, dunque, che di quei 1619 prigionieri soltanto duecento circa sarebbero sopravvissuti fino alla liberazione, avvenuta nell'agosto del 1945. Jim, che allora aveva ventinove anni, fu uno di loro, e di questo ancora oggi ringrazio il destino ogni giorno.

Ho conosciuto Jim a New York, il 27 aprile 1960. Nella zona settentrionale della città, a Tryon Park, ci sono cinque chiostri medievali che furono trasportati lì, pietra su pietra, dalla Francia. I giardini venivano curati – allora come adesso – rispettando la tradizione botanica romanica. Era il primo giorno di cielo sereno dopo settimane di pioggia e, seguendo il movimento del sole, passavo da un chiostro all'altro. Con la mente svuotata da ogni pensiero, cercando solo di riscaldarmi, mi abbandonavo alla pura e semplice pretesa di un girasole, quando sentii qualcuno che diceva:

"Questo sole rafforza le ossa. Ne hai bisogno, se passi l'inverno in questa città."

Voltandomi, vidi Jim seduto a terra, con la schiena appoggiata al muro di pietra. Mi guardava. Le sue parole erano quindi rivolte a me. Mi avvicinai e lui mi raccontò, come se riprendessimo una precedente conversazione, che già gli egizi, secondo Erodoto, conoscevano gli effetti benefici del sole sulle ossa, e a questo attribuivano il fatto che i crani dei loro defunti erano molto più resistenti di quelli delle schiere persiane nemiche, i cui teschi si frantumavano con una semplice sassata. Ciò era dovuto al fatto che, mentre gli egizi crescevano senza proteggersi dal sole, i persiani portavano turbanti che impedivano ai raggi di rafforzare i loro crani. Poi mi disse il suo nome senza chiedere il mio, e con elegante disinvoltura nel cambiare discorso, quello sconosciuto passò dal parlare delle ossa dei persiani e degli egizi a mostrarmi la varietà di uccelli e fiori che c'era in quel luogo. Mi stupì che conoscesse il nome di così tante specie che, per me, fino ad allora si dividevano soltanto in due: animali e piante.

Un paio d'ore dopo, con la stessa fluidità nel parlare, mi stava raccontando in un caffè nelle vicinanze che lui, come me, cercava qualcosa. Il contesto della ricerca era lo stesso, la Seconda guerra mondiale; per lui, una guerra persa; per me, una guerra, almeno in parte, vinta. La parola chiave per entrambi era *figlia*, ma mentre per Jim si trattava di una figlia scomparsa nel nulla, per me si trattava di una figlia, o di un figlio, che non sono mai arrivata a concepire. Quando uscimmo dal caffè, avvertii la dolce sensazione della sincronia, la piacevole impressione che la vicinanza tra le due ricerche potesse rappresentare la confluenza di due sentieri in uno comune.

Ebbi la conferma quasi subito dopo averlo sentito raccontare la storia del suo dissidio interiore. In quel momento non ne ero cosciente ma, con il tempo, man mano che venivo a conoscenza del motivo del suo dolore, la figlia che gli era stata strappata all'età di cinque anni, mi sarei resa conto che nella ricerca, nella riappropriazione di quella figlia, avrei potuto trovare anch'io la figlia che non ero riuscita ad avere. Ogni volta che Jim mi parlava di lei, cresceva sempre di più in me la voglia di ritrovarla, nella mia testa, nel mio cuore, e più visibilmente, nei miei seni, poiché potevo constatare che rivelano soprattutto con il loro aumentare di volume che riacquistare la speranza produce lo stesso latte di una gravidanza. Inaugurai i miei dotti lattiferi con il liquido bianchiccio che genera il desiderio, che però si sarebbe improvvisamente interrotto nel giro di qualche settimana, forse obbedendo ai messaggi del cervello, poiché già immaginavo che i nove mesi di una normale gravidanza si sarebbero prolungati per molto più tempo.

Ciò che non sapevo era che quella gravidanza, che qualcuno chiama isterica, avrebbe segnato la rotta di un viaggio che era cominciato in Giappone per concludersi in Africa. Da un lato, la testa veloce dello spermatozoo: la bomba atomica di Hiroshima; dall'altro, la piccola coda: un incendio nella Repubblica Democratica del Congo. Da una parte, le migliaia di vittime della prima bomba atomica; dall'altra, le poche perdite provocate da un incendio, ma in una terra dove ogni giorno i morti – per la fame, la schiavitù, le malattie – si ammucchiano gli uni sugli altri fino a raggiungere le cifre di un bombardamento. E fra i due estremi, il Giappone della guerra e l'Africa di oggi, settant'anni di differenza, che hanno in comune lo spermatozoo-cometa che per me ha dato inizio al genocidio nipponico a partire da un punto preciso e che ora mi ha portato, come se nella sua traiettoria mi trascinasse tra le schegge della bomba, in questa terra africana, con la visione della vita che si estende attraverso il continente dove è nato il primo uomo per poi morirci più volte, all'infinito.

Mi è capitato di sentir dire da una esperta in materia che in un bosco gli alberi non sono affatto degli esseri individuali, bensì un insieme che si mantiene in contatto nel sottosuolo tramite bulbi, funghi e radici attraverso i quali scambiano anidride carbonica e azoto. Ciò che un albero respira esce dai polmoni di un altro albero. La qualità della vita e la longevità di ciascuno dipende dal resto degli alberi. Così come ho detto che la mia vita è strettamente vincolata alla storia di Jim, anche la sua vita è stata segnata dalla mia. Io e Jim eravamo – siamo – parte dello stesso rizoma, alberi collegati dal fungo della prima bomba atomica. Dunque, circa sette mesi dopo che Jim era stato tradotto a bordo della *Oryoku Maru* avvenne il battesimo del fuoco per l'arma che ci avrebbe piantato nello stesso bosco e ha cambiato la Storia, e personalmente, mi ha segnata in modo così particolare che ancora oggi faccio fatica a spiegare quell'evento con il distacco che riscontro nei resoconti degli storici. I loro scritti non mi colpiscono, non mi scalfiscono. Non ci vedo il dolore, quando su un libro di storia leggo quel capitolo, e mi risulta impossibile capire come si possa tentare di spiegare una guerra senza provocare dolore, empatia in chi legge. La chiamano imparzialità, ma si può trasmettere dolore anche rimanendo imparziali. Io lo chiamo disinteresse, che è la stessa cosa della parzialità messa al servizio dei vincitori. Al servizio di uno come lei. Ho appena scritto soltanto le prime pagine di questa testimonianza e già mi ero dimenticata che sto scrivendo a lei, o almeno principalmente a lei. Dunque, mi permetta di spiegarle perché non mi piacciono i libri di storia, giacché gran parte di quello che le racconto riguarda la storia. Lei avrà sicuramente sentito in chissà quante occasioni qualcuno che, essendo stato testimone diretto di eventi storici di una certa rilevanza, ha detto una frase del tipo "credo che il mio destino sia raccontare questo momento agli altri". Quasi si direbbe che la

Storia, con la maiuscola, gli abbia affidato una missione nella vita. Signore, non è il mio caso. Io non sono sopravvissuta a Hiroshima per raccontarlo. Io sono sopravvissuta a Hiroshima perché era mio dovere sopravvivere, essere testimone della mia esistenza, il motivo per cui mia madre mi ha messa al mondo, per vedere cosa mi aspetta, una bomba o un gregge di pecore che pascolano paciosamente. Una cosa semplice come questa, eppure, qualcosa che non tutti possono dire. La gente sente il bisogno di missioni spettacolari. Mettiamo che qualcuno nasca in un paesino della Provenza che considera troppo noioso. Che missione sarebbe mai quella di alzarsi al mattino e vedere sempre le stesse pietre? Allora decide di studiare la Guerra civile spagnola. Compie un paio di viaggi in Spagna, parla con i superstiti, gli spunta una lacrima ascoltando alcune cose troppo disumane per uno spirito semplice nato e cresciuto tra genti bonarie, legge qualche libro, anzi ne legge tantissimi, e poi trascorre il resto della sua vita a trascrivere chiacchiere dal punto di vista della parte con la quale ha scelto di schierarsi. Ha ormai trovato il suo compito da svolgere. Documentare. Tramandare la voce. Forse è questo il desiderio dello storico, uno che sente il bisogno di comportarsi come un messia dell'informazione. Tutto ciò va benissimo, signore, è necessario. Ma voglio dirle una cosa. Questa storia non vale niente se non viene scritta dal profondo di un sentimento di dolore universale. Una guerra è molto di più che dati, conta dei morti, atrocità. Una guerra è una ferita profonda nella dignità dell'essere umano, è una tara, una deformazione congenita che dimostra un altro fallimento dell'umanità. Lo storico che non ha vissuto ciò che narra, se proprio vuole raccontarlo, deve scrivere in preda a un sentimento di vergogna e compassione. Io sì che potrei scrivere un capitolo su Hiroshima, ma non perché sono nata lì, bensì perché già da prima, nonostante fossi giovane all'epoca, sentivo questa mancanza di umanità che si insinua giorno dopo giorno fino a esplodere a Hiroshima, in Vietnam o in qualsiasi altro posto che diventa un affluente del tumultuoso fiume della guerra. Ripeto: un albero non è un essere individuale a sé stante. Quello che un albero respira esce dai polmoni di un altro albero. Finché gli storici non comprenderanno ciò, per forza i bambini continueranno a odiare questa materia a scuola, e peggio ancora, continueranno a dimenticarla. Estranea al disinteresse dello storico che scrive dal chiuso di una biblioteca, cercherò di fornire la mia versione dei fatti, così come li ho vissuti e sofferti, in trincea, come si suol dire. Non potrò dirle, né mi importa nulla, se sono tra chi ha vinto la guerra o l'ha persa. Quello che invece so è che ho vissuto la mia epoca in prima persona, e questo mi avvantaggia rispetto a quanti, alla fine della propria esistenza, credono di aver vissuto la realtà contemporanea solo perché compravano il giornale la domenica mattina.

Le dicevo che, qualche mese dopo la reclusione di Jim su quella nave, avvenne il battesimo di qualcosa che ha cambiato la Storia. Accadde il 6 agosto del 1945. Quella cosa era stata creata da mani che non erano nemmeno avvezze a impugnare le armi, ma quel giorno spazzò via oltre duecentomila persone e, sebbene non avesse neppure la bocca, con un soffio rase al suolo case, alberi e fabbriche. Pur essendo stata concepita senza alcun calore umano, fuse il ferro, e ridusse in cenere parchi, cani e uccelli. Non le avevano neanche attribuito un sesso, però le avevano messo un nome da bambino: *Little Boy*, e alle 8.15 del mattino di quello spietato giorno di agosto, l'ordigno fu sganciato su Hiroshima.

Little Boy, è questo il nome della prima bomba atomica. Ma prima ancora di nascere, prima del battesimo, *Little Boy* non era altro che un geroglifico nelle teste dei diversi paesi che gareggiavano nel tentativo di decifrarlo. Il suo potere è risultato così immane, e ha causato un cambiamento così radicale nella mia identità, che dentro di me, per molto tempo, ho pensato alla bomba come se lei, e non gli uomini che l'avevano creata, avesse vita. Ne immaginavo la gestazione, la capacità di avvertire le vibrazioni mentre veniva sballottata da un cervello all'altro fra gli scienziati che tentavano di portarla alla luce. Il modo in cui si lasciava trasportare dalla corrente elettrica di quanti competevano tra loro, scivolando attraverso i neuroni dei migliori fisici, trasformando il pensiero in un flusso che, per la volontà di condensarsi in una nuova creazione, non era poi così diverso dal flusso riproduttore e sessuale. Fantasticavo spesso sull'immagine delle tomografie che mostravano le zone illuminate dal successo del cervello che era riuscito a trovare la formula giusta, quello che avrebbe vinto la corsa, il più veloce: quello di Robert Oppenheimer. E così immaginavo in quale modo quella minuscola lampadina organica, simile a una lucciola, attivava i circuiti del piacere nel cervello del fisico soddisfatto, dell'intelligenza che ingravidò gli Stati Uniti d'America con *Little Boy*, il suo figlio (o figlia?) prediletto, la bomba atomica che in quei tempi difficili avrebbe difeso gli alleati e, cosa più importante, permesso di vincere la guerra.

La personificazione della bomba che facevo in quei primi anni, considerandola parte della mia identità, non era altro che frutto della mia giovinezza, della mia immaturità, e con il tempo avrei trasferito la responsabilità sul vero protagonista: l'uomo, quell'uomo molteplice che è stato capace di creare, e di utilizzare, il marchingegno più letale che si conosca a tutt'oggi. Ma la mia storia non ha la pretesa di fornire informazioni su quell'evento fin troppo noto, e i riferimenti al riguardo servono unicamente a inquadrare lo scenario in cui è inserito un fatto personale: se mi è concesso azzardarmi a immaginare una vittima beneficiata dalla bomba, quella sono io. Ho perso pezzi di carne del mio corpo e membri della mia famiglia, e nessuno mi risarcirà mai per tali perdite, ma ci ho guadagnato altre cose forse più importanti. Così, la mia vita oscilla in equilibrio tra il lutto per ciò che la bomba mi ha portato via e la gioia per quanto di meraviglioso mi ha concesso.

La mattina in cui *Little Boy* cadde giù il sole era sorto come in una normale giornata. Era uno di quei giorni tersi e gradevoli che inducono a pensare che la pace del luogo si estenda all'intero pianeta. Al pari di qualsiasi altro giorno, migliaia e migliaia di madri nel mondo davano alla luce un figlio aprendo le gambe, e pativano i dolori che causano i bambini facendosi strada verso l'esterno. Ma per *Little Boy* non si aprirono gambe bensì i portelloni del vano bombe di un B-29. E il dolore della sua venuta al mondo non lo inflisse a una sola madre, perché quello che provocò al suo passaggio fu un danno immane. Non si limitò a ferire una donna, ma tutti, uomini e donne. Mentre tante altre donne in quel momento si concentravano sulle contrazioni del parto, il bombardiere si apprestava alla più dolorosa delle contrazioni: una lacerazione globale.

Little Boy fu partorito, e a sua volta partorì. Era al contempo partoriente e neonato, perché nascendo diede alla luce il supremo bagliore, l'accecante nube a forma di fungo. Significò, per alcuni, la distruzione totale; per altri, la pace; e per tutti, la luce. Una luce così potente che chiunque la vide esplodere prima di toccare terra non solo perse la vista, ma addirittura gli occhi. Molti stavano guardando verso l'alto quando venne giù, mentre lui (non riesco a smettere di personificare) li vedeva tutti, e lui fu l'ultima cosa che videro. Luce. Per questo, quando suo padre lo aveva liberato dal grigiore delle equazioni portandolo alla fusione nucleare, stava concedendo al mondo la luce eterna. Avrebbe potuto presentare la formula dicendo: "Questo è mio figlio, la luce del mondo." Ma fino all'esplosione persino lui non era in grado di immaginare tanto fulgore, e soltanto dopo Hiroshima si sarebbe saputo che per la nostra specie era finita per sempre l'oscurità. Proprio così, Oppenheimer ci portò la promessa di luce più radicale. Fu l'ultimo messia, il dio supremo della fisica teorica che condivise una formula impossibile da cancellare, un'arma la cui esistenza non si sarebbe fermata a *Little Boy* né alla sua deflagrazione, ma inseminò anche il resto dei paesi con la rapidità del coito di un coniglio, poiché oggi sulla terra esistono oltre ventimila bombe più devastanti di quella di Hiroshima. Qualcuno sostiene che siano addirittura molte di più. In ogni caso, un minimo di oltre ventimila coniglietti scopatori e piromani che, se le nazioni dovessero tornare a infuriarsi, provocherebbero un incendio planetario che ci liquefarà tutti nell'eiaculazione di uno stesso sole. Lei si dimentichi di Hiroshima. La natura di *Little Boy* continua a essere clonata in migliaia di fratelli con la pelle d'acciaio. Finché i loro creatori li terranno nascosti vivranno in letargo come gli orsi d'inverno, ma se giunge l'ordine di svegliarli, tutto il calore di tutte le estati entrerà nella tana, e tutte le caverne, tutte le case, tutte le bocche si spalancheranno nere come quella del forno che non resiste alla temperatura eccessiva. Hiroshima, allora, non sarà che un fuscello nel corso degli eventi storici. Quel momento non è ancora arrivato, e su questo pianeta che a lei sembra imperturbabile, eterno, leggerà la mia testimonianza come qualcosa di insolito. Anche a me sembra insolito, pur sapendo che il meccanismo del mondo si sta oliando per rendere Hiroshima appena un batuffolo di polvere finito nell'angolo più remoto di quella casa eternamente sporca che chiamiamo Storia.

Dato che la mia vita e i miei delitti sono indissolubili dalla storia di Jim, mi permetta di tornare a lui, che, assieme a me, è stato l'ennesima vittima. Mi raccontava che il calore nelle stive della *Oryoku Maru* era insopportabile, ma uno non può immaginare quel calore con un aggettivo così vago, perciò credo che lei capirebbe meglio se le riferisco i gradi stando agli scritti di George Weller, secondo il quale il calore nelle stive raggiungeva i cinquantaquattro gradi centigradi. Cinquantaquattro gradi. Troppi, eppure, circa 3946 gradi in meno della temperatura che aveva raggiunto la terra nella zona di impatto della bomba atomica. La differenza tra le due temperature è quella che corre tra una cottura lenta e un incenerimento fulmineo. Le gole dei prigionieri rinchiusi nelle stive si seccavano. Non c'era alcuna ventilazione perché i giapponesi avevano chiuso la maggior parte dei boccaporti con le paratie stagne. Quelli situati in fondo ai compartimenti furono i primi a perdere i sensi. Soltanto il polso poteva stabilire la differenza tra un prigioniero svenuto e un prigioniero morto, perché il calore era così intenso che i cadaveri non seguivano il processo di raffreddamento dopo la morte. Ma tanto nessuno sentiva il polso a nessuno. Più morti c'erano, e più sarebbe durato l'ossigeno. Weller racconta che tutti si erano spogliati per poter respirare attraverso la pelle l'aria che non respiravano con i polmoni. La presenza di così tanti uomini ammucchiati fece sì che le parti in legno della stiva assorbissero l'umidità, per poi trasudare gocce formate dal sudore dei prigionieri. La sete divenne talmente insopportabile che gli uomini cominciarono a leccare sul legname le perle di acqua prodotte dal sudore collettivo. Quando l'aria fu disumanamente scarsa, i prigionieri cominciarono a urlare, ma il signor Wada, il giapponese al comando, minacciò di chiudere anche gli ultimi boccaporti non ancora sigillati. Jim raccontava che quando gli aviatori statunitensi li sorvolavano per bombardare la nave, pensando che trasportasse solo giapponesi, tutti traevano dalle ultime forze l'energia per temere un passo in più verso la morte, una morte che arrivava, ironia della sorte, per mano dei loro compagni. Ma c'era anche un po' di speranza, perché quando le bombe esplodevano vicino alla nave, le paratie dei boccaporti venivano scosse, offrendo almeno per un istante luce e aria. Inoltre, c'era un altro vantaggio, secondo Jim: nelle stive gli americani, che per la maggior parte stavano già delirando o erano ormai impazziti, aprivano la bocca per bere, credendo fosse acqua – o forse sapendo ciò che invece era –, il sangue dei giapponesi feriti in coperta, che filtrava dalle assi sconnesse. Comunque fosse, qualsiasi liquido proveniente dall'esterno alleviava la sete.

Le cronache riferiscono di altri gesti causati dalla progressiva perdita di senno dei prigionieri dovuta alla tremenda disidratazione e alla mancanza di aria. I giapponesi avevano concesso alcuni secchi destinati agli escrementi. Ma quando il corpo smette di funzionare, la mente muta i meccanismi in modo arbitrario e quello che prima era motivo di orrore diventava ora il pretesto per scherzare, e qualche prigioniero si divertiva a confondere i secchi degli escrementi con quelli del tutto simili dove versavano la sbobba da mangiare, e a un certo punto nessuno capiva se stesse inghiottendo cibo o i bisogni di un compagno di sventura, o entrambe le cose. In quel frangente Jim non poteva immaginare che quindici anni dopo avrebbe intrapreso il vero viaggio, quello in cui avrebbe tenuto per mano qualcuno dello stesso paese di coloro che lo avevano torturato. La mia mano, senza una sola goccia di sangue mescolato che decontaminasse, ai suoi occhi, la mia pura ascendenza nipponica. La neonata che gli avevano dato in custodia, giapponese quanto me, aveva sancito la riconciliazione definitiva, ma credo che il meccanismo del perdono si fosse attivato già da prima, quando Jim aveva dovuto camminare tra migliaia di persone, bambini senza casa, che per tanto tempo avrebbero girovagato tra le macerie delle loro abitazioni portandosi appresso secchi in cui mettevano qualsiasi cosa assomigliasse al ricordo di una persona cara. Jim diceva che, generalmente, raccoglievano tutto quello che non era ridotto in polvere. Credo avesse compreso che quando lui soffriva a bordo della *Oryoku Maru* si stesse già incubando la disgrazia del mio intero popolo, la più devastante che fino ad allora il mondo avesse visto, e quel vagabondare, mesi dopo, tra le rovine della città e i corpi che i suoi connazionali avevano annientato, gli aveva fatto provare una vaga sensazione di giustizia che, immagino, lo avrebbe preparato per prima cosa ad accettare una figlia, e poi me, in pace. Jim mi diceva che nemmeno i medici del corpo di occupazione americano si trovavano lì per aiutarci. La loro missione era, unicamente, quella di esaminare e studiare le conseguenze della radioattività, e non prestavano cure neanche per gli effetti più trattabili come vomito e diarrea nei bambini. Così, noi vittime continuavamo a contribuire, senza saperlo, a una ricerca legata al Progetto Manhattan.

La sventura della mia gente mi colse con un termometro in bocca. Con la febbre sarei dovuta rimanere a casa. Avevo solo tredici anni e quindi obbedivo a mia madre, che preferiva non farmi andare a scuola. Ma io non volevo perdermi la ricreazione con le mie amiche, il giorno prima avevamo lasciato un gioco a metà, e insistevo caparbiamente per andarci. Non potevo sapere che, grazie a quella disobbedienza, sarei riuscita a diventare, in capo a un paio di mesi, ciò che avevo sempre voluto essere; l'idea di giocare durante la ricreazione mi fece insistere con mia madre, e alla fine, alle otto in punto, dopo un'ora di auto, stavo seduta al mio banco. Tutto quello che mi è successo nei giorni seguenti non sono mai riuscita a ricordarlo, però la Storia dei vincitori ci fornisce dati precisi, in base ai quali posso ricostruire almeno in parte cosa accadeva mentre ero lì al mio banco, ignara di cosa stava per caderci addosso, o quando, pochi secondi dopo, giacevo a terra priva di sensi. Quindi, so in quale minuto esatto William Sterling Parsons, capitano armiere a bordo dell'*Enola Gay*, sganciò la bomba, e cominciò a seguire sulla strumentazione i secondi che avrebbe impiegato a scendere dai 9470 metri di quota a cui volava il bombardiere fino ai 600 metri, il punto prestabilito per la deflagrazione. So anche che i membri dell'equipaggio avevano previsto che l'esplosione sarebbe avvenuta dopo quarantadue secondi, e quando il cronometro scandì quarantatré secondi, si innervosirono tutti. Con la tensione al massimo continuavano a seguire il conto alla rovescia dei rilevatori. A soli tre secondi di differenza, l'esperimento ebbe successo: nell'istante in cui scoccava il quarantacinquesimo, io venni proiettata in un'altra aula. Tornata in me, guardai intorno e non c'era più niente e nessuno in piedi, neanche i muri. La scuola era tutta come il cortile, un cortile senza più giochi, aperto sulla città a sua volta aperta. Dei centocinquantadue alunni che erano presenti quel giorno, venni poi a sapere che soltanto io ero rimasta viva. In quello che era stato un bagno vidi una sorta di fagotto, una figura nuda che si avvicinava. Mi chiedeva acqua. Mi spaventai. Aveva la testa così gonfia che era triplicata. Solo quando disse il proprio nome capii che era la mia insegnante. Scappai.

Per anni mi sono dedicata a conoscere con esattezza i dati su tutto ciò che avveniva in aria mentre noi che stavamo a terra vivevamo la quotidianità di un giorno qualsiasi. Conoscere i dati sul lancio della bomba dall'aereo mi dava la sensazione che avrei potuto, in quel modo, colmare i vuoti della mia storia. Ho fatto lo stesso per appurare cosa accadeva mentre io rimanevo a terra incosciente dopo l'esplosione. Questo è stato il massimo a cui potevo aspirare per tanti anni, colmare le lacune della mia mente attraverso i rapporti stilati da coloro che erano stati i responsabili di quelle lacune, di centinaia di migliaia di morti, e di malati che trasmettono la propria malattia di generazione in generazione fino al giorno d'oggi. Lei comprende già, è come se mi fossi aggrappata a un gancio rovente. Questo metodo di ricostruirmi a partire da quello che aveva provocato il mio crollo era triste, oltre che impossibile, perché come potevo risollevarmi ricorrendo agli stessi strumenti che erano stati pensati per annientarmi? Ma era l'unica cosa che mi rimaneva, e mi ci sono aggrappata per cicatrizzare una parte della mia amnesia.

Dopo averla sganciata, l'*Enola Gay* aveva iniziato la manovra di allontanamento, compiendo una virata di 155° verso nordovest. L'equipaggio si era messo gli occhiali scuri aspettando l'impatto dell'onda espansiva, che li raggiunse dopo un minuto, quando erano ormai a 9 miglia di distanza. Per me i dati erano molto meno precisi. Non sapevo per quanto tempo ero rimasta priva di sensi, né quando ero uscita dalla scuola. Ricordavo che gli orologi erano tutti fermi alla stessa ora: le 8.16. Ma non mi spiegavo come fossi riuscita a trovare l'ospedale. Forse mi ci aveva portata qualcuno che a sua volta non ricordava niente. Anche le settimane seguenti, ammassata con gli altri feriti, furono confuse. Più tardi si sarebbe saputo che in quei primi giorni c'era soltanto un medico ogni tremila vittime. Anche se allora non lo sapevo, avevo ustioni sul settanta percento del corpo. Dopo qualche giorno mi si incollarono le palpebre agli occhi. Non riuscivo più a riaprirli. Pensai di essere diventata cieca. Non c'erano medicinali né sedativi, e il dolore era atroce. L'unica cura che ricevevo era il cambio di posizione. Qualcuno arrivava di tanto in tanto e mi girava. Ma i dolori erano così intensi che quando mi spostavano non capivo neanche se ero a faccia in su o in giù. Tutto il corpo bruciava allo stesso modo, e nulla poteva aumentare quel dolore assoluto, il petto, il ventre, le ginocchia, erano un'unica placca ardente assieme alla schiena, le natiche, la parte posteriore delle gambe. Mi sembrava di aver perso le mie sporgenze, che la parte davanti e quella dietro, schiacciate dal dolore, si fossero unite tramutandomi in una sorta di piastra uniformemente incandescente. Capii che cominciavo a riprendermi quel primo giorno in cui avvertii l'umidità della mia urina. Solo allora fui in grado di dedurre qual era la mia posizione da sdraiata. Se l'urina scivolava verso il basso, stavo a faccia in su. Se usciva formando direttamente una pozza, stavo a pancia in giù. Mi pulirono gli occhi e riuscii finalmente a riaprirli, e quando il dolore divenne meno acuto, abbastanza da permettermi di compiere qualche movimento, sollevai il capo per guardare la carne viva e scoprii che, pur conservando le forme delle estremità, il basso ventre era un ammasso irriconoscibile. Il gonfiore era tale che in quel momento non potevo esserne sicura, ma tutto lasciava supporre che la bomba si fosse particolarmente accanita sul mio sesso.

Primo mese: 1960
L'uomo e la giungla

Scrivendo tutto questo, noto che vi sono dettagli che lei sicuramente considererà superflui per emettere la sentenza. Ma non creda che la sua sentenza sia l'unica cosa di cui mi importi. Ci sono cose che voglio scrivere senza pensare a lei, non so se per riviverle o perché, in fondo, ma proprio nel fondo dei miei desideri, mi piacerebbe che qualcuno estraneo alla vendetta e vicino ai sentimenti profondi degli esseri umani, mi capisse. Questi dettagli personali fanno parte della mia difesa al cospetto degli uomini, una valida difesa, indipendentemente da quale sarà la mia condanna. E c'è anche il perdono. Il perdono che lei non mi concederà, ma che mi piacerebbe, quanto meno, sognare che altri mi accorderanno se dovessero arrivare a leggermi.

Ricordo la prima volta che ho dormito con Jim. Non ci conoscevamo abbastanza da poter passare tutta la notte abbracciati senza che diventasse fastidioso, ma di fatto si aggrappò a me, o mi strinse a sé, con la naturalezza che si raggiunge solo con il tempo. Non avevo mai avuto quella sensazione dormendo con un uomo praticamente sconosciuto. Era come se nel sonno richiedesse tutta la mia presenza, tutta la mia attenzione; ma, al tempo stesso, quasi fosse cosciente che una simile confidenza si può guadagnare solo con l'affetto, lo faceva in un modo così soave che, pur non lasciandomi separare da lui, mai prima di allora avevo dormito con una tale sensazione di libertà. Più tardi mi raccontò qualcosa che associai a quella maniera che aveva Jim di aggrapparsi a me fin dalla prima notte. Mi disse che sulla *Oryoku Maru* una delle manifestazioni di follia tra i prigionieri era aggrapparsi a un altro e toccargli la faccia, il corpo, come un cieco che tenta di distinguere, disperatamente, una persona cara nel buio totale. Ho letto la stessa cosa negli scritti di George Weller su quella nave. Nelle stive c'erano così tanti uomini che dovevano starsene seduti con un altro davanti, incassato tra le gambe, che a sua volta ne aveva uno tra le proprie e così via, e l'eccessivo contatto finiva per provocare la pazzia di alcuni che si ossessionavano a stringersi ancora di più agli altri, a palparli, al punto che ogni tanto c'era chi perdeva il controllo e uccideva l'alienato. Jim non mi ha mai detto se lui era di quelli che cercavano il contatto o di quelli che, comunque fosse, cercavano di evitarlo, ma in ogni caso, quando sono venuta a sapere di tutto questo, mi sono spiegata perché si aggrappava a me come se si aggrappasse alla vita, a qualcuno che respira nel buio della notte.

La maggior parte delle cose che Jim mi ha raccontato sono accadute dopo la guerra. Le raccontava con distacco, ma non come se non lo avessero segnato, bensì come uno che, nel tono della voce, nello sguardo, denota che quella distanza dagli eventi è il risultato di una lotta durata anni. Tuttavia, quel poco che mi ha raccontato sulle vicissitudini da prigioniero dei giapponesi, me lo ha raccontato calandosi non solo nella propria sofferenza, ma anche nelle sofferenze di ogni evento che descriveva. Così, quando mi parlava di un compagno che si grattava la testa per i pidocchi, non voleva solo dirmi che quel compagno di sventura non lo lasciava dormire, ma molte altre cose: intendeva dire che quel pidocchio, e non un altro, soffriva a sua volta mentre tentava di scampare alle unghie dei soldati, e in tal modo, in una sola frase, denunciava il fratricidio mondiale, la vibrazione di un violino che dalle corde trasmette il massacro di onda in onda sonora, dalle viscere di una pecora a quelle di un gatto, dal dito che tocca il legno al timpano che, cogliendo un suono, lo riverbera come una campana echeggiando il dolore a catena.

Gli unici riferimenti che avevo sui campi di concentramento erano quelli nazisti. Ma ho sentito dire a Jim in diverse occasioni che i campi di concentramento giapponesi erano addirittura peggiori in quanto a perversione eppure di questi non si sapeva nulla, perché fino ad allora quasi tutti prestavano attenzione esclusivamente al dolore degli ebrei, il che aveva lasciato le vittime dei giapponesi nel dolore peggiore che possa infliggere la pace: l'oblio. Un silenzio che faceva ancor più male perché non proveniva dal nemico ma dagli stessi alleati. Ricordo che tanti anni dopo ho ripensato a tutto ciò leggendo una targa posta nei forni crematori di Ebensee, uno dei cosiddetti sottocampi di Mauthausen, in Austria. C'erano incisi alcuni versi in tedesco di Peter Rosegger, che ho annotato in uno dei miei taccuini. Rosegger, dichiarandosi amante del caldo e della luce, chiedeva di essere cremato per liberarsi dai vermi che nella terra divorano i cadaveri:

Che nessun verme schifoso
Possa mai trascinarsi sul mio corpo!
Che quanto di puro vi è in me possa consumarsi
Poiché costante fu il mio amore per il caldo e la luce
Bruciatemi, e non seppellitemi.

Così, ciò che il poeta austriaco aveva scritto sulla spinta del suo amore per la vita, il calore e la luce, era stato utilizzato per adornare l'orrore. Quella targa sarebbe stata letta da molti occhi prima di finire nei forni, e non importava che a leggerla fossero tedeschi, ebrei, omosessuali o chiunque altro, perché il contesto permetteva una sola lettura: quei versi, in prima persona, che chiedevano la cremazione, potevano identificarsi soltanto con la voce di coloro che sarebbero stati cremati, quindi, sarcasticamente, veniva strappata l'unica cosa che si possa togliere a qualcuno: non la sua voce da vivo, ma la sua voce da morto, a cui veniva attribuito il desiderio di essere ridotto in cenere insieme a una moltitudine anonima. Quei versi messi sui forni crematori sembravano stare lì per il più perverso dei motivi, per simulare che gli ebrei non solo non temevano la morte o la accettavano, ma la chiedevano e addirittura la giustificavano. Il caso ha voluto che proprio quella sventurata moltitudine anonima, a sua volta, e allo stesso modo, e senza volerlo, silenziasse con il suo protagonismo non intenzionale un'altra ignominia, le atrocità che, contemporaneamente, venivano commesse nell'olocausto asiatico.

*

Il 31 agosto 1946, circa un anno dopo l'esplosione della prima bomba atomica sganciata sulla mia città, sul *New Yorker* venne pubblicato un articolo di John Hersey in cui l'autore riportava le testimonianze di sei sopravvissuti che parlavano degli effetti della bomba sulla città e sui corpi degli abitanti. Allora ero troppo giovane, e inoltre non conoscevo ancora l'inglese, così è trascorso molto tempo prima che lo leggessi, cosa che ho fatto dieci anni dopo la pubblicazione. A partire da allora ho cominciato a interessarmi alle testimonianze delle vittime, attraverso le dichiarazioni di persone anonime o registrate in alcuni documentari. In tal modo ho saputo che un'immagine che avevo usato spesso, quella di fagotti, figure irriconoscibili che dopo l'esplosione dovevano dire il proprio nome per farsi identificare, non l'avevo inventata io. Le immagini più concrete e potenti, che credevo fossero mio patrimonio esclusivo, si ripetevano nelle testimonianze di persone diverse. In quel momento trovai una spiegazione che mi sembrava la più logica. Pensai che l'indicibile fosse il motivo per cui i superstiti si passavano a vicenda le espressioni più efficaci, creando così un linguaggio dell'orrore: la lingua più nuova, che si impara di colpo, che non si tramanda di padre in figlio, ma da testimone a testimone. In tale lingua, "un fagotto con la testa così gonfia che era triplicata", si può esprimere soltanto con "un fagotto con la testa così gonfia che era triplicata". Non esistono espressioni equivalenti. È una lingua priva di sinonimi.

Oltre ai rapporti informativi statunitensi, che prima o poi sarebbero stati pubblicati e mi hanno fornito i dati di cosa era successo sul bombardiere che l'aveva sganciata mentre io, sotto, aspettavo l'insegnante seduta al mio banco, ho anche cercato di ricorrere ad altre testimonianze per colmare il vuoto provato quando riaprii gli occhi in ospedale. Sentivo il bisogno di sapere cosa fosse accaduto mentre ero incosciente. Era come se constatare che la vita aveva continuato a manifestarsi mi restituisse quei giorni in cui ero rimasta priva di sensi, cioè come morta. Ogni testimonianza sembrava parlare anche di me. Una volta ho ascoltato una donna che diceva che i feriti camminavano tra i morti chiedendo perdono. Sono stata allevata e educata così, nella vergogna di essermi salvata. Nelle tipografie i giornali eliminarono gli ideogrammi che significavano "bombardamento atomico" e "radioattività", e il governo avrebbe sempre evitato la parola *sopravvissuto* per rispetto degli oltre duecentomila morti, dicevano. Nel reportage di Hersey ho letto che *hibakusha* significa "persona colpita da un'esplosione". In effetti il significato sarebbe questo, un termine che evitava di abbordare non solo il dolore, ma anche il miracolo dell'essere sopravvissuti. Due sole lettere avrebbero potuto cambiare tutto: "Persona colpita da*ll'*esplosione"; mentre dire "*un'*esplosione" sembra riferirsi a uno scoppio qualsiasi, un po' come la pastella del *tempura* che gettata in padella fa saltare l'olio troppo caldo, o come un petardo che, per imprudenza o per un difetto di fabbricazione, scoppia in mano a qualcuno durante una festa di compleanno. Ma la bomba non è stata un incidente, e non è neanche accettabile definirla un'esplosione. Hiroshima è stata L'Esplosione. Nella mia testa ho formato alcune parole che comprendevano l'articolo determinativo *la*, o che potevano definire meglio quello che altri chiamano *hibakusha*. Ne ho tratto la conclusione che, se dovessi scegliere una definizione per noi, opterei per "quelli che si portano la bomba dentro", giacché la mattina in cui un B-29 sganciò *Little Boy* su Hiroshima fu solo l'inizio della deflagrazione. Il novanta percento di tutti i danni che noi superstiti avremmo subìto si sarebbe distribuito minuto per minuto, mese per mese, anno per anno, ingravidandoci di quel male che se abortito, abortiva anche noi con lui. Penso a una sorta di Big Bang alla rovescia che ora dopo ora comprimeva (comprime?) un altro pezzo di universo nel mio corpo, finché un giorno o l'altro, chissà quando, esploderà.

La Convenzione di Ginevra del 27 luglio 1929, riguardo al trattamento dei prigionieri di guerra, non è stata rispettata dal Giappone. Ma questo non fu un fatto eccezionale come la storia ha voluto farci credere. È vero che un giapponese, preferendo il suicidio alla resa, considerava la dignità di un qualsiasi prigioniero, per il suo semplice desiderio di restare vivo, inferiore alla dignità che si attribuisce a un topo di fogna. Ma in realtà le eccezioni furono gli Stati che, pur avendo firmato il trattato, lo avevano poi rispettato. Lei deve saperlo fin troppo bene. Quando Jim mi raccontava le condizioni in cui aveva vissuto da prigioniero, io non potevo ancora sapere che, tramite il filo fittizio degli organismi internazionali, il destino mi avrebbe condotto fino a ciò che conta davvero per la conclusione di questa storia. Come in quella canzoncina per bambini, certi trattati sono sostenuti da una ragnatela su cui si dondola un elefante, e vedendo che non cade, chiama un altro elefante che, a sua volta, vedendo che non cadono, ne chiama un altro, finché la ragnatela, alla fine, cede sotto il peso degli elefanti/Stati ipernutriti quanto irresponsabili.

Prima di arrivare a Manila per essere imbarcato sulla *Oryoku Maru*, Jim era già stato tristemente vittima del mancato rispetto della Convenzione di Ginevra. Era tra i prigionieri alleati che i giapponesi avevano utilizzato per la costruzione della linea ferroviaria in Birmania che, al pari della *Oryoku Maru*, si era guadagnata un soprannome adeguato: Ferrovia della Morte. I lavori erano iniziati il 22 giugno 1942, con manodopera forzata: circa 190.000 lavoratori asiatici e 55.000 prigionieri di guerra alleati. Quando governavano la Birmania, i britannici avevano già studiato la possibilità di costruire una strada ferrata che unisse la Thailandia e la Birmania, ma il terreno era talmente accidentato che il progetto non venne neppure avviato. Furono i giapponesi che, invadendo la Birmania nel 1942, decisero di affrontare quella sfida, perché se volevano rafforzare la propria presenza in quei territori dovevano garantirsi l'arrivo dei rifornimenti, e questo risultava estremamente pericoloso per via marittima, costantemente sottoposta agli attacchi dei sommergibili alleati. Inoltre, l'enorme quantità di prigionieri cinesi e alleati che catturavano rendeva necessario escogitare un modo per tenerli sotto controllo, e la soluzione migliore fu usarli come schiavi in quell'opera colossale.

I primi 1414 prigionieri occidentali morirono in un tempo record che coincise con la costruzione di 415 chilometri di ferrovia e 8 ponti di acciaio. Furono i cosiddetti "mesi veloci", non saprei dire se più per la velocità nei lavori di costruzione o nel registrare il numero di morti. Alcune di queste cifre le verifico sugli appunti che, da amante fedele di uno di quei prigionieri, ho preso leggendo svariati documenti nel lungo arco della mia relazione con Jim, e anche dopo. Ma la maggior parte di queste cifre, in qualche modo, mi è rimasta incisa nella memoria. Immagino sia un'altra delle incongruenze che la guerra mi ha causato, perché non sono mai riuscita a memorizzare un numero di telefono, ma i morti, quelle cifre macabre, rimanevano registrate nella mia mente con estrema facilità. Non credo che la memoria mi tradisca, in questi conteggi. Né un morto di meno né un morto di più, questa è l'insopportabile precisione del ricordo che mi ha inflitto la bomba. La matematica esatta del cadavere su cadavere.

Lavorare su un terreno come quello della giungla birmana era durissimo. Non a caso la Ferrovia della Morte viene considerata come il campo di concentramento più grande della Seconda guerra mondiale, perché di fatto quei binari attraversavano un intero paese o quasi. Un campo di concentramento lungo, lunghissimo, e stretto, molto stretto, che costò oltre 200.000 vite, e fu superato in potere distruttivo soltanto da Auschwitz. Le condizioni di sopravvivenza nella giungla erano spietate quanto il trattamento ricevuto dagli ufficiali giapponesi. Giornate di sedici o venti ore nel caldo asfissiante e nell'umidità delle piogge monsoniche, zanzare che trasmettevano malattie impossibili da curare, serpenti, pidocchi, dissenteria, denutrizione, torture, colera. La giungla e l'uomo combattevano la stessa guerra: come mietere più vite possibili. Ci furono anche molte perdite causate dagli aerei alleati, incapaci di distinguere i campi dove lavoravano i loro stessi commilitoni. Ma, a volte, giungla e uomo si alleavano, la giungla ci metteva gli alberi, gli uomini aggiungevano idee: la crocifissione. Già in uso nell'Impero romano, era una forma di tortura abituale, uno dei pochi rituali adottati dai giapponesi come eredità occidentale. Jim mi raccontava che alcuni prigionieri crocifissi arrivavano a resistere anche quattordici giorni prima di morire, perché i giapponesi davano loro qualcosa da mangiare e acqua sufficiente a prolungare il martirio. Era una tortura anche per quelli che lavoravano ascoltando le urla di dolore di un compagno.

A Hiroshima la pace che regnava dopo la distruzione portava con sé promesse di speranza. Lei capirà che io, essendo allora un'adolescente ingenua, volevo nutrirle. Quanto sembra lontana oggi quella credulità, quella capacità della giovinezza non di perdonare, bensì di dimenticare. Suppongo che il rancore sia una sorta di gene della sopravvivenza che risponde a meccanismi necessari quanto quelli dell'accoppiamento. Un gene che si attiva solo con il tempo e a seconda delle circostanze. Eppure, gli animali vivono senza rancori. È solo il nostro livello di sofisticazione distruttiva che ha impiantato in noi questo sentimento che ci permette di non ricadere nella stessa sventura a cui ci ha condotto, precisamente, la stessa causa che lo ha provocato: la nostra capacità di sterminio. Ignoro i misteri della genetica. Ma a un certo punto noi esseri umani ci siamo trasformati in un assurdo. Il nostro genoma è una sequenza di geni negativi che si fondono con quelli positivi. Non siamo ancora arrivati ai vent'anni che già risultiamo incapaci di disfarci delle informazioni inquinate. Tutto si è mescolato in noi, e non riusciamo a distinguere e isolare il bene, e tantomeno il male.

Come le dicevo, noi, i più giovani, fummo in grado di nutrire nuovamente una certa speranza. Una volta finita la guerra, vennero selezionate venticinque ragazze per un viaggio negli Stati Uniti dove le avrebbero sottoposte a una serie di interventi di chirurgia estetica, allo scopo di attenuare i segni lasciati dalla bomba. Divennero note come "Le fanciulle di Hiroshima". Le invidiai. Seguivo alla televisione tutti i loro passi, le guardavo uscire dall'aereo, timide, a testa bassa, accolte con mazzi di fiori nel paese che avrebbe tentato di ripristinare i loro sorrisi dopo averle sfigurate. Avrei voluto tanto far parte di quella selezione ma, per motivi che rivelerò più avanti, non sarebbe mai stato possibile. Tuttavia, le immagini delle venticinque fanciulle mi convinsero a mettere da parte i risparmi per qualche anno. Cominciai con i soldi che mi davano, e quando l'età mi consentì di lavorare trovai tutti gli impieghi possibili, pensando sempre alle operazioni che prima o poi mi sarei potuta pagare da sola. Qualche cambiamento fondamentale nel mio viso e, soprattutto, la ricostruzione del mio sesso.

A tanti anni di distanza, conservo ancora alcune delle mie cicatrici. Lei le vedrà quando mi consegnerò. Le mostro senza trucco. Come per esempio il cheloide rossastro che ho su una guancia, resinoso al tatto e con la forma del continente africano. La bomba mi ha lasciato l'Africa marchiata sulla faccia. Chi lo avrebbe mai detto che questo continente, a cui non avevo mai pensato, una terra radicalmente diversa da quella dove sono nata, sarebbe diventato il luogo in cui ho posto, per tanto tempo, la speranza di Jim, e la mia? L'Africa sulla mia faccia, sì, e all'interno dei suoi contorni ci sono io stessa rinchiusa nel mio volto, e ora rifugiata in questa capanna che qualcuno mi ha offerto per poter scrivere la mia ultima testimonianza.

All'inizio la cicatrice, così visibile, mi causava tanti problemi. In Giappone le cicatrici di questo genere sono state per molto tempo inconfondibili. Per colpa loro, e perché gli altri temevano le conseguenze del male atomico, noi sopravvissuti abbiamo subìto non poche emarginazioni. Non trovavamo lavoro, e le agenzie matrimoniali, che allora combinavano molti dei matrimoni, presero a rifiutare i sopravvissuti che cercavano un coniuge, perché si dava per scontato che i nostri figli sarebbero nati con gravi malformazioni. Ricordo mia cugina incinta. La sua pancia, anziché crescere, cominciò a rimpicciolire a partire dal sesto mese. Quasi si fosse pentito, il ventre tornava indietro passando dal feto allo sperma, per raggiungere infine la piattezza che aveva prima della fecondazione.

Avevo compiuto quindici anni quando, adottata da una famiglia, atterrai nel paese invasore, come se io e la bomba fossimo le due braccia dello stesso boomerang che torna alla mano che lo aveva lanciato. Nella nuova scuola i compagni volevano diventare giocatori di football, astronauti, insegnanti. Io volevo soltanto diventare nonna, perché i medici mi avevano sempre detto che prima o poi gli effetti delle radiazioni si sarebbero manifestati. Oltre alle operazioni volontarie ne subii tante altre obbligatorie, interventi decisivi per rimanere viva o morire, e ancora oggi continuo a sviluppare nuove malattie. Ho imparato ad aprire loro la porta in silenzio, con una tazza di tè in mano, tranquilla come se ognuna fosse l'ultima. Tutte le menomazioni sono state sempre ben accolte da me, tranne una: l'impossibilità di procreare, questa mancanza che occupava il mio ventre come una presenza, come un figlio atomico della cui perdita può appropriarsi chiunque. Una perdita reale come la quantità di ferro che scorreva via dal mio corpo a ogni ciclo, le mestruazioni che poi scomparivano per tornare a manifestarsi anni dopo, senza che i medici riuscissero a spiegarsi né l'una né l'altra cosa. Una perdita, quella del figlio negato, che mi compariva tra le gambe; o magari nelle mutandine senza tracce di sangue per mesi o anni, oppure in un tampone inzuppato di rosso, che gettavo in quello scarico stigio dove scomparivano allo stesso modo i morti e i non nati.

Fu questa assenza il terreno propizio che permise, conoscendo Jim, che crescesse in me il sentimento di maternità, poiché la ricerca di sua figlia avrebbe colmato l'assenza di mio figlio. Mi appropriai della bambina come se fosse mia. Assorbivo i dati che mi forniva Jim e li archiviavo nella memoria come se li avessi vissuti io stessa. In tal modo, sebbene non la conoscessi, la ricordavo, e questo ricordo era come una ventosa sulla parete frontale del mio cervello, che succhiava il ricordo della figlia di Jim – mia figlia – e lo sosteneva così come le ventose sulle zampe delle lucertole consentono loro di restare attaccate a un muro senza cadere giù: il vuoto. È solo questo che ho avuto per tanto tempo: il vuoto.

Secondo mese: 1963
La morte si è dimenticata la mia ora

Convinsi Jim che la ricerca di sua figlia doveva per forza di cose portarci in Giappone, il paese in cui ero rientrata solo due volte, e dove lui non era più voluto tornare, e dal quale – mi disse – non si aspettava di ricevere alcun genere di aiuto per le nostre indagini. Non capivo perché non avesse cominciato la ricerca da quello che io consideravo l'inizio.

Arrivammo a Tokio su un volo diretto, giacché in quella città Yoro gli era stata affidata dalle forze di occupazione americane, il 7 maggio 1950, e la bambina era nata, stando al certificato, sedici giorni prima, il 22 aprile. Erano trascorsi da allora quasi undici anni, l'ospedale militare provvisorio dove aveva preso in consegna la neonata non esisteva più, e quando arrivammo lì al suo posto c'era un'ala del mercato del pesce più grande di Tokio, il mercato di Tsukiji. La domanda alimentare dei vivi aveva finito per prevalere, pur sempre con quel perdono che in Giappone si chiede ai defunti. Era per questo che nel mercato, nei suoi suoni, nei movimenti, vigeva una sorta di rispetto, come un culto per i morti che sembrava conferire una sacralità al sangue versato negli ultimi istanti di vita del pesce, prima di convertirsi in cibo.

Abituata ormai a quelli del mio paese di adozione, osservare quel mercato giapponese, che non visitavo dai tempi dell'adolescenza, mi permise di interpretare, tramite la disposizione delle merci, le differenze tra la mente di Jim e la mia. Nel mercato di Tsukiji, il pesce veniva esibito per sezioni, a seconda delle specie. Per esempio, da una parte le aguglie, da un'altra i salmoni. C'erano vaste aree verdi per la vendita delle alghe. Ogni tanto, su un camion, transitava una balena. Stando alla disposizione dei prodotti ittici, il mercato di Tokio è una sorta di museo ben organizzato, mentre le pescherie statunitensi sono come i bazar. Questa differenza nella suddivisione dei contenuti era la stessa che, in tante occasioni, separava Jim e me. Ricordo il giorno in cui un turista inglese si era avvicinato per chiedere qualcosa a Jim, sicuramente incoraggiato dai tratti occidentali. Prima di andarsene disse che ci aveva sentiti parlare, e si congratulò con Jim per come padroneggiava la lingua giapponese. Non era la prima volta che glielo dicevano, e io risi, perché con Jim comunicavamo in un idioma ibrido. Ciò che aveva sentito il turista non era giapponese, bensì un linguaggio rudimentale che, comunque, gli permetteva di esprimersi, bene o male, sia in inglese che in giapponese. Smisi di riderne quando capii che quella lingua intermedia era un riflesso del limbo concettuale che a volte ci distanziava. All'inizio della nostra relazione non ci capivamo. Non che non stessimo bene insieme, anzi. E non dipendeva nemmeno dalle differenze culturali, ma dal fatto che le nostre menti sembravano allo stesso livello evolutivo, però su due pianeti diversi. Ciò che con un'altra persona poteva suscitare domande, discussioni, con Jim era uno stop, un inchino al rispetto nei confronti di un altro tipo di intelligenza e, alla fine, una rassegnazione all'isolamento, che si salvava solo per un fatto fondamentale: a letto ci intendevamo alla perfezione e questo sin dall'inizio, malgrado tutto, perché le mie storie a letto – lei lo vedrà – sono sempre precedute da un *malgrado tutto*.

Sfoglio uno dei taccuini di appunti di quel periodo. Questi taccuini sono gli unici ad aver sempre viaggiato con me. La mia memoria. Sulla copertina ho incollato la riproduzione di un dipinto del periodo Edo. Raffigura una caccia alla balena. L'acqua dovrebbe essere rossa. Ma il rosso del mare è stemperato, altrimenti prevarrebbe sulle tonalità ocra della costa. L'estetica è l'essenza del Giappone. Rivedere questo dipinto mi fa ricordare qualcosa che anche Jim ripeteva spesso: in Giappone la bellezza della lacca ricopre il legname ormai marcito delle vecchie case. Su questo, dall'ibrido della mia identità, gli do ragione. Ma io non sono affatto riverniciata. Sul mio volto, nelle mie cicatrici, mostro ciò che sono. Non c'è maggiore franchezza di quella imposta dalla bomba. La bomba, agendo in modo più naturale rispetto a quel dipinto del periodo Edo che per stemperare i contrasti ha impallidito le tonalità di una mattanza, ha svelato il sangue negato dei cetacei che tingevano il mare di rosso per dirci: sono io il vero pennello, quello con i peli di uranio.

Gli altri taccuini che ho messo sul tavolo hanno tutti la copertina grigia. Lo sa? C'è un altro tratto caratteristico dal quale si può distinguere un sopravvissuto di Hiroshima. Per me è un suono che sento quando vedo il colore grigio, per una specie di effetto sinestetico. Si tratta della voce, anch'essa inconfondibile, degli *hibakusha.* L'esplosione poteva anche non aver segnato la pelle di un sopravvissuto, ma ne segnava sempre la voce. Emettiamo tutti dei suoni simili, parliamo con un timbro di voce incrinato, irregolare e un po' stridente, come il rumore che farebbe un morto graffiando un lenzuolo per tornare a nascere. Credo sia per questo che associo la voce di un sopravvissuto al colore grigio, la tonalità della pelle bianca che vira al cinereo, o quello della polvere inerte che avanza verso la vita. Né bianco né nero. Né morto né vivo. Ricordo cosa mi hanno raccontato, che nei giorni successivi all'esplosione, quando io giacevo in ciò che restava dell'ospedale, la gente camminava con le braccia tese in avanti. Quelli che erano rimasti ciechi lo facevano per non inciampare contro altri superstiti, ma anche chi aveva conservato la vista allungava in avanti le braccia bruciate e vischiose, per evitare che si incollassero al tronco. Non erano morti viventi, bensì vivi morenti. Per alleviare il dolore delle ustioni si spalmavano sulla pelle olio di colza, quello che si usava per cucinare. Quando fu esaurito, i sopravvissuti che avevano ancora le forze di farlo andavano alla stazione ferroviaria a mungere i treni, come se fossero mucche, per tirarne fuori l'olio nero da motori, denso, con cui si ungevano faccia e corpo, annerendo sia il rosso delle ustioni che le parti già scure della pelle carbonizzata.

Tornare a Tokio mi riportava alla mente, così come ora cerco di raccontarle, tutte quelle immagini, fresche quanto il pesce appena arrivato in quella zona del mercato di Tsukiji. Nei miei taccuini ho scritto frasi e descrizioni che ora potrei utilizzare, ma credo che se dovessi perdere i miei appunti sarei in grado di riscriverli, parola per parola, e non perché sia capace di ricordarli con precisione, bensì perché i miei sensi reagiscono al ricordo esattamente come lo fecero allora. Diciamo che potrei riscrivere i miei taccuini per una o più volte. Nella mia memoria il pesce del tempo non marcisce mai. Mi duole questa condizione permanente del pesce che una volta pescato non è più un pesce ma che, inevitabilmente, si tramuta in un pezzo di pesce fresco. Così fu a Tokio. La città dove tornavamo era un immenso tonno che, odorando di fresco, ingannava soltanto la fame, perché non poteva nutrirci. Quando Jim e io cercammo di svolgere indagini su dove si trovasse Yoro, tutto divenne ermetico. Le squame si richiusero sino a formare una superficie liscia e scivolosa che ci sfuggì dalle mani. Jim aveva ragione, lì non avremmo trovato niente. Tokio ci chiudeva porte che non voleva neppure mostrarci.

Sentivo che, in qualche modo, avevo cominciato le mie ricerche con quella sensazione che si prova sempre all'inizio, quando le forze non hanno ancora subìto la lenta corrosione che le conduce a esaurirsi, dunque l'abbondanza delle mie energie oscurava la capacità di distinguere l'illusione dalla realtà. E quella era una capacità che Jim invece possedeva, avendo cominciato a cercare da tempo ritrovandosi, pertanto, a un livello di stanchezza che gli imponeva di individuare le priorità e risparmiare le forze. In ogni caso, durante quel viaggio si rafforzò il legame che avevo stabilito tra la mia maternità e la ricerca della bambina di Jim. Ritrovarla rappresentava l'opportunità che mi offriva la vita di rendere reale quella che allora mi si era presentata come la migliore possibilità di diventare madre. Feci mia la figlia di un uomo che avevo amato fin dal primo momento, con la semplicità e la genuinità di ciò che non può essere spiegato. Avevo ventotto anni. Lui, non pochi di più. Un'età più che sufficiente per sapere, entrambi, cosa volevamo.

Effettivamente, Jim sapeva fin dall'inizio che la neonata gli era stata consegnata solo in custodia. Da quando l'aveva presa in braccio per la prima volta, era cominciata una marcia indietro verso il futuro, fino ad arrivare al giorno in cui la bambina aveva compiuto cinque anni, quando avrebbe dovuto riconsegnarla senza fare domande e accettando il fatto che non l'avrebbe mai più rivista. Era tutto deciso e controfirmato. La bambina era come un rapporto militare. Jim sarebbe stato il primo affidatario, poi rimpiazzato da un'altra persona per altri cinque anni, e così via, in modo che nessuno si sarebbe azzardato ad affezionarsi a Yoro sapendo fin dall'inizio che i cinque anni di affidamento non avrebbero mai subìto modifiche o dilazioni.

Ma quella sorta di disaffezione programmata non funzionò, né con Jim e neppure – a quanto avrei saputo più avanti – con altre famiglie adottive. Posso immaginare che a Jim sia toccata una delle tappe più dolorose, proprio perché più coinvolgenti. All'inizio c'erano i giorni di una neonata che si nutre grazie a te, e poi la trasformazione, la metamorfosi da bebè a bambina. Jim non era il tipo da raccontare certi dettagli particolarmente emotivi, ma ogni tanto gli venivano fuori, parlandone. Li riferiva in un tono volutamente freddo, anche se l'essenza di quei particolari era talmente intensa da trasmettere comunque una certa commozione. Così, mi raccontava di una notte quando si era alzato per andare a calmare Yoro che piangeva nella culla. L'aveva presa in braccio per darle il biberon. Ma Yoro non smetteva di piangere. Jim ci aveva provato per almeno mezz'ora, ma Yoro rifiutava il biberon. Allora l'aveva coccolata stringendola al petto. Jim non indossava la maglietta quando andava a letto, quindi era a torso nudo, e mentre cercava di calmare Yoro, la piccola si era attaccata a un capezzolo. Stava per staccarla, quando si era reso conto che non piangeva più. Acquietata, si era addormentata succhiando placidamente. Mi disse che in quel momento aveva scoperto il senso di maternità, e che poco importava se non era in grado di generare, perché il contatto di quella bocca affamata non di latte ma di calore umano era bastato a renderlo madre. Ma i documenti che aveva firmato sotto le ristrette condizioni della missione affidatagli sancivano, in altre parole, che Yoro aveva soltanto un padre e una madre: l'esercito. E l'esercito, come si sa, ha i capezzoli, solo che sono rivolti all'interno. È un corpo che non nutre, una cagna che, anziché allattare, succhia le forze alla sua cucciolata. La carriera militare di Jim era irreprensibile e lui aveva partecipato ad altre missioni che avevano ottenuto il risultato di annullarne l'individualità, a quanto mi disse. Questo lo rendeva un ottimo candidato. Ma nel giro di ventiquattr'ore si verificò lo sgretolamento di un'intera carriera da anonimo militare. Ciò che all'inizio aveva preso per una semplice missione da svolgere si sarebbe ben presto trasformato nella sua peggiore paura. Già dal primo giorno si era reso conto che sarebbe stato difficile staccarsi da Yoro. Il secondo, aveva avuto la certezza che era impossibile.

Quando ci eravamo conosciuti, Jim cercava Yoro da cinque anni, che allora aveva dieci anni. Il suo rifiuto di consegnarla gli era costato la corte marziale, ma alla fine il processo era stato sospeso perché l'esercito doveva assolutamente mantenere segreto quel caso. Venne comunque congedato dalle forze armate, per aver disobbedito agli ordini che gli proibivano di instaurare legami affettivi con quella bambina allo scopo di evitare che a un certo punto si rifiutasse di consegnarla, come di fatto era poi accaduto. Aveva dunque disobbedito al più assurdo degli ordini, quello che è difficile impartire e ancor più eseguire: un ordine affettivo.

Jim si ritrovò, da un giorno all'altro, senza Yoro e con la carriera militare stroncata. Ma aveva pur sempre qualche amico negli apparati, grazie al quale avrebbe rintracciato l'estremità di un filo a cui si sarebbe aggrappato, cioè certi documenti dove figurava la famiglia che l'aveva adottata negli Stati Uniti. Quando ci eravamo conosciuti a New York, sembrava essere giunto al termine delle estenuanti ricerche, che si sarebbero poi concluse due anni dopo il nostro rientro da Tokio. La famiglia a cui era stata affidata Yoro, o almeno l'ultima della serie, risiedeva nel New Mexico. Nello specifico, in un posto dove non avrei mai immaginato di mettere piede: Los Alamos, il luogo creato appositamente per sviluppare la prima bomba atomica, e da dove fu segretamente coordinato il Progetto Manhattan.

Fu nel luglio del 1963 che arrivammo a Los Alamos con la scusa di visitare, grazie ai contatti di Jim, il Laboratorio Nazionale. Faceva un caldo tremendo, e non potei fare a meno di collegare quel calore atmosferico agli esperimenti sulla bomba atomica che venivano realizzati nello stesso periodo nella stessa zona. Mi trovavo nell'utero che aveva dato alla luce e poi sganciato su Hiroshima la sua creatura, l'utero che aveva concepito ciò che avrebbe distrutto, anche, il mio sesso. Era il luogo in cui Robert Oppenheimer, a soli trentotto anni, aveva ascoltato la proposta del generale Leslie Groves, che lo metteva a capo di un'équipe dei migliori scienziati del mondo, quasi tutti più anziani di lui. Jim mi ha raccontato tante cose di quella missione, uno dei segreti meglio custoditi della Storia: si trattava di sviluppare la bomba atomica prima dei tedeschi.

Oppenheimer accettò la direzione del progetto. Accettarono quasi tutti. Scienziati e militari lavorarono giorno e notte, rinchiusi in quella base, spinti dall'ossessione di mettere in pratica la formula che già possedevano sul piano teorico. E dovevano arrivarci prima che lo facesse il nemico. L'équipe lavorava con grande entusiasmo. All'inizio l'atmosfera sembrava quella di un campeggio estivo. In fin dei conti si trattava di una corsa, ma non una corsa qualsiasi, bensì la corsa dell'élite sportiva più competitiva: una gara di cervelli. Quando un genio raccoglie la sfida di battere sul tempo qualcun altro, è difficile che la coscienza di ciò che sta realizzando, cioè creare un mostro, lo induca a indietreggiare. Quando un intelletto si eccita, è difficile che un qualche senso etico ostacoli il desiderio di portare al culmine il piacere di trovare la soluzione a un problema della massima difficoltà. La possibilità di valicare i limiti della mente superava qualsiasi genere di remora morale. All'inizio scienziati e militari si scontravano su questioni etiche e politiche, ma fu evidente che si trattava di contrasti superficiali il giorno in cui vennero a sapere che i tedeschi non erano affatto vicini allo sviluppo di armamento nucleare e, per di più, la loro resa incondizionata era ormai ineluttabile. In quel momento gli scienziati dovettero affrontare la realtà: il motivo per cui erano stati ingaggiati, cioè arrivare per primi nella realizzazione dell'arma più distruttiva che fosse mai stata immaginata, aveva perso qualsiasi ragione di essere messa in pratica. Dunque, si trattava soltanto di continuare a lavorare alla creazione del mostro, ma non più per distruggere un altro mostro, bensì per guardarlo in faccia, farlo venire alla luce e, cosa che non potevano ancora sapere, battezzarlo, sganciandolo sulla popolazione civile giapponese. Così, nel novembre del 1944, il colonnello Boris Pash, comandante di Alsos Mission, incaricato di seguire gli sviluppi atomici dei nazisti, inviò un telegramma cifrato al generale Groves. Jim mi ha detto che il telegramma, il cui testo non sono stata in grado di smentire, annunciava: "La madre non ha partorito il neonato, non era neppure incinta, i dottori la ritengono sterile." La sterilità della Germania, l'incapacità di assemblare la bomba, lasciò ai cervelli di Los Alamos la responsabilità di lavorare, da lì in avanti, non più per vincere una corsa per la pace, bensì per la guerra. Dopo i primi test denominati Trinity, Robert Oppenheimer, citando una frase del testo sacro induista *Bhagavadgītā*, avrebbe espresso così i propri sentimenti:

"Da oggi sono diventato Morte, il distruttore di mondi."

E noi stavamo proprio lì, a Los Alamos, bussando alla porta di una famiglia sconosciuta per chiedere notizie della figlia di Jim, che era ormai anche la mia bambina. "Poterla vedere anche solo per un minuto," mi diceva Jim lungo la strada, "o sapere almeno che è ancora viva, sana, contenta, mi basterebbe solo questo."

Venne ad aprire una donna bionda, con un'acconciatura sofisticata. Mi sentivo come una mendicante. Sicuramente anche quella famiglia faceva parte dell'operazione finalizzata a far crescere la piccola senza instaurare legami affettivi. Con ogni probabilità, avevano dovuto affrontare lo stesso travaglio di Jim. E non mi sbagliavo granché. Tre minuti dopo stavamo sul divano nel salotto di quella famiglia a parlare con una signora che ci diceva che Yoro non viveva più lì da circa due anni. L'avevano portata via. Ci fornì un dato poco attendibile – ci avvisò – su dove potesse trovarsi. Quella donna era talmente debilitata dall'alcol che sentiva di non avere le forze per cercarla, impresa a suo avviso impossibile, considerando che lei e suo marito non potevano certo mettersi contro lo strapotere dell'esercito. E poi cominciò a parlarci a profusione di un progetto dal quale, secondo lei, il marito era stato estromesso. Si chiamava Progetto Orione, e ce lo raccontava con entusiasmo perché era, diceva, l'unica cosa buona che avesse visto in quegli anni di lavoro nella peggiore industria della morte.

Secondo la signora, il marito aveva lavorato a Los Alamos con il matematico che aveva presentato il progetto nel 1946, il polacco Stanisław Marcin Ulam, un progetto che qualche anno dopo sarebbe stato sviluppato nel General Atomics, il centro di fisica nucleare di San Diego, grazie al lavoro svolto assieme a uno dei fisici che, ancora oggi, continua a difendere quel sogno – per alcuni delirante –, Freeman J. Dyson. Secondo molti dei suoi partecipanti, il Progetto Orione nasceva da un'idea salvifica: come evitare l'estinzione della razza umana nel caso che sul nostro pianeta non vi fosse altra alternativa che evacuarlo. Allora, come adesso, non c'era modo di raggiungere un luogo abitabile attraversando distanze siderali. Il Progetto Orione era finalizzato a mettere a punto un sistema propulsivo per astronavi che superasse i limiti dei combustibili a reazione chimica usati per i razzi, e permettesse, quindi, di percorrere maggiori distanze in viaggi interplanetari. Il sistema consisteva nel piazzare bombe atomiche nella parte posteriore dell'astronave, in modo che le esplosioni in successione fungessero da propulsore sfruttando l'onda espansiva, permettendo così di raggiungere velocità corrispondenti a una percentuale considerevole della velocità della luce. Tenendo conto che il corpo umano non tollera un'accelerazione superiore ai 49 m/s^2 se non per pochi secondi, venne calcolato quante bombe atomiche servissero per raggiungere la velocità necessaria a uscire dal campo gravitazionale terrestre, e il risultato fu da due a quattro bombe al secondo, il che, soltanto per mantenersi fuori dall'orbita, prevedeva una cifra iniziale di oltre mille bombe atomiche. Gran parte di queste informazioni, ci disse la signora, era stata classificata *top secret* nel 1959. In un periodo in cui era stata riscontrata la presenza di stronzio 90, materiale radioattivo, nei denti da latte di bambini che vivevano nei pressi di zone dove erano stati compiuti esperimenti nucleari, e in anni che vedevano la popolazione mondiale sollevarsi contro gli armamenti e l'energia nucleari, il Progetto Orione proponeva l'esplosione non di una, ma di migliaia di bombe, cosa che comportava un altro pericolo incommensurabile, spiegato dettagliatamente nel rapporto: le alternative per procurarsi il materiale nella maniera più economica possibile. Conoscere tali vie di approvvigionamento avrebbe fatto sì che qualsiasi paese potesse permettersi una produzione massiccia di bombe atomiche a un prezzo accessibile. Dunque, gran parte del progetto era segreta, ma i dati che ci fornì la signora, alquanto superficiali, erano già stati declassificati. Ci disse cosa aveva significato per lei. Quel marchingegno del diavolo che era la bomba atomica, e al momento debito lei capirà in quale modo è legata alla perdita di Yoro da parte delle successive famiglie adottive, per una volta sarebbe potuta servire a qualcosa di positivo: portare via un pugno di esseri umani da questo disumano pianeta. Anche se lei non sarebbe stata tra le persone fortunate che avrebbero potuto lasciare la Terra, la consolava sapere che qualcuno avrebbe avuto la possibilità di ricominciare una nuova vita in un posto lontano, da dove, con il tempo, il nostro pianeta sarebbe stato indicato come il simbolo del giusto abbandono. Reclusa in quella sorta di accampamento prefabbricato dove tutto, a parte la morte, sembrava artificiale, per lei il Progetto Orione era l'unica cosa a cui le sue fantasie potevano aggrapparsi. Un amico di suo marito, Mateo de Paz, tra le menti più brillanti del General Atomics di San Diego, andava a trovarli ogni tanto. Il suo nome, Mateo de Paz, le sembrava un altro segno straordinario dell'utilizzazione della bomba non per uccidere ma per sopravvivere. Solo per quel nome, che oltretutto la riportava alle sue origini messicane, era andata a letto con lui molte volte. Ma questo accadeva dopo che un trattato aveva stroncato il sogno dell'evacuazione, il "Trattato sulla messa al bando dei test nucleari sottomarini, nell'atmosfera e nello spazio esterno". Un lungo nome che lei non avrebbe mai dimenticato.

Il Progetto Orione cominciò a morire, dunque, con il divieto degli esperimenti nucleari. Un paio di anni dopo mi sarei ricordata di quella signora leggendo sulla rivista *Science* un articolo di Freeman J. Dyson, dal titolo "Morte di un progetto". Richiamò la mia attenzione perché Dyson metteva in risalto qualcosa che di solito non viene associato al principale obiettivo della bomba atomica: la possibilità di redimere l'umanità, di ricompensarci per quanto avevano fatto quelle bombe a Hiroshima e a Nagasaki. Le sue parole, stando ai miei appunti, erano:

"Forse sarà opportuno che certe radicali conquiste della tecnologia, che possono essere utilizzate sia per scopi benefici sia per fini perversi, vengano interrotte finché la specie umana non saprà organizzarsi per gestirle al meglio. Ma coloro che hanno lavorato al Progetto Orione non possono condividere tale punto di vista. Non possono dimenticare il sogno che nel 1958 accese la loro immaginazione e li sostenne nei successivi anni di lotta. Il sogno che la stessa bomba che ha ucciso e mutilato a Hiroshima e a Nagasaki potesse un giorno spalancare i cieli all'umanità."

Jim e io eravamo arrivati tardi, ma almeno avevamo un nuovo indirizzo che, sebbene di dubbia utilità, sembrava sempre meglio di niente. La speranza faceva sì che tutti i genitori adottivi di Yoro si aggrappassero a tracce dagli esiti improbabili. Il risultato migliore di quella visita fu che la donna ci aveva mostrato alcune foto di Yoro quando stava con loro. Così Jim poté colmare certe lacune, se non altro quelle riguardo il suo aspetto fisico. Ci raccontò anche quanto era stato difficile per Yoro adattarsi alla loro compagnia nei primi mesi. Le mancava suo padre. Questo per Jim fu un regalo inestimabile, anche se poi, in auto, mi avrebbe detto che si sentiva egoista, perché per Yoro sarebbe stato meglio non rimpiangerlo, e tuttavia, quanto lo gratificava sapere che lei lo ricordava... Per contraccambiare la disponibilità della donna, le aveva mostrato alcune foto che teneva nel portafoglio. Yoro appena nata. Yoro a due anni. A tre. A cinque. Poco prima di scomparire. Così, unendo gli sforzi, erano riusciti a ottenere un'immagine di Yoro la più recente possibile.

Lei si sarà già chiesto chissà quante volte, giunti a questo punto del racconto, perché anche quella signora fosse convinta che ogni ricerca di Yoro sarebbe stata vana, perché la tenevano nascosta, e perché, al massimo, avremmo potuto scoprire il percorso effettuato dalla bambina, ma mai il posto dove si trovava al momento. Sembrava una gara macabra, nella quale dovevamo raccogliere brandelli di un corpo disseminati in diverse zone geografiche, allo scopo di ricomporlo e riportarlo in vita con l'ultimo pezzo, il più importante, quello che temevamo di non trovare prima che i vermi lo dissolvessero. Le piste da seguire, volta per volta, ci apparivano utili, ma in realtà oggi mi sembrano specchietti per le allodole che ci facevano tardare nella ricerca dell'essenziale. Sono arrivata a pensare che quelle destinazioni ci venivano rivelate di proposito, sapendo che saremmo sempre arrivati troppo tardi, per distrarci e farci credere che la scoperta fosse frutto delle nostre indagini. Ma queste ultime sono soltanto elucubrazioni. Al resto delle domande potrei rispondere, ma lei non capirebbe, così dovrà permettermi di farla aspettare. È un'attesa necessaria, perché ciò che lei saprà prima di concludere la lettura, è talmente difficile da spiegare che non riuscirebbe a comprenderlo se non dosassi le informazioni che, goccia a goccia, sedimenteranno nella sua coscienza sino a formare la stalattite del significato, in grado di graffiare quel momento in cui uno capisce ciò che solo con i sedimenti del tempo si può capire.

La storia di Jim l'avrei conosciuta poco alla volta. Anche lui dosava le informazioni. Oggi penso che se non avesse misurato tutto quello che mi ha raccontato della sua vita, non sarei rimasta accanto a lui. Avevo sempre pensato che mi sarei innamorata di qualcuno che non avesse la scorza dura, la cui ingenuità avrebbe alleviato il peso della mia storia. Pensavo che, se avevo un debole per un certo tipo di uomo, era per un uomo scarsamente segnato dal dolore. Perciò, ogni volta che Jim mi raccontava qualcosa del suo passato, rimanevo lì a guardarlo senza dire nulla, cercando di evitare che si accorgesse della sorpresa che provavo nel rendermi conto che mi ero innamorata di lui. Era un sentimento così concreto che sarebbe stato difficile per lui scoprirlo, ma temevo comunque che potesse intuirlo dalla mia espressione.

A volte bastava un semplice oggetto per rievocare in Jim un ricordo, e allora cominciava a raccontare. Un giorno l'oggetto fu una bicicletta. Eravamo a Central Park e lui rimase assorto a guardare una bicicletta che passava, e poi tutte le bici di quanti approfittavano della domenica per fare un po' di moto. Passeggiando, mi raccontò qualcosa di più sui lavori forzati in Birmania.

Lui e i suoi compagni non erano preparati a sopravvivere nella giungla birmana. E lavorare in quelle condizioni – assicurava – era persino peggiore che affrontare il combattimento in guerra. I giapponesi avevano armi e carri armati ma anche una cosa che, originariamente concepita come mezzo di svago o veicolo assolutamente pacifico, era stata trasformata nel capillare sistema di trasporto della guerra: la bicicletta. Con il tempo ebbi modo di constatare che Jim era ossessionato dalle biciclette. Suppongo che apprezzasse quel modo così discreto di spostarsi con relativa rapidità. In effetti, vennero largamente utilizzate dai giapponesi per spostare i mortai su terreni impervi. Ma Jim vi vedeva qualcosa di più che un mezzo di trasporto. Dopo essere sopravvissuto non solo ai lavori forzati e alle torture, ma anche a una ventina di attacchi di malaria, difterite, dissenteria e beriberi, aveva finito per identificarsi con la tenacia del ciclista nell'andare avanti, e quell'idea era diventata una fissazione: pedalare sino alla fine della guerra. Mi raccontò che di notte, per prendere sonno nonostante l'umidità, le zanzare, la diarrea, il vomito suo e altrui... immaginava una bicicletta invisibile che lo avrebbe portato via dalla giungla. Questo genere di fantasie era una maniera di evadere molto comune tra i prigionieri, e ricordo, per esempio, una testimonianza che ho letto negli articoli di George Weller, ma che Jim mi aveva già raccontato in modo ossessivo come quando parlava di biciclette. Dunque, mi aveva ripetuto decine di volte che un altro mezzo di evasione tra i prigionieri che ogni giorno pativano il tormento della fame, consisteva nello scambiarsi – come fanno i ragazzini con le figurine – ricette culinarie. Se le passavano l'un l'altro, con l'acquolina in bocca nello scambiarsele quasi si trattasse di vere pietanze. E così come Jim non sarebbe mai salito sulla bicicletta che gli avrebbe permesso di fuggire, quelle ricette erano soltanto pezzi di carta che, nel migliore dei casi, presentavano qualche macchia di colore. Tuttavia, simili consolazioni virtuali, le ruote di una bici e gli ingredienti a base di inchiostro, rappresentavano l'alimento con cui nutrire non il corpo bensì la fantasia, per mantenere in vita un uomo in quella giungla.

Grazie ai suoi racconti, potevo comprendere certe manie di Jim, certe fobie che non mi disturbavano in modo particolare, anzi, una volta comprese, le apprezzavo provandone tenerezza. Jim non sopportava gli spaghetti al ragù. Ovviamente, sapendolo, non li cucinavo mai a casa, però, se ci trovavamo in un ristorante e accadeva che qualche cliente di un tavolo accanto ordinasse proprio quel piatto, Jim cominciava letteralmente a tremare. Mi raccontò che in quei giorni nella giungla, le ricette, essendo un mezzo di evasione, una via di fuga, a volte diventavano il pretesto per scatenare una lite. C'erano alcune regole negli scambi. Una era che non si potevano scambiare ricette già fatte da altri perché, a quanto pare, quando le forze vengono meno, si affievolisce anche l'inventiva, e per stimolare le capacità di affabulazione la singolarità era importante, quindi la competitività si concentrava nella qualità della ricetta esclusiva, dove il gioco e il rischio erano elementi di vitalità. Ma a volte accadeva che il gioco, nelle mani di uomini affamati e disidratati, si trasformasse in un delirio, e i prigionieri scatenavano risse nelle quali arrivavano a mordere e uccidere come un branco di cani famelici che si contendono un pezzo di carne. Jim mi raccontò di uno di quei casi, che si verificò con la ricetta più ambita, quella che tutti si contendevano: spaghetti al ragù. Nonostante avessero diverse culture culinarie, tutti sembravano apprezzare la pasta con carne e pomodoro, e si azzuffavano come belve per qualcosa che in fin dei conti era solo un pezzo di carta. L'ultima disputa per gli spaghetti era finita con due morti. Nell'allucinazione provocata dalla fame, un prigioniero si era scagliato sui corpi macilenti dei compagni, carne rossa come la pasta per cui era iniziata la zuffa.

Durante quella passeggiata a Central Park, Jim mi spiegò anche perché non sarebbe mai potuto entrare in una sauna. Quando tra i prigionieri si scatenava una di quelle risse selvagge, quelli che erano ancora in condizioni di mantenere una certa lucidità si incaricavano di eliminare gli alienati fuori controllo. Così evitavano che i giapponesi confermassero le loro convinzioni sui prigionieri considerati non come persone ma come animali o cose, e torturassero i responsabili dei disordini. Finire i compagni in modo rapido era di gran lunga preferibile al doverne sopportare le urla, le suppliche, le sofferenze che potevano durare per giorni interi. La cosa peggiore erano le *sweatboxes*, che infliggevano una morte lenta. Essendo situate accanto alle baracche, le urla che ne provenivano di notte non permettevano di dormire a quanti l'indomani avrebbero dovuto lavorare per sedici o diciotto ore di seguito. Le *sweatboxes* erano casse dentro le quali i prigionieri venivano rinchiusi individualmente, e subito cominciavano a sudare. Per il materiale con cui erano costruite, ed essendo ermetiche, le vittime di quella tortura si disidratavano nel giro di pochi minuti, poiché quegli spazi erano stati ideati per concentrare tutto il calore possibile, come in un forno, dove i prigionieri si cuocevano a fuoco lento. A distanza di tanti anni, Jim non riusciva ancora a entrare in una sauna. Di fatto, non capiva come potessero esistere persone che ne traevano godimento, perché le casse di tortura viste tanto tempo addietro avevano condizionato l'idea futura di un qualsiasi abitacolo fatto per sudarci dentro.

Jack Bridger Chalker era un artista inglese che, prigioniero in Birmania, aveva ritratto i suoi compagni di sventura. Jim mi aveva parlato di lui, ma non ho mai capito bene se lo avesse conosciuto personalmente. Quando non avevo ancora visto quei disegni, non mi ero azzardata a chiedergli se aveva ritratto anche lui, nel marasma di tanta sofferenza collettiva mi sembrava una domanda inopportuna. Ma quando anni dopo vennero pubblicati e potei vedere i volti veri, i tratti personali che andavano oltre la massa informe facendo emergere la sofferenza individuale, quando potei distinguere le facce, con le espressioni e le rughe e i segni, pur non chiedendo a Jim se era tra loro, mi misi a cercarlo sfogliando il libro più volte, freneticamente.

In un disegno compariva un uomo in piedi, legato a due canne di bambù che, in confronto al corpo smagrito del prigioniero, apparivano molto meno sottili di quanto in realtà siano queste canne. Aveva un secchio appeso al collo e, tenendo la testa china in avanti, veniva da chiedersi se i guardiani gli avessero messo il secchio per vomitarci dentro perché malato o se, al contrario, fosse l'ennesimo strumento di tortura il cui contenuto restava ignoto.

In un altro disegno si vedeva un piede piagato che mostrava le ossa scoperte, i tendini infestati di pus. Le piaghe tropicali, ho letto da qualche parte o sentito dire, erano provocate dai batteri presenti nel terreno, microrganismi che scarnificavano come un acido. Bastava un graffio per aprire il varco a quella sorta di termiti invisibili.

Una delle illustrazioni che mi colpì di più mostrava alcuni prigionieri con le bocche aperte all'interno di una tenda. Sembrava che si stessero curando le piaghe a vicenda, e dalla bocca di uno di loro, spalancata come un buco nero, pareva di sentire le urla di tutti gli altri. Ripensare a quel disegno ancora oggi mi provoca una sinestesia tra vista e udito, un disegno a matita e acquerello che mi entra nelle orecchie come un lamento di agonia.

Ricordando quelle immagini ripenso alla Convenzione di Ginevra riguardo al trattamento dei prigionieri di guerra. Fu proprio Jim a darmene una copia che, ripeto, riecheggia in me come una premonizione sul mancato rispetto di altri trattati internazionali. Il contrasto fra le vicissitudini di Jim e gli articoli della Convenzione mi infligge una sensazione di impotenza comparabile solo al ricordo delle mie vicissitudini alla luce dei trattati umanitari dello stesso genere. Leggere quegli articoli significa leggere non solo tutto ciò che non è stato rispettato, ma anche ciò che è stato annientato mediante la reificazione dei prigionieri, che furono privati di qualsiasi parvenza umana. Mi permetta di citare di seguito alcuni di questi articoli, scelti a caso. Come vedrà, in ciascuno aggiungo, tra parentesi, il mancato rispetto del trattato in base alle vicissitudini di Jim. Insisto nel rimarcare che tutto questo è solo un esempio delle violazioni di tali trattati a tutt'oggi. Tenga conto del fatto che ciò rappresenta appena una tessera in più del puzzle che, una volta completato, le fornirà il contesto e la forma concreta della mia vendetta. Alla fine tutti potranno vederla nitida come una fotografia.

Articolo 2

I prigionieri devono essere trattati sempre con umanità e protetti specialmente contro gli atti di violenza e d'intimidazione, contro gli insulti e la pubblica curiosità. (Jim non fu trattato da essere umano e nemmeno come un animale dotato di intelligenza, bensì come un batterio esposto allo sguardo curioso di un chimico che lo sottopone a esperimenti per osservarne mutazioni, mutilazioni, morte. Mi raccontava che ogni tanto un guardiano passava e ordinava a un prigioniero di inginocchiarsi e di aprire la bocca. Il guardiano ci sputava dentro. Se il prigioniero inghiottiva lo sputo senza mostrare alcun segno di ribrezzo, il guardiano proseguiva; in caso contrario, gli tagliava la gola.)

Articolo 9

I prigionieri di guerra internati in regioni malsane o il cui clima fosse loro pernicioso saranno trasferiti al più presto possibile in clima più favorevole. (Centinaia di prigionieri morirono di malattie contratte direttamente o indirettamente a causa del clima della giungla. Non si pensò neppure lontanamente a trasferirli altrove, visto che erano stati portati lì per lavorare proprio in quella zona.) I belligeranti eviteranno, per quanto possibile, di radunare nello stesso campo prigionieri di razze o nazionalità diverse. (Un altro dei grossi problemi era che, in modo del tutto cosciente, i giapponesi mescolavano i prigionieri, con l'intento di creare contrasti che li inducessero ad aggredirsi a vicenda come cani da combattimento.)

Articolo 11

La razione alimentare dei prigionieri di guerra sarà equivalente in quantità e qualità a quella delle truppe del campo. Sono vietati i provvedimenti disciplinari collettivi che colpiscono i prigionieri nel vitto. (I prigionieri dovevano catturare topi, lucertole e vermi per poter sopravvivere. Davano loro soltanto un pugno di riso al giorno.) L'acqua potabile sarà fornita ai prigionieri di guerra in misura sufficiente. L'uso del tabacco sarà permesso. I prigionieri di guerra dovranno partecipare, in tutta la misura del possibile, alla preparazione del loro vitto; essi potranno, a questo scopo, essere adibiti alle cucine. (I prigionieri dovevano spezzare gli steli di alcune piante per potersi dissetare. L'acqua gliela sbattevano in faccia a secchiate e poi li guardavano leccarsi a vicenda per alleviare la sete.)

Articolo 30

La durata del lavoro giornaliero dei prigionieri di guerra, compresa quella per il viaggio d'andata e di ritorno, non dovrà essere eccessiva e non dovrà, in ogni caso, superare quella ammessa per gli operai civili della regione, con riferimento alla Potenza detentrice, adibiti a lavori uguali. Sarà accordato a ogni prigioniero un riposo di ventiquattro ore consecutive a settimana, preferibilmente la domenica. (Quello era un campo di lavori forzati, non c'era alcun riposo e tantomeno di ventiquattro ore.)

Che Jim comparisse o no nei disegni di Jack Bridger Chalker è irrilevante, ma quei disegni mi confermarono qualcosa che lui ripeteva spesso: "Quando è arrivata la mia ora, la morte ha tirato dritto." Questa idea lo avvolgeva in un alone protettivo che si percepiva chiaramente. In effetti, Jim viveva come se la morte si fosse dimenticata del suo appuntamento con lui. Un giorno mi trovavo in una riserva nazionale al confine con il Canada, quando mi chiamarono per dirmi che l'aereo da turismo con a bordo Jim e un nostro amico era stato visto precipitare sull'altra sponda del lago. Recandoci sul posto, cominciai a vedere lungo la strada pezzi di lamiera bruciata, e dovettero trattenermi a forza perché non mi buttassi dalla jeep. Poi, arrivati lì, c'era Jim che stava cercando di suturare un taglio sul collo a un bufalo che, spaventato dall'incidente, era rimasto impigliato nel filo spinato. Succedeva sempre così quando la disgrazia sembrava sfiorarlo da vicino. O non toccava a nessuno o toccava a qualcun altro, e lui diceva sempre la stessa cosa: "Non preoccuparti. Te l'ho detto che la morte si è scordata la mia ora." Sebbene Jim avesse diciassette anni più di me, era ancora giovane, e non mi è mai piaciuta l'immagine che si era fatto della signora con la falce, quasi fosse svagata e distratta, perché, come lei vedrà più avanti, la morte non si era affatto dimenticata di lui. O forse dovrei dire che la morte, che senza dubbio non si era dimenticata di me, ha aspettato che ci conoscessimo per prenderlo con sé e uccidermi, così, un'altra volta, l'ennesima.

Comunque sia, in quei momenti volevo credere a quello che mi diceva, che sarebbe vissuto in eterno. Forse è questa l'origine di uno dei miei sogni ricorrenti ancora oggi. Mi trovo in una stanza con una grande finestra. Ho un libro in mano, ma anziché leggerlo mi distraggo a osservare un uccellino dentro una gabbietta. Salta da un'asticella all'altra, con quei movimenti un po' nervosi degli uccellini in gabbia. Lo osservo per qualche minuto, tranquilla, e a un tratto vedo che gli è successo qualcosa. È caduto sul fondo in preda a un tremore, ha quasi le convulsioni. Allora afferro la gabbietta ed esco di casa correndo a cercare aiuto, un veterinario, qualcuno, di porta in porta. E tutti mi rimandano da un altro e da un altro e da un altro e io continuo a correre e a chiedere, sempre più disperata e di fretta, perché vedo che l'uccellino soffre. Alla fine, quando mi assicurano che dall'altra parte della strada c'è una casa dove potranno aiutarmi, attraverso e vengo investita da un'auto. Cado a terra e vedo la gabbia volteggiare in aria, lo sportello si apre e l'uccellino scappa fuori sano e salvo, e si mette a volare, proprio nell'attimo in cui il mio cuore si ferma. Jim diceva che, in effetti, quando il corpo muore l'anima fugge via. Solo che, nel suo caso, tornava nello stesso corpo giusto in tempo per agganciare l'ultimo battito del cuore a quello successivo, il primo della serie di una nuova sopravvivenza. Magari fosse stato così, l'eterno palpitare di un uccello libero.

Già, cosa gliene importa a lei dei miei sogni. Ma gliel'ho detto, scrivo nell'illusione che altri, forse, possano leggermi senza bisogno di giudicarmi. Inoltre, chissà cosa potrebbero tirare fuori dai miei sogni certi rappresentanti della psichiatria forense. La mia innocenza o la mia colpevolezza. Un puro e semplice azzardo, quando ti esamina uno psichiatra che ignora il fatto che un cervello, oggi come oggi, non può essere rinchiuso nella gabbia delle categorie. Ma il mio caso non verrà sottoposto a nessuno psichiatra, e di questo le sono grata. Non creda che dimentichi che sono soltanto nelle sue mani, e che mi rimangono giorni, forse soltanto ore, prima che mi trovino in questa capanna, il rifugio dove io, senza dubbio condannata a morte, scrivo circondata di vita, acqua, animali selvatici, vegetazione.

Quante cose ho dovuto cercare. Yoro è stata senza dubbio la più apprezzabile, ma quando conobbi Jim, da molti anni avevo avviato un'altra ricerca, quella di persone che, come me, non si trovavano a proprio agio all'interno degli schemi di alcuna categoria sessuale. Qualsiasi etichetta mi faceva sentire come stretta in un busto creato per un altro corpo, in una muta di neoprene che rende impacciato ogni movimento e che costa uno sforzo notevole togliersi di dosso. Mi sarei sentita meglio nuda, intendo dire in una *non categoria*, ma il mio status acategorico non era accettato, perché la gente, lei lo sa bene, ha sempre bisogno di mettere etichette sul vaso di formalina di ogni specie. Il problema è questa presunta superiorità che ogni etichetta sembra possedere per il solo fatto di essere stata accettata come tale, di essere stata semplicemente stampata. A volte mi pare che sia questa la nostra vita nella società, tutto consiste nel fatto che un certo numero di persone si mettano d'accordo e siano disposte a pagare per le lettere che compongono il nome del loro collettivo su una maglietta o un berretto. Le possibilità dell'individuo, del solitario, sono infime, perché rappresentare te stesso costa molto caro. Oggi si parla di minoranze. Mi fa ridere l'esclusione delle minoranze. La vera emarginazione è quella di chi sente di non avere accesso neppure a un gruppo minoritario. Il mondo è fatto di grandi minoranze, ma per tanto tempo io sono stata radicalmente sola.

Ricordo ora le prime vacanze che ho trascorso con la mia famiglia adottiva. Eravamo andati a Londra e, uno di quei giorni, visitammo il Museo di Storia Naturale. Era una visita guidata che ci avrebbe mostrato, in gruppi ridotti di cinque persone, alcune delle specie che più avanti avrebbero fatto parte del Centro Darwin di quello stesso museo. I miei genitori e mia sorella, tutti statunitensi, io e un altro visitatore formavamo un gruppo che seguiva una biologa in camice bianco, la nostra guida. Ci condusse in una prima sala rettangolare e chiuse la porta. L'odore di formalina, di vecchio, di morto disseccato, era fortissimo. Mi fece molta impressione. E poi, sugli scaffali, osservai le centinaia o migliaia di piccoli contenitori con dentro, secondo le spiegazioni della biologa, gli organismi più semplici che voleva mostrarci. Batteri, forme di vita invisibili, dal minore al maggiore, fino ai licheni e ai microinsetti. Anche le altre sale erano rettangolari, piuttosto strette, si susseguivano una dopo l'altra, come se fossero disposte lungo un interminabile corridoio disseminato di porte. E in ogni nuova sala l'odore era più intenso, e più grandi i vasi che contenevano, a loro volta, campioni sempre più grandi. Quando arrivammo alle scimmie e vidi quelle faccine praticamente umane conservate nel liquido, quelle manine da bambini, le espressioni così diverse su ogni volto, ebbi un attacco di panico che ricordo bene, il primo della mia vita. La mia nuova famiglia, la guida, l'altro visitatore, nessuno di loro sembrava appartenere alla mia specie. Qualsiasi animale chiuso in quei contenitori di vetro mi appariva più simile a me di quelli che erano entrati per vederli. Allora feci dei pensieri deliranti, e provai terrore immaginando che, essendo io l'estranea del gruppo umano, alla biologa potesse venire l'idea di mettermi in un flacone per poi mostrarmi al seguente gruppo di turisti. Era una paura così forte che cominciai a implorare urlando di poter uscire da lì. Una volta fuori, mentre cercavano di calmarmi e mi davano dell'acqua, non riuscivo a smettere di pensare a una cosa: quello che era successo mi mostrava in modo inequivocabile la mia miseria; tra le centinaia di migliaia di esemplari contenuti in quel museo, comprese le persone che stavano con me, non potevo identificarmi realmente con nessuno di loro. La sensazione di essere l'unica della mia specie mi ha accompagnato fino a oggi, quando ormai ha cessato di essere un problema per me. Il problema era quando sentivo che la mia unicità mi condannava a essere invisibile, quando sentivo che l'unica cosa degna che qualcuno voleva mostrare di me era la mia assenza.

Queste idee rispetto all'esistenza dell'assenza mi fanno ricordare l'incontro con T, la prima di una serie di persone acategorizzabili come me, e della quale non ho più saputo nulla. Avrà avuto una ventina d'anni, e la conobbi durante il secondo viaggio a Hiroshima dopo essermi trasferita negli Stati Uniti in seguito all'adozione. È curioso, perché T si dichiarava asessuata, e sebbene oggi l'asessualità venga considerata a sua volta una categoria, resta pur sempre una categoria indefinibile. La gente non comprende l'assenza. Comprende meglio l'eccesso, la sovrabbondanza, l'esagerazione del desiderio, persino un'orgia smisurata. La fame è intesa come mancanza di cibo, ma pochi la intendono per quello che è: una mancanza senza riferimenti, un vuoto colmo di vuoto. Lo stesso accade con l'asessualità, la si pensa come una mancanza di desiderio sessuale, ma non come un'entità a sé.

T non era stata segnata da *Little Boy*, ma da un'altra bomba: la pioggia. Quel liquido nero, denso, che seguì all'esplosione. La gente si lasciò bagnare e T, come molti altri, non si era riparata. Non poteva sapere che quel fluido oleoso, che tanti addirittura bevvero, conteneva una bomba in ogni goccia, una mitragliata di ulcere e cancri che all'inizio non si vedevano, ma che da un giorno all'altro spuntavano solidi come tuberi. Quella capacità di riciclaggio era sorprendente. Tutto andò avanti così per diversi anni, la gente sembrava stare bene e, di colpo, non c'era più. Dunque non tutto fu sincero nella bomba: l'apparenza, il movimento, non servivano più a distinguere i vivi dai cadaveri. T aveva trascorso i primi sei mesi dopo l'esplosione visibilmente sana quanto silenziosamente morta. Ma alla fine era sopravvissuta, anche se lei situava le origini della sua asessualità in quel terreno di apatia, di indifferenza tra ciò che si muove e ciò che non si muove; l'eretto e solido da un lato, e il debole e flaccido dall'altro. T assicurava di non provare alcun genere di appetito sessuale dal giorno dell'esplosione. Si considerava asessuata nel senso più letterale del termine. Eppure, si sentiva affine a quegli esseri che esistono in natura, e così, quando citava le meduse, le stelle di mare, le salamandre... le si riempiva la bocca di qualcosa che definirei desiderio. Ecco, vede? Forse anch'io, come la maggior parte delle persone, sono incapace di vedere che anche il non desiderio può avere una sua esistenza.

Dopo gli anni della Ferrovia della Morte e della nave *Oryoku Maru*, Jim non avrebbe mai immaginato di vedersi affidare la missione di occupare il paese responsabile delle torture subite. Avrebbe preferito tornare a casa ma, d'altra parte, non lo aspettava nessuno che considerasse davvero importante, e forse la routine militare gli dava la sensazione di far parte di un ingranaggio al quale magari risultava necessario. In realtà, lui sapeva bene che, al pari di qualsiasi altro soldato, non era affatto insostituibile, ma gli era di sollievo credere ai superiori quando asserivano l'importanza di ciascun individuo e, dato che avevano vinto la guerra, non c'era alcuna ragione di dubitare che fosse stata vinta anche grazie al suo apporto. Tutto era possibile, e nei momenti di solitudine fantasticava di essere stato lui il battito di ali della farfalla che aveva scatenato l'uragano redentore.

Jim fu liberato nel settembre del 1945 dalle truppe statunitensi. Il primo contingente delle forze di occupazione era formato da quindicimila soldati. Nei sette anni successivi avrebbero continuato ad arrivare altre migliaia di americani. Mentre Jim aveva già familiarizzato con la mentalità giapponese, pur cosciente del fatto che una comprensione a livello profondo rimaneva impossibile, gli americani che misero piede in Giappone per la prima volta si ritrovarono in una società con la quale non avevano mai avuto alcun confronto. Non sapevano quasi nulla di quel paese. Il motto con cui Sadao Araki, generale dell'esercito imperiale giapponese, si vantava orgogliosamente delle differenze tra la sua cultura e quella degli invasori era: "La sciabola è la nostra Bibbia d'acciaio." Il conservatorismo biblico delle forze di occupazione veniva confutato, con ogni immagine, con ogni parola, tramite la morale di un popolo che non si faceva guidare dalle sacre scritture, bensì da una casa imperiale che discendeva dal sole stesso. Tutto ciò che rappresentava l'ideale di vita americano trovava i suoi antipodi in Giappone. Loro non avevano bisogno – i miei genitori, la mia gente – della parola di un profeta, perché considerando che il calore dell'astro raggiungeva tutti i continenti, l'accettazione del suo potere doveva essere assorbita non attraverso l'udito, ma dalla pelle stessa, senza poterlo mettere in discussione, poiché l'emanazione del calore e la conseguente temperatura erano dati fisici, inconfutabili. Quel sole che illuminava la nostra terra era come la palla di fuoco che apparteneva, per nascita, unicamente al Giappone, e il mio paese pensava di essere il depositario di certi precetti che dovevano estendersi, come i raggi solari, su tutto il globo terracqueo. Quando gli Stati Uniti lottavano per espandere il proprio impero, il Giappone lottava per la stessa causa, ma con una differenza: gli americani lo facevano con le armi e i discorsi, i giapponesi solo con le armi, perché il fatto che il sole sorgesse ogni giorno bastava di per sé a conferire loro più autorevolezza di qualsiasi parola.

Aver conosciuto Jim, aver conosciuto soprattutto l'amore con Jim, fece di me una spugna che si inzuppava di ogni notizia, ogni racconto, ogni testimonianza della tragedia del Giappone. È stato questo amore per uno straniero che curiosamente mi ha portato a interessarmi delle sofferenze del mio popolo, perché prima di conoscerlo io stessa ero così ferita per la mia gente che forse poco alla volta mi sarei staccata dalle mie radici. Ma, da Jim in poi, qualsiasi cosa ascoltavo la trattenevo. Ricordo un filmato di propaganda che il governo statunitense diffuse nel 1945, in cui descriveva lo spirito giapponese. Una delle descrizioni riguardava proprio il sole. Il testo che accompagnava le immagini diceva che l'imperatore, essendo diretto discendente del sole, era il più brillante, il più alto, e svolgeva tutte le seguenti funzioni contemporaneamente: presidente degli Stati Uniti, primo ministro della Gran Bretagna, Papa, arcivescovo di Canterbury e capo della Chiesa ortodossa russa. Dall'imperatore Hirohito tutto emanava e tutto in lui sussisteva. Quando passava per la strada, le finestre dei primi piani – rimarcava il filmato propagandistico – dovevano essere chiuse. Proprio come se stesse passando il sole e dovessero proteggersi dal suo fulgore. Grandi erano dunque le differenze con la mentalità americana. Ma sosteneva: "Dobbiamo tentare di comprendere il Giappone, giapponesi e americani sono stati legati dalla più stretta delle relazioni possibili: la guerra. E che ci piaccia o no, noi e i giapponesi dovremo essere amici per lungo tempo."

Quel genere di filmati era destinato a preparare le forze di occupazione ad affrontare gli anni che li aspettavano. Quando i primi statunitensi sbarcati in Giappone liberarono i compatrioti nei campi di concentramento, le immagini dei corpi torturati, affamati, moribondi o già morti, provocarono un'ondata di indignazione che, tuttavia, andò affievolendosi a mano a mano che scoprirono e forse, in un certo modo, cominciarono a comprendere le sofferenze che aveva patito la popolazione civile giapponese. Migliaia di orfani vagabondavano, supplicavano, rubacchiavano per le strade di Tokio e delle altre città bombardate. Acqua e cibo scarseggiavano. C'era chi mangiava segatura per assumere la propria razione di carboidrati e su consiglio del governo come proteine mangiavano rettili, topi e insetti. Una volta ho sentito la testimonianza di Kitty Teraki, una giapponese che aveva vissuto gli anni dell'occupazione, e diceva che con le razioni fornite dal governo era impossibile sopravvivere. Un professore tentò di dimostrarlo cercando di restare vivo senza acquistare niente al mercato nero. Morì poco tempo dopo.

Secondo un'altra testimonianza, per diversi mesi l'unica cosa che facevano i vivi era seppellire i morti. Quella permanente attività di sepoltura mi impressionò e continua a impressionarmi ancora oggi. Certe testimonianze non si dimenticano. Che siano dirette o indirette. Ricordo il racconto di Daniel Machover delle sue sensazioni mentre filmava la messa della notte di Natale del '45, nella cattedrale di Urakami, a Nagasaki.

Tutto intorno era distruzione, deserto, morte, ma dall'interno della cattedrale provenivano voci *angeliche* – usò proprio questa parola – che, per il contrasto con la desolazione all'esterno, gli sembrarono un miraggio. Entrò nella cattedrale e, in effetti, le donne che indossavano il kimono intonavano *Notte di pace*. La cattedrale di Urakami o di Santa Maria, allora totalmente distrutta dalla bomba atomica di Nagasaki, era stata costruita nel 1875 per la cospicua presenza di cristiani nella zona. Era stato possibile edificarla al termine della persecuzione contro il cristianesimo. Quella notte di Natale, ascoltare quelle voci e vedere quelle donne con un'espressione di pace, e vestite con il tradizionale kimono, in condizioni decenti nonostante le circostanze, fece sì che nella mente di Daniel Machover si mescolassero due tipi di martiri: coloro che avevano perso la vita in difesa di una religione e coloro che l'avevano persa in difesa di un impero. Quelle melodie erano canti di morti, di struggente bellezza, ma pur sempre canti di morti sopravvissuti solo per continuare a essere morti.

La mia avventura in cerca delle varie sessualità che potessero comprendere quelle che allora erano ancora incertezze rispetto alla mia identità cominciò a Hiroshima, la mia città, dove tornai una volta compiuti i vent'anni. Ho iniziato questo racconto della mia ricerca sessuale dall'incontro con T, che coincise con il mio secondo viaggio a Hiroshima. Ho iniziato da lei perché nella sua asessualità vedevo le stesse radici della mia tristezza, quella mancanza, quel vuoto non più unicamente di desiderio, bensì di complici, di modelli, di compagni di strada. Ma in precedenza, nel primo viaggio, avevo anche conosciuto N. Era una nota esperta di devianze sessuali e questo fu il motivo dell'incontro. Come lei può constatare, nella mia solitudine ero disposta persino ad assegnarmi una qualsiasi devianza sessuale pur di essere etichettata, catalogata, in modo da costituire una citazione in un dizionario di creature rare. Quanto mi ha reso ingiusta con me stessa, la solitudine.

Ci eravamo date appuntamento sulla panchina di un parco, di fronte alla scultura che si trovava al centro. Tutto era immerso nel verde. Rimasi sorpresa, perché l'ultima volta che avevo visto quel parco sugli alberi non c'era rimasta una foglia. Nel punto di impatto della bomba, la temperatura della terra aveva raggiunto i 4000 gradi. Simili cifre a lei sembreranno così spropositate da non potersi fare un'idea senza qualche termine di paragone. Le darò, allora, alcune cifre con le quali potrà fare il confronto: la temperatura massima della superficie del sole è di 5800 gradi; a 1500 gradi il ferro fonde. Eccole dunque i termini di paragone. La mia città è stata incenerita a una temperatura che oscillava tra il calore del metallo fuso in un altoforno e il calore del sole. Un po' come quei fagotti informi con la testa talmente gonfia da aver triplicato le dimensioni normali, ci sono altri personaggi che popolano i miei ricordi e le testimonianze che hanno colmato le lacune dei miei primi giorni di incoscienza. Sono quelli che guardavano il cielo mentre cadeva la bomba, e che vengono sempre menzionati con parole molto concrete: un verbo – *tenere* – un sostantivo al plurale – *occhi* – un altro verbo – *fuoriuscire* – e un altro sostantivo – *orbite*. Dopo aver lasciato la scuola il giorno dell'esplosione, ricordo di aver incrociato uomini e donne che vagavano tenendosi gli occhi con le mani perché non fuoriuscissero dalle orbite. Gli occhi di N – pensai la prima volta che la vidi – erano così scuri che sembravano buchi neri.

N non era una *hibakusha*. Aveva sempre vissuto a Hokkaido, e il giorno della bomba non sapeva nulla di cosa fosse accaduto. Finché, una settimana dopo, non aveva cominciato a sentire certe notizie, ma la devastante magnitudine della nuova arma era difficile da immaginare, e N non ci fece granché caso, non più delle bombe incendiarie che avevano distrutto il settanta percento di Tokio. Nessuno che non fosse a Hiroshima nel giorno della bomba poteva immaginare una distruzione superiore a quel settanta percento della città più importante del paese. N mi ascoltava, ma all'inizio mi angosciava pensare che io vedevo qualcosa che lei non vedeva, perché lei non poteva vedere la mia sofferenza. Volevo raccontarle ciò che avevo vissuto, ma mi preoccupava il pensiero che al massimo sarebbe riuscita a vedere qualcosa che non c'era più, la luce che giunge da un sole spento. Per questo le ricordai le cifre che ho fornito a lei: quelle oltre ventimila bombe atomiche nascoste un po' ovunque per tutto il pianeta.

Cominciai a raccontare la mia storia a N mostrandole alcune foto scattate in anni diversi. Pensavo fosse una buona idea iniziare da lì. Era un modo meno rude di introdurre ciò che per molti era paradossale, perché di solito la gente rimaneva sorpresa quando assicuravo che la bomba aveva mutato il mio aspetto positivamente, e che non potevo più riconoscermi nelle fotografie precedenti a quel lunedì 6 agosto. La bomba – così dissi anche a N – aveva osato cambiare certe parti di me che aborrivo, abbozzando nuovi tratti che più avanti, disponendo del denaro necessario, avrei tentato di rendere definitivi tramite la chirurgia. In realtà, tali affermazioni, che potrebbero apparire eccessivamente dure, avevano una spiegazione molto semplice: prima della bomba io ero già una vittima, e, tra tutti coloro che mi erano vicini, la bomba fu l'unica a sapermi vedere come ciò che ero.

Nelle foto mi vedevo bella. Forse fu quella bellezza a far sì che N, visibilmente sorpresa, si ponesse la domanda che mi fece. Chiese se avevo ripreso ad avere rapporti sessuali. Risposi che ero stata con tre uomini, ma che tutti e tre dovevano aver visto qualcosa che li aveva spaventati. Non potevo esserne certa – le dissi – perché non avevo mai visto un'altra vagina, ma credevo che le operazioni subite fino a quel giorno non avessero ottenuto l'esito sperato. Da allora era l'unica parte di me che non lasciavo vedere a nessuno, neppure ai medici. Perciò credo – ancora oggi – che nessuna delle mie malattie possa essere entrata da lì. Il mio sesso è stato forte come un rifugio atomico, solo che, purtroppo, per tanto tempo nessuno c'è voluto entrare.

Ricordo una notte su una spiaggia della Florida. Accadde qualcosa che mi costrinse a vedere, da fuori, quel disorientamento che un uomo provava entrando dentro di me. Lo vidi scena per scena. E in tale ordine lo raccontai a N:

Io che mi scioglievo come acqua,
Io che camminavo nel deserto,
Io schiacciata da una ruota.

Ero andata, come di solito, a sedermi sulla sabbia, da sola, tranquilla, per guardare il mare, che in certi momenti equivale a guardare il nulla, per non pensare a niente. Tenevo le mani affondate nella sabbia, immagino per cercare un po' di umidità. Credo siano state le mani per prime a farmi notare la sensazione che mi avrebbe riportata alla realtà. Qualcosa spingeva sulle mie dita. Poi lo avvertii anche sulla pianta dei piedi, scalzi. Mi alzai. La vista si era adattata all'oscurità quanto bastava a scorgere, proprio dove mi trovavo, la sabbia che si sollevava formando piccole dune. All'inizio mi parve che si stessero aprendo dei buchi, ma poi mi resi conto che quelli che sembravano buchi non erano vuoti ma grumi, corpi. Erano le minuscole teste, zampe, becchi, gusci di centinaia di tartarughe, uscite dalle uova che, sincronizzate sull'orologio biologico palpitante in tutte contemporaneamente, avevano deposto le loro madri. Mi guardai intorno e vidi che uscivano da diversi nidi, da quei cerchi nella sabbia il cui diametro corrispondeva alle dimensioni di una tartaruga adulta. Erano talmente numerose da ricordare un formicaio. Ma quando emergevano completamente dalla sabbia e si mostravano per intero, erano carine, molto più carine di un insetto. Sapevo – perché lo avevo sentito dire – che appena nate si dirigevano subito verso il mare. Al contrario di noi, che nascendo cerchiamo l'aria, loro dovevano tornare all'acqua. Senza alcun aiuto, da sole. Non appena cominciano a vivere, il tratto di spiaggia che separa il nido dall'acqua presenta le minacce peggiori, dove ogni sorta di predatori è in agguato. Mi sentivo fortunata per l'inaspettata occasione di assistere a quel momento, e ansiosa di vedere come si sarebbero salvate. Ma anziché andare verso la riva del mare, cominciarono a muoversi nella direzione sbagliata, verso l'autostrada. Mi prese l'angoscia. Avvicinandomi, vedevo che si lasciavano dietro la bava protettiva dell'uovo. Se fosse arrivato un predatore, una volpe, un cane, ero pronta a scacciarlo, a sferrargli un calcio. Ma come poter conservare la cosa più necessaria: quella umidità che intuivo indispensabile, la sostanza lubrificante che io stessa, tante volte, avevo sentito seccarsi dentro di me, senza riuscire a umidificare l'uomo che, spogliandomi, scoprendomi, vedendo ciò che io non sapevo ancora spiegare, fuggiva. E così le piccole tartarughe andavano verso la strada che separava la spiaggia dalla grande città. Allora l'inquinamento luminoso non era ai livelli odierni. Ma le luci artificiali in alcuni punti erano già eccessive. Le tartarughe avevano scambiato la luce dell'autostrada con quella della luna; il rumore delle auto con quello delle onde; e si trascinavano nella direzione opposta a quella che miliardi di altre come loro avevano seguito fin dalla preistoria. Avevo paura di muovermi, perché le tartarughe continuavano a venire fuori dalla sabbia e non volevo rischiare di calpestarle. Rimasi ferma, a guardare come agitavano goffamente le pinne, poveri rettili che, pur essendo marini, dovevano muovere i primi passi sulla terraferma. Si spostavano, nuotando senz'acqua, verso i fari delle auto, che passavano veloci, in un rombo continuo, ignare di quell'esercito che, disorientato, marciava al contrario. Cominciò a piovigginare. Non potevo sopportare quella scena: le piccole tartarughe destinate a inaugurare i loro polmoni in una pozzanghera di catrame, olio per motori e acqua senza sale. Mi venne un'idea. Oltre alla città, anch'io avrei potuto proiettare una luce artificiale, e da più vicino. Accesi la pila. La puntai sulla fila di carapaci e poi verso il mare. Lo feci più volte. All'inizio non succedeva niente, ma ben presto gli animaletti cominciarono a cambiare direzione per seguire la mia luce, che dirigevo verso il liquido vitale che ne aveva perpetuato l'esistenza nella catena che dall'istante si estende al giorno, dal giorno all'anno, dall'anno a un'èra. Entrai in acqua fino alle ginocchia per vederle arrivare. Dalla prima, che andando verso l'autostrada era stata l'ultima, fino all'ultima, che era stata la prima. Tornai a sedermi per guardare il mare, che in certi momenti equivale a guardare il nulla, per non pensare a niente. Ma stavolta non funzionò. Pensavo. E immaginavo me stessa mentre andavo verso l'autostrada, prosciugandomi, perdendo lungo il cammino ogni umore, su quella sabbia che sembrava impastarmi la lingua con cui non riuscivo a spiegare come definirmi: la mia differenza. Mi vedevo strisciare come un rettile. Purtroppo, su quella spiaggia nessuno mi avrebbe aiutato, nessuno avrebbe diretto una luce sul mio corpo per indicare all'uomo che mi denudava ciò che io non volevo, non potevo spiegare, perché in me si entrava non per chiedere spiegazioni, visto che non potevo darne, bensì per nuotare nel mare, che equivale a non pensare a niente.

Ovviamente, questa esperienza a N non servì a nulla. Mi disse che dovevo essere meno allegorica e, se proprio volevo che mi aiutasse, dovevo mostrarle ciò che faceva scappare gli uomini. Ma allora mi sarebbe stato impossibile. Non ero preparata. Nemmeno io volevo vederlo. Ci salutammo.

L'allegoria era il massimo livello che per tanto tempo riuscii a raggiungere per spiegare cosa mi succedeva. Adesso, valutandolo alla dovuta distanza, mi compiaccio che fosse così, perché credo che quel mio modo di esprimermi dipendesse da una certa ingenuità, da un po' di pudore e di timidezza. Mi piace ricordare che sono passata attraverso quella fase che, credo, tutti dovrebbero affrontare, e mi rallegra in modo particolare alla luce degli eventi successivi, perché dopo sarebbe arrivata la brutalità, avrebbero finito per strapparmi via la delicatezza con cui prima raccontavo la mia storia, e avrei cominciato a descrivere le cose come erano, letterali, dirette, dure, laceranti. Senza il mare. Senza acqua per alleviare la febbre.

Anche Jim insisteva spesso sull'idea che tra gli uomini non c'è relazione più intima della guerra. Neppure l'amore né l'amicizia né qualsiasi altro tipo di rapporto possono offrire in misura maggiore della contesa sanguinosa ciò che essenzialmente avvicina gli uomini: la conoscenza reciproca. In guerra la sopravvivenza dipende dalla conoscenza del nemico. Più lo si conosce, maggiori saranno le possibilità di restare vivi. In guerra si conosce la parte più intima delle persone, tutto quello che un uomo è capace di fare al suo nemico, ma anche tutto quello che un uomo è capace di fare ai suoi, al proprio padre, o al figlio, per il danno che a sua volta ha subìto dal nemico. La guerra esterna penetra sempre nella guerra interna, di se stesso, della famiglia, del cuore. Jim mi raccontava che mentre lavorava nella giungla birmana, tra i prigionieri c'era un compagno che custodiva di nascosto un flauto. Quando, di notte, i lamenti dei torturati o dei malati diventavano insopportabili, gli chiedevano di suonarlo per sovrastare le urla. Un giorno, una ragazzina che i guardiani tenevano nell'accampamento per preparare da mangiare lo scoprì a suonare il flauto. Tutti si aspettavano una spiata, che alla ragazzina sarebbe valsa una razione in più di cibo o un unguento per alleviare le punture di insetti. Ma la notte dopo la ragazzina tornò nella tenda. Si avvicinò cautamente al flautista e, a gesti, gli chiese di darle il flauto. Mise le dita sui fori e soffiò. Al primo suono che ne uscì, lo gettò a terra e scappò via. La notte successiva era di nuovo lì. E continuò a tornare tutte le notti. Ogni volta soffiava nel flauto un po' di più. Non ne usciva alcuna melodia, e alla fine qualcuno le chiese nella sua lingua perché le piacesse quel suono. Lei rispose che non ne era sicura, ma il flauto le ricordava un gioco a cui la faceva giocare suo padre, ormai defunto, ma da quel flauto usciva soltanto il vento. Sentendola dire così, qualcuno le tolse il flauto e le disse di non tornare più. Qualche giorno dopo l'avevano vista in ginocchio nella sabbia, più sporca del solito, i capelli arruffati, sembrava una povera pazza, scollegata dalla realtà. Teneva tra le mani una grossa lucertola morta. L'unico gesto che faceva era portarsi alle labbra la bocca aperta della lucertola e soffiare, con delicatezza.

Questo aneddoto del flauto, così come la precedente descrizione delle voci che cantavano *Notte di pace* nella cattedrale di Urakami, mi fa venire in mente una serie di associazioni che mi inducono a pensare a una terza idea musicale legata, precisamente, alla ricerca della mia identità sessuale in quegli anni. La terza associazione musicale mi ha colto di sorpresa solo qualche mese fa. Una delle rare volte che, nel campo dei rifugiati, sono riuscita ad avere un collegamento internet, un amico mi inviava un frammento di dialogo di un film, nel quale uno dei protagonisti spiega la ninfomania mediante il concetto della polifonia di Bach. Così come la polifonia ha introdotto la possibilità di suonare o cantare diverse linee melodiche simultaneamente, la ninfomane ritiene che tutti i suoi uomini siano al contempo uno solo. Riconoscere l'unicità di molteplici voci era qualcosa che potevo solo intuire, da lontano, negli anni dell'infanzia e dell'adolescenza, quando non avevo ancora vissuto abbastanza da fare esperienze di cui appropriarmi per la mia serenità spirituale, né tantomeno assimilarle mediante sofisticati processi culturali paralleli. C'è sempre stato un enigma che mi definiva nell'incertezza, una confusione che, allora non me ne rendevo conto, inquietava i miei compagni di scuola, in quei primi anni, e che avrei continuato a non notare negli altri nella mia giovinezza. Nell'ambiente in cui vivevo tutti sembravano essere fermamente certi della propria identità sessuale. Questo mi avrebbe portato alla ricerca di contatti con esseri indefinibili quanto me. La similitudine più prossima a tale idea di riconoscere l'unicità nel molteplice, l'avrei trovata nella forma dei ponti in Giappone. Ponti che non sono pianeggianti ma descrivono un arco, e, grazie a ciò, chi li attraversa può ammirare il paesaggio su differenti livelli. Attraversarli è quindi non solo l'azione di passare da una riva all'altra del fiume, ma anche di vedere quanti paesaggi vi siano in un solo paesaggio. Io volevo vedere il ponte che passa da un uomo a una donna, un ponte che riconosce, nella sua forma arcuata, tutti i generi, l'infinità di sessi che esiste tra le due sponde. E ho camminato molto, ho osservato tanto, ho cercato di capire per formare, io stessa, quell'arco di un ponte che non è di pietra né di legno, bensì un ponte umano.

Terzo mese
Intersex

Quando ho conosciuto Jim, nonostante avessi ormai superato l'imbarazzo di qualsiasi genere di incertezza che riguardasse il mio sesso, con lui avrei ripreso a sentirmi vulnerabile, esposta, fragile, e ho preferito, prima di avere un rapporto sessuale con lui, scrivergli una circostanziata lettera al riguardo, che lui ha sempre conservato e che, dopo la sua morte, mi sono ripresa. Ne trascrivo di seguito una parte. Salto l'intestazione, i saluti e altro che non riguarda il motivo principale per cui l'ho scritta, quello che temevo provocasse in Jim un rifiuto. Lei sarà in grado di constatare, leggendola, che fin dalla nascita mi hanno marchiata con la prima delle imposizioni, quella che avrebbe reso tanto difficile la mia vita. Ciò che non potevo immaginare è a quale livello di felicità avrebbe finito per condurmi quell'imposizione di cui per tanto tempo avevo visto soltanto gli aspetti negativi. Ancora adesso, mentre scrivo, lo faccio sotto l'influsso di quella che anche per me è stata una scoperta. La più felice e inaspettata. Ma quest'ultima scoperta la lascio per la parte finale della mia testimonianza, perché quando ho scritto la lettera a Jim non immaginavo nemmeno lontanamente ciò che stava arrivando a risarcirmi di tutto il mio dolore. Legga, dunque, per ora, solo questa parte della mia lettera:

Sono nata con un disordine di differenziazione sessuale. Questa è la definizione clinica. Forse ti suonerà più familiare il nome comune con cui ci si riferisce a quelli come me: intersessuali o ermafroditi. La mia coscienza, però, non è mai stata mista, è sempre stata femminile, fin da bambina, sebbene sia stata allevata come un bambino. Alla mia nascita, i medici e i miei genitori avevano deciso che fossi un maschio, ignorando volutamente certe caratteristiche ambigue e l'organo femminile che all'esterno non si vedeva: un utero formato solo parzialmente. Mi mandarono in una scuola maschile e mi allevarono tenendomi nascosto il fatto che il mio sesso aveva creato non poche perplessità nei medici nelle mie prime settimane di vita. Fino ai dodici anni le difficoltà riguardavano la mia pettinatura, la divisa scolastica, le previsioni future degli insegnanti rispetto alla mia vita da uomo. Ma crescendo e sviluppandomi, i conflitti cominciarono a moltiplicarsi, dalla maniera di vestire al taglio dei capelli fino ai cambiamenti interni. Il testosterone, per quanto ridotto, non lo era abbastanza da impedire che durante la pubertà cominciassero a spuntarmi i peli, come del resto accadeva ai miei compagni di scuola, e notavo anche altri cambiamenti visibili, che si manifestavano contemporaneamente alla produzione di seme nei testicoli. Quelli che prima erano semplici dettagli esteriori, come il vestiario, sarebbero diventati parte integrante di me, e dalla sera alla mattina mi ritrovai con l'uniforme addosso. La cosa più traumatica fu non potermi sbarazzare di tutto ciò che gli altri mi avevano attribuito. Le imposizioni altrui, che come l'addome di un ragno secernono il filo della ragnatela, mi avevano gradualmente intrappolato fino a tramutarmi nella preda che di fatto non ero. E, nella ragnatela, un piccolo margine di movimento: il mio minuscolo pene rispondeva agli stimoli della mano sinistra. L'animaletto masturbatore esplorava i vantaggi di quel nuovo gioco. Ma non appena il denso lattice mi appiccicava le dita come membrane da uccello acquatico, mi chiedevo se quel piacere fosse sufficiente a ricompensarmi di tutto il resto.

Un giorno cominciai a pensare all'automutilazione. E ci avrei pensato sempre più spesso. Quell'assillo poteva anche rimanere nel campo di una fantasia liberatoria, un passatempo d'evasione. Ecco perché mi ero rallegrata quando la bomba aveva materializzato quei pensieri. Anche se vedere la cicatrice non fu facile, e per settimane piansi per la perdita del pene che avevo sempre detestato. Per molto tempo dormii a faccia in su perché rimpiangevo lo sfregamento di quella piccola appendice contro il materasso. Lo immaginavo un po' come la coda di una lucertola che, staccata dal corpo, si dimena nel vano tentativo di tornare dov'era. Mi avrebbe fatto meno male immaginare il mio pene carbonizzato, inerte, ridotto in poltiglia; e invece lo immaginavo che si contorceva e mi cercava tra le rovine di Hiroshima come una lucertola senza occhi. Quella lucertola cieca e smarrita ha popolato uno dei miei incubi ricorrenti fino a oggi.

Jim, quanto dolore. Dieci anni. Per dieci anni ho provato lo scoramento di un rettile che rimpiange la coda che prima disprezzava. Oscillavo tra il sollievo della perdita e il dolore della castrazione, indecisa tra accettare la mutilazione e desiderare che la mia coda si rigenerasse in un organo diverso. E intanto, esteriormente, avevo il sesso di una bambola. Né pene né vagina. L'esplosione aveva colpito anche i testicoli, ridotti alla metà delle loro dimensioni nello scroto.

Poi arrivarono le mestruazioni. All'inizio ne fui felice, e pensavo che la bomba mi avesse colpito per rendermi donna, come si suol dire, per sancire finalmente ciò che fin da bambina volevo confermare di essere a tutti. Ma ora non oso definire mestruazioni quel poco di sangue perché, all'inizio, era a malapena una macchia ogni due mesi, e poi, in certi periodi, una prolungata emorragia che una volta mi durò tre settimane, causandomi una perdita di ferro che mi lasciò senza energie e mi rese impossibile svolgere il benché minimo lavoro quotidiano. Persino un gesto semplice come chinarmi sul lavandino per lavarmi la faccia al mattino comportava uno sforzo tremendo. Con il tempo avrei constatato che le mestruazioni non mi venivano mai nella giusta quantità, e la scarsezza o la sovrabbondanza confermavano solo che quel sangue era una prova della indeterminatezza del mio corpo.

Già allora cominciai a provare il desiderio di essere madre. Jim, tu sei stato padre. So che tua figlia vive, ma so anche che adesso, oggi, è perduta, e soffri per la sua mancanza. Io, quando avvertii quel bisogno di essere madre, sentii la peggiore delle presenze: la presenza di ciò che non è mai esistito. Non posso equiparare la tua situazione con la mia, però, credimi, anche perdere qualcosa che non si è mai avuto è doloroso. Seguivo sui notiziari la vicenda delle fanciulle di Hiroshima, quelle che erano rimaste sfigurate dalla bomba e selezionate per farsi rifare i volti con la chirurgia plastica americana gratuita, e rilasciavano interviste annunciando che, dopo le operazioni, avrebbero affrontato la maternità. Intanto, riducevano loro le cicatrici, così riacquistavano almeno in parte i tratti somatici, sempre a carico del paese che, di colpo, si era tramutato nella terra del buonumore. Le fanciulle di Hiroshima venivano accolte con i palloncini colorati fra scroscianti applausi. Ricordo uno show televisivo che si chiamava *This Is Your Life*. Non so se ti è capitato di vederlo. In quel programma ho assistito a una delle tante umiliazioni subite dal Giappone sconfitto ma che, nonostante tutto, non incrinò minimamente l'invidia che provavo per le fanciulle di Hiroshima. L'umiliazione in questo caso riguardò il reverendo Tanimoto, che si trovava negli Stati Uniti per accompagnare quelle ragazze. Il presentatore, con un sorriso immutabile, ripercorreva la vita del reverendo risalendo addirittura alla sua infanzia. Sapevo che il reverendo Tanimoto era lì in qualità di *hibakusha* e, come tutti i telespettatori, aspettavo la sua testimonianza con impazienza. Ma il presentatore giocava con la suspense, e tra un capitolo e l'altro della rievocazione della vita del reverendo Tanimoto mettevano uno spot di smalto per le unghie, il cui nome sembrava giocare con il carattere ecclesiastico del reverendo: *Hazel Bishop*. Il fatto di pubblicizzare un prodotto cosmetico chiamato "Vescovo Nocciola" mentre aspettavamo la dolorosa testimonianza di un reverendo vittima di Hiroshima, mi parve un atto di sadismo. Esterrefatto, il reverendo aspettava che una signorina finisse di strofinarsi le unghie smaltate con l'ultimo ritrovato reperibile sul mercato dimostrando che nulla poteva scalfirlo. Oltre alla suspense e allo smalto, nella storia di Tanimoto era stato introdotto un elemento intrigante: pochi minuti dopo l'inizio del programma, sullo schermo era comparso il profilo di un uomo che parlava dietro un paravento. Il presentatore aveva avvertito il reverendo che ci sarebbe stata una sorpresa, annunciando l'incontro imminente con un uomo che non aveva mai visto. E prima di sbucare da lì dietro, il tipo aveva detto: "Il 6 agosto del 1945 volavo sul Pacifico a bordo di un B-29. Destinazione: Hiroshima." Si trattava di Robert Lewis, copilota dell'*Enola Gay*, che – a quanto spiegava il presentatore – quella sera si trovava lì per stringere la mano a Tanimoto, davanti a milioni di telespettatori, in segno di amicizia.

Ti racconto tutto questo affinché tu capisca che la mia voglia di diventare madre era così forte che, malgrado quegli affronti, non riuscivo a smettere di invidiare le fanciulle di Hiroshima. Rendendomi indipendente dalla famiglia che mi aveva accolta, cominciai a sottopormi agli interventi più accessibili: una mastoplastica additiva, operazione che avrei dovuto rifare qualche anno dopo perché il mio corpo aveva rigettato il primo impianto, e anche un intenso trattamento ormonale destinato a rendere più femminile il mio aspetto. Avrei dovuto aspettare altri dieci anni prima di affrontare, una volta messa da parte la somma necessaria, la decisione di applicare la sentenza dell'esplosione atomica tramite una vaginoplastica. Sai cosa significa, Jim? Quello che sto cercando di spiegarti – con crescente timore – è che se, dopo aver letto queste righe, un giorno deciderai di fare l'amore con me, il sesso che scoprirai sarà probabilmente diverso da altri che hai conosciuto. E questo mi atterrisce. Ho paura che potresti scappare via. Per questo, perché non ho il coraggio di aspettare che tu lo scopra direttamente dal mio corpo, te lo racconto per scritto.

Ho dato fondo ai miei risparmi in viaggi e operazioni in Svezia, dato che negli Stati Uniti a quei tempi erano ancora restii a effettuare l'intervento chirurgico definitivo che io auspicavo. Mi sono ormai ristabilita dalle ultime operazioni. Non mi duole più niente. Ma a suo tempo ho sofferto molto, non solo per il dolore fisico, la convalescenza, bensì per l'angosciante preoccupazione che non avrei mai avuto un organo sessuale in grado di passare inosservato durante la penetrazione. Sapevo che una penetrazione avrebbe sempre significato una messa alla prova della mia vagina e, di conseguenza, fatto ancor più grave, di me stessa. La vaginoplastica aveva sortito il massimo risultato che la tecnica chirurgica consentiva all'epoca, ma era insufficiente a permettere che un pene della stessa epoca non mi mettesse in discussione a partire da forma, tatto, dimensioni della mia vagina. Peni paleolitici cercavano vagine standard, buchi di dimensioni e consistenza simili tra loro.

Dopo le prime operazioni ero contenta. Anorgasmicamente soddisfatta, perché, sebbene la perdita del glande impedisse la ricostruzione del clitoride, questa condizione mi risultava meno dannosa psicologicamente rispetto all'orgasmo ottenuto con un membro che non mi riconoscevo. In ogni caso, devi sapere che oggi riesco a raggiungere il piacere, perché qualche anno dopo, grazie a un altro intervento, hanno recuperato quella che sembrava essere, ed era, la parte interna del mio clitoride. Posso dire, quindi, di aver conosciuto l'orgasmo di entrambi i sessi. Tuttavia, pur essendo ormai soddisfatta dopo tanti sacrifici, con il tempo, con la maturità, ho dovuto accettare l'idea che la bomba è stata prematura. Se fosse esplosa dieci anni dopo, la mia vita avrebbe potuto godere dell'esistenza di un figlio. Ecco perché, oggi, soffro ancora.

C'è un altro dettaglio di cui ti devo avvertire. A questo punto della lettura, sicuramente ti sembreranno cose superflue, ma per me non lo sono affatto. C'è stata una caratteristica maschile che le cure ormonali non sono riuscite a fermare: la calvizie. Dai vent'anni in poi ho dovuto cominciare a mettere una parrucca. In realtà non saprò mai se la caduta dei capelli sia dovuta a una calvizie prematura della mia parte maschile o agli effetti delle radiazioni sulla mia parte femminile. Comunque, per me è sempre stato un segno di decadimento. Oggi, anche questo lo sopporto meglio, pur non permettendo a nessuno di vedermi senza i capelli, o meglio, senza i capelli di qualcun'altra.

Ciò che mi è arduo spiegare non è soltanto il mio disordine di differenziazione sessuale. La mia identità femminile è ormai differenziata da tanto tempo e, inoltre, grazie alle cure ormonali e alle operazioni, nemmeno per gli altri dovrebbe sussistere alcun genere di ambiguità. Ciò che faccio fatica a spiegare è il mio corpo, dalle ossa fino ai capelli. Non so come fare a prepararti, Jim, affinché tu possa accettarlo e desiderarlo. Ma ancor più duro è altro. Il qualcosa che ancor oggi non saprei come descrivere in modo che tu possa capirlo non con la testa, bensì con un altro organo, chissà quale, che ci consente di provare il dolore altrui. Ciò che più mi duole è questa impossibilità di essere padre, o madre. Mi è stata negata per sempre. È un sentimento duro, così duro che la rinuncia è diventata parte consistente della mia identità, una sorta di asperità dell'anima, che localizzo nel mio mezzo utero, l'organo il cui destino disfunzionale è stato segnato nelle prime settimane di gestazione. L'embrione ermafrodita che tutti noi siamo nei primi giorni, in me si è bloccato, a causa di una forma particolare di iperplasia surrenale congenita, condannandomi all'indeterminazione. Né maschio né femmina. Maschio e femmina. Ma al di là della mia biologia, ci sono io, come donna. Principalmente come donna. Pochi anni dopo l'esplosione cominciai a provare il desiderio di avere un figlio. Quello che all'inizio era soltanto un desiderio, nel giro di un paio d'anni si sarebbe tramutato nell'impellente bisogno di restare incinta che sussiste ancor oggi, un sentimento così forte che userei tutti i mezzi possibili e immaginabili per poter procreare.

Per tanti anni sono stata definita una *hibakusha*, ma se dovessi etichettarmi sceglierei di essere chiamata "La gestante nucleare", perché quella mattina in cui un bombardiere B-29 sganciò *Little Boy* sulla mia città e su di me, mi ha ingravidato di un bambino atomico che sentivo ma non potevo vedere, nell'incubo di una gravidanza che avrebbe dilatato i nove mesi facendoli durare un'intera vita.

Ricordo quei giorni dell'adolescenza quando, in mancanza del clitoride, mi masturbavo con il pene e penso che, essendo molto più vitale delle mie ovaie, quel membro avrebbe potuto permettermi di generare il figlio tanto desiderato. Testicoli, amenorrea, ipotrofia mammaria, vescicole seminali, tutto indicava che ero fatta per diventare padre. Ma la bomba mi colpì in anticipo, e, con il pene, si portò via mio figlio, quando ero ancora così giovane da non voler essere né madre né padre. Se potessi tornare indietro, penso che sceglierei di essere padre, almeno in quel momento, essere padre, e poi essere madre.

Interrompo qui la lettera che scrissi a Jim, avendo riferito le cose più importanti, per ricordare un'esperienza avuta con l'amica S – che lei conoscerà nelle pagine seguenti –. Era il 2008, l'ultima volta che sono andata in Giappone, senza sapere che forse era, come tutto lascia pensare, l'ultima visita della mia vita nella terra dove sono nata.

S e io eravamo andate al cinema a vedere un film di Yōjirō Takita: *Okuribito*.[1] In una delle prime scene rimasi colpita da una straordinaria coincidenza. Il giovane protagonista si accingeva a praticare per la prima volta, sotto gli insegnamenti del maestro, l'improvvisato mestiere del *nokanshi*. Il *nokanshi* in Giappone è la persona che si incarica di preparare il corpo del defunto secondo la cerimonia del *Nokan*, durante la quale si accarezza, si massaggia e si lava il corpo con una spugna tiepida, rito di duplice tenerezza: l'addio è al contempo un benvenuto. All'inizio del film l'apprendista, davanti alla famiglia di una defunta giovane e bella, prepara il corpo. La ragazza sembra viva, grazie alla dolcezza di un suicidio con monossido di carbonio. Il *nokanshi* ammira il viso del cadavere. Comincia con l'accarezzarlo. Ma le sue non sembrano carezze ordinarie. Lo vediamo premere dolcemente sulle palpebre, sugli zigomi, sul mento, come se volesse distendere i muscoli più piccoli. Poi prende un polso, e spinge il palmo della mano all'indietro,

1 Uscito in Italia con il titolo *Departures*. (*N.d.T.*)

come uno stiramento per preparare le estremità all'esercizio fisico. Sembra quasi che il corpo si distenda, al punto che risulta difficile pensare che quei contatti siano destinati a un finale funebre, anzi, danno l'idea di preparativi per un risveglio. Un abbandonarsi alla morte che è come risvegliarsi alla vita. Era proprio in quel modo che Jim mi svegliava prima che riaprissi gli occhi. I massaggi che facevano riemergere dal sonno il corpo intorpidito sono gli stessi che incoraggiano il corpo irrigidito a lasciarsi andare alla morte. Ma la coincidenza che mi colpì di più, perché mi riportava a un capitolo così preciso della mia storia di vita, non fu questa, ma ciò che accadeva nella scena successiva. Il *nokanshi* copriva il corpo con una sorta di trapunta e, sempre sotto lo sguardo dei familiari, sfilava il kimono alla giovane. Questo gli permetteva di lavare la pelle senza lasciar vedere il corpo nudo. Accanto alla testa della ragazza, un catino di acqua calda, in cui il *nokanshi* inumidiva una salvietta che poi infilava sotto la trapunta all'altezza del petto. E così cominciava a lavare il corpo. Sotto la stoffa si intuiva il percorso delle dita tiepide, simili alle zampe di un animaletto che, cautamente, scava una galleria sotto la superficie. Ma, arrivato sul basso ventre, la mano si blocca. L'animaletto ha trovato qualcosa, lo tasta, cerca di identificarlo. Senza dubbio è un pene. Il pene tra le sua dita coglie di sorpresa il *nokanshi*, che guarda stupefatto il viso inequivocabile della ragazza, i suoi tratti femminei, i capelli lunghi, e comprende, di colpo, il suo suicidio.

Credo che comprendere il suicidio di uno sconosciuto così, di colpo, senza parole, solo dal contatto con il suo corpo, fosse il tipo di comprensione di cui avevo sempre sentito il bisogno. Una comprensione istantanea mi avrebbe risparmiato la lettera che avevo scritto a Jim, per esempio. Non riesco a comunicare certe cose con le parole. In questi casi ne risulterebbe una comunicazione afasica che, forse, potrebbe spiegarsi con una endoscopia. Non è una metafora. È una endoscopia. Apro le gambe e parlo con la bocca chiusa. Penso dunque a una telecamera inserita in una sonda che, entrando nella vagina, arriva all'utero. Tutti coloro che vorrei che capissero, anche lei, sono seduti in sala. La microcamera che percorre la mia cavità uterina proietta le immagini su uno schermo che ci avvolge come una cupola. Noi siamo la telecamera. Per ora vediamo solo rosa. Un tunnel rosa. Alla fine del tunnel c'è la risoluzione, la comprensione del mio conflitto. Ma, per ora, attendiamo. Un battito rimbomba sempre più vicino. Il suono non proviene dal mio sesso, né dal monitor su cui vedo le pareti rosa, ma da molto più in alto, dalla bomba che scendendo in picchiata lacera l'aria. Noto che l'ordigno riporta dei piccoli numeri che ne indicano il peso, oltre quattro tonnellate. So che i B-29 avevano spesso problemi di decollo, e per tale motivo l'equipaggio doveva armare la bomba durante il volo. Così, vedo la mano dell'ultimo uomo che la tocca, Morris R. Jeppson. Non trema, però ha paura. Forse Jeppson ignora che dalla bomba pende un cordone ombelicale. Seguo con lo sguardo il cordone verso l'alto. È molto lungo, 9470 metri. Sfiora il mio ventre. Da una parte, la bomba che verrà sganciata; dall'altra, io, che aspetto. Tutti aspettiamo sospesi a un cordone ombelicale che penzola dall'alto, dal cielo, da una bomba che si avvicina e, nella sua caduta, comincia a individuare una rete di strade irregolari; comincia, scendendo in picchiata, a comprendere Hiroshima. A comprendere me. Allora vorrei che il cordone si accoppiasse con il mio utero. Ma ho solo mezzo utero e il cordone finisce per agganciarsi fuori da me, proprio a metà dell'utero che non esiste. Vedo l'epicentro dell'esplosione e capisco l'improvviso incenerimento del vuoto: una colonna vertebrale di neonato che risucchia quello che c'è intorno formando una corrente ascensionale. Una colonna senza midollo. Senza niente. Comprendo di colpo la bomba eviratrice, che cadde per incenerire il mio pene, e per bruciare il mio desiderio, mio figlio. Era lunedì 6 agosto 1945, e la bomba scendeva veloce, tra le nubi assolate. Erano, esattamente, le 8:16:43 del mattino quando il mio bambino appena morto cominciava a piangere.

Raccontare tutto a Jim per scritto fu un sollievo. Adesso, a distanza di tempo, credo che quella lettera abbia risolto uno dei tre problemi più importanti della mia vita. Il primo era stato scegliere la mia sessualità andando contro le imposizioni altrui; il secondo, alleviato dalla lettera, come spiegare tutto questo all'uomo che amavo; e il terzo, la ricerca di mio figlio, sua figlia.

Prima ho accennato al fatto che la mia ricerca sessuale era iniziata quando mancavano ancora diversi anni all'incontro con Jim. Particolarmente significativo fu conoscere T, che aveva situato le origini della sua asessualità in quel terreno scosceso dove la vita non era né morte né vita, ma qualcosa di confuso che non voleva essere definito in alcun modo. Assenza totale di desiderio. Logicamente, non tutte le persone che ho conosciuto durante tale ricerca erano vittime di Hiroshima, ma le prime sì, dato che fu nel momento in cui tornai alla mia città che cominciai a pormi la questione, quando sentii il bisogno di stabilire quale era, realmente, il mio sesso. Così, conobbi D. Fin dall'inizio mi parlò in tutta franchezza, confidandomi non tanto le sue vicissitudini sessuali, bensì qualcosa che risulta sempre molto più difficile confidare: le sue fantasie.

D aveva avuto un solo contatto sessuale, sufficiente per constatare che la realtà di un altro corpo non la soddisfaceva come quando si toccava e ricreava nella sua testa il contatto con un essere estraneo alla guerra. D non voleva soltanto un uomo affettuoso, devoto, neppure un bravo amante. La sua preferenza sessuale era chiara: voleva un uomo che fosse impossibilitato a impugnare un'arma. Pensava che il piacere più appassionato poteva darglielo qualcuno che la portasse all'orgasmo tramite la pace che metteva in pratica fuori dal suo letto. Voleva una mente immune all'odio, una mente a cui fosse stato asportato quel sentimento, un cervello carente di quella parte.

In seguito al suo racconto e ai ricordi del tutto simili che anch'io serbo nella memoria, ho potuto constatare ancora una volta che una delle conseguenze lasciate in noi dalla bomba era la permanenza di ciò che si era portata via. Il vuoto che aveva lasciato in D la perdita della quiete, quando era ancora una bambina, era stato colmato dal peso di quella stessa perdita quando aveva raggiunto l'età dello sviluppo, e legava il culmine del piacere sessuale all'ossessiva riacquisizione della pace. Le cose non erano scomparse del tutto con l'esplosione, ma avevano lasciato i contorni pieni di vuoto, come se volessero ricordarci per sempre ciò che la bomba aveva distrutto. L'invisibile avrebbe causato meno dolore, perché continuare a vedere i profili di quello che un tempo era stato e non c'era più rappresentava un martirio quotidiano. A tale proposito, ricordo che dopo la deflagrazione, sotto, sulla terra, quelli più vicini al punto di impatto svanirono, lasciando dietro di sé una traccia della propria forma umana nelle cosiddette "ombre atomiche". I muri a cui stavano appoggiati, le scale dove stavano seduti, conservavano i contorni delle loro figure perché le radiazioni incidono in modo diverso a seconda della materia che incontrano propagandosi. Quindi, se le radiazioni attraversavano una persona, la superficie che occupava restava come ritagliata tutto intorno. Ho conosciuto una madre che era sicura di aver riconosciuto l'ombra della figlia su una parete della scuola. Per diversi mesi si era dedicata alla conservazione di quella figura. La proteggeva dal vento e dalla pioggia, come si protegge una pittura rupestre in un sito archeologico, e cercava di far sì che non si cancellasse quel chiaroscuro che ricordava l'ultima postura da viva della sua creatura. Quando avviarono la ricostruzione di Hiroshima e quella parete fu abbattuta, la madre lasciò il Giappone. Penso che la diversa incidenza delle radiazioni sui corpi a seconda del tipo di superficie spieghi la descrizione che ho letto, credo, nel reportage di John Hersey su Hiroshima, o forse si trattava di una testimonianza orale, al momento non ne sono sicura. Ma se non ricordo male, qualcuno esprimeva il suo stupore vedendo una donna che indossava un kimono aderente dopo l'esplosione. Quando guardò meglio si rese conto che la donna era in realtà nuda, talmente nuda da non avere addosso nemmeno un centimetro di pelle. Tuttavia, i colori del kimono, assorbendo e riflettendo in maniera diversa il calore della bomba, avevano lasciato impressi sul suo corpo i disegni floreali del tessuto. Anche il reverendo Tanimoto aveva parlato della nudità delle vittime. A prima vista sembravano coperte di stracci, ma in realtà erano brandelli di pelle, che penzolavano come lembi di stoffa lacerata. Nulla di quanto se ne andava perduto, dunque, scompariva, ma rimaneva nello stato più doloroso: l'assenza. In ospedale avevo visto una scena che non ho mai potuto dimenticare. Alcune settimane dopo l'esplosione avevano ricoverato una bambina accanto al mio letto. Una giovane infermiera cominciò a spogliarla per verificare lo stato delle sue ferite. Guardavo con quanta dolcezza l'infermiera, sicuramente arrivata lì come volontaria da un'altra città del Giappone, trattava quella bambina. Da tempo non ascoltavo un tono di voce capace di confortare. Ma quando l'infermiera, con accurata delicatezza, le tolse una scarpa, venne via la pelle di tutta la gamba, quasi fosse un calzino. I medici non sapevano ancora come curare i feriti. Neanche gli invasori conoscevano gli effetti concreti della bomba, e ci avrebbero messo molto tempo a verificarli. L'infermiera si mise a piangere non sapendo cosa fare con quella sorta di calza senza gamba, non osava gettarla via, metterla da parte, perché lei, come me, continuava a vederci la gamba dentro. Ancora una volta, la presenza dell'assenza riempiva lo spazio al punto da rendere tutti noi degli esseri inutili che si dedicavano a prendersi cura di ciò che aveva cessato di esistere.

Solo con un uomo sprovvisto del gene della violenza, dicevo, D immaginava di poter fare l'amore. Faceva l'amore con la pace. Era l'unica esperienza sessuale che le dava piacere, radicata nell'assenza che l'accompagnava sempre, così come l'accompagnava la presenza del fratellino ogni volta che vedeva degli uccelli in cielo. Quel peso di ciò che non c'era più segnava gran parte della solitudine di D, al pari della sua particolare ossessione sessuale. Mi raccontò che all'epoca dell'attacco atomico abitava in uno dei pochi edifici di cemento che c'erano a Hiroshima. Stava giocando ad aiutare la madre che lavava i vetri dell'appartamento, al terzo piano. Era salita sopra una sedia per arrivare a una certa altezza. Mi disse che entrambe potevano vedere suo padre che spingeva sull'altalena il fratellino nei giardini sottostanti. La madre inumidiva un panno nel secchio seguendo l'oscillare dell'altalena e, quasi avesse avuto un presentimento, non prestava più attenzione a D ma solo alla scena nei giardini. Il bambino sembrava innalzarsi verso di lei sotto la spinta del padre, per poi tornare indietro. Mi raccontò che con l'esplosione il piccolo partì sparato verso l'alto e, attraverso i vetri in frantumi, poté assistere alla trasformazione del fratellino lungo la traiettoria dall'aria fino al suolo. Senza perdere le forme di un bambino, tutto di lui, in pieno volo, si annerì. Non era più carne quella che volava, ma polvere pressata in forma umana che, ricadendo, svanì come una pioggia di cenere. Al tempo stesso, vide che succedeva la stessa cosa agli uccelli in volo in quel momento. Mentre battevano le ali, erano passati dall'essere uccelli a molecole di carbonio. Così, senza fuoco, senza ferite, l'uccello raggiungeva la sua metamorfosi più logica: la perpetua assenza di gravità, il volo più leggero, libero dallo sforzo delle ali. Da allora gli uccelli per D rappresentavano l'ombra volante del fratellino, sempre presente sopra di lei, ogni giorno e, chissà, anche ciò che l'aveva indotta a cercare l'orgasmo nella pace di un volo indolore.

Io non ero come D. Il mio desiderio si manifestava con uomini reali e, quando ho conosciuto Jim, l'ho desiderato con tutte le mie forze. Le sue conoscenze di botanica, di ornitologia, e la maniera che aveva di parlarne con disinvoltura, solleticarono la mia libido, perché fino ad allora non mi ero mai soffermata sulle forme di vita più semplici, volatili e piante, e scoprirle così, d'un soffio sotto il sole, mi stimolò fisicamente.

Quello stesso giorno in cui ci conoscemmo nel chiostro di Tryon Park mi portò nel suo appartamento. Guardammo un film seduti sul letto. Mi faceva paura cosa sarebbe arrivato dopo. Stare nel letto con l'uomo che non solo desideravo, ma che mi piaceva, suscitava in me un certo timore, perché sapevo che tutto sarebbe potuto finire in un minuto, nell'istante della penetrazione in cui sarebbe svanita tutta l'energia del nostro incontro. La penetrazione per me significava un'espulsione. Espulsione dalla possibilità di un secondo appuntamento, espulsione dei miei sforzi di ricompormi e spiegare con una certa dignità ciò che sono, espulsione da me stessa. Non avevo ancora scritto quella lettera a Jim, e pertanto non volevo avere alcun contatto sessuale con lui. In precedenza, quello che ero solita fare era spegnere la luce. Ma non serviva a niente, rimandava soltanto la scoperta, perché le cicatrici mi tradivano. Succedeva invariabilmente questo: se l'uomo passava dolcemente una mano sul mio seno, notava subito i punti degli interventi. Se invece lo stringeva con passione, avvertiva al tatto la densità che non era quella di un seno naturale. Ma a inquietarli non erano gli impianti alle mammelle, bensì la mia vagina artificiale, che dopo l'esplosione della bomba mi avevano ricomposto con le numerose operazioni subite per anni. Pensare a tutto questo mentre me ne stavo sul letto con Jim mi indusse a chiedergli di darmi un po' di tempo, di abbracciarmi e limitarci solo a riposare.

Ricordo che Jim cominciò a parlarmi mentre tenevo la testa appoggiata sul suo petto. Ero molto stanca e non riuscivo a prestare attenzione a quello che diceva. Le parole mi entravano dall'orecchio che non era attaccato alla pelle di Jim, e restavano dentro di me, vagando in un andirivieni che mi fece scivolare in un sogno dove mescolavo, come accade nei sogni, realtà e fantasia. La realtà era che Jim era altissimo e io, sebbene di statura media, accanto a lui sembravo piccola. La realtà era che Jim sembrava sapere tutti i segreti della botanica e dell'ornitologia. La realtà era che ci conoscevamo da appena qualche ora, e avevamo visto un film a casa sua, dove avrei capito il significato di alcune delle prime parole che Jim aveva detto: *Den lilla Aurora*. Prima aveva parlato del sole, come ho riferito all'inizio di questa testimonianza, che ricopio, pur non essendo le parole precise: "Questo sole rafforza le ossa. Ne avrai bisogno se passi l'inverno in questa città." E poi aveva detto ciò che solo più tardi avrei capito: *Den lilla Aurora*.

Era stato tutto così veloce. Dopo i chiostri e i giardini, la metropolitana fino a casa sua. Stava calando la sera. Prima vedemmo il film, poi dovetti dirgli che avrei voluto soltanto riposare tra le sue braccia. La parola vitale per me, di cui non me la sentivo ancora di parlargli, era *sesso*, e anche *figlio*, ma soprattutto *sesso*. Per lui era *figlia*. E i due termini si sarebbero uniti in un sogno perché, rilassata, mi ero addormentata mentre Jim parlava.

Impossibilitata a diventare madre, sognai la mia gravidanza, finché il desiderio di Jim cominciò, lentamente, a svegliarmi. Non mi svegliai, ma sognai, in quel sogno erotico, che mi svegliavo. Ero (sognavo che ero) molto stanca. Rispondevo a malapena alle sue carezze. Socchiudevo gli occhi. Era ormai notte fonda. Dalla pesantezza delle mie braccia calcolavo di aver dormito appena un'ora. Volevo dirglielo, ma ero così stanca, e la formazione di una parola è più lenta del desiderio. Allora, lo accoglievo. In sogno, notai, desiderai la metamorfosi. Lui era duro e la sua durezza passava nella mia carne ancora tenera per la leggerezza eterea del sogno. Sentivo la tensione nel collo e udii un suono che proveniva dal naso e annunciava un cambio di materia, come il tronco freddo che crepita nel calore della legna ardente. E allora, come se fossi incinta, parlai a mia figlia che era un feto di poche settimane. Quando mi svegliai, rendendomi conto che questo non sarebbe mai stato possibile, saltai giù dal letto e salutai Jim. Arrivata nel mio appartamento scrissi qualcosa a quella bimba mai nata, che mescolava principalmente immagini del sogno, fantasie e alcune delle cose che mi aveva raccontato Jim su fiori e uccelli. Era stata un'esperienza così vivida che provai la sensazione di avere una vagina reale, e nel sogno dicevo a Jim che non volevo altra plastica dentro di me, permettendomi in tal modo di rifiutare uno degli articoli che a quei tempi invidiavo di più, ma che si impigliava e si lacerava nelle vagine artificiali: i preservativi; e dimenticando anche, mentre dormivo, che buona parte del mio corpo era (è) fatto di plastica. Quello era stato uno dei momenti più gradevoli che la vita mi avesse offerto fino ad allora, una vagina naturale fin dalla nascita, la possibilità di dire di no a un preservativo. Ma non era reale. E sempre irreale, ma più importante, fu un'altra sensazione che provai in quel sogno: sentii nelle mie finte, sognate carni, la maternità. Immaginai, nella fantasia che si manifestava con sensazioni fisiche, di essere incinta di quattro mesi. Non mi chieda perché proprio di quattro mesi. Forse perché avevo sentito dire che dopo i tre mesi il feto è già formato e ci sono meno pericoli di perderlo. O magari perché avevo letto che in quel periodo gli organi genitali sono ormai perfettamente riconoscibili, non che mi importasse avere un maschio o una femmina, ciò che non volevo era avere entrambi in un solo corpo e sentirmi in colpa per aver trasmesso a mio figlio la parte peggiore di me in eredità: la sofferenza dell'indeterminatezza. Da allora avrei provato la sensazione della maternità molte altre volte, fino a quella che sarebbe stata l'ultima. Dell'ultima volta in cui ho sentito in me la maternità le racconterò più avanti. Adesso immagino che lei, per riuscire a capire, dovrà rileggere due volte ciò che le racconterò su quell'ultimo evento che ha cambiato la mia vita in meglio e mi ha condotto a togliere la vita ad altri. Ma per ora non ne voglio parlare. Può saltare tutto questo e passare direttamente al finale, ma se decide di proseguire con ordine, devo farla aspettare. Come ho detto all'inizio, le mie azioni sono state solo la conseguenza di una legge naturale. Se lei non chiede spiegazioni alla forza di gravità che la tiene attaccato alla terra, allora non dovrebbe chiederle neanche a me. Ma lasciamo da parte quest'ultimo capitolo. Le riporto di seguito ciò che ho scritto alla mia bambina mai nata quella prima volta che ho sentito un'altra vita dentro di me, grazie, in parte, alla tranquillità che aveva saputo infondermi colui che allora era uno sconosciuto, Jim.

Quarto mese: 1965
Cinguetti come uno scricciolo

Prima di essere incinta a volte mi capitava di non notare il rivolo che scorreva. Ma da quando ho saputo, tre settimane fa, che tu sei lì, sento il fluire caldo del liquido nelle mie pareti e allora, nell'acquetta in cui galleggi, ti immagino sballottata (o sballottato?) come una barchetta dal moto ondoso, dal seme da cui provieni. Bevilo, figlia, ora che sei così fortunata da poterlo bere attraverso tutta te stessa, perché la tua bocca, l'ombelico, l'ano, non si sono ancora formati in modo preciso. Per questo ti invidio. Perdonami. Non sei ancora nata e già ti invidio. Bocca, ombelico, ano. A volte non so con quale orifizio ricevere il fluido, e cambio posizione, indecisa, aggrappandomi a non so quale parte di tuo padre, e allora, nel frangente, faccio muovere lui, e neanche so come, perché lui è molto grande e io, al suo fianco, così piccola. Forse si muove da solo, aspettando che mi decida. E si trattiene. Si trattiene finché mi accomodo e gli dico che non importa quale sia l'organo: qui dentro, qui va bene. Forse un giorno mi scuserò per averti parlato (ma non credo), ma capirai che non sono ancora madre e tu sei solo un pisello senza principessa. Un pisello senza materasso. No, un pisello no. A quattro mesi sei già qualcosa di un po' più grande. Un frutto di dieci centimetri, tondo, tra le mie gambe. E sotto, tuo padre. Guarda! Mi ha messa a cavalcioni sulle spalle come se fossi una bambina e mi porta di corsa in giro per questo chiostro francese. Ci sono tanti fiori e alberi. Lui conosce i nomi di tutte le piante, persino quelli delle erbe più insignificanti, e me li va dicendo, indicando qua e là con entusiasmo, compresi certi germogli invisibili, che compaiono solo quando lui li nomina, all'improvviso, come fiori che sbocciano di colpo, fiori che si rifiutano di passare attraverso la tediosa gestazione del bocciolo. Vedo saltare le regole del ciclo vegetativo. E rido. È molto divertente. Rido mentre corriamo in cerchio, schivando come se fossero mine gli steli che spuntano sotto la galleria arcuata. No, le mine non sono piante. Le mine siamo noi, il peso di una donna e di un uomo sopra due sole gambe che corrono cercando di evitare un rovo. Qualcosa mi sfiora i capelli. È il soffitto. Il tetto di legno. Adesso che sono così alta devo proteggermi la testa. Mi metto un fazzoletto come un casco leggero, un casco duro e flessibile di un materiale futuro. E sulle sue spalle raggiungo il centro del chiostro. Questo deve essere l'albero principale. Ha una grande chioma frondosa e scosto i rami dalla faccia. "È un tasso," dice la bocca che parla sotto il mio corpo, "un albero sacro perché è immortale e prima di morire, quando comincia a marcire, lascia che un ramo si infili dentro il tronco ormai cavo, e il ramo cresce verso il basso ripulendo il marcio come un pesciolino *corydoras* ripulisce le pareti di un acquario." Il ramo si mangia il marcio?, chiedo. "Sì," risponde la bocca, "si nutre di quello, e così continua a crescere fino a raggiungere il suolo e a quel punto diventa una radice sana che sosterrà l'albero per altri mille anni." E come hai detto che si chiama l'albero?, torno a chiedergli. "Si chiama Aurora." Aurora? D'accordo, vada per Aurora. Così ti ha chiamato tuo padre quando mi ha vista. *Den lilla Aurora*, erano state le sue prime parole, e le sue mani che mi toccavano nella metropolitana ("Signora! Cosa sta guardando? Questo vagone non è di acciaio, è organico come i rami del glicine della pergola nel parco dove si arrampicano i procioni. E le famigliole che ci passeggiano sotto apprezzano il profumo dei fiori. Ignorano però che quell'aroma è mescolato all'afrore del pelo animale, all'orina, ai semi masticati, agli umori dei procioni in amore. Signora, non sia ipocrita, l'ambra grigia del profumo che lei vorrebbe tanto permettersi di usare è bile di capodoglio"). E lui tornava a ripetere *Den lilla Aurora*, dando un nome a te prima ancora di sapere il mio, un nome con un aggettivo svedese, perché lo svedese è la lingua degli uccelli, disse, e si pronuncia così: *Dein lilya Aurora*, e lo scandiva lentamente, *Dein* (il mio orecchio), *lilya* (l'inguine), *Aurora*: la tensione dei suoi pantaloni, un'esalazione, un ansimare nello spazio tra la sua pelle e la stoffa, ridotta, per l'eccitazione, a cotone bagnato dalla pioggia e ristrettosi, peluria umida del fiore quando stava ancora sul ramo. E nella lentezza di quelle parole avevo il tempo di dire a me stessa che sono allergica alla plastica ma che importa, su questo vagone non c'è una farmacia e comunque non voglio avere il tempo di comprare niente; la durata di quelle tre parole mi consentiva di dire tra me che quell'uomo doveva essere sano e io non accetto preservativi nel mio corpo e andiamocene a casa senza giustificare né a lui né a me che ci conoscevamo da appena cinque minuti. E poi, quando ci siamo conosciuti abbiamo guardato un film, e tu appena concepita nelle sue grandi mani sullo schermo e lui che ripeteva guardandoti *den lilla Aurora* e io che dicevo che se avrò una figlia non le metterò un nome perché quando sono nata mio padre mi ha messo S senza sapere come mi chiamavo. E si aspettava che ogni volta che sentivo dire S, io rispondessi. E io non rispondevo, però non era colpa mia ma sua, di lui che si era azzardato a darmi un nome senza conoscermi, quando ero ancora appena tre chili di carne insanguinata. E le foglie del tasso mi graffiano leggermente la faccia ma trovo un varco tra i rami e mi sistemo meglio sulle spalle che mi sorreggono. La distanza tra l'attaccatura delle mie cosce è identica alla larghezza del collo di tuo padre, che ci sta in mezzo. Quanto sono alta. E quanto verde mi circonda. E a volte ho paura. Quanta paura. Paura che tutte le cose tacciano come persone rancorose, che tutto mi neghi la parola o parli rivolto all'interno, e io cada in una vasca di bocche che si aprono senza linguaggio. Allora annaspo come un pagello che cerca gli occhi di un altro pagello dentro un acquario torbido. E il timore è così tanto che quando vedo un pagello non vedo più un pesce, ma una persona che non riesce a parlare per la paura che prova. E li riconosco in pescheria, sul loro letto di ghiaccio tritato, gli occhi stupefatti davanti alla visione della bolla che hanno emesso come fosse una parola ma che è emersa dall'acqua con un minuscolo ribollire. E se il dolore è così, talmente grande che non riesco a nominarlo se non con bolle che scoppiano e si svuotano di nulla? Allora chi mi vuole bene mi darà per dispersa. Faranno una denuncia, riuniranno i vicini per cercarmi nei campi con le torce in piena notte, senza sapere che chi scompare muore muto e abbandona le forme umane cambiando la pelle in squame, e le ossa si trasformano in lische di un prodotto ittico che non è mai stato un pesce. "Mamma, amici," dirò loro, "i muti scomparsi non stanno sottoterra, ma nella fossa comune di occhi attoniti e squame che un pescatore getta in un secchio di rifiuti nero." Ma oggi non voglio parlare di questo, *den lilla Aurora*, o come ti chiami, perché adesso non sto in un secchio né in un acquario, ma sulle alte spalle di un uomo, tra le fronde di un albero. E lo sai che gli usignoli sono così coraggiosi che attaccano i gatti? E i *tyranni* sono uccelli che osano scagliarsi contro gli aerei. Si gettano contro i motori. Quegli aerei che spargono pesticidi sui campi a volo radente se lo meritano. Che possano bruciare vivi i piloti tra i loro veleni infiammabili, mentre gli insetti privi di orecchie sentono lo schianto senza sapere, o magari lo sanno, che per almeno una settimana non ci saranno altre irrorazioni dal cielo; un'intera settimana (una lunga vita) per loro. E guarda un po'. Ecco che arriva un picchio muratore. Si tratta di uccelli senza collo. Lui mi spiega perché. Non hanno bisogno del collo perché si arrampicano sui tronchi, su e giù, in cerca di insetti, e non serve loro vedere al di là della corteccia che hanno davanti. Guardalo. Eccone uno. Sale sul tronco come una lucertola. Mi tolgo una scarpa e avvicino cautamente il piede all'uccellino arrampicatore. Ha il becco lungo e aguzzo come tutti gli insettivori. Avvicino ancora di più il piede, lentamente, per non spaventarlo, e lo faccio dondolare all'altezza dell'addome di tuo padre. Osservo il beccuccio sottile e lungo come quello di un colibrì. Il piede è ormai vicinissimo. Chiudo gli occhi. Sento come becca la corteccia e mi piacerebbe che mi beccasse tra l'unghia e la carne. Che mi togliesse eventuali parassiti o la pelle morta. Ma il picchio muratore continua a salire e adesso che si trova all'altezza dei miei occhi mi chiedo se vorrà almeno lavarmi la faccia come fa tuo padre certe mattine, quando mi pulisce gli occhi con la lingua, togliendo dagli angoli delle palpebre gli umori condensati durante la notte. Ma il picchio muratore si perde tra i rami e mi tolgo da sola questi granelli simili alla sabbia. Li lecco dal dito, immaginando che siano ancora nei miei occhi e che io sia la lingua di un altro. Si sciolgono. E qui torna la paura che sale come quell'uccellino, con il becco che mi sfiora le gambe. La paura che tutte le cose tacciano. La paura che tuo padre, o il padre di un'altra qualsiasi, o il padre non padre di nessuno, non voglia più issarmi sulle spalle. La paura di passare dalle risate sull'alto delle sue spalle al gattonare al suolo, alla supplica di un cucciolo che chiede l'attenzione tirando i pantaloni del cacciatore che sa solo scrutare l'orizzonte. Ma perché dovrebbe essere così. Adesso non avrei motivo di temere nulla perché la mano di tuo padre prende la mia gonna e la aggancia a un piccolo ramo, come un panno bagnato che ondeggia sulla corda del bucato. Ed è vero che non sono molto grande, però cinguetto come uno scricciolo. Me lo ha detto lui: "Cinguetti come uno scricciolo." E cos'è uno scricciolo?, gli ho chiesto. "È un uccellino il cui canto, se comparato alle sue dimensioni, risulta essere il più potente." È vero. Cinguetto. Cinguetto come faccio adesso, che le sue dita toccano il mio bocciolo che si dilata come fai tu nel mio ventre, e cresci. Cinguetto, e forse il suono ti arriva attutito dal liquido amniotico. Ma ascolta, anche altri stanno cinguettando. Lui mi accarezza e con gli occhi socchiusi mi guardo intorno e vedo decine di nidi. Decine. E in ogni nido ci sono (quanto mi piacerebbe che li vedessi) tre o quattro pulcini che aprono il becco chiedendo cibo. Pigolano. Anche loro pigolano ed è come un cinguettio, con i becchi che sembrano sorrisi arancioni, e centinaia di madri accorrono insieme a nutrirli. Le ali mi sfiorano la faccia mentre lui mi accarezza, e la mia bocca rosea dietro il suo collo si schiude in un sorriso bagnato, acqua che sembra piovere dal tronco di questo albero canterino.

Jim e io abbiamo passato due anni cercando Yoro alla cieca. Dipendevamo esclusivamente dalla compassione di estranei o, nel caso non fossero proprio estranei, di nessuno che era abbastanza vicino a noi da rischiare per fornirci informazioni confidenziali. Ma un giorno trovammo un pacchetto nella cassetta delle lettere. Spedito dallo stesso amico di Jim che ci aveva suggerito di andare a Los Alamos. Conteneva copie di alcune lettere, senza buste, accompagnate da una nota in cui l'amico spiegava che, per motivi di sicurezza, le lettere e le buste erano state sempre conservate separatamente, in modo da rendere più difficile appurarne la provenienza nel caso in cui qualcuno se ne fosse impossessato. Purtroppo, non era riuscito a vedere i timbri, che ci avrebbero indicato, nell'ordine, i luoghi da dove era passata Yoro. Oggi non dubito della buona fede di quell'amico, ma non mi stupirebbe se l'accesso a quelle lettere che lui credeva di copiare e spedirci segretamente fosse stato in qualche maniera consentito, agevolato, per mantenerci impegnati in un viaggio interminabile che a noi sembrava utile, per il solo fatto di non rimanere fermi, mentre in realtà ci disperdeva in una ricerca infruttuosa.

Il nostro amico aveva aggiunto alle lettere annotazioni con le possibili località di provenienza, basandosi su una banca dati di famiglie di accoglienza coinvolte in progetti militari di quegli anni. Come lei vedrà più avanti, alcune delle sue indicazioni sono risultate di grande utilità, ma di fatto – ci avvertiva – non poteva garantire che le lettere fossero state spedite da quelle località, e le sue note a margine erano soltanto congetture nel tentativo di aiutarci a decifrare il contenuto criptico dei messaggi, racchiuso in un paio di frasi. Il resto consisteva in diversi fogli di un questionario medico a cui si doveva rispondere mettendo croci nelle apposite caselle: "mai" / "raramente" / "qualche volta" / "spesso" / "sempre", rapporti inviati dalle varie famiglie di accoglienza di Yoro, destinati, a quanto pareva, a comunicare qualsiasi variazione del suo stato di salute.

Non capivo bene i motivi di tanta segretezza. Con il tempo mi ero abituata ad accettare la condizione di nomadismo che era stata imposta a Yoro, arrivando a considerarla qualcosa di naturale, e su questo Jim non era in disaccordo. Pensavo semplicemente che la bambina forse non poteva essere adottata avendo una madre biologica che non poteva temporaneamente farsi carico di lei e, di conseguenza, Yoro poteva essere accolta solo in regime affidatario. Ma mi risultava molto più difficile spiegarmi il perché dei rapporti sullo stato di salute di Yoro. Non soltanto sulla sua salute, ma, stando alle parole del nostro amico, sull'"evoluzione della sua salute". Che genere di evoluzione? Evoluzione verso cosa? Yoro era forse malata? Quando hai sofferto tanto, ti abitui a non chiedere spiegazioni, perché sai che queste ti verranno date solo nel momento in cui loro stesse lo richiedono. Nei periodi peggiori sentivo che le spiegazioni possiedono una propria volontà, e quando me le chiedevano e io non rispondevo, non era perché non volessi darle, o non sempre, bensì perché non potevo, perché quel ciclo vitale di infanzia, maturità e infine comunicazione di ciò che può essere spiegato non si era ancora compiuto. Ma questo non era certo il caso di Jim. Lui non mi aveva spiegato nulla, diceva, perché qualcosa lo (ci) minacciava. Il giorno in cui arrivò il pacchetto mi disse che aspettava ansiosamente quelle lettere, perché l'unica cosa che gli era stata concessa era il diritto di sapere regolarmente quale fosse lo stato di Yoro, in cambio, questo sì, del suo silenzio. Le lettere però erano arrivate tutte insieme, e per una via inaspettata, grazie al favore di un amico, ma senza alcun segno preciso, nulla al di là delle congetture dell'amico stesso e, inoltre, accompagnate da una nota che ci avvisava che Yoro non era stata riaffidata ad altra famiglia e, a quanto risultava, era scomparsa. Jim avrebbe potuto rompere il silenzio quel giorno, spiegandomi tante cose, ma oggi so che aveva altri motivi per tacere, motivi personali che andavano ben oltre un patto di silenzio militare.

Yoro, che allora aveva sedici anni, era scomparsa, e non solo per noi e le varie famiglie, ma anche per gli incaricati della sua tutela, che io immaginavo come alti funzionari di un esercito quando, in realtà – oggi come allora – sospetto che tale tutela fosse ormai passata nelle mani di burocrati che trattavano quella vita come se non fosse altro che una pratica amministrativa da chiudere con sollievo in un cassetto alla fine della giornata. Se per noi ritrovarla era stato fino ad allora un bisogno, da quel momento diventò, forse, una necessità per lei, troppo giovane per stare da sola o in chissà quale cattiva compagnia.

Jim sfogliò le lettere con fretta spasmodica. Come ho detto, rispondevano tutte a una sorta di questionario medico standard. All'inizio non riuscivo a capire di cosa si trattava. A un primo sguardo, mi sembrò che fossero semplicemente domande alle quali diverse persone avevano risposto segnando le caselle corrispondenti. C'era anche uno spazio dopo ogni domanda dove aggiungere eventuali osservazioni, e un altro allo stesso scopo, ma molto più ampio, alla fine. Ma tutti quegli spazi erano rimasti in bianco. Nessuno aveva aggiunto alcun genere di osservazioni. Ciò che risultava più evidente sfogliando velocemente i fogli, era che tutte le crocette, tutte le risposte coincidevano, cioè, non sembravano esserci variazioni nello stato di salute di Yoro che, a quanto se ne poteva dedurre, era cresciuta sana. Non ricordo di preciso le domande, ma ricordo perfettamente la sensazione di panico quando, superata la confusione iniziale, mi resi conto che tutte erano finalizzate a registrare le conseguenze di qualcosa di molto concreto, e che io conoscevo bene: la radioattività. Yoro era dunque vittima del mio stesso male, le radiazioni.

Non c'era tempo da perdere. Ricordo la nostra ansia. Se prima pensavamo che il punto nevralgico della nostra vita fosse rintracciare Yoro, in quel momento ci rendevamo conto che non avremmo avuto mai più una vita, né dentro di noi né tantomeno l'uno per l'altra. E non perché il nostro rapporto si fosse deteriorato, ma perché si era trasformato in qualcosa di diverso, cessavamo di essere una coppia per diventare una squadra di ricerca. Tutto quello che non riguardava dove si trovasse Yoro non ci interessava. Persino il cibo smise di avere la benché minima importanza. Non ne parlavamo neanche. Mangiavamo quello che trovavo da mettere nel piatto ogni giorno. L'amore c'era sempre, ma diventò qualcosa che aveva un obiettivo diverso dai sentimenti individuali: mantenere unita la nostra famiglia formata da due sole persone. Tutto sembrava dipendere dall'imperativo di non consumare energie, neppure nel tepore del nostro letto, non una sola caloria bruciata in sforzi non strettamente necessari per finalizzare tutto a quell'unico obiettivo. E così ci preparavamo al viaggio successivo, basandoci sulle conclusioni che, con l'aiuto del nostro amico, eravamo riusciti a tirare.

Arrivammo in una sera di settembre. Era la prima volta che mettevamo piede in Europa. Francia. Lione. Il taxi dell'aeroporto ci lasciò in centro . Lungo la strada avevamo visto che tutto era al buio, salvo le luci di qualche auto incrociata ogni tanto. Una volta scesi dal taxi, ci incamminammo lungo la riva di uno dei due fiumi che attraversano la città. Lampioni, luci delle case, tutto spento. Percorrevamo in silenzio una fila di piccoli caseggiati con le candele accese alle finestre. Quelle centinaia di candele erano l'unica fonte luminosa, una luce antica, medievale, rupestre, luce dell'infanzia, delle mie passeggiate notturne con il nonno per i campi punteggiati dal latrare dei cani, di quando il fuoco che bruciava le foglie del riso era, anch'esso, l'unica luce della notte. Alla fine della lunga fila di lumini si scorgeva una collina, una massa ancora più scura in lontananza, sovrastata da una basilica illuminata. Un fulgore giallastro. L'unica luce artificiale. Il giorno dopo avremmo scoperto il motivo di quel buio cerimonioso. Ce lo spiegò qualcuno al mercato. La basilica che avevamo visto era Notre-Dame de Fourvière, la fonte alla quale si dirige in pellegrinaggio, ogni anno, in una notte di settembre, una fiumana di uomini, donne e bambini che tengono in mano candele come quelle accese alle finestre delle case per un'intera settimana. Quattro secoli di adorazione per la Madonna che li salvò da un'epidemia che aveva flagellato l'Europa. Quattrocento anni di ringraziamenti con il lume silenzioso dei focolari domestici per averli liberati dalla peste.

Non era stato facile camminare tra le candele accese di quel posto che, essendo straniera, mi accoglieva con l'unica cosa a me familiare in una città europea: fiammelle che mi ricordavano le lanterne di carta che con i miei genitori, da piccola, deponevamo sulle acque del fiume Motoyasu, assieme ad altre centinaia di persone che a loro volta lasciavano galleggiare le lanterne che fungevano da guida alle anime dei nostri defunti durante la cerimonia *Toro nagashi*. Erano bei ricordi, ma da tanto tempo cercavo di allontanarli dai miei pensieri, perché erano inevitabilmente uniti ad altri molto tristi, perché dalla bomba su Hiroshima, quel fiume era diventato un'altra cosa. Dopo che centinaia di persone in fiamme vi si erano gettate dentro, e migliaia di cadaveri erano stati gettati nelle sue acque, il fiume finì per rappresentare la tragedia della nostra città. Il Motoyasu della mia Hiroshima natale per molti giorni aveva trasportato più corpi che acqua, e lo si poteva attraversare da una sponda all'altra saltando sopra i cadaveri, senza bagnarsi. Quando ho assistito alla prima giornata della memoria in ricordo dell'esplosione, era venuta molta gente ed erano così tante le persone che volevano depositare una lanterna che alcuni volontari entravano nell'acqua fino alla cintola per poter affidare i lumini al fiume, talmente numerosi che, nonostante la corrente li portasse via, invadevano tutta la superficie nel tratto davanti all'unica costruzione illuminata nella notte, la cupola di Genbaku, che si stagliava con la sua scheletrica struttura di ferro. L'edificio fu l'unico a resistere all'esplosione, a circa centocinquanta metri dall'epicentro, ed essendo stato un palazzo governativo, sembrava – così illuminato, distrutto ma ancora imponente con l'enorme cupola scarnificata – un monumento che in qualche modo veniva rievocato dall'aura religiosa con cui ci aveva accolto la basilica della città francese immersa nel buio. Quei ricordi erano per me molto dolorosi, in modo particolare perché il fiume di Lione era carico solo d'acqua, e lungo il suo corso non si vedeva alcuna luce, né tantomeno messaggi scritti sulla carta di riso rivolti ai miei cari genitori, ai vicini, a quanti si erano spenti accanto a me in ospedale dopo la bomba. Ebbi la sensazione che il fiume di Lione fosse poco compassionevole, o addirittura egoista. Un fiume che non trasporta messaggi per i nostri avi mi è sempre parso uno spreco delle capacità comunicative dell'acqua.

Il secondo giorno entrai con Jim in un negozietto e comprai un carillon. Non ne avevano uno che producesse la musica che cercavo. Il negoziante insistette a farmi prendere un valzer che non avevo mai sentito. E che ancora oggi non conosco. Alla fine accettai, e lui non volle che lo pagassi. Poi mi scordai del carillon fino all'ora di andare a dormire. Solo in quel momento, una volta a letto, lo notai sul comodino dell'ostello. Aprii la scatolina. Girai la minuscola manovella e la musica sgorgò. Tornata a New York, per mesi avrei continuato a girare la manovella prima di dormire. E in quella musica rivivevo le sensazioni provate durante la ricerca di una nuova traccia: dormire tra le lenzuola che profumavano di lavanda della Provenza, chiedendomi se Yoro si fosse mai addormentata con quello stesso aroma di campi azzurrini; i taglietti sulle dita per aprire una dopo l'altra le ostriche a pranzo, praticamente tutti i giorni, come se volessimo aggiungere un effetto afrodisiaco ai passi che dovevano guidarci nella ricerca; la sconosciuta che, vedendomi piangere seduta su un gradino in mezzo alla strada, mi aveva pregato di alzarmi, e senza chiedermi nulla, mi aveva abbracciato per poi andarsene.

Piangevo disperata quasi ogni giorno, e se il pianto mi coglieva da sola in strada, mi sedevo da qualche parte finché non passava, perché non volevo che Jim sapesse che l'assenza di tracce di Yoro mi stava consumando a tal punto da non sapere se sarei riuscita a resistere ancora per molto. Ma ciò che più ricordavo ascoltando il carillon erano le passeggiate con un cieco sapiente che fu la mia guida e che mi mostrò la città, i suoi labirinti, e qualcosa che alla fine sarebbe rimasto, a distanza di tempo, il simbolo di quel viaggio frustrante: i cosiddetti *traboules*, passaggi segreti che collegavano alcune vie ad altre, tradizionalmente usati per sfuggire alla polizia. Quei passaggi, difficili a notarsi dall'esterno, permettevano di sparire da un posto e ricomparire in una via parallela come per magia. E così mi sentivo in quel luogo, perché ogni volta che avevo la sensazione di essere ormai vicina a Yoro, lei svaniva di colpo, come se un attimo prima l'avessi davanti e subito dopo si fosse spostata nella strada accanto senza che trovassi il passaggio per raggiungerla. Alla fine la porta si aprì e si richiuse nella sua inconsistenza, poiché il posto che cercavamo era ormai un edificio abbandonato, popolato solo di gatti.

Nella mia ricerca sessuale, S è stata la persona di maggior rilevanza che ho incrociato nel cammino, considerando che sarebbe diventata, negli anni, una vera amica, e questa amicizia l'abbiamo tenuta viva entrambe fino a oggi. L'ho conosciuta prima di incontrare Jim, nei giorni in cui stabilire un punto di riferimento sessuale assieme a qualcun altro simile a me era importante quanto la maternità.

La rilevanza di S in questa storia non dipende solo dal suo ruolo nella mia vita, bensì dalla storia in sé, poiché è stata lei a fornirmi l'arma del delitto, il materiale con cui ho portato a termine il mio crimine, e anche qualcosa di più importante, di molto più importante. Ma i dettagli precisi di tutto questo si sapranno in seguito. La mia intenzione al momento è che l'ipotetico lettore che non è soltanto lei, cominci a conoscerla, perché S, oltre a essere una cara amica e l'elemento basilare che concluderà con me il racconto, è una delle donne più affascinanti che abbia conosciuto.

In Giappone era la stagione delle piogge. Ricordo che avevo appena compiuto ventidue anni. Veniva giù quella pioggia di taglio che rende inutili gli ombrelli. Mi ero infilata in un portone per ripararmi, dicendomi che quella sarebbe stata l'ultima volta che uscivo di casa sotto un temporale del genere, ma poi, ripensando all'appartamento dove alloggiavo a Tokio, quasi vuoto, mi corressi, e decisi che non c'era niente di peggio che restare tra quelle quattro mura tristi. Ero in quell'androne da neanche cinque minuti quando un inquilino sulla sedia a rotelle spuntò alle mie spalle chiedendomi in malo modo di andarmene perché non bagnassi l'atrio con i miei vestiti inzuppati. "Non si preoccupi," risposi, "io posso ancora andarmene sui miei piedi," e così feci. Non mi ero accorta che c'era lì una terza persona, S, che una volta in strada disse che se volevo ripararmi dalla pioggia poteva mostrarmi un negozio che avrebbe aperto di lì a poco, anche se era concepito per rimanere clandestino persino dopo l'inaugurazione. La cosa mi intrigò e accettai l'invito. La caratteristica del negozio, a quell'epoca e in quel luogo, in un quartiere popolare di Tokio, mi avrebbe segnata quanto mettere piede su un altro pianeta.

Camminammo cinque minuti per le strade della zona. Su entrambi i lati si affacciavano case di legno scurito dal tempo, per la maggior parte a due piani. Era una di quelle vie così strette da permettere di sbirciare nella casa di fronte dalla propria finestra, addirittura annusarne l'interno, nido intriso di umidità atmosferiche e umori corporali. Umidità che si notava dal muschio che cresceva soprattutto sul legname delle abitazioni agli angoli della strada. Mi fermai a guardare un ciuffo di muschio. La micropianta conservava l'acqua sul suo vello rizoide, e mentre la osservavo da vicino pensavo che quella doveva essere una rugiada domestica che non aveva nulla a che fare con il freddo della strada. Portai alla bocca un pezzetto di lanugine verde scuro, e in effetti, sapeva di pelle bagnata. S se ne accorse. Sul momento provai un certo pudore, come se mi avesse visto fare un gesto stravagante, ma poi anche lei mise in bocca un pezzo di muschio. Mentre camminavamo, assaggiammo diverse altre alghe terrestri dal sapore asprigno, che in bocca duravano a lungo senza sciogliersi del tutto, e le masticavo come un ruminante, seguendo S verso il posto dove mi stava portando.

Arrivammo dunque in quel negozio. Non conoscevo ancora neanche il nome della mia nuova ospite, quando S cominciò a descrivermi la disposizione di tutti gli oggetti. Al centro della sala c'era una curiosità, uno strano oggetto che si ergeva imponente come se fosse l'ombelico del locale: l'esatta riproduzione di un dildo ritrovato in Ungheria, che gli archeologi facevano risalire al Mesolitico, intorno all'anno 9000 a.C. Il nome del giacimento da cui era stato estratto, la data, il materiale e le misure erano segnati su una targhetta attaccata al piedistallo, che rendeva il rudimentale dildo un ornamento adatto a qualsiasi sala domestica. Ma il carattere decorativo non ne riduceva affatto la funzionalità, poiché grazie alla base smontabile l'oggetto poteva essere utilizzato nella maniera più semplice. Quel fallo di pietra finemente levigato, lungo diciotto centimetri, sarebbe stato, a quanto avrei appreso anni dopo, uno degli oggetti più richiesti da alcuni storici, avidi di conoscere gli enigmi dell'Età della pietra tramite un intenso spasimo. Ma in questa testimonianza e nella storia della mia vita, questo oggetto è soprattutto, come ho detto, l'arma del delitto che ho commesso, e anche se allora non potevo saperlo, richiamò a tal punto la mia attenzione che chiesi a S di regalarmene una copia di silicone. Non dicono forse che l'arma del delitto è basilare per individuare l'assassino? Eccola qui, ne confermo l'esistenza nero su bianco, perché l'originale, quella che ho utilizzato, non potrà mai essere recuperata.

Immagino che ad attirare la mia attenzione, riguardo a quel dildo mesolitico, fu il pensiero che una donna o un uomo preistorico, dotato a malapena di un linguaggio rudimentale, e niente meno che centodieci secoli prima della cosiddetta rivoluzione femminista, aveva deciso di immaginare la propria sessualità in modo indipendente dall'Altro. Come avrei potuto non identificarmi in quel gesto di resistenza cavernicola, io che avevo passato la vita a dipendere dai nomi imposti da altri per catalogarmi? Però, distogliendo lo sguardo e i pensieri da quell'oggetto, notai altre cose nel negozio dove mi aveva portato S. Per esempio, quel pomeriggio vidi per la prima volta qualcosa che, oggi, è fin troppo conosciuto. Stavano proprio lì. Bambole a grandezza naturale, dall'aspetto talmente realistico che dovetti avvicinarmi per verificare se avessero i pori sulla pelle, e sia alla vista che al tatto le parvenze erano così umane che l'immobilità non bastava a dimostrarne la vera natura. S mi disse che le realizzava una sua cara amica, fabbricante di automi. E mi spiegò che quelle davanti a me, a differenza di altre, non si muovevano perché erano state ideate come donne passive, adatte a subire qualunque cosa si volesse fare con loro. Non aveva ancora stabilito un prezzo, ma sarebbero state alquanto care, disse. Includevano, inoltre, l'impegno da parte della ditta costruttrice a far sì che, in caso di decesso del proprietario nei primi due anni di convivenza, la bambola avrebbe partecipato ai funerali come qualsiasi altro mortale, a patto che il defunto non avesse una vedova, o avesse dichiarato prima di morire che la moglie riconosceva la bambola gonfiabile come membro della famiglia.

Non riesco a evitare di tornare al pene mesolitico. Mi dà piacere, sa? Intendo dire che mi dà piacere pensare a ciò che ho fatto con lui: infilargli una miccia nell'uretra per poi fare quello che lei già sa. Ecco, vede, le sto dimostrando che non me ne pento. In effetti adesso, mentre scrivo, tutti quei sentimenti di amore che ho sempre considerato parte essenziale del mio carattere svaniscono di fronte al piacere che provo al ricordo della scena violenta che ho scatenato. Se ora dovessi lasciare un'ultima frase scritta, sarebbe questa: che vada a farsi fottere la pace. Ma mi spetta di vivere un altro po', almeno quanto basta ad andarmene tranquillamente, per riconciliarmi con l'amore che in me, eccezioni a parte, ha sempre prevalso.

S mi mostrò anche altri utensili che, se oggi si possono trovare con relativa facilità, allora mi sorpresero. Lanterne anali, per gli amanti dei buchi neri; stetoscopi per auscultare lo sfregamento prodotto da un oggetto introdotto in un corpo; mutande vibratrici dal funzionamento imprevedibile, che nelle ventiquattro ore in cui stavano attaccate al corpo potevano mettersi a vibrare nel momento più inaspettato, ideate appositamente per chi predilige la casualità. S era un'inventrice di trastulli erotici, e per me, che non avevo mai visto oggetti simili, lo stupore fu grande. Ma tutto questo era solo un modo per guadagnare soldi allo scopo di finanziare il suo progetto principale, disegnare e quindi costruire ciò che considerava la sua invenzione migliore, un oggetto inestimabile che consisteva nella replica fedele della sua vagina, un duplicato del proprio paesaggio interiore, dalla grandi labbra fino all'utero, e che sarebbe stato identico alla sua come due gocce d'acqua. Pur avendo la forma di un gingillo erotico convenzionale, la funzione sarebbe stata un'altra: trovare qualcuna con una cavità intima delle stesse misure e conformazione della sua. Il modello di quell'apparente trastullo erotico, lo avrebbe chiamato *Solitude*. E *Solitude* era, dunque, l'anelito di S di trovare un doppio, una donna che fosse simile a lei come la sua anima sessuale gemella, una che, quando si toccava, al contempo toccava S. Non c'è bisogno di aggiungere che mi sentii consolata venendo a sapere che S era, evidentemente, sola quanto me. E forse, come me, sentiva ogni tanto il bisogno di credere alle favole di principi e principesse, e perciò cercava la sua Cenerentola tramite qualcosa di più intimo della famosa scarpetta.

S ha inventato molti dei marchingegni che oggi si possono trovare in qualsiasi sexy shop del mondo. Aspiratori labiali, anelli per le erezioni, un allungatore del pene basato sul principio della trazione, e un allargatore per le donne, nonché per orifizi anali di entrambi i sessi; vibratori doppi per applicazioni simultanee, e altri con estremità conica per uso anale; protesi di vario genere; un'altalena o trapezio pensato per accoppiamenti aerei, con tanto di cintura di sicurezza e manuale delle istruzioni inclusi; un clistere resistente a qualsiasi tipo di liquido e temperatura, a seconda dell'umore sessuale del momento. Lei ha provato alcuni di questi trastulli, signore? Magari un manufatto per uso anale? O forse un allungatore del pene? Ma lo sa che questa storia dei giapponesi che avrebbero il pene piccolo è soltanto una leggenda metropolitana? Per quanto mi riguarda, non mi importano affatto le dimensioni del pene, ma posso testimoniare che i giapponesi non solo non ce l'hanno piccolo, ma, a quanto mi consta, ce l'hanno più grosso degli americani. Bene, me lo dirà quando ci incontreremo, se ha provato uno di quei marchingegni. Tutti quanti, signore mio, li avrei introdotti simultaneamente in quegli individui innominabili. Ma perché all'improvviso mi è tornato questo sentimento di odio? Ebbene sì, come le sto dicendo, se avessi avuto a portata di mano quegli oggetti, a parte il fallo mesolitico, non avrei esitato a usarli, e tutti insieme contemporaneamente. Mi chiedo ora quale temperatura può sopportare esattamente quel clistere. Le istruzioni dicevano "qualsiasi temperatura", ma come si fa a essere così imprecisi? Qualsiasi temperatura! Avrebbe sopportato la temperatura del sole? Forse la ditta che forniva parte del materiale a S non sapeva che da Hiroshima in poi bisogna essere più accorti quando si parla di temperatura? Io avrei appurato nella carne di quei tipi quanti gradi centigradi poteva sopportare il clistere, e poi avrei scritto alla fabbrica intimando di essere più precisi. Lei lo sa che certe cose si fanno da queste parti, vero? Ovviamente utilizzano semplici bottiglie di plastica e non è la donna a introdurle nell'uomo ma viceversa. Più avanti le racconterò il caso di Jeannette. No, lei adesso non può scandalizzarsi, leggendo queste righe. Ciò che sicuramente la stupisce è che sia io, una donna, a riferire tutto questo come responsabile di tali eventi. Aggiungerebbe dell'accanimento al mio crimine? Faccia pure: ci aggiunga l'accanimento, perché se non ci ho messo della crudeltà non è stato solo perché non avevo a disposizione quegli oggetti da usare come strumenti per infliggere dolore, ma perché sono abbastanza intelligente da non farmi offuscare dall'odio al momento di dimostrare le mie capacità strategiche: sono una donna, l'azione che ho commesso l'ho commessa da sola, loro erano uomini, erano in molti, e sapevo che occorreva agire rapidamente e senza essere vista. Ma sì, non se lo scordi, aggiunga pure l'accanimento all'elenco dei miei crimini, perché può starne certo che, nell'istante in cui ho afferrato il fallo preistorico, ho provato in tutto il corpo l'ultimo orgasmo che mi mancava di provare, il terzo. Come vede, non può definirmi frigida. Ho conosciuto non solo l'orgasmo di entrambi i sessi, quello del maschio e quello della femmina, bensì anche l'orgasmo primordiale dell'essere umano: il piacere di uccidere.

S trascorreva lunghe ore dedicandosi all'autoritratto genitale, il suo sinonimo venereo, provando diversi materiali per realizzare lo stampo che si sarebbe adattato al suo corpo e a un altro corpo, una sorta di calco che avrebbe identificato il suo simile un po' come si fa con il Dna per individuarne il portatore. A tale scopo, il suo tavolo da lavoro era ingombro di ogni sorta di materiali: tessuti, cartoni, disegni, progetti, specchi... tutto a disposizione delle sue mani, per realizzare l'opera che avrebbe ricreato nella forma la propria e quella del doppione che S cercava, quella dell'anima sessuale gemella, tutto questo nel giro di sei settimane di studio ed elaborazione.

Ed eccola qui, signore. Grazie alle ricerche e alla creatività di S mi procurai – e senza saperlo, l'ho custodita per tanti anni – l'arma del delitto. È stato uno dei pochi oggetti che ho sempre portato con me nei vari viaggi. A Jim non piaceva l'idea perché occupava uno spazio inutile nei nostri bagagli, e quando mi chiedeva perché dovessi portarlo sempre dietro, non sapevo cosa rispondere visto che non c'era una risposta plausibile. Quanti viaggi ho fatto con quell'oggetto in valigia. Quanti scanner lo avevano individuato per lo scherno degli agenti doganali degli aeroporti. E se negli anni più recenti avessero saputo la mia età, si sarebbero divertiti ancora di più. Una donna giovane che si porta appresso un fallo finto è una sporcacciona, ma se si tratta di una donna anziana, allora è una vecchia laida pazzoide. Adesso sono io a burlarmi di tutti quelli che sottovalutano le capacità di un oggetto qualsiasi di svolgere altre funzioni. L'ho fatto passare sotto i loro nasi decine di volte. Come vede, non ho avuto bisogno di andare in un supermercato ad acquistare un'arma perché, quando avrei potuto farlo, ero contro il possesso di armi, e poi, nel preciso momento in cui ho sentito il bisogno di averne una, non sono dovuta entrare in un supermercato degli Stati Uniti per comprarla, dato che S mi aveva insegnato il rispetto che si deve avere per le potenzialità di qualsiasi oggetto, per la versatilità, in questo caso, di un fallo mesolitico, adatto sia per l'amore che per la guerra. Chi ci dice, in effetti, che quella donna vissuta novemila anni prima della nostra era utilizzasse quel manufatto solo come un sollazzo erotico? Magari lo usò anche per sventrare un lupo.

Ho già accennato che nell'adolescenza ho identificato nel ponte la forma architettonica della mia ricerca sessuale; il ponte arcuato, non pianeggiante, dunque, come le ho spiegato, perché mentre una passerella piana conduce il viandante da un punto all'altro, il ponte ad arco non si limita a svolgere questa funzione primaria, ma permette anche allo sguardo di spaziare da una maggiore altezza, consentendo di vedere il panorama da diversi livelli. La linea retta, nella ricerca di una sessualità ben definita, mi è sempre sembrata la via più complicata. Tuttavia, quando ho conosciuto S, ho compreso che alla similitudine del ponte mancava un ulteriore grado di sofisticazione. Esiste davvero una *sessualità ben definita*? Così come il sole sorge e tramonta cambiando la luce di tutto ciò che ci circonda, le forme, la lucentezza, il nostro passaggio su un ponte dipende non solo dalla sua forma, ma anche dal momento in cui ci passiamo sopra. Prima di conoscerla il mio sesso era ambiguo; il mio genere era quello femminile; le mie preferenze sessuali si erano manifestate solo verso gli uomini. Ma per qualche ragione, S è stata per me una rivelazione riguardo la flessibilità sessuale. Dato che in quel momento ritenevo che la cosa più logica fosse cambiare le preferenze sessuali nell'arco della nostra vita, aveva senso che io, proprio io, che da un punto di vista anatomico sembravo concepita per l'ambiguità, seguissi la linea retta dell'eterosessualità? La personalità di S mi sedusse totalmente. Credo che se di lì a qualche tempo non avessi conosciuto Jim, S sarebbe stata la mia migliore compagna sessuale, ammesso che lei mi volesse. Non ho mai notato attrazione da parte sua, ma io la provavo nei suoi confronti e credo che, come me, lei potrebbe averla tenuta nascosta in nome di quella che chiamiamo amicizia. Come se un amico non potesse essere, anche, il migliore degli amanti.

Non intendo dilungarmi troppo sul periodo che trascorremmo io e Jim a New York fino al nostro viaggio successivo. Inoltre, non ricordo nulla dei preparativi del viaggio che, stavolta, ci avrebbe portato in un villaggio nel nord del Borneo. La guida ci condusse fin lì e se ne andò. Disse che sarebbe tornato a prenderci tre giorni dopo.

Quello che sembrava il capo del villaggio ci diede il benvenuto. Jim lo pagò in cambio di informazioni. Forse perché non era in grado di darci tali informazioni, o forse per paura, in cambio del denaro offrì a Jim ben altri servigi. In un pessimo inglese, gli chiese di seguirlo. Volevo andare con loro, ma il capo mi fece capire a gesti – dandosi colpi sul petto come fanno i gorilla – che quello era un dono per soli uomini. Devo ammettere che quei colpi sul petto per mettermi da parte in quanto donna furono un sollievo. Lei ha avuto modo di constatare quali umiliazioni abbia subìto in vita mia, sono così tanti gli anni patiti nella carcassa di un uomo che, una volta riconosciuta come donna, sono disposta a passare sopra i progressi che queste (cioè noi) hanno (abbiamo) ottenuto rispetto ai nostri diritti. Alla fine ho capito che il tipo mi consentiva di seguirli fino alla porta di una piccolissima abitazione che, a quanto riuscii a scorgere dalla finestra quando loro due entrarono, si riduceva a una sola stanza al buio. All'inizio, per via del sole accecante, non riuscii a scorgere niente. Ma quando gli occhi si abituarono all'oscurità vidi dalla porta di ingresso un orango femmina su una branda. Capii che era una femmina perché aveva il rossetto sulle labbra, una parrucca bionda, un top rosa semitrasparente, e non aveva peli, era completamente depilata. All'inizio non capii, ma quando sentii Jim discutere, mi fu chiaro in cosa consisteva l'invito: un rapporto sessuale con l'orango. A quel punto entrai e la guardai meglio. Era incatenata a una branda di ferro arrugginita. Aveva i genitali infiammati. Non avevo mai visto nessuno tanto triste. E dico nessuno perché le differenze tra quell'animale e una persona erano assolutamente impercettibili. Ci guardava senza alzare la testa. Mi misi a piangere. Volevo toccarla. Ma avevo paura. Provavo un timore prossimo al panico. Non capivo. Jim mi abbracciò e mi fece uscire da quel posto. All'inizio non volevo, ma poi lo assecondai. L'uomo rimase dentro, immagino per trattare il prezzo con il primo cliente. Fuori, una fila di uomini aspettava il proprio turno.

Quella notte pensai alla differenza tra distruggere un essere poco alla volta e condurlo, in un soffio, non alla morte, ma al nulla. Neppure uno sparo improvviso elimina l'esistenza di qualcuno, che resta nelle spoglie mortali, o nella memoria di quanti gli hanno voluto bene, o impresso nella retina di quelli che, fosse soltanto per una volta, si sono imbattuti in lui. Solo in un'occasione ho assistito all'atto di sradicare la vita non attraverso la morte, bensì con una sorta di restaurazione del nulla. Sto parlando, ovviamente, della mia città. Hiroshima fu cancellata in pochi secondi. Sa una cosa? Eravamo in stato di allarme, ci aspettavamo un attacco devastante, eppure, la potenza dell'arma che venne utilizzata fu così nuova, talmente fuori del comune, che le testimonianze dei sopravvissuti differiscono da quelle di tutti coloro che sono sopravvissuti a un qualsiasi attacco nella storia, e questo perché i sopravvissuti di Hiroshima, gli *hibakusha*, io stessa, condividiamo qualcosa di molto particolare: tutti, senza eccezione, quel giorno pensammo che non solo Hiroshima, ma l'intero pianeta fosse stato polverizzato, e la maggior parte di noi non associava la devastazione a un bombardamento – sebbene fosse stato previsto – bensì alla fine del mondo, le cui cause non potevamo identificare, perché solo l'apocalisse totale poteva spiegare quel mutamento improvviso e radicale di tutto ciò che ci circondava, quel panorama assolutamente sconvolto. Si rende conto? Le armi sono processi bellici autoreferenziali che prevedono il resoconto della morte in base ai morti, e della sopravvivenza in base ai superstiti; ma l'arma che ha distrutto la mia città non era autoreferenziale, perché il suo potere annientatore ha ottenuto qualcosa di inaudito: annientare se stessa, spazzando via l'idea che ci stessero attaccando; ucciderci nel peggiore dei modi, ma facendolo in una maniera che fino ad allora era inconcepibile: bombardarci e al contempo cancellarci dalla mente la possibilità che ci stessero bombardando.

Dopo aver visto Sandy – distrutta lentamente, al contrario di Hiroshima –, trascorremmo il giorno seguente passando di casa in casa, cercando di ottenere qualche informazione che ci riconducesse a Yoro. Niente. Quella visione orribile, quell'angolo di inferno, non ci fornì il benché minimo dato utile per le nostre ricerche. L'esperienza fatta a Los Alamos – dove quella signora che ci aveva accolti in casa, pur non potendo offrire elementi granché utili, ci aveva comunque alleviati condividendo con noi l'angustia per Yoro, le sue foto e i suoi ricordi – era stata un'eccezione. Il terzo giorno la guida venne a prenderci al mattino. Gli dicemmo di attendere la sera, e allora, approfittando del favore delle tenebre, entrammo nella capanna dove stava Sandy e le togliemmo le catene. Mi ritrovavo, per la prima volta, accanto a una creatura umana precedente all'evoluzione. All'inizio non si mosse. Rimase nella stessa posizione di prima, quando era ancora incatenata. Nemmeno noi ci azzardavamo a muoverci, era un animale molto grande e in fondo temevamo che volesse vendicarsi di tutta la specie dei suoi carcerieri sfogandosi su di noi. Dopo qualche minuto si guardò i polsi e si leccò i segni lasciati dalle catene, senza alzare ancora lo sguardo. Non lo fece neppure quando mi gettò le braccia al collo e io, che non riuscivo a reggerla, le passai intorno al collo di Jim, che dovette sedersi sulla branda sporca, umida, per sopportarne il peso. Per qualche secondo non sapemmo cosa fare. Restammo in silenzio. Presi la mano di Sandy, era morbida e fredda; uscimmo cercando di fare meno rumore possibile e salimmo tutti e tre sulla Jeep della guida.

Allontanandoci da lì udimmo delle urla e qualche sparo. Ma ormai eravamo abbastanza lontani, nel villaggio non c'erano veicoli potenti quanto il nostro, e nessuno ci seguì. Una volta che anche la paura cominciò a dissiparsi, tolsi a Sandy il rossetto con un fazzoletto, e poi anche la parrucca e il top. Tremava. Tremavamo entrambe. Ripresi a preoccuparmi. Quel corpo enorme. Come sarebbe andata a finire se avesse voluto vendicarsi dell'umanità aggredendo me? L'avrei capita. Ma Sandy guardava dal finestrino, mentre ci allontanavamo dall'orrore. Non si muoveva. Il respiro appannò il vetro rendendo invisibile il panorama esterno. Il suo alito isolava l'abitacolo quasi fosse una cabina blindata. Poi chiuse gli occhi, e sembrava dormire così profondamente da far pensare che avesse sopportato le torture, i maltrattamenti, la prostituzione, solo per poter morire libera. Mi avvicinai con cautela al suo naso. Respirava. Era solo addormentata, e provai un fugace istante di felicità.

Prima di tornare a New York restammo quarantadue giorni nel Borneo, in un paesino del Sarawak. Il tempo necessario a far vaccinare Sandy in un centro di recupero per gli oranghi associato a un'analoga struttura dell'Ohio. Insistetti a volerla trasferire negli Stati Uniti perché là almeno avrei avuto la possibilità di farle visita varie volte all'anno, per sincerarmi che si ristabilisse del tutto ed eventualmente potesse essere riportata nelle foreste dove era nata, anche se quest'ultima ipotesi, dopo tanti anni di cattività, era alquanto remota. Riadattarsi al suo habitat naturale sembrava difficile. Sebbene Sandy fosse ancora giovane, al momento nessuno poteva garantire che avrebbe riacquistato le forze necessarie a tornare libera. Le ferite del corpo si sarebbero cicatrizzate, ma gli uomini l'avevano umiliata, le avevano inculcato il germe della schiavitù, che si sviluppa velocemente e mette radici dure, profonde, difficili da estirpare. Gli schiavi, per la maggior parte, non cessano mai di sentirsi schiavi, anche quando riacquistano la libertà.

Fu in quel centro di recupero che conobbi Brigitte. Il mio interesse per le sessualità fuori della norma avrebbe continuato a restare vivo in me anche molto tempo dopo aver consolidato la mia, di sessualità. Era un interesse, del resto, non attivo. Intendo dire che non andavo a caccia di minoranze sessuali, ma le mie ferite mi avevano dotata di un olfatto che mi permetteva di identificarle senza bisogno di cercarle. Ciò che un'altra persona non avrebbe neppure notato, a me si presentava totalmente a nudo senza alcuno sforzo. Lo capii subito osservando l'interagire di Brigitte con gli oranghi, avvertii immediatamente ciò che chiunque altro avrebbe ignorato. Devo dire innanzi tutto che non solo c'erano altre femmine come Sandy, costrette a prostituirsi con i lavoratori delle piantagioni di palma da olio, ma anche oranghi maschi che venivano usati per incontri di pugilato. Li ubriacavano e quindi li istigavano a battersi finché uno dei due uccideva l'altro a furia di botte, pur senza volerlo. In quei combattimenti indotti venivano stravolte le leggi della sopravvivenza, poiché i colpi che gli oranghi si scambiavano nell'habitat naturale erano finalizzati a imporre il rispetto sui meno forti, mentre così venivano costretti a farlo per il divertimento perverso degli esseri umani. Come dicevo, dopo un po' che osservavo Brigitte – con quella sorta di attenzione passiva, quasi olfattiva – notai che, tra tutti gli oranghi, si dedicava in modo particolare a quelli mutilati. C'era in lei la compassione, certo, ma anche qualcos'altro: piacere. Brigitte soffriva di una forma piuttosto rara di parafilia, termine usato per definire una deviazione sessuale, a cui ricorro non perché accetto che esistano le deviazioni sessuali, ma per farmi capire. Quella di Brigitte era, nello specifico, acrotomofilia, cioè provava una particolare attrazione per le parti amputate di un corpo. Questo non vuol dire che dovesse o volesse avere rapporti sessuali con gli oranghi. O magari sì. Poco importa. Di fatto non ne aveva, non avrebbe mai abusato dei suoi poteri di donna che si prendeva cura di loro, solo per soddisfare un impulso sessuale. Se me lo rivelò, sicuramente fu perché non nascosi di saperlo, e quando certe cose si fanno con naturalezza, spesso è un sollievo per chi soffre in segreto. Brigitte mi fece riflettere non poco quando mi disse che la maggioranza dei pedofili non arriva mai a sfiorare un bambino. La pedofilia, che venga considerata o no una malattia – disse – non si può mettere in discussione, perché è un sentimento, esiste, e nella maggior parte dei casi, è incontrollabile. Ciò che invece i pedofili possono controllare è la materializzazione dell'impulso. Pensai che vivere così, trattenendosi costantemente, doveva essere un inferno, e per me, un sacrificio degno di lode.

Brigitte intuì che poteva fidarsi di me. Non molto tempo prima, uno di quegli esperti nell'etichettare tutto con parole di origine greca, mi aveva detto, giusto per consolarmi del fatto che la bomba mi aveva mutato l'apparato genitale, che appartenevo a uno di quei gruppi di anormali o di psicopatici che gli specialisti si sollazzano a classificare, appiccicando nomi. Secondo lui avevo sofferto di quella che viene definita apotemnofilia, o "disordine di identità dell'integrità corporea", BIID nella sigla in inglese. Chi è affetto da apotemnofilia si sente menomato pur essendo integro, e per sentirsi integro ha bisogno, al contrario degli altri, di amputarsi una o più parti del corpo.

È singolare che qualcuno potesse dirmi che soffrivo di una patologia solo perché desideravo che mi venisse tolto un membro che non sentivo come mio, che consideravo superfluo. Tutto questo lo raccontai a Brigitte. E lei mi disse che, nel suo caso, il desiderio di vedersi mutilata proveniva da un'esperienza traumatica. Un'esperienza di amore in guerra. Mi raccontò che, prima di lavorare in quella riserva, aveva fatto il soldato. E mi narrò la sua storia.

Un giorno l'avevano chiamata alle armi, e disse che ormai non si ricordava più che un tempo credeva nella pace, e si era arruolata con piacere, sebbene non ricordasse neppure di aver mai creduto nella guerra. Si ritrovò a indossare una divisa, e si mise addosso tutto l'armamentario. E molte munizioni. Soprattutto molte munizioni – ripeteva – per difendere non la patria, che nemmeno ricordava quale fosse, ma la pelle, il suo cuore. Con tutto quel peso addosso, si mise a correre per coprire le spalle a un compagno d'arme. Era quella la sua missione. Proteggerlo. Lui era più importante di lei, le dicevano. Più importante ai fini della guerra. Più importante ai fini della pace. "E se in battaglia dovete combattere contro la paura," le avevano inculcato prima dell'azione, "ricordati una cosa: siete già morti." La morte è il più semplice dei rimedi di un soldato contro la paura. "Tanto eravamo già morti," diceva Brigitte. E correva ansimando sotto tutto quel peso, con il sudore che le annebbiava la vista, e non si soffermava a pensare se i morti potessero sudare o vedere, l'unica cosa per lei sicura era che doveva proteggere la vita di lui. Perché veniva prima della sua. E dopo settimane e mesi cominciò ad amarlo. Lo amava tanto. Così, Brigitte era caduta più volte in trappole destinate a lui, che contava più di lei, ai fini della guerra, ai fini della pace. Un giorno era caduta in una profonda buca irta di baionette. Chissà come si era salvata, mi disse. Forse era stato l'amore. O magari perché non era più viva, come le dicevano. Ma in ogni caso fu l'amore, le piaceva pensare. Perse due dita. (Mentre me lo diceva io guardavo, confusa, le sue mani, che erano integre, senza alcuna mutilazione, e Brigitte aggiunse: "La perdita te la senti dentro," e continuò a raccontare la sua storia.) Lo guardava dal fondo della buca e lui, per la prima volta, le tese la mano. Poi le curò le ferite lasciate dalle due dita amputate. Visto che dovevamo muoverci – disse – si era rimessa in piedi, e aveva pulito alla meglio le armi, che con un po' di grasso e le dovute attenzioni avrebbero continuato a brillare e funzionare. Si era chiesta se lui l'avesse notata in qualche modo. In fin dei conti, nel mezzo degli orrori della guerra, se c'era una donna soldato bella e ben equipaggiata, quella era lei. "Ero uno schianto, con il mio giubbotto antiproiettile." E così ripresero la marcia. Quando raggiungevano le trincee lei si fermava e gli copriva le spalle finché i sacchi di sabbia e le pietre la sostituivano nel compito di proteggerlo. In una di quelle situazioni, una granata le aveva strappato via mezzo braccio. (E io, che vedevo entrambe le braccia di Brigitte, tornai a fissarla confusa, e lei rispose ancora una volta: "La perdita te la senti dentro," e allora non feci più alcuna espressione particolare che potesse interrompere il racconto, perché capii che se Brigitte avesse perso tutte quelle membra, sarebbe morta dissanguata, ma un po' come era per me, l'allegoria costituiva il mezzo con cui si difendeva dal dissanguarsi in parole che non avrebbero mai potuto spiegare tutto di lei.) E proseguì. Lui si era nuovamente preso cura di lei. Sopravvisse anche stavolta, e chissà come. Sarà stato l'amore. O il fatto che ormai non era più viva, come le dicevano. Ma fu comunque l'amore, in ogni caso. Si rimise in piedi e gli sorrise. Il sole faceva brillare il suo giubbotto argenteo. Senza dubbio, se c'era una donna soldato bella e ben curata, quella era lei. E ripresero la marcia. Nei campi minati lui la seguiva restando dietro, mettendo i piedi nelle sue stesse orme. Attraversarono diversi campi, e in uno degli ultimi una mina amputò a Brigitte una gamba e mezza (ancora l'allegoria, pensai, e la lasciai continuare). Lui la curò anche in questo caso. Dato che la distanza da percorrere non era molta e lei conservava abbastanza parti del corpo per continuare a coprirlo, proseguì. Avanzò zigzagando per i pochi metri che li separavano dai ruderi di una casa dove li avrebbero recuperati i compagni d'arme. Camminare in posizione eretta è importante – mi ripeteva – ma arrivando lì non riusciva più a stare in piedi da sola. La aiutò lui, che la appoggiò contro un muro, a sua volta inclinato. Il giubbotto argentato era diventato color terra, sporco di fango e polvere. E questo non lo sopportava. Mentre aspettavano i soccorsi, disse, si avvolse una garza sulle tre dita rimaste e pulì il giubbotto fino a far brillare le parti metalliche, praticamente sul novanta percento del corpo. Le rimaneva la faccia, i folti capelli castani sotto l'elmetto, un braccio e mezzo, un pezzo di gamba e quello che il giubbotto argentato copriva. Non era poco, e comunque era ancora una bellezza. Lei continuò a sorridergli e a brillare per tre giorni, quando infine arrivò un elicottero. Essendo in mani amiche, lasciò per la prima volta che lui salisse per primo. Agganciato a un cavo, lo guardò salire verso l'alto e mettersi in salvo nel portellone di quella libellula metallica. Fu l'unica volta che lo lasciò andare avanti, perché lui era più importante di lei ai fini della guerra, ai fini della pace. E lo era anche per lei. E quando arrivò il suo turno, i nemici spezzarono il cavo che la stava issando sull'elicottero. Cadde giù, ma solo per un paio di metri. Non si fece male. Non pensò a quanto rimaneva di se stessa, non riusciva più a stare dritta, ma guardò il cielo. Si mosse come poteva, cercando la posizione per riflettere i raggi del sole sul giubbotto argentato, come se fosse uno specchio, per un ultimo saluto. Con un notevole sforzo, cercò di far sì che il riflesso, quel minuscolo raggio di luce che lei rivolgeva verso l'alto come un animaletto inquieto, percorresse la superficie dell'elicottero. Vedendolo allontanarsi, si chiese se lui, il suo amore, avesse notato quel bagliore (il suo addio) dal varco del portellone. Si chiese se avrebbe serbato il ricordo di lei come uno scintillio o come il soldato invisibile.

Quando finì di raccontarmi questa storia, Brigitte disse che, sebbene alla fine della guerra fosse integra, aveva vissuto quei giorni in cui si era dedicata anima e corpo a proteggere il suo soldato – una protezione concreta, fedele e assoluta – come uno smembramento. Da allora, provava un'intensa attrazione per le persone che avevano subìto amputazioni, anche se non sapeva dire se tale attrazione dipendeva dal soldato che non aveva più rivisto, o da tutto ciò che lei aveva irrimediabilmente perduto per proteggerlo. Essendo anch'io una mutilata di guerra, quando finì di parlare la abbracciai, e mi sentii, in quell'abbraccio, più integra di prima.

Era una bambina. Voglio dire che al termine del quarto mese di gravidanza seppi che era femmina. E non lo scoprii da un'ecografia che oggi rivela alla madre il sesso del nascituro – a quei tempi era uno strumento alquanto incerto – e neppure perché la figlia di Jim, ossessionata com'ero dalla sua ricerca, era una femmina. Lo capii dalla forma della pancia. Lei, come hanno fatto tanti altri, negherà la mia gravidanza, penserà che ho perso il senno, o che scrivo sotto gli effetti di qualche medicinale. Una donna nata con un utero inservibile, con un apparato *non* riproduttore principalmente maschile, un pene disfunzionale, i testicoli, non può rimanere incinta. Benissimo. Non posso certo negare questa impossibilità biologica, ma si dà il caso che per il momento dovrà credermi se vuole che tutto questo racconto abbia un senso. Consideri, dunque, quella gravidanza come una gravidanza isterica, puramente psicologica, e che era la mia voglia di diventare madre a gonfiarmi, come accade a certe cagne, i seni e il ventre. Al mio quarto mese di gravidanza, come le ho detto, ho capito quale era il sesso del nascituro con lo stesso metodo seguito dalle nostre nonne: per le dimensioni e la forma di quella pancia – ancora molto piccola – che, a quanto mi pareva, cresceva verso il basso, al contrario delle gravidanze di figli maschi che, ho sempre sentito dire, si manifestano con pance prominenti in avanti e a punta, tanto che la futura mamma, di profilo, sembra incinta da più tempo. Mi piaceva immaginare la mia bambina così, che si formava discretamente, più vicina alle mie costole che alla parte esterna della pancia, più mia rispetto a tutto il resto, più intima che pubblica. La sentivo veramente, ma dato che non ero impazzita non dissi niente a Jim. La percezione di quanto stava succedendo dentro di me era scollegata dai sensori che ci permettono di comunicare all'altro cosa ci accade, quindi ero cosciente del fatto che qualsiasi spiegazione sarebbe stata inutile.

Eravamo tornati a New York, talmente esausti fisicamente e moralmente che dovemmo prenderci un paio di mesi di riposo, non senza promettere l'uno all'altra che non avremmo interrotto quella pausa finché non avessimo recuperato le forze. Jim riceveva una pensione dall'esercito. Non era granché, ma ci consentiva di vivere seppur modestamente e, per coprire le spese di viaggio, cercavamo lavori sporadici con cui procurarci del denaro in più senza bisogno di contratti impegnativi né di grossi sforzi, e di solito erano lavori che ci stimolavano; uno stimolo necessario, in qualche modo cercato, perché sapevamo che i viaggi comportavano sempre frustrazioni, tristezza, scoramento. Nei periodi di riposo a New York era obbligatorio recuperare le forze, facendo qualcosa che avevamo imparato a fare, purché si trattasse di un breve lasso di tempo: smettere di pensare al passato, al futuro, e vivere in quel presente da cui scacciavamo i cattivi pensieri. O quanto meno ci provavamo, e di solito ci riuscivamo.

Non ho mai pensato che ogni mese di gravidanza della mia creatura – ho sempre fatto fatica a chiamarlo *feto* – potesse corrispondere a periodi di mesi o anni della mia vita. Il tempo passava per la mia bambina molto più lento che per il mio corpo. Era come se, mentre pensavo di accollarmi il suo peso sulla terra, lei si fosse imbarcata in un viaggio spaziale a una velocità prossima a quella della luce; un viaggio breve per lei, lungo per me, forse per darmi il tempo di prepararmi a ciò che il futuro stava tramando per me. Così immaginavo a volte la mia bambina, nello spazio, collegata a me da un cordone ombelicale lunghissimo e invisibile attraverso il quale era lei ad alimentare me. Ebbene, in quei mesi occupati dal mio quarto mese di gravidanza ricevetti una lettera da S che diceva di volermi venire a trovare, e mi parve che non potesse esserci un momento migliore. Sarebbe rimasta da noi cinque settimane. Il suo negozio era aperto da qualche tempo, sempre dentro i limiti della sua clandestinità. Non aveva ancora trovato l'impronta precisa del suo sesso, ma mi sembrò che fosse contenta, entusiasta e bellissima. Scartai l'idea di parlarle della mia gravidanza. Penso che S mi avrebbe capito, che sarebbe stata in grado di vederla nel giusto senso, ma non sapevo come dirglielo. Stavo subendo una metamorfosi a cui io stessa assistevo con una forte sensazione di estraniamento. Quella trasformazione del mio corpo era il maggiore atto di libertà che mi fossi mai concessa, perché dipendeva dal mio desiderio. Dopo aver speso tanti soldi in interventi di chirurgia estetica – non certo per abbellire il mio corpo ma per ricostruirlo, per correggere il grande equivoco dalla nascita –, assistevo stupita a quella crescita gratuita che immaginavo stesse accadendo dentro di me, quella vita che io volevo si sviluppasse senza che io né alcun altro potessimo intervenire a modificarne le forme. Rimasi senza parole adeguate. Mi piaceva immaginare che per la prima volta non fossero gli altri a privarmi della parola, bensì una parte di me stessa, che riceveva l'aria solo perché io respiravo, che cresceva solo perché io continuavo a nutrirmi. Era la cosa più amata e, tuttavia, a volte sentivo di dovermi proteggere da quella parte di me, da quel desiderio tramutato in gravidanza che soltanto io potevo sentire, e che mi bloccava la lingua di cui avevo bisogno per condividerlo con S.

Sebbene non avessi gli strumenti necessari per raccontare la mia trasformazione a S, la resi comunque partecipe di un altro progetto, perché pensavo che non vi fosse compagna migliore di lei per riprendere certe lezioni che ero solita impartire anni addietro. L'idea mi era venuta quanto mi ero sottoposta all'operazione di aumento del seno che, nel mio caso, si trattava di un impianto completo. Durante le visite, il tempo trascorso in clinica, la convalescenza, avevo conosciuto altre donne che dovevano sottoporsi a una mastoplastica. Di solito erano costrette ad aspettare più di me, a fare più esami, perché nella maggior parte dei casi avevano subìto una mastectomia a causa di un tumore. Quando venivano a sapere che mi sarei sottoposta alla stessa operazione ma allo scopo di cambiare la parte più visibile della mia sessualità, avvertivo il loro disprezzo. A quelle donne sembrava che il diritto di ricostruire un seno che era esistito fosse superiore al diritto di scegliersi un seno con il quale non si era nate. Quel modo di pensare, per quanto comprensibile, mi sembrava mediocre. Usare il cancro come motivo di autorità sugli altri era per me come accettare il potere della malattia, farsene scudo un po' come un bambino che si nasconde sotto la gonna della madre. Sapevo che tentare di parlarne con loro non aveva senso, ma un giorno mi venne in mente qualcosa che avrebbe potuto aiutarle in quei mesi di attesa dell'intervento avendo un seno amputato. Fu la prima volta che realizzai quel progetto, e con successo. Prima di esporre tale idea – che credo sia risultata utile –, occorre tenere conto del fatto che quelle donne avevano perso totalmente la fiducia in se stesse. Le cicatrici di una mastectomia sono ancor oggi devastanti, ma allora lo erano molto di più. D'altra parte, nessuna di loro aveva avuto l'opportunità di vedere le cicatrici in fotografie, video informativi, campagne contro il cancro, quindi la prima volta fu il giorno in cui, dopo vari tentativi rinviati per il timore della visione spaventosa del nulla marchiato da un vuoto, si erano tolte le bende davanti allo specchio. L'impressione era stata talmente forte che per molto tempo nessuna di loro avrebbe deciso di guardarsi e, ancor meno, di farsi guardare da nessuno.

S ascoltò attentamente il progetto che avevo già realizzato una volta anni addietro in quell'ospedale. Le raccontai dei danni che quel genere di operazioni causano all'autostima e poi le mostrai in cosa consisteva nella pratica. Le dissi di sedersi mentre andavo a prendere una cosa. Tornai da lei con una protesi di silicone che mi avevano dato in ospedale e le spiegai che era quella provvisoria da mettere nel reggiseno in attesa dell'intervento estetico. La protesi permetteva che, in una donna vestita, nessuno notasse la mancanza di un seno. Questo alleviava abbastanza la menomazione, al punto che molte donne dormivano con la protesi, o addirittura facevano la doccia con il reggiseno per non vedere la parte amputata neppure per pochi istanti al giorno. Ma ciò che mi interessava era che le donne cominciassero ad accettare il proprio corpo così come era in quel momento. Bisognava convincerle che, avendo sconfitto il cancro, non si trovavano in una situazione peggiore di qualsiasi altra donna sana che aveva ancora entrambi i seni. I seni – dicevo loro – finiscono per diventare cadenti. Alcune donne ritengono di averli troppo piccoli, ad altre piacerebbe invece averli meno prosperosi. Io cercavo solo di sostenere quello che continuo a pensare; di fatto, ciò che, dopo diversi anni, posso constatare:

che il corpo non è statico, bensì mutevole, in continua trasformazione, e non vedevo perché il peso degli anni e il conseguente afflosciamento del seno fosse più accettabile degli effetti di un cancro. La vecchiaia, in fin dei conti, è di per sé una malattia, e una donna, se è sana, dovrebbe accettare il proprio corpo con o senza cicatrici. Io stessa mi offrivo come esempio. Ero nata con un sesso che i miei genitori avevano rifiutato. Questo sì che era un problema, perché il mio corpo non era il mio corpo, bensì quello di qualcuno che altri avevano scelto per me.

Una volta spiegato tutto questo a S, misi della musica da ballo a tutto volume e cominciai a giocherellare con la protesi di silicone come se fosse un attrezzo di ginnastica ritmica. Devo ammettere che non sono mai stata una gran ballerina, ma l'agilità e l'esperienza con lo yoga e il *chi kung* compensavano la carenza di un'educazione alla danza. Mi sdraiavo supina sul pavimento, inarcavo il corpo e mi facevo rotolare sopra la massa di silicone fino a posarla sul collo. A un certo punto mi chiesi se la mia trasformazione corporea, essendo frutto della mia mente, fosse visibile solo a me, o se S avrebbe notato l'aumento di volume della pancia, ma in tal caso potevo sempre dirle che era dovuto agli ormoni che prendevo da anni e che, effettivamente, a seconda dei periodi, mi gonfiavano quelle parti del corpo tradizionalmente associate alla fertilità: i fianchi, l'addome, i seni. La chimica, pur con i suoi limiti, ricreava i cicli naturali di una donna. Gli ormoni avevano fatto di me – pietra calcarea senza curve – una *Venere di Willendorf*, magari meno prosperosa, ma con le parti fertili altrettanto in rilievo. Mi immaginai – una volta divenuta un fossile la mia carne – in un museo delle generazioni future, come esempio di cesello del

XX secolo, con tanto di spiegazioni attraverso la voce di una guida androide: "Questa è H, la Venere agli Ormoni di Hiroshima. Rinvenuta da X; Giacimento X; materiale: organico." Ma come stavo raccontando, quel giorno mi misi a ballare con la protesi al silicone, che lanciavo in alto e riafferravo al ritmo della musica, con le mani e con i piedi. S guardava stupita come mi muovevo, con l'agilità di un gatto, seguendo attenta quella massa progettata per stare attaccata al petto e che io, invece, lanciavo in aria o mi facevo scivolare su diverse parti del corpo. La protesi si posava sul mio ombelico, sulla fronte, sull'inguine, come un seno che si spostava indipendentemente dalle decisioni di un dio o di un dottore che lo voleva fisso in un solo punto. E consistevano proprio in questo le danze che avevo ideato per le donne convalescenti da una mastectomia. Utilizzare la protesi come mezzo per rafforzare la schiena, le braccia, i glutei. Se poi volevano mettersela anche sul petto, tanto meglio, ma quelle donne dovevano accrcscerc l'autostima non con una palla di materiale plastico inamovibile, ma con i progressi corporei di cui tutti siamo capaci. Mi inorgogliva che anni addietro, quando avevo portato a termine quel progetto per la prima volta, alcune pazienti mi avessero detto che si sentivano molto più a loro agio con il proprio corpo rispetto a prima dell'operazione. Si sentivano più sane, più forti, capaci di controllare i movimenti e, di conseguenza, più sexy.

S fu entusiasta dell'idea, e durante la permanenza a New York mi aiutò a cercare donne che potessero beneficiare di quelle danze. Per me rappresentava una fonte di guadagno per finanziare il prossimo viaggio, ma anche qualcosa di più. Quando ballavo con loro, mi dimenticavo di tutto. La mente si concentrava sulla massa translucida di silicone con cui giocavo, e in quella protesi sembrava riflettersi la realtà circostante come se davvero tutto ciò che importava al mondo fosse contenuto lì e soltanto lì. In quel momento non c'era altro che mi interessasse. Ma la notte, nonostante il calore di Jim, o forse proprio per questo, mi rammaricavo di non poter condividere la sensazione di essere incinta. Faticavo a prendere sonno, mi sentivo ridicola ad aiutare altre donne mentre io non ero neanche capace di raccontare una cosa così importante per il timore dell'incomprensione, e non da parte di una persona qualsiasi, ma di Jim, colui che più mi ha amata in questa vita. In quelle notti ricordavo quante volte in passato avevo valutato la possibilità di un'adozione, alternativa che alla fine avrei scartato considerandola una sorta di surrogato della maternità. Forse – pensavo prima di sentirmi incinta – se fossi stata fisicamente in grado di concepire avrei adottato un bambino. Ma la negazione di questa possibilità mi aveva ossessionato a tal punto da non poter infrangere il collegamento tra la maternità e la gravidanza. Per lo stesso motivo, per tanti anni mi ero anche sentita stupida ogni volta che mi soffermavo a pensare a quanti sforzi, quanta tristezza, quanto della mia vita veniva dedicato a ritrovare la figlia di un altro. Poi, sul letto, accanto a Jim, tornava l'ottimismo che mi permetteva finalmente di addormentarmi, quando lui mi toccava il ventre e mi dicevo che tutto era passato, e che c'era qualcosa di peggio che annunciare a Jim di essere incinta: non avere nulla da annunciare, l'assenza della mia creatura, un feto che per me si stava sviluppando come qualcosa di concreto.

Cosciente del fatto che Jim e io dovevamo prenderci un necessario periodo di riposo dalla ricerca che, sebbene in certi momenti assurda, assorbiva le nostre esistenze, contattai l'ospedale dove avevo conosciuto le prime pazienti di mastectomia, e la direttrice, che nutriva una notevole stima per me dopo aver constatato gli effetti positivi delle mie sedute di danza come parte integrante della terapia postoperatoria, mi offrì l'opportunità di realizzare ancora una volta il progetto, assieme a S, durante una visita in ospedale.

Ma quella necessaria tregua non sarebbe durata per molto, solo qualche mese. Succedeva sempre la stessa cosa: quando la mia mente godeva di un po' di riposo, si attivava un meccanismo interno, e le indagini si rimettevano in moto. In quei primi giorni di ripresa i sensi si acuivano, migliorava l'udito, la vista, l'olfatto, come se fossi davvero una madre a cui la natura intensificava le facoltà percettive per proteggere meglio il suo cucciolo. E si ricominciava a cercare. Ad annusare l'aria, a seguire piste. Perché non potevo stare più di sei mesi senza rimettermi sulle tracce di Yoro. A volte sembrava che fossi io la vera madre biologica, della quale nemmeno Jim sapeva nulla, perché, a quanto mi diceva, gli avevano sempre tenuto nascosta l'identità dei genitori biologici. Insisto nel soffermarmi su quel sentimento che riaffiorava in me di tanto in tanto, e che, risultando ormai evidente la mia gravidanza, si alternava a una sorta di vergogna per il fatto di continuare a cercare – non soddisfatta di avere già una bambina che si formava nel mio ventre – una figlia altrui. Se prima di sentirmi incinta mi vedevo come una mendicante di maternità, una donna evidentemente incompleta che si accontenta delle briciole di altre briciole, da allora in poi mi sentivo come una che non sarebbe mai stata sazia, perennemente affamata di nuovi figli, i propri, una sorta di Saturno che avrebbe divorato i neonati partorendoli, ritrovandoli, soltanto per continuare la ricerca. Questo faceva sì che, persino con Jim, fossi piuttosto cauta nel mostrare i miei sentimenti nei confronti di Yoro, l'ansia per la sua sempre più terribile scomparsa.

La porta seguente a cui dovemmo bussare fu quella del faro sull'isola di Queimada Grande, in Brasile. Tra tutti i nostri viaggi, quello lo ricordo come la prima discesa agli inferi. Il faro era l'unico edificio dell'isola perché, a quanto dicevano, per ogni metro quadrato c'erano cinque vipere uniche al mondo, il cui veleno poteva uccidere una persona in meno di un'ora. E dicevano anche che la moglie e la figlia dell'ultimo guardiano del faro erano morte per i morsi dei serpenti e che lui viveva aggrappato al loro ricordo standosene rinchiuso nella torre nonostante il faro fosse stato automatizzato, per sicurezza, agli inizi del XX secolo. Verificando le date, l'uomo che andavamo a trovare non poteva essere lo stesso guardiano del faro, eppure la leggenda che si tramandava nel continente assicurava che si trattava dello stesso uomo. Comunque fosse, eravamo arrivati fin lì, su un gommone con a bordo due uomini della marina brasiliana e un medico provvisto dell'antidoto in caso di morsi di serpenti.

Dal gommone, l'isola di Queimada sembrava un paradiso. Totalmente verde, con il faro come unico segno della presenza dell'uomo. Ma toccando terra sentii che le mie forze, tutte le mie speranze, la voglia di vivere e persino il vigore sessuale, che di solito provavo quando guardavo Jim e che subito mi suscitava qualche fantasia erotica, erano venuti meno. Era come se il mio corpo non avesse più le energie per affrontare l'ennesima frustrazione, ne avevo a malapena per muovere un altro passo. Allora mi sentii estranea a me stessa, e cominciai a camminare e ad ascoltare come se tutto riguardasse solo il mondo esterno, svogliatamente, senza alcun coinvolgimento. La prima cosa che dovemmo affrontare fu la vegetazione. Per avanzare, l'uomo in testa alla fila apriva un varco tagliando rami e arbusti con il machete. Per difenderci dai serpenti, calzavamo scarponi con gambali alti fin sotto il ginocchio. A un certo punto notai qualcosa tra gli alberi. C'erano decine, centinaia di pelli di serpente rimaste agganciate ai rami. Era così che mi sentivo, come una pelle di serpente abbandonata dopo la muta, la cui anima striscia ormai lontana, al pari del mio sesso, perché non avevo forse passato mezza vita a chiedermi dove fosse finito il mio sesso dopo l'esplosione? Sebbene fosse una parte di me che non avevo mai amato, l'idea di averla perduta, senza alcuna possibilità di sapere dove era finita sepolta, o dispersa, mi causava ansia. Credo che, avendo sempre rifiutato il mio pene, avendo pensato – quando lo avevo – all'automutilazione, associavo la perdita alla vaga sensazione di essere stata io ad averlo abbandonato come un cane. Ricordavo spesso la figura di Antigone, la giovane e bella greca che rischiò e perse la vita nel tentativo di dare sepoltura al fratello, il cui castigo era stato lo stesso: non essere seppellito, imputridire alla mercé del vento e degli animali, cani, avvoltoi. E ciò che non viene sepolto né cremato o resta disperso continua a perseguitarci per tutta la vita. I *desaparecidos* non muoiono mai, la loro presenza ci tormenta. Avrei tanto voluto ritrovare il mio pene, poterlo piangere, accarezzarlo per l'ultima volta, seppellirlo per accettarne, definitivamente, la morte; ma non avendo potuto farlo, il mio pene continua a perseguitarmi ancora oggi. Mi addolora, quel pezzetto di me, sebbene il resto della mente, o piuttosto della mia testa, non lo abbia mai voluto. Era per questo che quell'isola mi risultava dolorosamente familiare, perché le pelli abbandonate mi rievocavano l'immagine che era solita perseguitarmi in sogno fin dai giorni del ricovero in ospedale: il mio pene che mi cercava come una lucertola senza occhi, un cane senza zampe, tra le macerie di Hiroshima. Quante volte avevo avuto quell'incubo che si ripeteva sempre uguale, con le stesse immagini: lucertola senza occhi, macerie. A Hiroshima.

Sull'isola le pelli delle mute erano talmente visibili da distogliere l'attenzione dai serpenti veri e propri, che sicuramente erano in agguato, ben nascosti. È così, pensai. Prima di sbarcare ci avevano detto che i serpenti si nascondevano sugli alberi perché vi trovavano la principale fonte di alimentazione: gli uccelli. Infatti c'erano resti di uccelli sparsi dappertutto, tra gli arbusti, al suolo, fra gli alberi.

Arrivati al faro, uno dei militari bussò alla porta e chiamò ad alta voce il guardiano ormai non più in servizio.

"Flávio, apra, le abbiamo portato qualcosa da mangiare, e ci sono qui dei signori che vorrebbero vederla."

Io non mi aspettavo nulla. Né che la porta si aprisse, né tantomeno che quell'uomo ci fornisse una qualche pista da seguire per trovare Yoro. E invece la porta si aprì, lenta, pesante, con un fortissimo rumore di ferraglia arrugginita dalla salsedine che strisciava sul pavimento. E davanti a noi comparve un uomo disilluso quanto me, che ci fece entrare senza dire una parola. Noi cinque guardammo prima lui e poi l'ambiente intorno. Ci trovavamo nell'angusto atrio di ingresso del faro.

Volgendo gli occhi in alto, potevamo vedere una lunga scala a chiocciola da cui cadeva, ogni tanto, qualche frammento di calce. Ogni crepa del faro era stata sigillata con nastro isolante o toppe di cemento per sbarrare il passo, suppongo, a rettili e topi. E immondizia dappertutto. Tanti rifiuti, in prevalenza scatolette di cibo precotto, sparse sul pavimento. Flávio, invece, aveva un aspetto ben curato, pulito, alto, atletico, ma muto. Sembrava muto. Lo ero anch'io, così fu Jim che, piazzandosi davanti a tutti, in quella sorta di rifugio, gli chiese di Yoro. Flávio non disse una parola. Poi passò in mezzo a noi, armeggiò con la porta verde di ferro arrugginito e uscì fuori precipitosamente. Mentre lo guardavamo senza azzardarci a uscire dal faro, il marinaio che comandava il gommone tentò di fermarlo, ma si bloccò vedendolo buttarsi a terra e rotolarsi tra i cespugli, strofinandosi come un animale pulcioso. Era scalzo, senza camicia e, in un posto dove i serpenti abbondano quanto le formiche, era solo una questione di minuti perché andasse incontro a un infausto destino. Udimmo un gemito di dolore, e il marinaio uscì per andare a prenderlo, lo afferrò tra le braccia e lo portò dentro il faro. Richiusero la porta. Tutti guardammo il medico ma, a quel punto, confessò che in realtà era un dentista e non aveva la più pallida idea di cosa ci fosse nella valigetta che qualcuno gli aveva messo in mano purché assumesse l'incarico di medico della spedizione. In effetti, aprendola, nessuno di noi capì a cosa diamine servisse il contenuto. C'erano soprattutto garze, e un flacone che, annusandolo, risultò essere semplicemente alcol. Nessun antidoto.

Guardando bene la gamba di Flávio, proprio sotto il ginocchio c'erano due punti rossi che sanguinavano. Anche il più sprovveduto tra noi sapeva che se il morso fosse stato sulla caviglia, il veleno ci avrebbe messo più tempo ad arrivare al cuore. Ma nel suo caso doveva percorrere una distanza minore, e questo dava al veleno un ferale vantaggio. Se il morso di quelle vipere impiegava un'ora a uccidere un essere umano, nel suo caso il tempo si riduceva di mezza gamba. Jim strinse un laccio emostatico intorno alla gamba per rallentare la circolazione del veleno, e usando un lenzuolo trasportammo Flávio fino al gommone. La gamba si era gonfiata rapidamente. Era la prima volta, dall'esplosione di Hiroshima, che vedevo una parte del corpo triplicare le sue dimensioni. Tutto mi ricordava quel giorno di orrore. Le pelli dei serpenti simili al mio sesso, il mio pene vuoto. Il gonfiore repentino di quello che fino a pochi istanti prima era un arto sano e forte. Lo stravolgimento di ciò che pochi minuti prima era tutt'altro. Flávio non diceva niente. Guardava il cielo, immobile, come anestetizzato. Anch'io mi sentivo anestetizzata, camminavo come un automa, senza rendermi conto che il cammino di ritorno era pericoloso quanto l'andata, con la stessa minaccia dei serpenti, e in compagnia di un dentista sprovvisto di antidoto.

Quel giorno faceva un caldo insopportabile, e nemmeno la brezza sul gommone riusciva a mitigarlo. Flávio sudava copiosamente, come del resto anche noi. Comunicammo via radio la richiesta di un'imbarcazione che ci venisse incontro con a bordo del siero antivipera. Ogni dieci minuti Jim allentava il laccio affinché il sangue affluisse alla gamba prima che i tessuti cominciassero a necrotizzarsi, contro il parere di uno degli ufficiali della marina, convinto che l'unica alternativa fosse amputarla seduta stante, anche se non so come pensasse di farlo visto che non c'era un medico né strumenti adeguati. Per effetto del veleno, che è un potente anticoagulante, il sangue sgorgava dai due punti del morso liquido come acqua, ma su decisione della maggioranza si ritenne che fosse meglio non tentare di arrestare l'emorragia, visto che così sarebbe fuoriuscito almeno in parte il veleno. La calma di Flávio era di aiuto, il polso batteva lentamente e questo ritardava l'afflusso del veleno fino al cuore. Dato che non doveva addormentarsi gli parlavano senza sosta, anche se nulla sembrava essere cambiato in lui. Paura e dolore non avevano influito sul suo atteggiamento. Non c'era stato alcun cambiamento fra prima e dopo il morso, a parte il fatto che, nonostante il caldo, Flávio cominciò a tremare. Era zuppo di sudore, i capelli completamente bagnati, ma tremava come se fosse avvolto in un sudario ghiacciato. Quando l'imbarcazione d'emergenza ci venne incontro, gli somministrarono immediatamente una combinazione di siero antiofidico, antinfiammatori, analgesici e antibiotico, che oggi credo sia stato sostituito in questi casi dalla clindamicina. Nel tragitto fino all'ospedale, il sudore di Flávio cominciò a emanare un odore di rancido, molto acre.

Aspettammo una settimana, andavamo ogni giorno in ospedale, con la speranza che Flávio, rimettendosi in sesto, potesse dirci qualcosa, se non proprio una pista per rintracciare Yoro quanto meno qualche dato, un aneddoto, un ricordo, un'altra foto. Qualsiasi cosa che rendesse non del tutto vano quel viaggio. Un gesto di comprensione, di fratellanza, era per noi un balsamo capace di smussare le difficoltà che avremmo affrontato preparando il prossimo viaggio. Per questo fummo testimoni di tutto l'iter di cure e guarigione. La gamba diventò di un colore verde scuro. Il corpo ci mise tre giorni a smaltire il veleno. Per le difficoltà di coagulazione, su braccia e gambe comparvero macchie violacee, ma ciò che impressionava di più era un enorme gonfiore sulla zona del morso. Io, che mi spaventavo ogni volta che vedevo un gonfiore, una cisti, una qualche forma tumorale o persino un orzaiolo, a quel punto mi diedi per vinta. Quel viaggio era stato un fallimento. Troppe cose mi ricordavano Hiroshima, e anch'io vivevo nel timore costante che mi comparisse un gonfiore, che nel mio caso sarebbe stato di origine radioattiva. Quando il medico incise la carne di Flávio, ne fuoriuscì un'enorme palla di pus. Ma nel mio caso non sarebbe stato possibile incidere le eventuali pustole che temevo e mi aspettavo. Erano come tubercoli che contenevano la morte.

Nonostante avessimo trascorso tutti quei giorni nell'attesa di qualche parola da parte di Flávio, lui non aprì mai bocca, e l'unica volta che si alzò dal letto per andare in bagno scivolò in silenzio da sotto le lenzuola e giù dal letto, mettendosi a strisciare come un serpente. Dovetti constatare che, di fatto, come avevo supposto fin dall'inizio, non c'era più nulla da fare. Flávio aveva subìto una mutazione irreversibile, assimilando il serpente dentro di sé.

L'ultimo viaggio mi aveva lasciata totalmente distrutta. Mi ero abituata alla fragilità della mia salute e tuttavia mai come in quel momento avevo sentito la paura della morte. Neppure nei mesi successivi a *Little Boy* avevo provato quella sensazione di panico per la fine repentina. La paura di morire mi accompagnava sempre, ma il timore che potesse accadermi in quel preciso istante, il timore di una morte improvvisa, era un sentimento nuovo. Nei giorni dopo l'esplosione, e anche nei mesi e addirittura negli anni seguenti, avevo visto tanti *hibakusha* morire dalla sera alla mattina, nonostante fossero apparentemente riusciti a sopravvivere e magari a far parte dei tanti mortali che, di tanto in tanto, pensano come tutti alla propria vecchiaia. Avevo sempre saputo che appartenevo a quel gruppo a rischio, ma la paura che mi attraversava spesso la mente non incideva mai sul mio spirito, permettendomi di concentrarmi sulle cure delle malattie di poco conto o comunque affrontabili a cui dovevo porre rimedio di volta in volta. Ma l'esperienza di Flávio fece detonare quella paura che, senza dubbio, covava dentro di me in attesa che qualcosa accendesse la miccia destinata ad attivarla. Chi lo avrebbe mai detto che uno sconosciuto uomo serpente che, a parte il suo silenzio, non mi aveva arrecato alcun male, mi avrebbe inoculato il virus della paura di morire all'improvviso e senza avere il tempo di un commiato, nemmeno da me stessa? Eppure c'era una certa logica in tutto ciò, perché vedere come quell'uomo corroso da un male invisibile esteriorizzava sul proprio corpo la deformazione causata dal veleno mi aveva costretta a ricordare che anch'io, forse l'indomani o entro un'ora o addirittura nel giro di un minuto, potevo cominciare a far trasparire quella che ero, un corpo infermo, e un'anima che, per quanta voglia di vivere potessi avere, per quanto amore potessi dare e in effetti davo, era come un uccellino ferito alla mercé di cure non più provenienti da estranei, ma da un essere superiore che insisteva a voler provare la sua esistenza con la propria inesistenza.

Sebbene fossi cosciente che altri erano nelle mie stesse condizioni, avevo l'impressione di essere l'unica della mia specie. Quella sensazione che avevo provato per la prima volta nel Museo di Storia Naturale a Londra dove, fra i campioni sotto formalina o tra le persone che mi accompagnavano, non avevo trovato nulla di simile a me, si acuì. Non che pensassi di essere un caso particolare tra le tante vittime, però credevo davvero di essere l'unica rappresentante di una razza diversa, come la bestia rara uscita da un uovo proveniente da un altro pianeta e condannata a stare tra gli umani senza sapere quasi niente della propria specie, senza alcun dato sulla propria speranza di vita, che era proprio ciò che più mi interessava conoscere. Ero un'aliena venuta al mondo senza padre, senza madre, senza nessuno che avesse un Dna simile al mio, e avevo quindi tante domande senza risposta, ma quelle che mi interessavano di più riguardavano il dato essenziale del Tempo: quando sarei morta? Quanto vivevano quelli della mia razza? Ottant'anni, cento, duecento? Ero un'estranea fra estranei, e a volte pensavo di non avere alcun indizio su quale potesse essere il divenire della mia carne.

Entrai, dunque, in un periodo di nevrosi mai sofferta prima di allora e che si manifestava, principalmente, con la tanatofobia (avrei imparato bene questa parola) o paura della morte. Durante il giorno avevo cura di me come sempre, non sviluppai alcuna particolare ossessione ipocondriaca, ma di notte tutta la mia paura si concentrava nel terrore di morire nel sonno. All'inizio mi svegliavo sudata, e scuotevo Jim perché la sua voce mi confermasse, come un pizzicotto, che non ero sola, che non ero morta. Al mattino ricordavo quello che Jim mi aveva raccontato sulle sue vicissitudini a bordo della Nave della Morte, la *Oryoku*

Maru, quando la follia si manifestava con l'ossessione di alcuni prigionieri di palpare nel buio, disperatamente, il corpo di qualcun altro, come per aggrapparsi alla vita, a qualsiasi vita, se non alla propria almeno a quella di chi toccavano con le mani. La mancanza di sonno mi rendeva esausta per l'intera giornata, e quando calava la sera annunciando la minaccia della notte prendevo altri caffè per resistere alla stanchezza e rimanere sveglia quante più ore potevo. Poi cominciai a cambiare orari. Decisi di dormire di giorno e restare sveglia di notte. Pensavo che durante la notte, quando la maggior parte della gente dorme, nessuno poteva aiutarmi se la vita si fosse spenta discretamente nel sonno. Mi sentivo tremendamente sola, è vero, ma confidavo nel fatto che il mio polso, il mio fiato, fossero una piccola parte del palpito della vita di New York, e se quel polso, quel fiato fossero venuti meno, un altro pezzo – un altro essere umano – di quell'enorme puzzle mi sarebbe venuto in aiuto; sempre che quell'altra persona non si trovasse in stato letargico, immersa nel simulacro della morte che è il sonno. Ma tutti quei rimedi sarebbero cambiati secondo la logica della mia malattia, e dopo aver passato intere settimane a cercare di evitare la notte pensai che la cosa migliore fosse tornare a dormire con Jim, perché in fin dei conti se c'era qualcuno al mondo che mi amava questo era lui, l'unico in grado di sentire anche da addormentato se me ne stavo andando. Prima di rassegnarmi a dover dormire, ci abbracciavamo, ma anche così ci mettevo ore a trovare il sonno. All'inizio restavo ferma, per non disturbarlo; poi cominciavo a rigirarmi nel letto, temendo di perdere la vita.

A seconda del periodo mi concentravo su una malattia o su un'altra, ma la causa di morte che per più tempo ho temuto era l'embolia cerebrale. Ero ossessionata da ponfi e gonfiori, i tumori che comparivano negli *hibakusha*, e non vedendone, cominciai a temere che si fosse formato in me un tumore interno, o qualcosa che poteva ostruire un vaso sanguigno nel cervello, un coagulo che bloccasse la circolazione. Tutto questo a un certo punto mi portò a chiedere a Jim di svegliarmi nel cuore della notte per pormi domande e verificare se le mie risposte erano assennate, dopodiché mi sarei riaddormentata tranquilla. Puntavamo la sveglia alle tre o alle quattro, e Jim mi faceva alcune domande le cui risposte sapeva che dovevo conoscere. Così, quando suonava la sveglia, mi chiedeva cose tipo il nome di mia nonna, o il mio piatto preferito, e se non avessi risposto a domande così ovvie avrebbe significato che il mio cervello non stava funzionando bene, e in tal caso Jim mi avrebbe svegliato del tutto per assicurarsi che non fossi in pericolo di vita. Le domande cominciarono a sfiorare l'assurdo quando pretesi che, al suono della sveglia, mi chiedesse cose come "di quale colore era il cavallo bianco di Santiago?" o altre simili, che contenevano già la risposta nella formulazione, quindi, se non avessi risposto, Jim doveva allarmarsi e prendere subito le misure necessarie per scongiurare il peggio.

Quello fu per Jim un periodo duro, non solo per la scomodità di interrompere continuamente il sonno, ma soprattutto perché la stanchezza, la mancanza di riposo fisico e mentale, cominciavano a influire sul mio umore durante il giorno. La notizia che Jim doveva mettersi in viaggio inaspettatamente per una questione riguardante un'eredità di famiglia non fece che peggiorare la situazione. Non volevo che se ne andasse, ma capivo che la cosa era importante e, d'altra parte, non riuscendo a decidermi di andare con lui, pensai che forse, rimanendo da sola per gli otto giorni di assenza previsti, avrei potuto iniziare un percorso di recupero, come se fosse una sorta di terapia d'urto.

La prima notte che trascorsi da sola fu talmente insopportabile da non poter neppure immaginare di affrontarne un'altra così. Malgrado le mie nevrosi, ero perfettamente cosciente di essere psicologicamente instabile, e aspettando che quel periodo passasse, non ne volli parlare con nessuna persona amica, quindi in quel momento mi era impossibile chiamare qualcuno per chiedergli di stare con me la notte e sottoporsi al rituale dei risvegli e delle domande ovvie, l'unica cosa che mi permetteva di trovare il sonno, per quanto precario. Si susseguirono dunque sette giorni di alienazione, ognuno dei quali mi sembrò lungo quanto dieci, tanto che ebbi la sensazione di vivere per settanta giorni senza più riconoscermi, perché per affrontare la paura di dormire da sola trovai soltanto una soluzione: dormire con un uomo ogni giorno.

Non fu difficile. Da troppo tempo non curavo la mia persona e questo di per sé avrebbe aumentato in parte la mia autostima. Il fisico non era peggiorato granché, malgrado le tracce che la paura, come polvere di cadavere, lascia sui tratti espressivi, nei pori che, ostruiti, tolgono luminosità al viso. Così, passavo la giornata a preparare la caccia della notte, cercando, annusando, e infine scegliendo la preda. Quando arrivavamo nell'appartamento bevevamo fino a ubriacarci, e a quel punto me lo portavo a letto chiedendogli di svegliarmi entro un paio d'ore, promettendogli che allora, una volta tornata sobria, lo avrei accontentato. Al pari di Shéhérazade che riuscì a rinviare la sua morte mantenendo viva la curiosità del sultano Shahryar tramite la promessa di concludere il racconto della sua storia l'indomani, sempre l'indomani, pensavo di ritardare la mia morte con la promessa, ben più prosaica, di consumare l'atto sessuale, l'unica sveglia che ero riuscita a improvvisare di fronte al viaggio inaspettato di Jim. L'orgasmo dell'altro diventava nelle mie notti la risorsa letteraria che corrispondeva alla suspense della storia che mi avrebbe mantenuta in vita. Io non provavo piacere, ma i gemiti dell'uomo al momento di eiaculare, il contatto repentino del liquido seminale sul mio ventre o sulla schiena, erano sufficienti indicatori del fatto che ero sveglia e ancora in salvo, cosa che poi mi permetteva di dormire serenamente; così, gli uomini-sveglia mi risarcivano di ogni genere di rifiuto fisico davanti a un corpo sconosciuto e, all'inizio, non desiderato. Mi importava ben poco se quegli uomini si accorgevano o meno della peculiarità della mia vagina. Volevo soltanto non morire mentre dormivo. La mia era una paura reale. Ero sicura che le reazioni che si producevano nel mio cervello, nel ritmo cardiaco, quando stavo per addormentarmi erano le stesse che provava una persona che stesse realmente affrontando la morte. Avrei pagato qualsiasi prezzo per rimanere viva, e quella forma di prostituzione non era neppure il più alto che ero disposta a pagare.

Quinto mese: 1969
Inferno di ghiaccio

Mentre camminavo per la strada la mattina del giorno in cui lui doveva tornare, stavo pensando – ricordo perfettamente questo particolare – che andando a fare la spesa non avrei dimenticato di comprare il tè che Jim era solito bere, quando a un tratto, alzando lo sguardo, vidi la nostra vicina M a una cinquantina di metri, che veniva verso di me. Prima che Jim partisse, gli avevo detto che avrei staccato il telefono perché, considerando il periodo di ansia che stavo attraversando, preferivo non stare sempre in attesa di una sua chiamata. Quando vidi M, lo capii immediatamente. Così, da lontano, senza nemmeno soffermarmi a pensare che il suo numero di telefono era quello che davamo sempre in caso di emergenze. Fu un'intuizione, forse suffragata da quel misto di seriosità e commiserazione sul volto della vicina, che però lì per lì non potevo percepire perché era troppo distante, ma dai suoi movimenti sì. Così lo seppi prima ancora di venirlo a sapere. Jim era morto, e prima che la vicina avesse il tempo di arrivare davanti a me, svenni. Quante volte ho pensato da quel giorno che avrei tanto voluto essere rimasta in quel limbo dell'incoscienza per non dover affrontare la notizia, rimanendo addormentata nel dubbio, eternamente, finché la morte fosse venuta a darmi il bacio che mi avrebbe fatto risvegliare nel suo regno. Credo che se avessi immaginato cosa sarebbe venuto dopo, avrei stretto le palpebre per non spezzare quel filo sottile che, dal cervello dormiente, mi teneva gli occhi chiusi. Ma il destino diede un altro giro di vite, il filo si spezzò, riaprii gli occhi e ripresi conoscenza per ricevere la conferma della notizia. Era stato un incidente d'auto, stava viaggiando con alcuni familiari, che erano rimasti illesi. Visto che non ero in grado di muovermi da sola, M si offrì di accompagnarmi nella città natale di Jim, Minneapolis, anche se lei sarebbe dovuta tornare indietro al più presto per motivi di lavoro.

Minneapolis, la culla di Jim, la città dove sembrava essere tornato per chiudere il cerchio della sua vita. Pensai che io non sarei mai tornata nella mia città natale, a Hiroshima, e tantomeno per morirci. Pensavo a questo e ad altro nei momenti di serenità concessi dai forti ansiolitici che mi aveva dato M per affrontare il viaggio. Sull'aereo ero talmente drogata che ebbi addirittura un momento di euforia, mettendomi a ridere del mio stesso pianto, perché tutto mi appariva scarsamente grave, quanto un temporale passeggero. Ricordo che quello fu uno dei momenti più felici della mia vita. Compresi il piacere che danno le droghe, e sebbene non fossi in grado di sostenere una conversazione, mi passavano per la testa pensieri che non avevano nulla a che fare con Jim, persino progetti per il futuro che cullavo da tempo; o dettagli molto più prosaici, come chiedermi se mi ero ricordata di mettere in valigia la crema idratante per il viso. L'alienazione mentale arrivò a un tale livello che a un certo punto slacciai la cintura di sicurezza immaginando nuovamente di essere incinta, ma stavolta al nono mese, in procinto di partorire. Dopo l'iniziale timore, passai a un'allucinazione fondamentalmente piacevole. Avevo sentito dire che l'epidermide del feto, nei primi mesi, è così permeabile che in pratica è tutt'uno con il liquido amniotico. Rimasi sorpresa per quella comunicazione tra l'esterno e l'interno. La mia bambina, quella creatura che ero solita immaginare come solida, era invece fatta del liquido in cui fluttuava, del mio liquido. Per una sorta di parallelismo, ebbi la sensazione che io, all'interno dell'aereo, ero allo stesso modo composta da tutto ciò che mi circondava: passeggeri, sedili, meccanismi, acari. Mi immaginai come un feto all'interno di un uccello gigantesco, in totale comunicazione e simbiosi con tutto ciò che avveniva dentro il suo ventre. Potevo percepire ogni minimo scricchiolio, cambiamento di odori, e persino la stanchezza nelle occhiaie di una donna che si guardava nel piccolo specchio del bagno. Era mio anche l'umore della hostess che mi serviva con un sorriso che sapevo quanto fosse forzato perché eravamo entrambe la stessa cosa, particelle fluttuanti nello stesso elemento che ci attraversava e formava. Ero viti, turbine, cavi.

Nell'eccessiva quiete dell'aereo, man mano che passava l'effetto degli ansiolitici, ricominciai a essere me stessa. H con dolore. H senza Jim. H senza un focolare domestico. Inoltre, mi ero ormai separata dal resto, non ero più parte dei passeggeri, dei macchinari, dei pasti a bordo; ero tornata me stessa, cosciente del fatto che qualsiasi cosa avessi detto sarebbe stata interpretata dagli altri come una follia, perché loro non avevano sentito, come me, che tutti potevamo essere un'unica cosa. Dopo gli effetti dei sedativi, vidi la mia casa vuota, senza più quel fuoco ancestrale che alcuni chiamano *famiglia*, e che io avrei dovuto chiamare *mai più*.

Una volta atterrati a Minneapolis, uscendo dall'aereo ci ritrovammo a trenta gradi sottozero. Gli abitanti avevano la possibilità di informarsi, quotidianamente, su quanti minuti potevano rimanere all'aria aperta senza correre il rischio di congelarsi. Io e M ci infilammo subito in un edificio prendendo le scale mobili che conducevano a un sotterraneo per evitare di camminare sulla superficie gelata. Iniziò così la discesa nelle catacombe, che ricordo, tra i tanti miei viaggi, come la seconda discesa agli inferi, un inferno di ghiaccio, l'opposto del caldo torrido sull'isola dei serpenti. Mi sembrava che, nell'inverno di quella città, tutto fosse stato predisposto come preludio di cosa significa andare a raccogliere un corpo amato e gelido. Quei percorsi sempre all'interno e sottoterra, quel freddo onnipresente nelle conversazioni dei suoi abitanti, quelle chiacchiere trattenute, come rallentate dalla brina sulla lingua o intorpidite dalla pesantezza dei cappotti, mi sembravano adeguati al transito verso l'obitorio. Tutto mi pareva un agghiacciante anticipo di ciò che mi aspettava. In effetti, quando entrai nella sala congelata, l'ambiente non mi era estraneo, perché la città mi aveva acclimatato per affrontare quel momento.

La famiglia di Jim, genitori, sorella e nipotina, si dimostrò indifferente come sempre. Mi permisero di decidere cosa fare del corpo, e rispettando le volontà di Jim scelsi di farlo cremare, per poi deporre le ceneri in un luogo di particolare significato per lui, un posto che in quel momento dovevo ancora stabilire, o che magari dovevo ancora conoscere. Era accaduto tutto così all'improvviso che non avevo avuto il tempo di pensare a certi dettagli.

Forse, nel desiderio di sottrarmi al freddo di quel luogo, la mente mi ricondusse a qualcosa che era scolpito nella memoria, una sorta di molla che scattava quando pensavo al calore. Mentre stavamo nella sala d'aspetto dell'ospedale in attesa che sbrigassero le ultime pratiche burocratiche, riemerse un ricordo molto nitido, una storia che mi era parsa lunga da raccontare ma che in realtà doveva essere durata solo pochi minuti. L'avevo ascoltata nei giorni successivi alla bomba, quando ero ricoverata in ospedale. Un uomo stava raccontando a una paziente adagiata a mezzo metro da me che, tornato tra le macerie di casa sua una settimana dopo l'esplosione, aveva rinvenuto un frammento della moglie, il bacino, nel cortile, che era poi tutto ciò che restava dell'edificio dove avevano vissuto. Ma, aveva aggiunto il signore, non era questo ad averlo impressionato di più. Ciò che continuava a svegliarlo di soprassalto di notte era rivivere il momento in cui, prendendo tra le mani l'osso pelvico per metterlo in un secchio, si era scottato. Dopo sette giorni, era ancora rovente.

Non solo il pensiero del calore, ma la circostanza di trovarmi in un ospedale mi portò a ricordare quei giorni di convalescenza, legando un pensiero all'altro durante l'attesa assieme alla famiglia di Jim. Ricordai che quando cominciavo a recuperare le forze, sentivo che il bacino mi bruciava, e anche in seguito alla storia raccontata da quel signore pensai che per qualche ragione quella zona, la struttura che ospita i genitali, doveva conservare il calore più di altre ossa. Comunque, dopo la bomba persi ogni pulsione sessuale. Data la mia giovane età, avevo risposto agli istinti soltanto con la masturbazione, ma l'ultimo ardore del mio sesso non fu erotico, bensì febbrile. Questo particolare era talmente importante per me che lo avevo confidato anche a Jim, e in quel momento mi rallegravo di aver avuto il tempo di raccontargli tante cose di me. Avevo spiegato a Jim che già nei primi giorni di semicoscienza, quando la mente non conosceva ancora le ferite del corpo, ero in una fase delirante in cui filtrava la paura delle conseguenze del mio nuovo stato, e durante la convalescenza avevo constatato che, sebbene l'attrazione per i ragazzi e i miei sentimenti fossero rimasti gli stessi di prima, la libido era scomparsa. Come se avessi perso una gamba. Avendo sentito di casi in cui la persona mutilata continuava per qualche tempo a provare sensazioni dall'arto amputato, speravo nella sindrome dell'arto fantasma. L'aspettai per anni, senza arrendermi al fatto che l'arto fantasma solitamente si fa sentire poco tempo dopo la perdita. Preferivo continuare a ritenermi fortunata, almeno in quel senso. La percezione su una gamba che non c'è più non serve a niente, perché quella gamba non potrà muovere un passo accompagnando l'altra; tuttavia – mi dicevo speranzosa – la percezione di un sesso amputato sarà sufficiente a risvegliare (essendo etereo) lo stimolo dell'orgasmo. Quando mi rassegnai a perdere definitivamente quella speranza desiderai di sentirlo almeno per un'ultima volta. Per quanto io abbia patito tante sindromi, non ho mai provato quella dell'arto fantasma. Ero irrimediabilmente mutilata, come una statua greca la cui bellezza è insita nella propria pena: l'abbraccio impossibile della *Venere di Milo*. Diversi anni dopo, in uno dei pochi viaggi di piacere che ho fatto in vita mia, ero in Vaticano e mi soffermai ad ammirare l'*Apollo del Belvedere*. Compresi allora che la mia tristezza non andava paragonata alla perdita di un braccio per una donna, bensì del pene, la qual cosa, pur essendo una mancanza, comportava un certo sollievo.

Quella prima notte a Minneapolis dormii da sola. Riposai come non mi succedeva ormai da settimane. Non avrei potuto dormire così bene se avessi immaginato che la morte prematura di Jim aveva portato via con sé qualcosa che, credo, mi avrebbe detto se avesse avuto più vita davanti per trovare il modo di farlo. Nei giorni successivi, non potendo sospettare che Jim mi avesse tenuto nascosto qualche segreto vitale, i miei pensieri giravano intorno a certi ricordi del passato. Per qualche motivo tutto questo mi ricordava la mia Hiroshima natia, e davanti al forno crematorio, assieme ai suoi familiari, ricordai una scena della mia infanzia. Non potrei descriverla in maniera dettagliata perché ero ancora molto piccola, ma mi rividi che osservavo di nascosto una cerimonia a cui mi era stato proibito partecipare. Mia zia era morta qualche giorno prima e ciò che stavo spiando dal mio nascondiglio era il rito successivo alla cremazione, così diverso dai riti del mondo occidentale. I familiari si stringevano intorno alle ceneri di mia zia. Il ricordo faceva parte di una procedura che avrei compreso più avanti, quando ebbi l'età per imparare in cosa consisteva la cerimonia. Il corpo manteneva la sua forma, cioè, pur essendo appena uscito dal forno crematorio, la temperatura selezionata restituiva ai familiari il corpo tramutato in braci, ma non ancora polverizzato, un po' come accade a volte con un ciocco di legno nel caminetto che mantiene la forma integra e poi, se lo sfiori, svanisce quasi del tutto. Allora vidi i familiari, uno alla volta, tutti, che prendevano con le bacchette i frammenti di ossa rimaste e se li passavano, per deporli infine in un'urna. Ricordo nitidamente che mi sorprese il fatto che si passassero le ossa con le bacchette, perché mia madre mi aveva spiegato tante volte che le bacchette sono personali, e non devono mai essere scambiate tra un commensale e un altro a tavola. Era una delle regole su cui mia madre insisteva di più, le bacchette in Giappone sono una sorta di intima estensione di se stessi. Ricordo anche che cominciarono dalle ossa dei piedi e finirono con i frammenti del cranio. Tutto ciò, come avrei appreso più tardi, aveva un significato preciso: i resti del corpo non dovevano entrare al contrario nell'urna.

Ricordo ora una scena che ho visto settimane fa. Stavo aspettando in metropolitana per tornare a casa e il treno era in ritardo. I topi correvano tra i binari in cerca di cibo tra i rifiuti. Dalla loro indifferenza deducevo che il convoglio non sarebbe arrivato per i prossimi minuti. Diedi un'occhiata alle altre persone in attesa sulla banchina. Incrociai lo sguardo con due occhi velati di pianto. Le lacrime non erano ancora scese, ma il velo stava per cedere. Erano di un'adolescente che, pervasa dalla tristezza, consegnava qualcosa a sua madre. Un fagotto di circa mezzo metro. Dalla cautela con cui passava dalle mani della figlia a quelle della madre, sembrava una cosa estremamente delicata. Era avvolta in un sacco di quelli per l'immondizia, usato come una sorta di impermeabile improvvisato perché fuori aveva cominciato a piovere. La madre, tremando, prese il fagotto ma, prima che avesse il tempo di sistemarselo tra il petto e le braccia, la figlia glielo tolse con un gesto brusco, quasi violento. La madre, a sua volta, lo tolse alla figlia, e la guardò con aria di sfida abbracciando il fagotto con forza. La figlia cominciò a piangere, la madre strinse gli occhi. Madre e figlia, vedova e orfana, si contendevano come fiere le ceneri del marito, del padre.

E io me ne stavo lì, sorreggendo la mia, di urna. Quando infine la presi tra le mani, mi accomiatai dai familiari di Jim e chiamai un taxi per andare all'aeroporto. Mentre passavamo davanti a un parco coperto di neve, chiesi al conducente di fermarsi e aspettarmi. Ero in preda a un attacco di ansia e avevo bisogno di aria. Mi sedetti su una panchina dove il taxista non poteva vedermi. Mi sistemai per bene la sciarpa e il berretto. Il freddo era veramente insopportabile, sufficiente a far precipitare nell'ipotermia anche il passante meglio equipaggiato. Non riuscivo a respirare bene, per l'ansia, per il freddo, o per entrambe le cose. Non potevo neppure annusare il mio alito, che si fermava nella sciarpa di lana. Mi resi conto che non solo in quel momento, ma in tutti gli ultimi giorni senza Jim, non avevo più sentito alcun odore. Assolutamente niente. Ero scivolata in un mondo inodore. Ero solita dire a Jim che grazie a lui avevo imparato ad amare il mio odore. Annusavo me stessa sul suo corpo, e mi piaceva. Ma in quella desolazione ghiacciata mi sembrava impossibile tornare a percepire il mio odore. Annusarmi dove? Su quale altra pelle? Mi pareva che Jim si fosse portato via, senza il mio permesso, quella parte dell'olfatto che lui aveva sviluppato in me affinché potessi sentire l'odore di ogni parte del mio corpo. Da allora sarei diventata una donna asettica, un deodorante contro me stessa, un naso a dieci metri dalla mia faccia. Guardai l'urna che avevo posato sulle gambe.

Con i guanti da neve così grossi non potevo neanche sentire la forma dell'urna. Allora mi sfilai un guanto e misi la mano sulla ceramica, già ricoperta di brina.

La forma bombata dell'urna sembrava una replica di una pancia incinta, e me la strinsi contro il ventre, e per un attimo ebbi la sensazione di tenere fra le mani non Jim morto, ma Jim nel periodo di gestazione. Jim dentro quell'urna ricurva come il mio ventre, che in quel momento immaginavo fosse di cinque mesi. I primi calci di Jim. I minuscoli, non ancora visibili dentini da latte, sotto le gengive. La pelle rosea grazie all'assenza di grassi. Jim nel mio utero che rispondeva con una piroetta alle ultime volte che qualcuno che non era lui mi aveva penetrata.

Il freddo poteva congelarmi, e invece mi svegliò. Vidi sul mio dito l'anello che Jim mi aveva regalato. Non ci eravamo sposati, ma nel primo anniversario della nostra relazione mi aveva regalato un rubino come simbolo di sangue che si rinnova, di rinascita. Non sapevo se Jim si riferisse alla fortuna di esserci incontrati o alla nuova vita che intraprendevo con lui una volta raggiunta finalmente la mia sessualità. E lì, in quel parco ghiacciato, pensai che non lo avrei mai saputo, se quel rubino era un simbolo di entrambi o se riguardava soltanto me, sola, sempre sola, nonostante tutto quello che aveva fatto Jim per farmi sentire che lui era e sarebbe sempre stato il mio compagno. Stavo per rimettermi il guanto e tornare sul taxi quando notai che la mano, per il freddo, era arrossata e, per i miei problemi di circolazione, si stava gonfiando. Allora volli sentire l'anello. Aspettai ancora un po' e la mano si gonfiò di qualche altro millimetro, quanto bastava perché l'anello stringesse il dito. La risposta stava lì. L'anello mi cingeva la carne per dirmi che quella pietra rossa era la vita, quella di lui e la mia. O almeno è ciò che decisi di credere in quel momento. Mi pentii di non avergli raccontato della mia gravidanza, anche se avrebbe potuto prenderlo come un sintomo di squilibrio, o per ciò che sicuramente era, la materializzazione fisica del mio desiderio di maternità. Comunque lo avesse considerato, quella ero io, io e il mio desiderio, e lui meritava di saperlo. Mi rimisi il guanto e risalii sul taxi.

Tornata a New York ripresi a dormire, per la seconda volta dopo tanto tempo, senza paura. La tristezza occupava tutto il letto. L'assenza di Jim aveva sostituito la fobia della morte. Se quando era andato via ogni giorno che passava mi sembrava lungo dieci giorni, da quando era morto avevo la sensazione che una giornata durasse dieci settimane. Tutto era diventato lento. E, a un tratto, una notte mi resi conto che l'ultimo sesso che era entrato dentro di me non era stato quello di Jim. Nessuno degli ultimi sette sessi entrati dentro di me era quello di Jim. Mi venne voglia di vomitare tutta me stessa. Mi precipitai nella doccia e mi insaponai forsennatamente, come se dopo tanti giorni avessi ancora addosso le tracce di pelli indesiderate. Ma avevo sempre quella sensazione che tutto si svolgesse troppo lentamente. Le lingue di quegli uomini strusciavano sulla mia pelle alla velocità di una lumaca che si lascia dietro la scia di bava. Afferrai un vaso che mi aveva regalato Jim. Volevo spaccarlo contro il muro. Ma non potei farlo. Neanche la rabbia che pulsava in me si manifestava con l'energia che speravo.

Anche la rabbia era rallentata. Una rabbia sommessa, vile, incapace di azzardarsi a darmi un effimero sollievo spaccando un semplice vaso.

Attraversai un periodo di solitudine paragonabile unicamente alla solitudine che provavo quando ero prigioniera in un corpo che altri avevano scelto per me. Ero cosciente del fatto che la vita con Jim mi aveva fatto conoscere il grande amore, ma mi aveva anche fornito una posizione relativamente comoda, perché non dovevo più continuare a lottare tra l'idea di restare da sola o trovare qualcuno che accettasse il mio passato, e il mio presente. Nei dieci anni con Jim avevo avuto quasi tutto, ma questo comportava una sorta di danno collaterale per chi come me, dopo un periodo turbolento, si lascia trasportare dalla corrente del fiume che lo ha accolto e saputo accettare come è. Se pensavo a quanto avevo dovuto lottare in passato e facevo un confronto con gli ultimi tempi, mi sembrava di essere diventata un'altra persona, più accomodante, più vicina al partito di quelli contro cui avevo sempre alzato la voce nel tentativo di farmi ascoltare. Mi pareva, in definitiva, che da quando mi ero piazzata nella posizione egemonica dei più forti, di chi viene accettato, di chi rispetta le norme di una convivenza eterosessuale alla vista di tutti, avessi perso una parte essenziale della mia vita, quell'empatia con i più deboli, il bisogno di sentirmi accomunata con uomini e donne invisibili. Dopo la morte di Jim la mia posizione tornò, come un tempo, a vacillare. Ancora una volta avrei dovuto dibattermi tra rimanere da sola o spiegare, fino a stancarmi di sentir parlare me stessa, chi ero stata io e cosa ci si dovesse aspettare dalle mie ferite.

Se era difficile questa nuova sensazione, ancora più difficile fu, dopo la morte di Jim, dover sentire che Yoro, la figlia che avevo fatto mia dopo tanti anni di ricerche, moriva anche lei. Mi restava la mia, certo, quella segreta, nascosta o immaginaria, ma per qualche tempo avrei notato che il mio ventre aveva smesso di crescere. Così come mi ero messa incinta da sola, sempre da sola avevo interrotto la gravidanza. Mi chiedo come si possano definire, ammesso che esistano, gli esseri che non solo non hanno bisogno di un compagno per concepire, ma neppure per disfarsi del feto, e non parlo di abortire, ma di tornare indietro, al momento precedente al concepimento. La morte di Jim rappresentò due aborti allo stesso tempo. Mi sentivo svuotata. Vuota dentro e vuota fuori, senza nulla da dare e nessuna voglia di ricevere. Evidentemente, Jim aveva detto chiaro in diverse occasioni che il suo unico desiderio, se gli fosse successo qualcosa, era che io continuassi a cercare Yoro. Ma in quel momento, per la prima volta in tutti quegli anni, mi sentii completamente scollegata da lei. Non è che non provassi più niente per lei, è che la sentivo morta, o mai nata. Tornai sterile, e mi separai da quella bambina come se le forbici che avevano reciso la vita di Jim avessero tagliato, al contempo, il cordone ombelicale che mi univa a lei, o forse Jim e il cordone ombelicale erano la stessa cosa. Ma per un lunghissimo periodo di tempo non venni meno soltanto alla promessa di continuare a cercare la sua bambina. Venni meno anche a una seconda promessa: che non avrei mai permesso a niente e a nessuno di abbattermi. Jim insisteva spesso su questo, me lo faceva promettere costantemente, era quasi un'ossessione, o forse lui vedeva ciò che neanch'io riuscivo a vedere: la mia assoluta e totale vulnerabilità, quel mio stare sempre in equilibrio precario sulla corda oscillante che da un momento all'altro poteva farmi cadere nel vuoto. E proprio lì, nel vuoto, fu dove precipitai.

Passai diversi mesi a non fare niente. Dormivo per buona parte del giorno e il resto lo trascorrevo sul divano. La più insignificante delle abitudini quotidiane diventava una sfida da superare. Se facevo la doccia mi sembrava di aver compiuto il massimo degli sforzi per quella giornata, perché persino i bisogni più elementari mi apparivano difficili da soddisfare. Il cibo faticavo a metterlo in bocca. Dovevo sforzarmi di ingerirlo sotto forma di purè, perché qualsiasi alimento solido, anche se spezzettato, mi andava di traverso, sicuramente perché l'angoscia mi contraeva i muscoli della faringe. L'isolamento divenne tale che cominciai a soffrire di agorafobia, al punto da non riuscire neppure ad andare a fare la spesa. Una vecchia amica di Jim, F, se ne occupava per me una volta alla settimana.

Un giorno in cui aprii la porta per prendere i viveri, mi ritrovai con F che teneva in braccio un cagnolino. Mi raccontò che era una cagnetta che qualcuno aveva abbandonato davanti all'ingresso del supermercato, con un biglietto legato al collare, in cui diceva che era stata vaccinata, era buona e brava, ma i proprietari non potevano più accudirla, e c'era pure l'età: dodici anni. Era dunque una cagnetta anziana. F disse di aver pensato che forse mi avrebbe fatto bene un po' di compagnia, anche se credo si aspettasse, in realtà, che dovendola portare fuori ogni tanto, questo mi avrebbe costretta a uscire di casa.

Con una certa sorpresa di F, che reggeva l'animale in braccio con un'espressione scettica, accettai di tenerla. In quel momento non avevo pensato che ciò comportava dover riprendere a uscire per la strada, tenni la cagnetta semplicemente per un motivo che avevo ben ponderato. Perché ero convinta che non avrei vissuto ancora a lungo. Avevo perso ogni stimolo, qualsiasi interesse, e in qualche modo in quella cagnetta anziana vedevo l'età che io stessa, malgrado fossi ancora giovane, sentivo di avere dopo la morte di Jim. Insomma, accettai di tenerla perché pensavo che a entrambe restasse poco tempo, la stessa ragione per cui raccomandavo sempre a F di non comprare confezioni troppo grandi di qualsiasi cibo, ma solo la razione giusta per sette giorni, non aveva senso spendere soldi in alimenti che sarebbero probabilmente durati più di me, anche se questo particolare non lo dicevo a F. Una delle poche cose che suscitava ancora il mio interesse aveva a che vedere con quel senso di caducità. Per il mio ultimo compleanno, poco dopo la morte di Jim, S mi aveva fatto recapitare una bellissima pianta. Grande. Aveva un tronco robusto che la rendeva simile a un piccolo albero. Fu un dono gradito, ma da lì in avanti sarebbe diventata un forte motivo di preoccupazione. Avendo il pollice verde, pensai che, se l'avessi accudita come sapevo fare, per la legge della vita avrebbe vissuto ben più di me. Cominciò a ossessionarmi l'idea di cosa sarebbe successo quando non ci sarei più stata, chi l'avrebbe annaffiata. F già mi aiutava fin troppo, non volevo gravarla anche con l'assurda eredità di una pianta di cui doversi occuparsi.

Insomma, per quei motivi legati all'età, per i tanti anni che aveva, accettai di tenere con me la cagnetta. Tra tutti i prodotti alimentari di cui cercavo di razionare l'acquisto, le uova mi creavano una particolare preoccupazione. Gliene facevo comprare soltanto tre alla volta, perché se un giorno mi fosse successo qualcosa, come cominciavo a prevedere, non volevo che, dall'odore, trovassero un uovo marcio prima ancora del mio cadavere. Questi dettagli mi ossessionavano a tal punto che a volte, nel cuore della notte, mi alzavo dal letto per assicurarmi che le uova fossero nel frigorifero, che non ne avessi lasciato fuori qualcuno. Era un'ossessione, come quasi tutte le altre che avevo, priva di logica. Sapevo benissimo che le uova erano in frigo, ma l'ansia mi portava ad alzarmi per verificarlo due, tre, quattro volte. Mi preoccupava che potessero confondere il cattivo odore di un uovo marcio con quello del mio corpo. Avevo come l'impressione che le uova in putrefazione fossero una sorta di delatori simbolici delle mie ovaie improduttive, e non volevo che l'ultima immagine di me si basasse su questa mancanza, che mi ha rattristato l'intera vita almeno quanto il pene che non ho potuto seppellire.

Ma ben presto scoprii che alla cagnetta piacevano le uova, così cominciai a ordinarne sei alla settimana, anziché tre. Avevo sentito dire che mantenevano lucido il pelo ai cani e glieli davo crudi, ma non notavo alcuna differenza, dato che la bestiola era alquanto spelacchiata. Mi faceva compagnia, ma non fu facile adattarci l'una all'altra. Si era inselvatichita, e aveva preso possesso di zone della casa dove non potevo passare senza che mi ringhiasse contro. Di tutte le stanze, la sua preferita, dove si ricavò una sorta di tana, era il bagno. Immaginai che, avendo un vago aspetto da cane di palude, forse era attratta dall'umidità. A un certo punto aveva preso l'abitudine di starsene quasi sempre in bagno, e ringhiava quando dovevo andarci. Pensai che i precedenti proprietari dovevano averla nutrita poco e male, visto che nel giro di pochi giorni aveva cominciato a ingrassare. Forse l'aumento di peso era dovuto alle troppe uova. E ogni tanto guardavo l'alberello, che stava fiorendo, e mi dicevo che avevo il pollice verde con le piante. I fiori erano bianchi e rosa, simili a quelli del ciliegio. Mi ricordava le primavere della mia infanzia, quando andavo con i miei genitori ad ammirare la fioritura dei ciliegi in aprile. Quanto era ormai lontano tutto questo. Mi sembrava che appartenesse a un'altra vita. Allora, vedere le foglie del mio alberello mi creava un altro motivo di tristezza, perché nel caso che qualcun altro se ne fosse preso cura, sarebbe stato per lui un disturbo dover spazzare così spesso le foglie cadute sul pavimento. Avevo la sensazione di allevare una creatura per poi abbandonarla, nel pieno della crescita, fiorente, sana. La sensazione che provavo, invece, guardando la cagnetta, era ben diversa. La sua andatura stanca – come del resto stanca ero io –, quel gran bisogno di dormire che abbiamo tutti al termine della nostra vita, le sue manie, persino il suo odore (sono cresciuta in una zona rurale e sapevo che qualsiasi essere vivente giovane, che sia di carne o vegetale, ha un odore diverso) mi facevano pensare che delle due sarei stata io a sopravvivere, che in realtà non mi stavo prendendo cura di quella bestiola per poi abbandonarla, ma per seppellirla. È il minimo che qualsiasi vecchietta si merita, pensavo. Le avrei messo i fiori del mio ciliegio. Mi stavo preparando mentalmente. E quello era un pensiero allegro. Da quando era morto Jim, ogni gesto mi sembrava definitivo, e potevo soltanto essere triste o allegra, perché pensavo che avrebbe potuto non ripetersi più. La tristezza o l'allegria sono le due uniche facce dei dadi con cui gioca un vecchio; lanciandoli e vedendoli rotolare sul tavolo, l'anziano otterrà solo una di queste due opzioni, perché i dadi della vecchiaia non concedono tempo all'indecisione, al non sapere se uno è contento o triste, a soffermarsi sul processo di formazione che, in altra età, uno può permettersi fino a generare un sentimento radicale.

Un giorno la cagnetta si mise ad abbaiare. Era la prima volta, di solito si limitava a ringhiare. Se ne stava in bagno, e a quanto pareva, voleva che la mettessi nella vasca. Manie da vecchietta, pensai. Dato che era diventata piuttosto pesante, feci una pila di libri che usò per arrampicarsi. Non capivo bene cosa volesse, comunque aprii il rubinetto, facendo in modo che uscisse acqua tiepida, perché nell'appartamento era un po' freddo. Misi il tappo e l'acqua cominciò a coprirle le zampe. Sembrava che le piacesse. Si mise a sguazzare. Allora chiusi il rubinetto e mi sedetti a guardarla. Da bagnata pareva ancora più grassa. La cagnetta si sdraiò su un fianco. Immaginai che se la stesse godendo e che magari non fosse una sua mania, ma che dipendesse dai padroni di prima, che le avevano dato quell'abitudine, e pensai pure che non mi piaceva dover sopportare le manie di gente sconosciuta. Ma stava succedendo qualcosa. Gli occhi della cagnetta avevano cambiato espressione. Mi guardava in un modo diverso. Era come se per la prima volta mi stesse dando il benvenuto in quella che poi era casa mia. Allora la pancia cominciò a muoversi. Non volevo accettarlo ma alla fine capii. Si leccava la vulva, che era sott'acqua, ma non mi azzardai a togliere il tappo. Finché non espulse una sacca che poi lacerò con i denti. Uscì fuori il primo cucciolo. Faceva le bolle dal musetto mentre agitava le zampette nell'acqua. Sembrava una talpa in un pantano. Lo tirai fuori e lo avvolsi in un asciugamano che cominciò a tremare, non so se erano le mie mani o se il cucciolo aveva freddo. Ne vennero fuori altri tre. Identici. O così mi sembrava. Dopo l'ultimo, aspettai qualche secondo. L'acqua della vasca era rossa. Le placente galleggiavano in brandelli come la membrana lacerata di un uovo gigante. La cagnetta voleva uscire dalla vasca. Faceva fatica a saltare fuori. Ma vedere i cuccioli nell'asciugamano, parve darle le forze e ci riuscì. Si mise a leccarli. Mi sorprese che una vecchia bestiola potesse partorire. Per un attimo tornò a passarmi per la testa la questione che avevo tentato di allontanare per sempre: la mia maternità. Scacciai il pensiero e chiesi qualcosa alla cagnetta. Parlavo con i cani come fanno i vecchi. Non ricordo cosa le dissi, ma mi preoccupava capire chi delle due sarebbe vissuta abbastanza da prendersi cura della cucciolata, e anche dell'alberello.

Proprio come si aspettava F, mi vidi costretta a portare fuori la cagnetta. Assorbita dall'idea della caducità, all'inizio non avevo preso in considerazione cosa potesse significare, e le prime volte dovetti affrontare un vero inferno. L'agorafobia si era manifestata in me in maniera devastante dopo la morte di Jim. Non mi dava tregua, e le reazioni fisiche che provavo quando ero per la strada mi diedero un'idea di come batte il cuore nell'imminenza della propria morte. Il giorno in cui morirò i miei ultimi palpiti, le ultime sillabe del muscolo che si accomiata da me non saranno nuove alle mie orecchie, ma soltanto l'eco che rimbalza tra le cicatrici cardiache che mi segnarono a quei tempi. Quando aprivo la porta e mi incamminavo sul marciapiede, avevo l'impressione che gli edifici su entrambi i lati della via si inclinassero sino a formare una sorta di cupola che non mi permetteva di vedere il cielo. Era come se stessi camminando all'interno di un cilindro in movimento, e dovevo muovermi con estrema cautela, aggrappandomi alle facciate ricurve per non cadere. Non so se lei abbia mai visto in un luna park una di quelle ruote attraverso cui bisogna passare mentre continuano a girare. Era qualcosa di simile, solo che nel mio caso non si trattava di superare pochi metri, ma un tunnel di una lunghezza indefinita. Malgrado il mio malessere psichico e fisico, nonostante che per me quello spazio ricurvo fosse assolutamente reale, in qualche recesso del mio cervello c'era un barlume di coscienza che mi diceva che non era affatto la realtà, o almeno non era la stessa che i tanti passanti vedevano, ossia la mia coscienza riusciva a discernere tra ciò che vedevo io e quello che vedevano gli altri, tra la mia realtà e quella che era per gli altri la realtà. Tutto questo aveva un effetto positivo e uno negativo. Quello positivo era che, essendo cosciente che accadeva solo nella mia testa, mi risultava chiaro che la mia pazzia non era così totale da pensare che tutti, tranne me, si sbagliavano. Apprezzavo il fatto di sapere che ero ancora abbastanza sana di mente da riconoscere di avere un problema. Ma i sintomi, la sofferenza, l'adrenalina erano talmente intensi che era come se fossi rinchiusa in una gabbia con una tigre affamata. Diciamo che sentivo il fiato della belva sulla nuca, i denti che sbranavano le carni, le ferite che sanguinavano, sebbene non vedessi la tigre, forse perché stava acquattata alle mie spalle. Mi sentivo squilibrata rispetto alla percezione, ai sentimenti, al corpo, ma sana dal punto di vista neuronale, il che aveva un risvolto negativo, perché sapendo che quel mondo era unicamente mio, un mondo che soltanto io potevo vedere, mi scoprivo ancora più sola. Oltre alla solitudine, sapere che gli altri non vedevano il cataclisma che per me avveniva sulla strada mi causava un'ansia ancora più grande, perché mi vedevo costretta a dissimulare ciò che mi stava accadendo, e credo che chiunque possa immaginare quanto sia difficile cercare di mantenere il passo camminando su un marciapiede inclinato mentre gli altri, che procedono su un percorso in piano, non si rendono conto degli sforzi che stai facendo per non cadere. Sebbene dovessi lottare contro una simile difficoltà per colpa della mia nuova compagnia, sapevo che alla lunga quelle uscite forzate avrebbero potuto farmi bene, e d'altra parte mi sentivo molto più sicura aggrappandomi al guinzaglio anziché uscendo di casa senza alcun appiglio. Il guinzaglio mi dava una certa stabilità, per me era una sorta di bastone duttile, e dunque, dopo tanti mesi senza aver mai superato la soglia di casa, pensavo che fosse meglio avere quel punto di appoggio anziché girare senza alcuna protezione. Ricordo che mia madre era solita raccontare alle amiche, con un certo vanto, che da piccola, durante il primo anno in cui avevo cominciato a camminare, riuscivo a farlo solo se mi davano un giornale. Con il giornale tra le mani ero capace di camminare, scendere le scale, correre, ma se me lo toglievano cascavo per terra. Chi lo avrebbe mai detto che tanti anni dopo avrei dovuto reimparare a camminare, reggendo il guinzaglio di una cagnolina e senza essere cieca. Chi lo avrebbe mai detto che, pure, avrei finito per aborrire i giornali perché, come lei ben sa, una guerra non ha visibilità senza la stampa. Se un paese va a bombardarne un altro e vuole la copertura mediatica, deve chiedere ai giornali quando ritengono opportuno che venga sganciato il primo ordigno, e in quale giorno vi sarà la maggiore attenzione dei lettori. È la stampa a gestire l'agenda dei massacri; spara il colpo del via della maratona di ogni guerra. Quello che da piccola mi dava sicurezza, oggi mi suscita vergogna.

Che proprio adesso mi sia ricordata dei primi anni dell'infanzia non è casuale. Non so se perché stimolata dall'aver assistito al parto della cagnolina, o forse perché l'assoluta solitudine mi aveva scatenato di nuovo l'istinto materno come unico sentimento con cui potevo convivere, fatto sta che tornai ad avvertire il peso della gravidanza per la prima volta dalla morte di Jim, e ripresi dal punto in cui la mia testa lo aveva lasciato, al quinto mese.

Tuttavia, adesso la gravidanza era diversa. Quello che sentivo dentro di me aveva un nome ben definito, una presenza familiare, un'identità già assegnata: era Yoro. E con quel nome cominciai a rivolgermi a lei quando sentivo il bisogno di parlare alla mia pancia, sapendo che a cinque mesi il feto ha i suoi piccolissimi timpani già formati. Yoro poteva dunque non solo ascoltare ciò che nessuno – a parte Jim – aveva saputo ascoltare, il mio cuore, bensì poteva anche ascoltare quello che nessuno – a parte Jim – aveva voluto ascoltare: me, la mia voce, H, la lettera muta che tuttavia decise, da allora, di parlare alla bambina di Jim, alla mia bambina, a Yoro, che io ero sicura potesse ascoltarmi con le sue minuscole orecchie, e magari succhiandosi il pollice.

Nonostante mi sentissi meno sola grazie alla gravidanza, soffrivo ancora molto. Rimanevo in strada giusto il tempo necessario alla cagnolina per fare i suoi bisogni. A volte, accorgendomi che stavo per perdere l'equilibrio, mi sedevo sui gradini di qualche portone e fingevo di sistemarle il collare o di allacciare una scarpa. L'importante era che nessuno mi rivolgesse la parola, perché non ero sicura di riuscire a controllare la situazione e rispondere in modo normale. Non tutto era negativo. Sapevo che, a cinque mesi, il feto poteva notare i cambiamenti di luce attraverso il mio corpo, e quando il sole splendeva mi confortavo al pensiero che Yoro stesse scoprendo quella sensazione meravigliosa: la luce filtrata dalla mia pelle. Quando la cagnolina finiva, tornavo a casa e salivo le scale in tutta fretta, sudata, spaventata, e soltanto quando sprofondavo nel divano e chiudevo gli occhi per qualche minuto, sentendomi finalmente sicura dentro casa, sulla terraferma, cominciavo a calmarmi. Nel mio appartamento le pareti erano sempre dritte e non dovevo fingere davanti a nessuno.

Ovviamente, avevo sentito dire che l'aiuto di uno psicologo poteva essere utile in una simile situazione. Ma considerando che non ero ancora in grado di prendere un autobus o un taxi e tantomeno di andare in giro a piedi se non per poche decine di metri, ritenni di dover aspettare ancora un po' prima di prenotare un colloquio. Nel frattempo, cominciai a fantasticare sulla figura dello psicologo immaginandolo come un valido aiuto. Ricordo quei giorni come un periodo felice, perché pensare a quell'aiuto resuscitava la speranza.

Da quando avevo rivisto la luce del sole, sebbene soltanto nei pochi istanti in cui portavo fuori la cagnolina, avevo cominciato a pensare a qualcosa in cui prima non solo non credevo ma che anzi non mi interessava affatto: la possibilità di rimettermi in sesto.

Sesto mese
Smarrita nella mia mente

Giunse il giorno in cui, grazie a piccoli passi che venivano dopo altri piccoli passi, riuscii, sebbene con notevole difficoltà e dopo aver sentito innumerevoli raccomandazioni, a recarmi nello studio di uno psicologo, il dottor T. Avevo elucubrato per chissà quanto tempo su come cercare di spiegare il mio problema, le mie fobie, la tristezza che mi pervadeva da quando non c'era più Jim. Era estremamente arduo mettere in ordine i pensieri e, ancora di più, riferirli a uno sconosciuto. Feci dunque uno sforzo enorme per tentare di alleggerire il compito allo psicologo, in modo che il mio racconto diventasse uno strumento utile al mio recupero. Il dottore, dopo aver ascoltato l'esposizione dei miei sintomi, mosse gli occhi come se si svegliasse in quel momento e mi chiese, quasi non avesse ascoltato nulla di quanto avevo detto, di riferirgli del rapporto con mio padre negli anni dell'infanzia. Non capivo quale relazione vi fosse, poiché una delle poche cose che avevo ben chiare era che la mia situazione era dovuta a qualcosa di molto concreto: la morte di una persona cara; così come le crisi precedenti erano legate alla circostanza altrettanto concreta del dover rinunciare alla maternità o alla mia sessualità. Pur non capendo bene cosa mai c'entrasse il rapporto con mio padre nell'infanzia, risposi alle sue domande con sollecitudine, fidandomi dei pareri di quanti assicuravano che il loro recupero era iniziato tra le quattro mura di quello studio. Non possono essersi sbagliati tutti, mi dicevo.

Insomma, imparai che a volte è possibile che tutti, tranne me, si sbaglino. Quel signore non disponeva dell'intelligenza necessaria a valutare proprio un bel niente. Diagnosticò il problema che conoscevo già da sola, quello che mi aveva condotto lì, e disse semplicemente che si trattava di depressione, e sostenne che dovevo prendere, quanto prima, i farmaci appropriati. Mi inviò da uno psichiatra con il quale, disse, avrebbe lavorato in stretto collegamento. Gli chiesi se era proprio necessario prendere dei farmaci e in quale maniera mi avrebbero curata. Alla prima domanda rispose affermativamente; alla seconda, il dottor T non seppe rispondere, si limitò a guardarmi con un'espressione ironica, come se, non avendo argomenti validi, volesse dare a intendere che la domanda non aveva senso.

Dopo sei mesi di psicofarmaci mi fu chiaro il metodo del dottore: prova-errore. Un metodo ascientifico. In base agli effetti collaterali di ogni sorta che mi provocavano le pastiglie, lui cambiava le ricette. Non c'era bisogno di essere granché esperta per leggere nelle indicazioni dei diversi medicinali che erano stati concepiti per problemi diversi. Ma lui cercava solo gli psicofarmaci che non causassero effetti collaterali, cioè quelli che semplicemente mi tenessero con la bocca chiusa. Alternavo periodi di totale inappetenza ad altri in cui mangiavo senza ritegno. In quei sei mesi passai dal pesare cinquanta chili a settanta, e poi da settanta a quarantasette. A quanto pareva non si trovava la droga giusta, la droga che, senza troppi effetti collaterali, mi tenesse sedata fino alla scomparsa della tristezza; una tristezza che sarebbe svanita da sola senza bisogno dei ritrovati della chimica, e per giunta gratis. Ecco dove stava il problema. Le scempiaggini che quei tipi imparano all'università non sono un fine in sé, il fine è il denaro dei pazienti. Ma allora avevo ancora bisogno di crederci.

Un amico mi raccomandò un altro specialista. Il problema era che lo studio si trovava a un'ora di metro da casa mia, e per me la camminata fino alla stazione, la metropolitana di per sé e la camminata dalla stazione allo studio, equivaleva a imbrattarmi di sangue di vacca e a tuffarmi in un mare infestato di squali. Ma per via del pensiero magico a cui ci si aggrappa in circostanze di estrema debolezza, mi sembrò che quello psicologo, per il solo fatto di trovarsi così distante, sarebbe stato meglio, secondo l'idea che il mago migliore è quello che sta più lontano, quello che richiede maggiori sforzi e prove da superare per poterlo raggiungere. E così mi ritrovai invischiata nella terapia del dottor O. "O" che poteva anche essere uno "0", il dottor Zero. Quella che doveva essere un'ora di tragitto si trasformò in tre ore di traversie, perché dovetti uscire varie volte dalla metropolitana per gli attacchi di panico e vomito. Tutto ciò, indubbiamente, acuì la sensazione che tanti sacrifici dovessero pur avere un senso, una sorta di percorso a ostacoli per raggiungere la meta. Anche se i sintomi erano gli stessi, il dottor Zero mi diagnosticò qualcosa di completamente diverso, una variante del disturbo bipolare, che comunque richiedeva uno psicofarmaco, in questo caso uno stabilizzatore dell'umore. Non ebbi bisogno di tanto tempo come nella prima esperienza per rifiutarmi di assumere altri farmaci. Cambiai ancora una volta il medico.

Nei tre mesi successivi mi vennero diagnosticate tante malattie quanti specialisti consultai: tre, secondo i dottori E, W e B. Se lo immagina lei, per un mal di stomaco un dottore le diagnostica un cancro al fegato, un secondo medico le dice che si tratta di un'appendicite, un terzo afferma che sono soltanto gas intestinali, e ciascuno pretende di intervenire immediatamente con un trapianto di fegato, con un'operazione di appendicectomia o con delle semplici pastiglie? Insomma, questa è la psichiatria, l'omologazione delle sparate a casaccio, approfittando del fatto che nessuno può verificare (né contraddire) buona parte delle malattie (?) mentali. Di quei tre dottori, soprattutto W e B mi causarono particolari sofferenze.

Il dottor W, non sapendo cosa diagnosticarmi, tentò di applicare il metodo inverso, cioè scegliere prima la malattia e poi presentarmi i sintomi su un piatto d'argento. Dunque, nelle quattro volte che ci vedemmo, il dottor W mi chiese, invariabilmente, se sentivo delle voci. La malattia che il dottor W aveva scelto era la schizofrenia, e aspettava solo che gli confermassi i principali sintomi per scaricarmi a un suo collega psichiatra con cui divideva i proventi elargiti dalla ditta farmaceutica, tramite l'assicurazione. Non ho mai sentito le voci, quindi la mia risposta era sempre negativa, ma il dottore me lo domandò così tante volte da darmi l'impressione che avesse già deciso la diagnosi e che solo l'assenza delle voci gli impedisse di esserne sicuro. In altri termini, insistette a tal punto sul fatto che dovevo soffrire di allucinazioni che, più o meno direttamente, attribuì a me la responsabilità della mancata cura. Di conseguenza, ben presto cominciai a dubitare che le voci che sentivo, quelle reali, quelle che tutti potevano udire, fossero vere, e temetti che echeggiassero soltanto dentro la mia testa. Così, quando una cassiera del supermercato diceva qualcosa al microfono che veniva diffusa dagli altoparlanti, mi spaventavo pensando che stessero dunque arrivando le voci tanto attese dal dottore, e allora chiedevo a qualcuno, timorosa della risposta, se poteva ripetermi cosa aveva detto quella voce. Le persone ripetevano invariabilmente ciò che avevo sentito. Non c'era dubbio, le voci che sentivo erano reali per me come per tutti gli altri, ma dovetti affrontare settimane di incertezza e paura prima di averne la conferma definitiva e poter dire al dottore che non sarei più tornata da lui.

Il dottor B, da parte sua, mi propose un metodo che alla lunga mi avrebbe causato un grosso problema: gli raccontai che la notte mi dovevo alzare spesso per andare a controllare se le uova erano nel frigo, e gli rivelai che se le avessi dimenticate fuori e nel frattempo fossi morta, dopo qualche giorno qualcuno, preoccupato, avrebbe chiamato i pompieri o la polizia per entrare in casa, e il mio timore era che confondessero il cattivo odore delle uova con quello del mio cadavere. Gli dissi anche che quell'ossessione delle uova l'avevo collegata al dolore per l'impossibilità di avere figli, dopo aver sentito dire a un vegano che chi mangia le uova è come se mangiasse le mestruazioni di una gallina, e questo mi aveva fatto ricordare che non le avevo mai avute regolari. Ovviamente, arrivata a quel punto possedevo informazioni sufficienti per capire che non era proprio il caso di menzionare la mia gravidanza, eppure l'ossessione persisteva nonostante ciò. Quello che fece il dottor B fu impormi di scrivere ogni giorno venti volte su un foglio la storia di tale ossessione, così come l'avevo raccontata a lui, concludendo con la frase: "Le uova che mangiamo non sono le mestruazioni della gallina." Non capivo affatto i vantaggi terapeutici di quel metodo, ma ci provai lo stesso. Ogni volta che mi assaliva l'ossessione, anziché alzarmi dal letto prendevo un foglio e scrivevo. Scrissi centinaia di volte "Le uova che mangiamo non sono le mestruazioni della gallina". Il risultato fu che prima pensavo alle uova solo di notte mentre poi ci pensavo anche per l'intera giornata. La scrittura ripetitiva aveva rafforzato i miei timori. Qualche mese dopo, quando l'effetto terapeutico del trascorrere del tempo fece svanire l'ossessione, spedii un biglietto al dottore con questa unica frase: "Le sue uova sono solo le mestruazioni della gallina."[2]

C'era inoltre qualcosa che mi intrigava da quando avevo deciso di cercare un aiuto psicologico: mi chiedevo come fosse possibile che metodi terapeutici messi a punto per cervelli occidentali venissero impiegati per analizzare cervelli orientali come il mio, che si erano formati in una società dove vigevano codici morali, estetici, civili e legali totalmente diversi. È ciò che avrei letto qualche tempo dopo, felice di non essere l'unica a porsi la questione: un ristretto numero di psicologi e sociologi dotati di un po' di buon senso avrebbero criticato il fenomeno sotto il termine inglese *weird*, acronimo di "Western, Educated, Industrialized, Rich and Democratic Societes", esat-

2 Doppio senso: *huevos* si usa anche per "testicoli". (*N.d.T.*)

tamente questo, perché gli studiosi facevano riferimento – e continuano a farlo – solo a persone che appartengono a società occidentali, colte, industrializzate, ricche e democratiche. In tal modo, il termine *weird*, "strano", metteva in discussione la validità di studi che applicano metodi pseudoscientifici e, cosa ancor più insidiosa, ricorrono a farmaci, basandosi sul 96% dei casi di una popolazione che rappresenta soltanto il 12% di quella mondiale. Il metodo presumibilmente terapeutico applicato alla massa si basa sullo studio di una minoranza ("rari"[3] per il loro scarso numero e non per il loro problema) alla quale, com'è ovvio, non appartengo.

Non ottenni alcun miglioramento con i vari specialisti, ma non smettevo di stupirmi per la sfacciataggine con cui pretendevano di dirmi come mi sentivo. Così, mi dicevano cose del tipo "lei è molto migliorata" o "questa settimana ha avuto una ricaduta". Persino quando tutto sembrava ondeggiare, anche quando i marciapiedi e i lampioni e il cielo si incurvavano sopra la mia testa, continuavo ad avere la certezza che nessuno più di me sapesse la cosa essenziale: come mi sentivo io. Eppure, eccoli lì quei cervelloni laureati che mi facevano sborsare soldi anche per dirmi qualcosa che solo io, e nessuno meglio di me, poteva sapere. Quel monopolio, quella pretesa di dominare i sentimenti altrui fu l'ultima goccia che mi servì per arrivare a concludere che per studiare una di quelle discipline occorreva essere una di queste due cose: o uno sfrontato o un tarato. Si sente dire spesso che il raffreddore,

3 *Raro* in spagnolo significa sia "raro" che "strano", da cui il gioco di parole con *weird*, "strano", e *raros* anche nell'accezione di "pochissimi". (*N.d.T*)

se prendi qualche medicina, ci mette sette giorni a passare, e senza niente una settimana. Io non potevo neanche dire che con le cure di uno psicologo sarei guarita dalla mia malattia impiegandoci lo stesso tempo che avrei impiegato senza fare ricorso alle sue cure, ma ero – e sono – convinta che lo psicologo è una sorta di mutazione del raffreddore, cioè fa sì che il malessere duri molto di più. Ricordo un caso che mi scosse e rattristò. Durante le ore trascorse nella saletta di attesa dello studio del dottor B avevo avuto il tempo di affezionarmi a un altro paziente che aspettava come me il proprio turno. Era un ragazzo, elegante, istruito e molto solo. Mi raccontava che nei momenti più critici del suo malessere sentiva in effetti voci che, secondo gli altri, esistevano soltanto per lui. Tuttavia – mi disse – pur comprendendo che quel sintomo per qualcuno andava messo sotto controllo, nel suo caso non doveva essere estirpato, perché altri di sua conoscenza le voci li insultavano o spaventavano, mentre a lui dicevano solo cose gradevoli ed erano, soprattutto, la sua unica compagnia. Qualche mese dopo avermi raccontato tutto questo, venni a sapere che si era suicidato. Gli avevano tolto le uniche voci disposte a parlargli. La cura aveva fatto il suo effetto.

Dunque, al di là di tutte le mie paure, aumentò la fobia verso gli ambulatori di psichiatri e psicologi, e sarebbe stato assurdo andare da uno psicologo per farmi togliere la fobia per gli psicologi, anche se, secondo loro, ciò è possibile; si tratterebbe, se non mi sbaglio, di una tecnica comportamentale, la terapia d'urto, che mette il paziente di fronte alla propria paura ("situazione ansiogena", mi pare che la chiamino, con quella falsa aria da eruditi) senza alcuna scappatoia possibile. Oggi come oggi, per il bene del terapeuta, spero di non ritrovarmi mai chiusa nella stessa stanza con lui.

Nonostante tutto, non sarei stata io a prendere la decisione di abbandonare le terapie e i farmaci. Non avevo abbastanza forza di volontà per decidere nulla. Sebbene avessi dovuto ascoltare tante diagnosi da altrettanti terapeuti, tutti concordarono sul fatto che ero guarita nello stesso identico giorno. Me lo ricordo perfettamente, era un 7 aprile, la stessa data in cui scadeva la mia polizza sanitaria. In quel momento ero ancora un po' confusa, ma con il tempo avrei capito che quel giorno avevo messo fine all'inesauribile serie di elucubrazioni che non trovavano spiegazione in nessuna teoria scientifica, che mi avevano tenuta in uno stato di totale incapacità di formulare pensieri e persino di fare qualsiasi genere di esercizio fisico, dato che gli psicofarmaci mi riducevano all'impotenza assoluta. Abulia, spossatezza, affaticamento mentale e fisico, in definitiva: la schiavitù creata nei laboratori e messa sul mercato dalle industrie farmaceutiche usufruendo di psicologi e psichiatri nel ruolo di piazzisti.

Provi lei a immaginarsi, come ho detto in precedenza, che in un periodo di follia le rimanga la lucidità sufficiente per accettare che i suoi pensieri siano il prodotto di tale follia e non di quella che viene comunemente accettata come realtà. È alquanto difficile riuscirci, ma si immagini fosse anche solo per un istante di essere in grado di raggiungere quel livello di coscienza che le permette di distinguere ciò che è quasi impossibile: giungere alla conclusione che la sua mente la sta ingannando attraverso ragionamenti formulati dalla sua stessa mente. Ma tale lucidità – facoltà che fortunatamente avevo sempre mantenuto – non è sufficiente. Il secondo passo, indispensabile, sarà chiedere aiuto. Ed è ciò che feci. Chiedere aiuto. Non aveva funzionato con gli psicologi, e allora mi rivolsi agli amici. Ma c'era un problema. Quando afferrai il telefono per gridare disperatamente di venire da me, di abbracciarmi, di darmi un qualche sollievo fosse anche con una pallottola in testa che non ero in grado di spararmi perché avevo perduto qualsiasi forza di volontà, quando telefonai a qualcuno, come le sto dicendo, per chiedere aiuto, e quel qualcuno era disposto a fornirmelo, dicendomi "sì, arrivo, calmati, tutto si risolverà, dimmi solo dove sei e vengo da te", io non gli seppi dire dove mi trovavo. Conoscevo il mio indirizzo, certo, non intendevo in senso letterale. Sapevo qual era la mia città, la via, il numero civico, ma non sapevo in quale parte del mio cervello mi ero smarrita.

C'è un libro che avrei letto più tardi e che mi colpì per il modo in cui trattava ciò che sto tentando di spiegare. Il titolo originale del libro è *My Stroke of Insight*,[4] che in alcune lingue è stato tradotto in un modo forse più rivelatore, qualcosa tipo *Un ictus illuminante*. Nelle sue pagine, l'autrice ci racconta la propria testimonianza dopo aver subìto un ictus. Una singolare circostanza rende più interessante il racconto, cioè il fatto che l'autrice è una neuroscienziata, appassionata dello studio del cervello e, in particolare, delle emorragie cerebrali, quindi ha potuto osservare (con la parte del cervello rimasta intatta) il

4 Pubblicato in Italia con il titolo: *La scoperta del giardino della mente. Cosa ho imparato dal mio ictus cerebrale*, di Jill Bolte Taylor. (*N.d.T.*)

proprio ictus come tale, addirittura con una certa fascinazione, poiché per la prima volta poteva comprendere dall'interno come reagiva, almeno in parte, l'organo a cui aveva dedicato anni di ricerche, progetti e sogni. Quante possibilità c'erano che proprio una persona dedita allo studio degli ictus e alla comprensione degli effetti, una vera esperta in materia, soffrisse esattamente di quel grave problema? Ed eccola lì, che rischiava di morire, e intanto faceva esperimenti su un organo che né lei né i suoi colleghi avevano mai avuto a disposizione: non il cervello di una scimmia o di una persona deceduta, bensì un cervello vivo, e non uno qualsiasi, ma addirittura il suo. Ebbene, una delle cose che mi affascinarono di più fu come raccontava uno dei propri pensieri nel momento preciso dell'emorragia cerebrale. Si trovava da sola in casa e tentava di chiedere aiuto. Doveva chiamare qualcuno, non ricordo bene chi, se sua madre, un'altra persona o il pronto soccorso, ma per farlo doveva trovare un numero di telefono nell'agenda del cellulare. Quel numero era il più importante che avesse mai chiamato, perché ne andava della propria vita. Tuttavia, non era in grado di riconoscere le lettere sull'agenda; mi pare di ricordare che nel libro raccontava che sia i numeri che le lettere gli apparivano come segni irriconoscibili, e qui viene il particolare che più mi colpì: a un certo punto si rese conto di essere cosciente che possedeva tutte le informazioni accumulate fin dall'infanzia (compreso quel numero di telefono) nelle centinaia di cassetti del proprio cervello; sapeva perfettamente che tutto ciò che aveva perduto, tutto ciò che aveva registrato durante la sua vita fino a quell'istante, stava da qualche parte, ma come fare a capire in quale degli innumerevoli cassetti si trovava il dato preciso di cui aveva bisogno in quel momento, e che gli avrebbe permesso di chiedere aiuto? Era così che mi sentivo io, solo che, nel mio caso, non cercavo un numero di telefono. Ciò che cercavo di sapere era dove mi fossi smarrita. Qual era il cassetto, tra le centinaia che mi circondavano in un labirinto di corridoi, che una volta aperto mi avrebbe fatto riscoprire me stessa, rannicchiata, ma gioiosamente sorpresa di essermi ritrovata. E così sarei andata avanti per diverso tempo ad aprire e chiudere cassetti, disperata, rabbiosa, a tratti illusa, un giorno, un altro, un altro ancora, notti comprese. Finché non mi stancai, ormai esausta, di cercarmi. E mi resi conto che nessuno poteva venire ad aiutarmi perché non sapevo dire in quale cassetto mi trovavo.

In quel momento, signore, lì, raggiunsi il fondo del mio sconforto, perché dopo aver ottenuto il risultato di scoprire l'inganno propinato dal mio cervello, tramite lo stesso cervello ingannatore, e dopo aver accettato il fatto che avevo bisogno di aiuto, dopo aver riposto la mia fiducia nell'incompetenza di sedicenti specialisti, dopo aver scelto il miglior amico per farmi dare una mano, affinché mi tirasse fuori da ovunque fossi finita, provai atterrita la peggiore delle paure: non sapevo dove stavo. Ecco cosa accadde. Lei pensi ai rilievi allungati e ricurvi che formano il cervello come a una matassa di lana organica. Credo si chiamino circonvoluzioni. Bene, io stavo lì, all'interno di uno di quei meandri che formano l'intera massa da dove, di fatto, chiedevo aiuto, ma invano. Allora, ancora in preda all'agorafobia, terribilmente limitata da quell'impedimento che dovevo affrontare per compiere anche il più semplice dei gesti, come passeggiare per la strada, mi vestii e uscii fermamente decisa a fronteggiare ciò che pensavo mi sarebbe successo per il solo fatto di camminare per la strada: la mia morte. Pensavo davvero che uscire di casa mi avrebbe uccisa. Non mi venne neanche in mente la cagnolina, né il mio alberello. In quella situazione disperata, passeggiare, morire, era l'unica opzione. E così feci. Uscii.

Appoggiandomi, strisciando rasente ai muri, come se fossi cieca o ubriaca, arrivai fino al parco nei pressi del mio appartamento. Ricordo che l'erba stava spuntando. Era primavera. Mi ero tagliata da sola i pochi capelli che ancora crescevano sotto la parrucca, il giorno prima, come se volessi ritardare quella sorta di resurrezione della natura che porta con sé il cambio di stagione dopo le nevicate. Erba nei prati, capelli più corti in testa, quello che volevo dire era: fiori, scoiattoli, animali che andate in letargo, aspettate che mi riprenda prima di rinascere, aspettatemi affinché possa vedervi. Ma non mi avevano aspettato. Gli alberi stavano lì, sfacciatamente fioriti, in primavera, mentre io non riuscivo a uscire dall'inverno. Tutto rifioriva a Enwai, come io chiamo New York. E così, pensando che stavo per morire, mi incamminai, attraversai il parco senza più sorreggermi a niente, libera, evoluta: da donna scimmia a donna *h. erectus*, convinta che la città sarebbe stata l'ultima cosa viva che avrebbero toccato i miei piedi, che avrebbero visto i miei occhi, che avrebbe intuito la mia testa malandata. Enwai mi si presentò allora come la prima ecografia di Yoro, e la osservai con un misto di aspettativa e timore, mentre Yoro, a sua volta, nel mio ventre, mi mostrava la genesi di New York passo dopo passo, con il ritmo cardiaco accelerato, proprio di un feto di sei mesi o di una città in permanente gestazione, mai nata del tutto: la città non nata.

Cominciai dagli intestini. Un groviglio di strade in un'area lunga un chilometro e mezzo, da nord a sud – da Delancey Street fino a Ground Zero – e larga tre chilometri, da est a ovest – dal Williamsburg Bridge fino a Broadway. Mi girava la testa, avevo la nausea, sicuramente a causa della gravidanza, ma continuavo a camminare. Chiamano Chinatown le viscere che infrangono lo schema geometrico a griglia del resto del corpo, perché tra lo stomaco e l'ano non può esserci nulla che sia ortogonale. Tendo sempre a pensare che il caos sia il prodotto del tempo, della sua complessità, per questo mi pareva incredibile che Yoro, essendo ancora così semplice, inconclusa, potesse già contenere il disordine nel proprio stomaco, quell'impasto che non permetteva di vedere né l'inizio né la fine. Non si accettano carte di credito – mi avevano detto l'ultima volta che mi ero azzardata a entrare in un negozio di quel quartiere – e lì gli affari si fanno solo in contanti, perché l'intestino crasso non vuole pagare le tasse su ciò che non si è gustato lui ma la bocca; o forse l'apparato digerente di Yoro era ancora immaturo, incapace di digerire la sofisticazione che il credito e le banche impongono rispetto al denaro in contanti, tangibile e frusciante. Credo che in quel momento le funzioni della mia creatura bastassero a malapena per sorbire da me piccole quantità di liquido amniotico. A Chinatown era un giorno di festa e la via principale era invasa da un corteo. Seguii un lunghissimo dragone di carta che svolazzava zigzagando, di un colore rosso acceso, stagliandosi contro il cielo. Che fortuna, pensai. Che fortuna potersi staccare dal suolo. Che fortuna sarebbe poter volare con la mia pancia ormai pesante, come se fossi un palloncino leggero o un pianeta sostenuto da leggi che non è necessario conoscere. Libera, senza punti di riferimento. Il dragone aveva squame gialle simili a fiamme, enormi, ed era sostenuto dalle mani grandi e piccole di quanti celebravano la festa camminando in processione lungo il tubo digerente, nelle viscere che digerivano a qualsiasi ora cosce di pollo, testine di maiale, stelle di mare, rane o polvere afrodisiaca di creature diverse, che nei loro giorni migliori correvano sulle praterie dell'Asia con le quattro zampe al vento.

Enwai è il nome che si è data da sé, per questo la chiamo così, ma è stato ormai dimenticato, così adesso la chiamano New York. Ricorrono ovunque le sue iniziali, NY, che spiccano su tazze, che sono anche il nome di uno stato, e che la gente porta stampate sulle magliette. "I ♥ NY" ostentano i turisti sul petto seguendo la moda, senza sapere che il disegno del cuoricino non va inteso come una dichiarazione d'amore per la città, ma il pulsare della città tra la pelle e il tessuto. Ancora oggi, quando ricordo quella passeggiata per le strade di Enwai, mi viene voglia di dire: "Ehi voi, ascoltate! Attenti con quel cuore, che non è un adesivo né un ricamo. È il muscolo della mia bambina, o di un'isola che chiamano (per questa mania di affibbiare nomi a tutti) Manhattan, della quale solo un terzo è asfalto, ferro, meccanica; ma attenzione, perché gli altri due terzi, tutti gli anni a marzo, hanno uno sviluppo organico sotto forma di un bambino, una rosa, un'ovaia." Ma non voglio dilungarmi sui pensieri odierni. Stavo parlando di quella passeggiata, la terza domenica di un mese di marzo, quando camminavo per le strade di Enwai, quando vedevo Yoro, che in quel mese aveva sviluppato – oltre all'intestino – la testa, il cervello, i polmoni e il braccio sinistro.

Stavo sopravvivendo – camminando – più di quanto mi aspettassi, ma a causa dell'ansia mi mancava l'aria, e per allontanarmi dalla folla imboccai una stradina stretta, che doveva essere l'appendice cecale di Enwai. Non mi piacque venire a sapere che Yoro aveva l'appendice. A quei tempi dicevano che non serviva a niente, e i marinai, prima di imbarcarsi per una traversata di vari mesi, se la facevano asportare, evitando così il rischio che in alto mare quell'escrescenza si riempisse di residui nocivi e scoppiasse. Quando mi sentii un po' meglio scesi nella metropolitana. Trovai un posto a sedere, ma c'era tanta gente in piedi. Fuori brillava il sole, e la gente riprendeva a sfoggiare vestiti, gonne, e vedevo tante gambe scoperte, simili a un bosco di tronchi bianchi, neri, che si sfioravano e avvertivano, dopo diversi mesi, il fremito di una pelle estranea. Anch'io provai il contatto con pelli altrui nella metropolitana. Dopo tanto tempo, sfiorare corpi umani mi fu di conforto. Mi accontentavo di ben poco, appena lo sfregamento con pelli anonime.

Sempre più sorpresa per l'inaspettata resistenza, scesi alla fermata di Enwai che confinava con il cielo: là dove risiede la sua testa. È coronata da una ghirlanda di piante e un fiume. Anche a quello hanno dato un nome: Giardino Botanico del Bronx. Lo si vede bene da un aereo o attraverso l'occhio del falco che da anni ha fatto lì il suo nido. Io invece quel giorno lo percorsi a piedi. Sugli alberi ancora senza foglie sbocciava un'infinità di gemme, che in molti casi passavano dall'essere quasi invisibili al diventare fiori, e se un giorno dovessero perire e lo facessero con la stessa naturalezza, il giardino dispone di un laboratorio di chimica botanica che registra il Dna di tutte le piante presenti. Dunque, Enwai ha sulla testa un diadema che è di per sé un pianeta, una riserva naturale arcuata dove si rifugiano le forme di vita più modeste, dalle querce fino ai licheni. Sono ben venti i congelatori che conservano le informazioni genetiche delle specie ormai estinte. Però quelle celle frigorifere Enwai non le mostra. Anzi, le tiene nascoste nel diadema dove la natura vergine protegge i macchinari che determinano la sua sopravvivenza. Se vivo abbastanza da permettere a Yoro di nascere e crescere – pensai – la pettinerò ogni giorno coccolandola come richiede un giardino dalla cui sussistenza potrebbe dipendere la riforestazione di New York.

Così stava avvenendo la metamorfosi di Enwai, la cui accelerazione in quei momenti non riuscivo a sentire, perché era indubbiamente arrivata la primavera, e per questo trovai il suo cervello all'interno dei polmoni, perché la parte organica stava cercando di guadagnare terreno su quella meccanica tramite un'operazione consistente nell'adeguare il ritmo del meccanismo del pensiero alle esigenze della respirazione umana. Ero a Central Park. Lì, quando Enwai inspira, pensa, e quando espira, ricorda. Al centro del parco, all'altezza della Sessantaquattresima, compie giravolte il neurone principale, una giostra di cinquantasette cavalli di legno. Montai su uno, bianco. La musica dell'organo a vapore suonò per i tre minuti e mezzo che durarono i sette giri di giostra. Il cavallo bianco saliva e scendeva, saliva e scendeva, saliva e scendeva con la bocca aperta, come se nitrisse per il piacere che provava copulando con quella mula in carne e ossa che, sotto quegli stessi cavalli di legno, ma cent'anni prima, aveva consumato la sua vita facendo girare la giostra, ansimando, sempre più stanca, con i vari cerchi che finirono per sovrapporsi: quello della giostra, quello del mio ricordo di Jim, quello della mia vita.

Lo sviluppo di Enwai non si sarebbe concluso con quella passeggiata, ma ogni anno avrebbe dato nuovi segni di rigenerazione biologica. Un'altra prova: tutto ciò che è espansione, colonizzazione delle cellule vive di Enwai, considera la città di New York come la sua ultima acquisizione urbanistica. Si prenda per esempio la High Line, la linea ferroviaria sopraelevata in disuso, che ora è diventata un giardino belvedere. Da lassù lo sguardo spazia tra gli edifici e arriva fino al porto con la stessa facilità con cui il mare riceve la lingua che si insinua in lui. La vegetazione è così rigogliosa che i binari non si scorgono più. Il sindaco, con occhi di pietra, pensa che questo sia un giardino, ma invece è pelle. Così come la pelle ricopre l'osso, l'erba cresce sopra il ferro. All'inizio il verde ha ricoperto tutto dalla Quattordicesima alla Ventesima – è l'omero sinistro di Enwai – e poi dalla Ventesima alla Trentesima – ulna e radio. Quelli che un tempo erano binari saranno, quando comparirà la mano, verde e fresca pelle, dalle spalle alle dita. Forse allora, e non solo io, bensì tutti, potranno vedere la mia bambina; mentre adesso, in questo momento, è distesa come un tappeto d'erba abbastanza morbido da invogliare ad accarezzarlo chi ci passa sopra, o a togliersi le scarpe per il rispetto che il prato impone al buon pastore. Ma queste sono soltanto immagini, non creda che io confonda significante e significato. Yoro oggi è una donna che conoscerà a tempo debito. L'erba, il prato, non sono

Yoro, ma se Yoro avesse un suo ideogramma, corrisponderebbe a qualcosa di fresco e di buono per gli uomini.

Quel giorno camminavo pensando che passeggiare e morire erano la stessa cosa. Ma ho vissuto a Enwai, lì ho resistito e, per di più, ho sentito la primavera con i primi calci di Yoro. A metà pomeriggio il sole scaldava ancora. Mi tolsi il vestito in un angolo appartato del polmone verde e mi sdraiai. Ne sentii l'odore. Il profumo del verde. A Enwai cresceva l'erba, e a me cominciarono a crescermi, per la prima volta dopo la bomba di Hiroshima, i capelli. Qualche mese dopo, a quarantadue anni, cominciai a notare il peso dei miei capelli. Un po' più tardi, avrei saputo che in quella fase della gravidanza il feto è ricoperto, per proteggere la pelle – ancora carente di grassi – da una fine peluria, soffice, chiamata lanugine. A Yoro e a me, dunque, quel giorno spuntò la stessa erba scura, peluria incipiente.

Settimo mese
Numero Irrazionale

Ma la primavera per me finì lo stesso giorno in cui era iniziata. E non l'avrei rivista se non tre anni dopo. Durante tutto quel tempo, mentre Yoro si formava dentro di me, avevo cessato di cercarla fuori, e provavo un certo malessere per non aver potuto continuare le ricerche che tanto avevano angustiato l'uomo che più avevo amato. Ma di fatto non ci soffrivo troppo perché, a causa della mia tristezza, raggiunsi il vertice dell'egoismo.

Tenterò di riassumerle le cose principali che ho vissuto in quei tre anni di inverno. La cagnolina era morta. Ma mi ero tenuta uno dei cuccioli. Se lo menziono è perché, come vedrà più avanti, ha una certa importanza visto che tenendo il suo guinzaglio sarei entrata in un periodo più luminoso. Ma questo sarebbe stato dopo i tre anni di inverno, durante i quali l'agorafobia si aggravò, cosa che prima avrei ritenuto impossibile. Conobbi allora un uomo che chiamerò "Numero Irrazionale". Lo chiamo così perché, ancora oggi, non sono riuscita a capire quanti decimali abbia. Intendo dire che era un uomo infinito nella misura in cui mi rimaneva occulta la maggior parte di certe sottigliezze che costituiscono l'individualità del carattere di una persona. Mi sarebbe impossibile scegliere una parola, o due, o cento, che possano rappresentarlo. Ecco perché ricorro all'analogia con i numeri irrazionali, che contiene un'allusione a quel greco la cui scoperta gli valse, a quanto narra una leggenda per me affascinante, di essere gettato in mare da una nave, e quella fu la sua condanna a morte. Anche il mio uomo, il mio "Numero Irrazionale", era stato gettato fuori bordo, o più precisamente, fuori dalla società. E in effetti lui, come Ippaso di Metaponto, aveva commesso un azzardo analogo per importanza. Glielo racconto – l'aneddoto di Ippaso, nel caso non lo conosca – affinché comprenda il motivo della mia associazione. L'azzardo del greco fu aver osato misurare la diagonale di un quadrato di lato 1, cioè la radice quadrata di 2, e dimostrare che il risultato non era un numero naturale né razionale, bensì un numero con decimali apparentemente infiniti e aleatori. Aveva scoperto, dunque, l'incommensurabilità, un'eresia per i pitagorici, che spiegavano la perfezione dell'Universo, la musica, l'armonia, mediante numeri interi o frazioni. Ippaso li costringeva ad affrontare, così, la difficoltà di misurare l'Universo. E quella fu una grave ferita per l'ego matematico. Come poter misurare la geometria del mondo, se non era neppure possibile misurare la diagonale di un quadrato? Da parte sua, l'azzardo dell'uomo che avevo conosciuto, "Numero Irrazionale" – un eminente ex professore di letteratura inglese, bianco, in una università del suo stato di origine, la Georgia, uscito dal carcere qualche mese prima –, era stato pestare a sangue un altro bianco che aveva impedito a una donna afroamericana di entrare nei bagni pubblici. Di fatto le leggi Jim Crow della segregazione razziale erano state dichiarate incostituzionali da almeno un decennio, ma la popolazione bianca degli stati del Sud ci avrebbe messo diversi anni ad ammettere la razionalità di un Universo che si reggeva su fondamenta nere. Ricordo che quell'anno cominciarono a moltiplicarsi le denunce di donne nere e ispaniche che, preoccupate per l'impossibilità di restare incinte, andavano da un medico per conoscere la causa dell'apparente sterilità e scoprivano solo a quel punto che le trombe di Falloppio erano state loro chiuse mediante interventi effettuati da chirurghi in occasione di altre operazioni subite in anni precedenti. Era l'epoca dell'eugenetica negli Stati Uniti, praticata quarant'anni prima che lo facesse anche il nazismo, regime che gli statunitensi avrebbero condannato, tra gli altri motivi, proprio per aver messo in atto pratiche del tutto simili a quelle con cui gli statunitensi stessi volevano ottenere una selezione della razza. Il mio uomo, dunque, aveva osato colpire non soltanto un bianco, bensì lo Stato. E questo gli costò l'espulsione dall'università e, cosa per lui ancor più grave, la fine della sincera vocazione per l'insegnamento.

Ci eravamo conosciuti grazie a un'amica comune, e i nostri primi contatti erano stati epistolari. Metterlo al corrente della mia gravidanza non fu un problema. Nonostante la mia pancia di – calcolavo – sette mesi fosse evidente, gli dissi che si trattava di una gravidanza cosiddetta isterica, cioè psicologica. Sapevo che la somatizzazione era l'unica cosa che poteva spiegare agli altri il fatto che quella gravidanza durasse per così tanto tempo: mi ero messa incinta da sola. Avevo letto di casi analoghi. Una donna in Austria credeva e aveva fatto credere al marito per nove mesi di portare in grembo tre gemelli, tanto era grossa la sua pancia. Solo quando il parto cominciò a tardare troppo si scoprì che nel suo utero non c'era altro che una palla gonfia di desiderio insoddisfatto. Mi fece una gran pena leggere che avevano restituito i regali per i nascituri, ben tre, e chiuso la stanza per non dover affrontare ogni giorno la visione di un aborto che – per quanto immaginaria fosse stata la gravidanza – era purtroppo reale. Utilizzai quei casi per giustificarmi, adottando ancora una volta il linguaggio erudito per essere accettata almeno con il beneficio del dubbio.

Fu più problematico dar seguito all'idea di incontrarmi con lui in un luogo pubblico, circostanza che avrebbe evidenziato il mio malandato stato mentale. Per aggirare l'ostacolo, e con la scusa della mia timidezza, gli proposi che, per il nostro primo appuntamento, scegliessimo un luogo in penombra, come un cinema. Pianificai ogni dettaglio per fare in modo che l'incontro avvenisse in circostanze che mi facessero sentire a mio agio. La sala di un cinema, un posto al chiuso e al buio, risultava il luogo ideale. Precisai l'ora, la fila e il numero di poltrona. Lui sarebbe arrivato per primo. Io sarei entrata solo quando si sarebbero spente le luci. Avrei cercato il posto indicato per poi sedermi accanto a lui. Lo avvertii che sarei stata molto nervosa, una cosa normale considerando il crescere del desiderio dopo le tante lettere scambiate. E così andò. Quando arrivai ero talmente agitata che mi sedetti senza nemmeno guardare se lui era seduto lì a fianco, quasi fossi una spettatrice qualsiasi. Guardai lo schermo, mentre rimpiangevo l'occhio cubista, l'occhio sulla tempia sinistra in grado di scorgere, senza smettere di fissare lo schermo, e soprattutto senza che lui se ne accorgesse, il suo profilo. Cercai di calmarmi, pensando che anche lui doveva essere intimorito, sebbene nel suo caso per un altro motivo: era molto più anziano di me. Ma glielo avevo scritto che quel dettaglio non aveva alcuna importanza. Avrei potuto dirgli che anche Jim aveva molti più anni di me. Ma gli avevo detto la cosa fondamentale: essendo la vita così breve, perché mai avrei dovuto amare solo chi, per pura casualità, era nato nel mio stesso decennio? Io conto come i francesi, e se lui avesse avuto ottant'anni gli avrei detto: "Benissimo. Quattro volte venti." Mentre pensavo queste cose, si voltò verso di me e ci salutammo sussurrando. Tutto avvenne con lentezza, pacatamente, come in quel verso: *non nudi, ma attraverso un velo / sono desiderabili i seni.* Me ne andai, come d'accordo, prima che le luci si riaccendessero. Così avvenne il nostro primo incontro, in mezzo a due illuminazioni. Grata per il dono della cecità, accantonato il senso della vista, misi gli altri quattro sensi a mangiare dalla sua mano, secondo una ricetta che gli avevo anticipato per lettera, e che lui seguì, passo dopo passo, affettuoso, delicato, per l'intera durata del film. Ecco la mia ricetta:

Ingrediente principale:

1 chilo di astrazione (ripetere 6 volte: "In questa sala ci siamo solo io e lei").

Per l'olfatto:

Guardi a destra della sua poltrona. Sarò lì. Posi la sua bocca sulla parte alta del mio orecchio, all'esterno, esattamente sulla parte chiamata "apice dell'elice" (cercare, per maggior precisione, l'immagine su un'enciclopedia). Niente lingua.

Morda, o meglio, faccia lievemente pressione sui nervi con i denti. 3 o 4 volte.

Subito dopo scenda con il naso sul mio collo. La mia eccitazione scenderà giù contemporaneamente e, quando il suo naso arriverà alla scollatura, l'odore sarà lì. Ma attenzione, non è esattamente il mio odore. È il nostro.

Per l'udito:

Si lecchi le dita e faccia scivolare la mano sotto il mio maglioncino fino a posarla sullo sterno. È importante farlo velocemente perché le dita devono essere ancora umide. Le applichi sulla mia pelle come se fossero elettrodi. L'umidità farà da conduttore all'elettricità che stimolerà il polso. Usi i polpastrelli come orecchie e ascolti il mio battito.

Per il tatto:

Metta in bocca la mollica di pane che io le darò. La impasti con la saliva per una decina di secondi. Cerchi il mio ombelico e la depositi lì. La lasci riposare un minuto, che io senta nella mia prima cicatrice della vita la massa del suo pane alla saliva. La riprenda in bocca e ne assapori la consistenza. Una consistenza simile a quella che forse un domani apprezzerà quando, nudi, non vi sarà umore del corpo che non condivideremo. Sarà il regno dei cieli. Il luogo in cui una donna ha versato il lievito, lo ha mescolato a tre misurini di farina e, allora, il mondo apparve eretto.

Per il gusto:

Metta la sua lingua sulla mia lingua. La muova e versi d'un colpo il chilo di astrazione: "In questa sala ci siamo solo io e lei." Ripeta tre volte mentalmente: "In questa sala ci siamo solo io e lei."

Sentendomi più sicura, il secondo appuntamento fu in un posto illuminato. Un pub davanti a casa mia, dove arrivai, come ormai d'abitudine, superando lo scoglio dei pochi metri di terra perennemente in movimento sotto i miei piedi. Era un locale piuttosto spazioso, con lunghi tavoli di legno dove la gente si sedeva assieme a chi capitava. Ricordo come ero vestita perché quello fu il primo giorno, dopo tanto tempo, che ripresi a curare il mio aspetto. Indossavo una camicetta rossa, semplice ma con una notevole scollatura, pantaloni scuri, tacchi, e i capelli, quelli naturali, neri, lunghi e sciolti. I miei nuovi capelli, rinati, che divennero il mio motivo di orgoglio, facendomi pensare che stavo uscendo immune dalla malattia latente, radioattiva, che mi ero aspettata per anni, e che ancora oggi – sebbene a questo punto non me ne importi granché – aspetto.

Lui era già seduto quando arrivai. Ordinai una birra per tenere a bada il nervosismo. Non bevevo alcolici da tempo, soffrivo di un'intolleranza all'etanolo, come molti altri asiatici, a quanto risulta oggi. Così, con una sola birra scivolai in uno stato di euforia che mi indusse ad accogliere con piacere le mani di "Numero Irrazionale" sulle mie cosce. Ci eravamo a malapena guardati in faccia e già mi ero seduta sulle sue gambe. Ciò che mi piacque di più – perché in questo assomigliava a Jim, e non perché mi piacciano gli uomini grandi e grossi – fu che lui era enorme. Lo potei constatare bene sedendomi sulle sue gambe e, più tardi, quando si alzò per ordinare un'altra birra, notai che la gente, per il solo fatto di essere così alto e corpulento, sembrava rispettarlo e, al contempo, rispettare anche il fatto che in un locale pubblico ci stavamo comportando in un modo che a quei tempi e in quella società puritana andava riservato, al massimo, ai momenti di intimità. Ma la sua mente era ferita quanto la mia, e sebbene nessuno dei due lo sapesse in quel secondo appuntamento, il nostro modo di rapportarci, quell'immediatezza, quella sensazione (solitamente falsa) di esserci finalmente incontrati, la brama di stare assieme non un solo giorno, ma tutta la vita, con qualcuno di cui non sappiamo niente, erano indizi del fatto che qualcosa non andava per il verso giusto, che avevamo entrambi una carenza da colmare; ma né un uomo, né una donna, né un figlio, né un amico, né un intero esercito possono colmare la solitudine di nessuno. Ho capito che la solitudine si può lenire solo accettandola con affetto, sistemandola in un posticino dove non si sente minacciata. Bisogna lasciarla lì, a vivere, a respirare, senza disturbarla, e fare in modo che i nostri amori, le amicizie, le compagnie restino fuori dal suo territorio, poiché essendo il regno della solitudine indistruttibile qualsiasi tentativo di combatterla si ritorce contro noi stessi.

Quella stessa notte "Numero Irrazionale" e io facemmo l'amore. Non ebbi bisogno di spiegargli le peculiarità della mia vagina. Lui semplicemente entrò in me e io cercai di pensare che se quell'uomo nato e cresciuto nel cuore di uno degli angoli più razzisti del pianeta era stato capace di schierarsi con gli altri mettendosi contro chi lo aveva allevato, avrebbe sicuramente saputo come rapportarsi con la mia differenza sessuale, una ristretta minoranza nell'universo vaginale. E così fu. Entrò, scoprì, e non si stupì di nulla. Poi si alzò in piedi, lo guardai per intero, nudo, era un vichingo di due metri e dieci. Così bianco. Così biondo. Un corpo non perfetto, ma così imponente che era impossibile non provare ammirazione per l'energia che la natura doveva aver impiegato nel produrlo. Tornò un minuto dopo con quattro lattine di birra. Mi fece appoggiare la testa sul suo petto e mi disse di dormire, che lui voleva solo guardarmi bevendo qualche birra. Devo ammettere che ricordo ben pochi momenti altrettanto rilassanti, sentire il gradevole peso dell'ammirazione di un uomo sul mio corpo era qualcosa a cui non ero abituata. Così andò quella notte e anche in quelle seguenti per i mesi successivi. Facevamo l'amore e lui rinunciava al sonno mentre io mi lasciavo vincere dalla stanchezza tra quei vapori che odoravano di sesso, birra, capelli sudati. E non solo capelli, ma anche vello pubico, perché così come la mia calvizie sembrava ormai superata, anche il vello pubico era cresciuto, anzi, forse più della norma, a quanto avevo potuto constatare in alcune foto o confrontandolo con quello di qualche amica. Dato che era riccio e folto, era per me una dimostrazione di vitalità che non avrei mai accorciato, anche se lasciai che quell'uomo lo sfoltisse a furia di baciarlo, con la stessa dolcezza, con lo stesso desiderio e rispetto che dimostrava quando parlava di scrittori dalla pelle nera.

So che ben presto dovrò smettere di scrivere tutto questo. Sembra sia inevitabile che su di me piombi la condanna che si avvicina a passi veloci, tanto che mi pare già di sentirli, quei passi, come un treno in arrivo, se appoggio l'orecchio sul terreno. Le racconterò, quindi, la cosa più rilevante per il finale di questa storia, ma prima copierò, il più rapidamente possibile, alcune delle pagine che ho scritto a Jim nell'arco di vari anni. Ribadisco, lei non si merita di conoscere queste parti del racconto, le più personali, e immagino che non le interessino neppure per una qualche malsana curiosità. Lei, che conosce il sapore del sangue, lei, bestia ben nutrita, non sa nulla di certe storie, sa solo che vuole riassaggiare la carne umana che un giorno – quando avrebbe forse potuto continuare a rimanere un essere umano – decise di strappare al prossimo, carne di cui da allora rimpiange il sapore; un sapore *addollarato*, perché consiste nella proteina del dollaro. Salti pure le pagine seguenti, se vuole. Se trascrivo alcune delle lettere scritte a Jim è perché vorrei andarmene da questo mondo con la speranza che almeno un solo lettore possa capire. Basterebbe l'affetto di uno soltanto, a consolarmi. Lo sa? Adesso non desidero affatto essere allegra. Prima pensavo che, sapendo Yoro in salvo, non avrei avuto bisogno di altro per morire serenamente. Ma non è così. Ora che so dove si trova, adesso che l'ho toccata, l'ho baciata, l'ho salvata, ora che so che sopravvivrà non solo a me, ma probabilmente anche a lei, devo ammettere che il suo amore mi ha messo voglia di vivere almeno finché lei sarà viva. Sono triste. Certo che lo sono. Ma non lotto contro questa tristezza. Esiste il diritto alla gioia. Non il dovere. Rinuncio dunque al mio diritto. Oggi. Domani, chissà, magari domani sarò allegra. O forse non ci sarò più.

Ma prima di trascrivere le mie lettere per Jim, mi lasci dire quello che sto vedendo adesso. Da questa capanna non vedo il mare, ma il fiume sì. Un fiume limaccioso e vasto. Lo vedo dalla veranda. L'amico che l'ha costruita ha buon gusto, e buone mani. Il sole non brucia all'ombra dei pergolati ricoperti da fiori che non avevo mai visto prima di venire in Africa. Sembrano frutti. Accanto alla veranda c'è un baobab. Ricordo la leggenda. L'albero che, essendo troppo bello, gli dèi punirono capovolgendolo, e facendone crescere i fiori, i rami frondosi, la fitta chioma, sottoterra. Così hanno fatto a Yoro per tanto tempo, e pur essendo lei ciò che di più bello vi sia, è nata e cresciuta sottoterra, assieme ai diamanti, all'oro. Ma io l'ho sradicata e rimessa nel verso giusto. L'ho fatta salire su un aereo e adesso è lontana, in salvo da lei, fuori da questa terra miserevole perché saccheggiata da mani straniere. Anche se forse, in questo preciso istante, Yoro starà rimpiangendo la vista che ho davanti, questa Africa con i suoi alberi sacri al contrario, so che si abituerà alla sua nuova terra, come anch'io – donna a mia volta trapiantata – sono riuscita ad abituarmi.

Sedici anni in Africa. Chi lo avrebbe mai detto, sedici anni più qualche giorno fa, che avrei messo piede in questo posto e ci sarei rimasta per tanto tempo. Convinta per tutta la vita che sarei morta giovane, di qualche malattia dovuta alle radiazioni, e adesso invece, come vede, scrivo da malata, certo, ma perché vecchia. La vecchiaia, questa malattia che non avrei mai pensato di poter arrivare a conoscere, l'unica che non immaginavo in quelle notti di insonnia causata dal panico della morte. Malata di vecchiaia, scrivo in questa capanna nascosta, ma con una vista che vale oro per i miei occhi, e con la costante compagnia di questi suoni di vita, notte e giorno, degli animali e a volte anche delle piante che crescendo emettono fruscii. Certo, doveva essere proprio qui, perché fu in questo luogo che iniziò la vita umana, una terra che, malgrado lo sfruttamento selvaggio che subisce, resiste all'estinzione totale.

Su questa veranda faccio colazione e scrivo. Sono davanti a un tratto di fiume che pullula di ippopotami. Se lo volessi, mi basterebbe entrare nell'acqua per scomparire per sempre. Ma per ora non voglio farlo. Ogni mattina questa bellissima terra è inondata dal sole. Le radici degli alberi sono forti, capaci di reggerli e nutrirli, profonde. Anche le radici dei baobab fanno la propria parte, sostengono la terra con la forza dei loro fiori, che sbocciano affinché gli animaletti sotterranei facciano il nido con le foglie, i petali. Ricordo quei giorni in cui sono stata allegra. Ma chi non è allegro nella propria primavera, anche se fosse inverno. Nel mio corpo stanco, ormai, l'inverno non ammette ulteriori resurrezioni.

Jim, amore mio, "Numero Irrazionale" abita al sedicesimo piano di un edificio ad Harlem dal quale ho preso l'abitudine di non uscire, come mi succedeva nel nostro appartamento. Alle pareti sono appese diverse riproduzioni di acquerelli di William Blake. Sopra quello che ora è anche il mio letto, un letto enorme, che sfida le abituali misure dei cosiddetti letti matrimoniali, vedo un'immagine che si intitola *Pity*. Blake dipinse un essere androgino su un cavallo che vola nell'aria, e questo essere sorregge un neonato e abbassa gli occhi verso una donna che, sdraiata al suolo, con le braccia sul petto, lo fissa a sua volta. “Numero Irrazionale” mi spiega cosa c’è dietro ogni opera. Non soltanto riguardo le opere pittoriche o letterarie di Blake, ma anche dietro le parole più semplici. Usa il linguaggio in una maniera del tutto vergine, lasciandosi permeare da quell’aura speciale che possiede ogni parola la prima volta che viene ascoltata, e cerca di trasmettere – suppongo lo faccia con me come prima lo faceva con i suoi studenti – quel primordiale impatto del significato. Nel caso dell’opera di Blake che sta appesa sopra il nostro letto, mi ha detto che la dipinse ispirandosi ad alcuni versi del *Macbeth* di Shakespeare, ai quali Blake si riferisce fin dal titolo di quell’acquerello con la parola che allude alla pietà, alla compassione. Non ho preso nota dei versi e non potrei trascriverli a memoria, ma mi basta guardare il quadro per ricordare in modo preciso cosa raccontano. Parlano di un bambino nudo, un neonato, simbolo della pietà, e di un angelo destinato a mostrare l’orrore agli occhi di tutti, finché le lacrime saranno così copiose da soffocare il vento; ma, in contrasto, la voce narrante – Macbeth, suppongo – si rammarica di avere un’ambizione così smisurata, un impeto talmente eccessivo che, montando sul cavallo delle buone intenzioni, finisce sempre per cascare dall’altra parte, troppo distante.

Credo che non ricorderei il significato di tutto questo se, oltre all’immagine del quadro, non avessi provato una forte empatia ascoltando quei versi, perché in effetti mi sento come una cavallerizza che, cercando di fuggire dal rancore e dall’odio, avendo visto gli occhi della pietà, convinta di volerne trasmettere il riflesso agli altri per prolungare la catena della compassione, finisce sempre per eccedere nello slancio, di modo che anch’io cado su quel terreno dove nulla di ciò che faccio significa niente, in quel campo incolto dove si scivola attraverso il colabrodo delle proprie intenzioni, senza che importi nulla quanto buone siano. Adesso, per esempio, Jim, non ti sto forse raccontando troppe cose? Dovrei tralasciare le mie avventure con altri uomini? Da diverse settimane ti parlo d'altro. Credo che il fatto di raccontarti tutto confermi che so, sebbene non voglia accettarlo, che non puoi ascoltarmi. Ora capisco il bisogno della segretezza. Ciò che resta occulto suscita rispetto. L'assoluta sincerità è incompatibile con la vita, con l'amore. Magari volessi tenerti nascoste alcune cose, perché questo significherebbe che ti sento vivo. Se un giorno dovessi trattenermi dallo scrivere qualcosa nel timore che tu possa venirlo a sapere, penserei che non sei morto, e allora lascerei perdere questo diario, getterei nella spazzatura le tue ceneri impostore, farei una doccia, mi idraterei la pelle e uscirei a darti il benvenuto.

Ma ti stavo parlando dell'opera di Blake. *Pity*. La pietà è ciò di cui io, innanzi tutto, ho bisogno. La pietà del mondo, di qualcun Altro, fosse anche uno solo, e pietà di me stessa, per stimarmi nonostante non abbia fatto nulla nella mia vita, nulla a parte cambiare il mio corpo, amare poche persone e cercare tua figlia, una bambina che non ha mai dedicato a me un solo istante dei suoi pensieri, dato che non sa della mia esistenza. Se la bambina è quella che porto dentro, ormai non lo so neanche più, la mia gravidanza ha smesso di sembrarmi un miracolo, e nemmeno un risultato ottenuto, perché l'illuminazione non arriva e comincio a pensare che tutto questo sia una punizione, che io sono come Sisifo che, spinta la pietra sulla sommità della montagna, la vede rotolare giù per l'ennesima volta; solo che nel mito greco si tratta di una pietra, mentre nella mia vita sono io stessa. Io sono l'enorme macigno che mi carico sulle spalle; il macigno che ho creato per non restare sola.

Quando penso alle poche cose che ho fatto nella vita, mi chiedo da dove prendo le forze per uscire da questo pozzo in cui sono precipitata, visto che non mi resta neppure la speranza che offre il futuro, né la carezza del tuo amore di cui ho fatto tesoro in passato, né la volontà di stare nel presente. Penso che, da anni, vivo solo per muovere una marionetta di legno, che tutte le mie energie le ho spese per far muovere qualcosa che, senza di me, non avrebbe vita e, con me, finge solo di averla. Mi sento, soprattutto, molto stanca. Mi chiedo quando la marionetta si deciderà a sostenere me, a tirare i fili che muovono la mia schiena, le mie caviglie, la mia testa, soprattutto la mia povera testa. Ho la sensazione che ogni risveglio consista nel mettermi a organizzare le corde intonse che solo le mie mani e il suolo hanno toccato, districare i fili che mi trascino dietro, con la sola intenzione, se un giorno la mia marionetta decidesse di restituirmi il favore e sollevarmi, farmi fare un salto, volare, correre o inciampare, che non trovi i fili aggrovigliati. Ma quel giorno tarda ad arrivare, e per questo, amore, a volte penso di tagliare i fili. Certo che lo penso. Tagliare i fili e cadere per sempre come un mucchietto di legni e stoffa che verranno scalciati e frantumati dai piedi dei passanti, senza che nessuno di loro possa immaginare che una volta, lì, c'era un cervello pensante e un cuore palpitante. Sarebbe così facile scollegarmi da sola, eppure, quanto mi costa prendere le forbici per tagliare quei fili se non della vita, almeno dei movimenti.

Dalla vita alla morte mi separa soltanto un gesto molto semplice, un colpo di forbice, una cosa che potrebbe fare persino un topo con i denti. Com'è possibile che tra uno stato e l'altro, separati soltanto da un semplice taglio, vi sia tanta differenza? Perché, adesso che ho spogliato la mia vita di ogni valore, essa continua ad avere abbastanza importanza da far sì che mi costi così tanto mantenere in funzione il suo alito, tutti questi sforzi per nutrirmi, lavarmi, raccogliermi i capelli, accendere o spegnere le luci? Perché questo scompenso, tanti sacrifici per mantenere qualcosa che non dev'essere così prezioso, visto che si può sopprimere senza alcuna difficoltà e in qualsiasi momento? Mi stupisce anche il fatto che, una volta presa la decisione di non voler vivere, qualsiasi persona che mi veda nella metropolitana o passeggiando per la strada non riesca a distinguere, mettendomi a confronto con altre persone, quanta poca voglia di vivere abbia. Ma una decisione così drastica non è visibile e non cambia per niente la maniera in cui gli altri mi percepiscono? Penso tutte queste cose eppure – come vedi – vivo, e non solo, a volte provo una tale rabbia da pensare che, anziché tagliare i miei fili, un giorno, non so quando, taglierò quelli di qualcun altro.

Pietà. L'opera di Blake parla di pietà, è per questo che mi piace, e sicuramente per lo stesso motivo "Numero Irrazionale" l'ha scelta per vegliare sui suoi sonni. Non a caso anche lui ha una sorta di devozione per certe immagini misericordiose, nel senso più pagano o più religioso del termine; una pietà che, persino nel caso in cui sia una rappresentazione artistica tradizionalmente legata alla religione, lui sente in una maniera intima e piena di significati personali. Per questa empatia, questa compassione condivisa, lui, sempre avido di conoscere la genealogia delle parole e dei sentimenti, qualche settimana fa mi ha raccontato la storia che collega altre opere pittoriche alle prime rappresentazioni della pietà. È una delle più belle storie che mi abbiano mai raccontato da quando tu hai taciuto per sempre, con due personaggi principali, i quali solitamente sono gli unici che compaiono nelle opere che la rappresentano: un uomo, in genere anziano, incatenato in quello che invariabilmente sembra un carcere, e una donna notevolmente più giovane che offre un seno al vecchio. Quando "Numero Irrazionale" mi ha spiegato chi erano i due personaggi, capii la rappresentazione della bontà più semplice. Voglio raccontarti la storia. Credo esistano diverse versioni, ma condividono lo stesso schema. Un uomo viene condannato a morire di inedia in carcere per un crimine non meglio specificato. Gli concedono la visita della figlia, ma a una condizione: la figlia non gli può portare nulla da mangiare. Il tempo passa e l'uomo non dà segno di avviarsi al compimento della condanna, che è la morte per fame, quindi il carceriere comincia a insospettirsi. Non riesce a capire il motivo, poiché la figlia, come lui stesso si incarica di controllare, non porta con sé alcun alimento nelle sue visite. Un giorno decide di spiarli, e scopre la verità: la figlia, che aveva partorito da poche settimane, allattava il padre con il seno da puerpera. Le autorità, lungi dallo scandalizzarsi, prendono il gesto come simbolo di quella che poi diventerà la carità romana, e lasciano libero il padre; quel padre che la figlia aveva convertito, per carità, nel suo neonato.

Da quando "Numero Irrazionale" mi ha raccontato questa storia, ho pensato spesso a quella immagine del vecchio prigioniero, specialmente quando il mio compagno usciva a fare la spesa o a portare fuori la cagnolina e mi ritrovavo ancora più sola. Provavo tutto il malessere possibile: anziano e sola, o solo e anziana, due tristezze di genere opposto, di quelle che persino lo sfiorarsi della loro diversa natura provoca una frizione, come una ruota quadrata, arrugginita, nell'anima. Quel periodo fu un'altra discesa agli inferi, ormai ho perso il conto di quale fosse, ma poco importa perché, in realtà, quelle discese non si differenziano per livelli distinti, più che discese sono inferni che stanno tutti sullo stesso piano. Un piano smisurato pieno di stanze contigue, tutte sullo stesso livello, ma con sofferenze così diverse che la novità stessa assomiglia a una nuova caduta. Quello era, se non ricordo male, il terzo inferno a destra.

In quel periodo "Numero Irrazionale" ha tentato spesso di farmi uscire di casa, ma mi rifiutavo sempre. Non mi era ancora possibile. Finché, stamattina, ha avuto un'idea. Mi ha detto che, se proprio non volevo camminare, mi avrebbe portato sulle spalle. Lì per lì mi è parsa un'idea ridicola. Come vedi mi è ancora rimasto il senso del ridicolo, a me, che ho dovuto soffocarlo chissà quante volte quando altri consideravano stravaganti o indecenti comportamenti che per me erano del tutto naturali, dettati dalla semplicità con cui mia madre mi ha messa al mondo, e che per molto tempo – tu lo sai – sono riuscita a conservare.

E così oggi sono riuscita a mettere il naso fuori, appollaiata sulle sue spalle, aggrappata al collo come una bimba a cavalluccio del padre. Avessi visto come ci guardava la gente per la strada. Lui grande e grosso, e io con il ventre sulla sua testa, che ha smesso (o ho fatto smettere) di crescere. A lui sembrava non importare nulla, né degli sguardi né del mio peso. Camminava ben eretto e mi faceva sentire a mio agio. Inoltre, nella mano destra teneva il guinzaglio della cagnolina, che andava al nostro passo, e immagino fosse l'unica cosa normale agli occhi degli altri. Ricordi quella scultura del Bernini? Quella di Enea che, fuggendo da Troia, porta il padre sulle spalle, e di fianco tiene suo figlio, incredibilmente piccolo al confronto di quella specie di spirale che culmina con la testa del vecchio. Immagino che venisse visto così il nostro terzetto. La cagnolina passava inosservata o quasi, e io a cavalcioni di "Numero Irrazionale" cercando di fuggire da una città in fiamme che ero l'unica a poter vedere. È una strana sensazione muoversi da quell'altezza. Non solo ho rivisto la strada, le persone, le auto, dopo tanto tempo, ma l'ho fatto da un'altezza ben superiore a quella abituale, quando camminavo sulle mie gambe. Oggi guardavo tutto dall'alto dei due metri e dieci di "Numero Irrazionale". Non avrei mai immaginato che mezzo metro in più potesse cambiare radicalmente la visione della realtà circostante. Da lassù ho visto non tanto individui, bensì gruppi, folle. "Numero Irrazionale" mi ha raccontato tempo fa che era stato costretto a crescere sopportando le battute e le risate dei compagni di scuola, e tanti lo trattavano come un gigante senza cuore, ma mi ha anche detto che lui non ricordava le risate di uno o di due, bensì un'unica risata emessa da tutti, e dal basso. Credo che lui non veda le singolarità, ma le condotte collettive che vengono espresse da questa o quella persona. Ecco perché le botte che aveva dato a quel tizio, per cui era finito in prigione, secondo lui erano impersonali, sferrate su un corpo che considerava il simbolo di tanti altri che costituiscono il razzismo collettivo.

La zona di Harlem dove viviamo è alquanto conflittuale. La gente qui non ama i bianchi, e ha le sue buone ragioni. E così abbiamo fatto un giro formando un'enorme figura a due teste, che non poteva sicuramente passare inosservata. Dicono che in certe situazioni di pericolo non si debba mostrare la propria vulnerabilità, ma penso che non sia affatto così. A me, perlomeno, è sempre sembrato il contrario. Porgere l'altra guancia come sostengono i cristiani mi pare sia la migliore difesa. Nel mio caso, credo che quando stavo sulle sue spalle, risultando una sorta di appendice di un altro corpo, non usando le mie gambe per spostarmi, irradiavo una forte sensazione di insufficienza, la stessa che pervade il nostro quartiere depresso, e pertanto non mi sentivo fuori luogo, e nessuno mi guardava come una straniera, poiché non era il colore della mia pelle ma la mia fragilità ciò che mi rendeva simile a coloro che la società dei bianchi cerca di emarginare.

Ti sto scrivendo, Jim, sdraiata sul letto, cercando di rimettermi da una botta in testa. Ieri era il Giorno del Ringraziamento. Mi sono svegliata particolarmente contenta. Era la giornata giusta per rimanere a casa e questo giustificava, dal punto di vista sociale, il non dover uscire e poter trascorrere ventiquattro ore tra le mura domestiche che tanta sicurezza mi danno. È curioso come una creda di essere abituata a non prendere in considerazione i giudizi altrui, le critiche della maggioranza, ma poi quanto faccia piacere sentirsi inclusa in quella maggioranza le poche volte che ti concedono l'impressione di farne parte.

Al mattino abbiamo sentito alla radio una delle tante notizie che seguono lo stesso schema: i maltrattamenti e gli omicidi dei neri da parte della polizia restano impuniti. Nel quartiere le cose vanno così, tutti ritengono che gli abusi di potere siano un fenomeno talmente consolidato da rendere inutile qualsiasi protesta, ma siccome da qualche parte deve esserci uno sfogo, questo avviene attraverso canali quali l'odio tra bande, i furti e le rapine, che pur avendo un movente economico si acuiscono o vengono giustificati come questioni razziali. Ma ieri è caduta la classica goccia che fa traboccare il vaso, e molta gente di varie zone della città è scesa in strada. L'ultima goccia è stata la notizia che il poliziotto (ovviamente) bianco che qualche mese fa ha piantato sei pallottole in corpo (ovviamente) a un nero non verrà processato. È l'ennesimo caso che dimostra l'assoluta immunità che vige negli Stati Uniti per la polizia quando il bersaglio del tiro a segno è un nero. In questo caso, un nero disarmato di quindici anni.

"Numero Irrazionale" e io stavamo cucinando il tacchino per il Giorno del Ringraziamento quando abbiamo sentito nuovamente la notizia, stavolta seguita dall'avvertenza che si prevedevano scontri e tafferugli. Il Ringraziamento. Sai che questo giorno mi è sempre piaciuto per un motivo molto semplice: perché mi piace il nome. Tu, Jim, ridevi quando te lo dicevo. Ma è pur vero che, al di là dei miei infortuni più o meno gravi, ho sempre colto l'occasione per ringraziare di tutto ciò per cui mi era capitato di non mostrare gratitudine, essendomene dimenticata un po' per la fretta, o per incoscienza, e anche per egoismo. Ma ieri ho avvertito la tensione nelle mani di "Numero Irrazionale", la rabbia sul suo volto dopo aver sentito la notizia. Avevamo messo il tacchino crudo, appena spennato, sul tavolo della cucina, e lui fissava il buco da cui lo avevamo svuotato per poterlo farcire. Gli ho chiesto cosa stesse guardando e lui ha risposto che stava ricordando una ricetta. Mi è sembrata una cosa simpatica che, dopo la mia ricetta al cinema, stavolta fosse lui a proporne una. Gli ho detto che avevamo già gli ingredienti, e stavano sul tavolo: mele, pancetta, mais, pane, marmellata di mirtilli, patata americana, brodo di pollo… Ma lui ha detto che la ricetta che stava cercando di ricordare era un'altra, ed è uscito di casa per comprare alcune cose che mancavano, così ha detto. È tornato di lì a poco e ha messo sul tavolo quelli che secondo lui erano gli altri ingredienti:

- Una bottiglia di vetro
- Un imbuto
- Benzina
- Olio per motori
- Uno straccio
- Nastro adesivo
- Miccia

Con le mani tremanti e un odio che si manifestava in ogni suo gesto, ha infilato tutto dentro il tacchino e poi lo ha cucito accuratamente, lasciando penzolare fuori una parte dello straccio. Ho capito. Quella era la miccia, e il tacchino si era trasformato in una bomba molotov. Ha infine usato il nastro adesivo per assicurare la miccia alla pelle spennata. Poi mi ha fatto indossare guanti, occhiali e berretto per proteggermi dal tacchino che stava, a suo modo, preparando, e anche lui ha fatto altrettanto. Io tacevo. Capivo. Ma soprattutto tacevo. Il sistema giudiziario è così, quando si tratta della vita di un nero. Si tace. Per non soffermarsi su una cosa priva della benché minima importanza. Ma, soprattutto, si tace affinché nel silenzio il Gran Giurì possa sbraitare, e condannare. Non il criminale, ma la vittima, il morto, il nero, i genitori del nero, di quel nero: il bersaglio.

Sì, ieri era il Giorno del Ringraziamento. Abbiamo commemorato il giorno in cui gli indios nutrirono, e salvarono, i bianchi. Gli stessi nativi americani che oggi vengono rinchiusi ed emarginati nelle riserve come animali in via di estinzione. Che grande invenzione, le riserve: scatolette di sardine o tonno, indiani conservati nella salamoia del proprio pianto. Abbiamo udito delle urla, sicuramente stavano iniziando gli scontri. Siamo usciti fuori. Io, ancora una volta, sulle sue spalle. Dall'alto, ho visto che spuntava gente da tutte le parti, una massa infuriata. Era logica, quella reazione violenta. Anche la polizia cominciava ad arrivare sul posto, a sbarrare le strade, a piazzare transenne. "Numero Irrazionale" aveva messo il tacchino in una borsa. Bisognava usarlo al più presto, prima che ci potesse accadere qualcosa. A un certo punto me lo ha passato. L'ho afferrato e, ricordando le sue istruzioni mentre lo preparava, ho lanciato il tacchino con un'angolazione tra i 30 gradi (affinché fosse più efficace nello scoppio) e i 45 gradi (per farlo arrivare più lontano). In quel momento ho sentito un forte colpo alla testa. Ero stata centrata da una pietra sicuramente lanciata contro la polizia. Ho quasi perso i sensi e, semicosciente, ho visto che il tacchino ripieno, il tacchino molotov, restava sospeso in aria, per qualche secondo. Non cadeva giù. Nonostante la confusione e il chiasso, sono riuscita a percepire ciò che proveniva dal tacchino. Ho udito il fruscio della pelle attraversata, dall'interno, dalla prima piuma che spuntava, a partire dal calamo, nella sua fine e liscia struttura. Poi ho sentito spuntare anche le altre, come spighe di grano che si trasformavano in piume variopinte, rosse, azzurre, verdi, gialle. Era bellissimo vederlo librarsi nell'aria con tutti quei colori. Ma non era più un tacchino. Era un quetzal, l'uccello che muore se non è libero. Ha disteso le ali, per poi planare elegantemente e sganciare sulla folla gocce dallo stomaco. Ho aperto la bocca per cogliere una di quelle gocce. Non ci sono state morti, solo metamorfosi. Mescolanza di pelli bianche e nere in una razza a chiazze come i dalmata. Non erano mulatti, perché i mulatti restano neri agli occhi dei bianchi e bianchi agli occhi dei neri. Erano entrambe le cose, neri e bianchi. L'uccello non sarebbe andato lontano, spargendo gocce feconde per creare meravigliosi cuccioli meticci, razza umana dai mille sangui. Ieri, nel Giorno del Ringraziamento, perdendo i sensi ho visto il meticciato dell'uomo. Tornando in me, volevo che il poliziotto che mi aveva soccorso in attesa dell'ambulanza fosse di pelle bianca e nera. Ma per arrivare a questo, amore mio, credo che dovremo aspettare, e a volte dubito che vivrò ancora a lungo, perché a lungo sarebbe necessario vivere per poter almeno sognare quella razza dei mille purosangue.

Dopo qualche giorno a casa per ristabilirmi dalla ferita alla testa, "Numero Irrazionale" ha pensato che l'aria aperta mi avrebbe fatto bene. Ha preparato tutto, compreso il mio bagaglio, e abbiamo lasciato l'appartamento. È stato il viaggio più lungo che abbia fatto dalla tua morte, sai, e senza nemmeno uscire dallo stato di New York. Dopo circa quattro ore di auto, "Numero Irrazionale" si è fermato su una spianata a Montauk, proprio su quella punta di Long Island, a ponente del faro, dove una volta siamo andati insieme a catturare granchi dalle chele blu, ti ricordi? Eravamo partiti all'alba e arrivati verso le otto. Il bungalow da dove ti scrivo ora, che abbiamo affittato per un mese, si vedeva a duecento metri dal punto in cui ci eravamo fermati. Il posto continua a essere celebre per i bellissimi panorami marini, ma la domenica del nostro arrivo, scendendo dall'auto, ho notato, più che il mare, il manto erboso, di quel colore verde chiaro dell'erba giovane. In effetti, era tornata la primavera. Dopo tanto tempo sono riuscita a cambiare stagione, se non altro per quei pochi istanti in cui sentivo il fresco contatto sulle caviglie. Ecco cosa ho pensato in quel momento, che sarebbe stata una sensazione fugace, quando in realtà l'avrei provata per l'intera giornata, quella frescura inebriante che infondeva una vaga allegria. Ho provato a muovere un passo avanti, e sebbene non ci sia riuscita non mi sono angosciata. Lui, come aveva promesso, mi ha issato sulle spalle, così sono tornata a cavalcioni del mio amante grande e grosso che si prende cura della mia debolezza, della tristezza di averti perso, Jim, e dell'infinita gravidanza che, non giungendo mai al termine, ha finito per spaventarmi, nei miei incubi, con l'immagine di Yoro perennemente presente. "Numero Irrazionale" ha preso anche i nostri bagagli e nonostante tutto quel peso trottava come se volesse scuotermi di dosso la polvere che ho accumulato durante la mia clausura volontaria.

Al mattino ci alziamo molto presto. La cagnolina se ne va fuori per conto suo e torna solo verso sera. A colazione beviamo latte fresco. Qui tutto mi sembra verde e nuovo. Non soltanto l'erba che ci circonda, ma anche il latte appena munto, il mare che è di un blu intenso, e i versi degli uccelli; persino il mio nome mi sembra verde, e quindi più vivo, più sonoro. "Numero Irrazionale" di giorno è il mio cavallo bianco, di notte il mio cavallo al trotto. A volte una finestra socchiusa si spalanca per un colpo di vento mentre dormiamo, allora ne approfitto per accarezzarlo e lui non si muove, dorme profondamente, stanco per avermi portato sulle spalle nelle nostre passeggiate. Gli sono grata per tutto questo. Lo amo. Ti dispiace che lo ami? È un amore diverso da quello che nutro per te. A lui non scriverei mai dopo la sua morte perché, a essere sincera, per me è una stampella necessaria nella vita, ma se non fosse per il mio stato precario non so se gli vorrei bene come gliene voglio adesso. Con te è, è stato, diverso. Ti ho amato, Jim, da sana come da malata. Sembra facile amarsi quando si è sani, come esortano a fare i preti, ma in realtà è più difficile. La malattia, e non la salute, è ciò che unisce gli esseri umani, ed è ciò che sta imprimendo in me la figura di "Numero Irrazionale", un po' come le ombre atomiche che impressero i profili delle vittime sulle superfici dove si trovavano al momento dell'esplosione. Al pari del corpo di un nuotatore che fendendo l'acqua sembra levigarsi, ho notato che il mio corpo comincia ad assumere la forma che lascia quest'uomo quando scendo dalle sue spalle. È come se le mie ossa riprendessero a crescere nuovamente. Non dicono che, se la donna è giovane, durante la gravidanza può allungarsi di qualche centimetro? Io non sono più giovane, ma la sensazione è proprio questa, lui si muove e io, tranquilla, gli cresco sopra. Forse è una falsa sensazione di crescita fisica, ma se mi guardo in uno specchio a figura intera, intuisco tra le mie gambe la forma della sua assenza. Quando ci separiamo, mi aggiro dentro il bungalow, ma non mi sento sola se ricordo che la forma delle sue spalle, mentre lui sta riposando o cavalca libero da me per qualche ora, rimane nell'incavo delle mie cosce. Quando torna dalla passeggiata corro ad accoglierlo sulla soglia. Ci infiliamo o ci togliamo il pigiama, e nei suoi vestiti avverto tutti gli odori della campagna, e tutti gli odori del mio cavallo.

Sono allegra. Siamo allegri. Chi non è allegro nella propria primavera, anche se fosse inverno? E invece è primavera.

Questo è ciò che ti stavo scrivendo ieri quando mi sono interrotta vedendolo a testa bassa. Penserai che è normale che un uomo così alto guardi in basso. Fissava il pavimento, non smetteva di tenere gli occhi a terra. Ho tentato di giustificarlo, e per prenderlo come un sintomo della sua allegria ho pensato che guardare in basso fosse il contrario della tristezza. Guardare in basso – dicevo tra me per convincermene – è come festeggiare l'ultima impronta, il presente più presente, il germoglio di un'erba che poco prima era sottoterra. Uno guarda il cielo e non vede nulla che stia nascendo. Vede risvegli. Ma questa è un'altra cosa. Il sole che sorge è un vecchio nato milioni di anni fa. Per vedere qualcosa nascere occorre concentrarsi sulle cose minuscole, spesso al suolo, la comparsa di un fungo, un formicaio, l'incrinarsi di un bozzolo da cui spunta la farfalla. Pensavo che lui potesse vedere tutto questo, e che si sarebbe rallegrato di ogni nuovo parto. Sono tornata sulle sue spalle, per vivere un'altra giornata sopra di lui. Passeggiavamo da un paio d'ore quando a un certo punto ho pensato che io e tutto il mio peso eravamo la sua unica ragione di vita. Mi ha fatto paura, ho avuto paura di me stessa scoprendo quella convinzione egocentrica, pensare che un'altra vita avesse bisogno di me per orbitare solo attorno a me, come un ottuso asteroide antidiluviano.

Mi sono addormentata con la testa appoggiata alla sua spalla, e al risveglio ci trovavamo in un posto da dove non eravamo mai passati. Mi sono resa conto che lui non si stava rallegrando proprio di nulla. Non puoi immaginare cosa sia stato per me. Ha preso a camminare in un modo orribile, come un cieco che non è nato cieco, ma che ha perso la vista per non averla usata abbastanza. La cecità della perdita di interesse. Andava in giro così, con gli occhi – prima azzurri e brillanti – ora vacui. Ho apprezzato, anche se mi dispiaceva per lui, che malgrado l'evidente tristezza fosse ancora disposto a caricarmi sulle spalle per darmi quella razione di aria aperta che, poco alla volta, mi aiutava a rimettermi in sesto. Il panorama è cambiato in un attimo. Il giorno è diventato notte quando il sole era ancora alto. Le radici degli alberi hanno cominciato a rendersi sempre più visibili. Emergevano dalla terra in cerca di luce. C'era ben poco vento, eppure gli alberi si spezzavano, perché le radici non avevano abbastanza vigore da tenerli in piedi. Così, ogni tanto, cadeva un albero. Alberi caduti e alberi cadenti ovunque, finché ci addentrammo in una palude. All'inizio è stato un presentimento: se non fossi scesa dalle sue spalle, il peso di entrambi ci avrebbe fatto sprofondare. Forse, avanzando nell'acquitrino, se avessi camminato sulle mie gambe il suo destino sarebbe stato diverso, e ho tentato di scendere ma senza riuscirci, perché a quel punto, per la mia totale dipendenza da lui, pensavo che fossimo parte di un unico centauro, e come avrei mai potuto separare la parte animale da quella umana senza uccidermi, senza ucciderlo. Non sono stata nemmeno capace di intuire per tempo il canto della sirena equina che attira verso l'abisso del fango i cavalli che portano in groppa un peso imposto e inutile. Cieca e stregata dalla palude,[5] ascoltavo quella musica triste. Pensavo che da quella partitura invisibile sgorgasse la fonte del fango eterno. Adesso, scrivendo tutto questo, Jim, ascolto la stessa musica, una melodia circolare come il vortice di fango in cui è affondato. Il mio uomo trottatore. Lo sento ancora così vicino che ho la sensazione che deve stare da qualche parte, qui sotto. Non ti starò scrivendo a pochi metri sopra il livello della sua croce? Che cosa spaventosa.

Forse *tristezza* non è la parola adeguata per definire ciò che ho provato in quella laguna. Era un sentimento che non aveva un contrario. Un sentimento senza antonimi. Il contrario non sarebbe l'allegria, perché era qualcosa di talmente assoluto da non concedere neppure l'idea di una sfumatura nel suo essere così nero. Ho abbassato la testa. Ricordo che si è fermato. Si è bloccato di punto in bianco. All'istante. Io lo imploravo di muoversi, di portarci fuori da lì, ma lui non voleva più andare avanti, proprio nel mezzo di un pantano con il fango che gli arrivava alle ginocchia e che mi stava ormai sfiorando i piedi. Non diceva niente. Avevo così tanta paura che non volevo affrontare le mie responsabilità, prima di azzardarmi a separarmi da lui ho preferito pensare che era colpa della musi-

5 "Ciega y encenegada por esa ciénaga": gioco di parole tra *ciega* (cieca), *ciénaga* (palude) e il neologismo *encenegada* (da *encenegarse* che potrebbe tradursi con "ficcarsi nel fango"). (*N.d.T.*)

ca, il tempo, un andante moderato, melodia leggera e insieme pesante, al pari della farina che, pur essendo polvere, rende denso il liquido e diventa massa. Ho tentato di scuoterlo, di farlo parlare, di accelerare i battiti, la respirazione, qualunque cosa pur di smuoverlo. Gli ho sussurrato all'orecchio. Ho urlato. L'ho incoraggiato. L'ho strattonato per la camicia. Ma lui non si muoveva. Immobile come un blocco di marmo. E a quel punto abbiamo cominciato a sprofondare. Quando il fango gli arrivava all'inguine, a me copriva le caviglie; quando superava la cintola, a me arrivava alle ginocchia; e quando arrivava al suo petto, arrivava anche al mio petto. Ero terribilmente spaventata. Stava affondando, e io affondavo con lui. Il livello del fango saliva come la marea che divora il litorale. Vedevo la sua pelle bianca tingersi di scuro, fino al collo. Il mio uomo bianco diventava sempre più scuro. Nero, come forse lui voleva essere. Solo a quel punto sono smontata, non esattamente per cercare di aiutarlo, ma per non farmi trascinare giù. Per chissà quale motivo io non affondavo. Mentre lui sembrava inghiottito dalle sabbie mobili, pareva che io fossi sulla terraferma. Per la prima volta dopo tantissimo tempo mi sentivo più stabile di chiunque altro, e a quel punto ho tentato di salvarlo, per lui, non solo per me. Troppo tardi. Lo tiravo per i polsi così forte da fargli sicuramente male, e lui ha mosso la bocca come per parlare ma senza dire nulla, cercando di sistemare la lingua quasi gli si fosse bloccato anche quel muscolo. Per qualche minuto ho pensato che voleva soltanto questo. Sistemare meglio la lingua mentre sprofondava, sembrava il suo ultimo desiderio.

Quando il fango gli è arrivato alle labbra ho tirato ancora più forte. La musica che risuonava nella mia testa seguiva lo stesso ritmo del trotto in accelerazione, come un cavallo malvagio che trascinasse a fondo il mio cavallo buono. Ho cominciato a piangere. L'ho insultato. Poi ho chiesto perdono per essergli stata di peso. L'ho implorato di reagire, gli ho detto che non sarei mai più salita sulle sue spalle, gli ho assicurato che senza di me avrebbe riacquistato la forza di prima. L'ho tirato per i capelli, ho fatto tutto quello che potevo. E quando la sabbia nera e bianca gli ha ricoperto i denti e il naso e gli occhi vacui e infine le curve delle sue orecchie bianche, l'ho odiato. Era per fare quella fine che mi aveva tirato fuori dalla trincea in cui mi ero rifugiata in cucina, strappandomi alla mia tristezza? Quando è scomparso del tutto, lasciando dietro di sé qualche bolla sulla superficie fangosa, l'ultima aria nei suoi polmoni, mi sono sentita nuovamente sola. Sola in quella palude. L'ho maledetto per avermi lasciata così, un'altra volta, e per avermi tolto le sue (le mie) quattro zampe. Poi, ho maledetto me stessa.

Non ho denunciato la sua scomparsa. Se dovessero ritrovarne il cadavere cercherebbero l'arma del delitto, e temo di essere stata io l'arma, il peso eccessivo dei miei cinquanta chili. Cosa pesa di più – mi chiedeva mio padre quando ero piccola – un chilo di paglia o un chilo di ferro? E io rispondevo sempre la paglia. Non c'era verso di farmi capire che un chilo è sempre un chilo indipendentemente dalla materia. Adesso so che avevo ragione io, perché già da bambina intuivo il mio destino, o il mio castigo: caricare in spalla un sacco di ferraglia che agli occhi di tutti, me compresa, sembra pieno di paglia. Così come nessuno poteva immaginare quel sacco di ferraglia color paglia che mi portavo addosso, nessuno poteva consolarmi. La tua morte, Jim, ha aggiunto altro ferro nel mio sacco. Esausta, ho finito per imporlo a "Numero Irrazionale". Ma alla fine non ha retto a tutto quel peso. Mi lascio alle spalle il mio bianco ed enorme uomo di piombo, il mio cavallo pesante. Con ancora la sua forma nell'incavo delle mie due uniche gambe, ora ti scrivo come se stessi camminando, forse un po' più allegra di prima, ma non troppo.

Jim, una volta perduta tutta la fiducia nella psicologia e nella sua bambinaia, la psichiatria, ho dovuto superare la mia agorafobia senza l'aiuto di nessuno. Sono tornata nel nostro appartamento. Visto che dovevo portare fuori la cagnolina ho cominciato, poco alla volta, ad allontanarmi da casa sempre di più, come avevo fatto con la madre ormai anziana. La mia depressione ha conosciuto, dunque, due generazioni di cani, l'ultima delle quali sembra essere contraddistinta dal bisogno di riemergere in superficie a respirare aria pura, dopo troppo tempo passato a inalare la stessa aria viziata dai miei polmoni, quasi si trattasse di una fontana apparentemente come le altre ma con accanto il cartello che avverte: "Acqua non potabile. Non bere". Sento di aver respirato così per anni, dentro un circuito chiuso in cui respiravo la stessa aria dei miei polmoni senza che si rigenerasse. "Aria non respirabile. Non respirare". Ed è quello che ho deciso di fare, imparare a non respirare e, di conseguenza, poco a poco, aprirmi all'aria nuova. Sembra sia cominciata così questa nuova fase.

Non so se dove sei puoi ricordare che tra l'appartamento e il parco c'è un complesso sportivo dove, ai tempi del tuo viaggio a Minneapolis, era stata avviata la costruzione di una piscina olimpionica. L'altro giorno passavo di lì e ho notato un cartello che annunciava l'apertura delle iscrizioni a un corso di apnea. Nel mio ambiente quasi nessuno sa cosa sia l'apnea come sport, ma ricordo le leggende che mi raccontava mia madre su alcune donne del mio paese che, a pieni polmoni, senza respiratore, scendevano a profondità notevoli nei mari della loro isola per raccogliere le perle. Essendo rimasta orfana fin da piccolo, dovendo superare – come sai – prima da solo, e poi da sola, tante difficoltà, sono sempre stata sicura di poter contare su una cosa, che non è mai venuta meno, la stessa che mi ha permesso di contraddire il mio sesso, nonostante sia proprio il sesso ciò che tutti usano per effettuare una prima distinzione tra le persone. Lo strumento su cui posso fare affidamento è un'intuizione legata al benessere del corpo e al piacere, e una predisposizione naturale verso tutto quello che, al di là di un'effimera sensazione piacevole, mi fa bene. L'inclinazione a seguire ciò che mi conviene di più mi ha aiutata ad affrontare il dramma che mi era stato doppiamente imposto: come uomo e come donna. Allo stesso modo, è questa intuizione corporea che ho ascoltato al momento di decidermi a praticare quello sport. Mi sono consultata con il medico di base. Da quando non ci sei più, non ho voluto rivederlo. Ho cambiato medico per un po'. Non mi sentivo in grado di dargli la notizia. Quando sono entrata nell'ambulatorio si è alzato per dimostrarmi che lo sapeva già, intristito, ma anche contento di rivedermi. Sai? La gente pensa che quando qualcuno muore è meglio non parlare di lui alle persone che lo hanno amato. Dopo che ti ho perso, nessuno ti ha più menzionato. Trascorsi i giorni immediatamente successivi alla tua morte, quando in effetti avevo ricevuto tanti messaggi di condoglianze, ci sono stati giorni, settimane, in cui sentivo che stavi morendo di nuovo, che morivi ogni giorno, un'altra volta, e un'altra volta ancora. All'inizio non capivo perché avessi quella sensazione, ma ben presto mi sono resa conto di quale fosse il motivo. Quello che ti uccideva ogni giorno, Jim, era il silenzio insopportabile con cui la gente sostituiva il tuo nome. Era quel parlarmi di cose banali, o addirittura allegre, e nessuno si poneva la questione che senza di te quelle chiacchiere, in quel momento, non avevano senso. La tua morte ha conferito, come l'apnea, un'assoluta profondità alle conversazioni, e questo esigeva che si parlasse senza remore o della tua scomparsa o di questioni riguardanti la non esistenza, tutti argomenti pesanti e morbosi per molta gente, ma nei quali vedevo la rappresentazione del vuoto che avevi lasciato. Avevo così tanto bisogno di parlare di te quanto di usare il tuo spazzolino da denti, che avevi dimenticato a casa, mettendoci una tale forza che una mattina mi ero fatta sanguinare le gengive. Capisci? La storia che non si parla di corda a casa dell'impiccato è un'emerita idiozia. Io dovevo parlare della corda, della sua consistenza, di chi l'aveva fabbricata, del vicino che si era impiccato pure lui, e soprattutto, dell'impiccato. Volevo parlare del mio morto, e se proprio non si poteva parlare del mio, volevo almeno parlare di altri morti, o della morte in sé, qualsiasi aspetto di quel campo semantico che, in realtà, mi parlava di te. Mi sarebbe piaciuto che tutti quelli che ti avevano conosciuto fossero venuti a casa, ma non per restarsene muti, né tantomeno per rivolgermi sguardi tristi, ma per nominarti. Sarei stata grata al pompiere che ti ha tirato fuori dalle lamiere contorte dell'auto se mi avesse descritto il tuo ultimo sguardo. Ma non è stato così. Solo una persona ti ha menzionato. È stata la piccola figlia di M, la nostra vicina. Un pomeriggio, mentre facevamo merenda in uno dei pochi incontri tra amici che avevo accettato di fare, mi ha chiesto se poteva giocare con uno dei tuoi soldatini da collezione. Ho notato che la madre le ha rivolto un'occhiataccia per intimarle di tacere. A quel punto i nervi mi hanno ceduto, sono scoppiata a piangere e ho urlato a tutti di andarsene. Sono sicura che ancora oggi credono sia stata la bambina a scatenare quella reazione senza volerlo, mentre in realtà sono stati loro, trattandomi come se tu non fossi mai esistito, bruciando la tua memoria – che è l'anima – e versando sotto i miei occhi le ceneri della tua anima nell'urna dove giacevano quelle del tuo corpo. Ecco cosa fanno quelli che non parlano dei morti, ne cremano l'anima. Per questo, il giorno in cui – come ti stavo dicendo – sono entrata nell'ambulatorio del nostro dottore, mi sono rallegrata del fatto che lui, prima di chiedermi di cosa avessi bisogno, ha ricordato un aneddoto vissuto con te. Ti vuole bene, il nostro dottore, ed è per questo, sicuramente, che pure lui sente il bisogno di continuare a parlare di te. Tuttavia, essendo a conoscenza dei miei frequenti attacchi di panico, mi ha raccomandato di non tentare neppure di praticare l'apnea, perché teme che trattenere il respiro sott'acqua potrebbe aggravare i miei momenti di angoscia. Ma gli ho detto che sono in grado di intuire, che equivale esattamente a *sapere*, che questo sport mi potrebbe permettere di controllare un pezzo fondamentale nel rompicapo perennemente confuso dei meccanismi che scatenano gli attacchi di panico: la respirazione.

In effetti. L'apnea, la soppressione volontaria della respirazione il cui obiettivo primordiale è permettere di raggiungere certe profondità nel mare senza bisogno di respirare, si è rivelata, come ho potuto constatare oggi nella prima lezione pratica, un eccezionale mezzo di rilassamento. Allo scopo di rimanere più tempo possibile sott'acqua, impari una serie di tecniche che aiutano a consumare meno ossigeno. L'ossigeno è proprio quello che assumo in eccesso, perché quando ho paura, panico, ansia, respiro così in fretta che vado in iperventilazione e alla fine ho le vertigini e il malessere non fa che aggravarsi. Ti racconto al presente quello che ho imparato in questo primo giorno, perché l'apnea è il tempo del presente o, il che è lo stesso, del tempo indeterminato. I minuti che precedono l'immersione sono fondamentali. È lì che deve cominciare la respirazione controllata e la distensione di tutte le parti del corpo. Una volta in acqua, bisogna evitare di fissarsi su qualsiasi pensiero. Questo dettaglio è molto importante, ci dicono, e io mi chiedo come faccio a non fissarmi su un qualche pensiero se vivo agganciata alla tua rete. A quanto pare, più complesso è il pensiero e più ossigeno consuma il cervello. Pensare stanca. Per questo conviene lasciar scorrere le immagini mentali come quando si va in giro in auto. Vedi passare di lato il panorama senza bisogno di fissarti su un albero di preciso o una montagna, una chiesa. Allora tutto mi sembra un po' più semplice. È così. Trovo il mio meccanismo personale. Chiudo gli occhi e vedo la tua immagine che mi saluta da uno di quei libri che, facendo scorrere le pagine velocemente, creano l'illusione che il disegno si muova. Non mi fisso su nessuna pagina. Non potrei farlo perché, se mi soffermo, anche tu ti fermi nella staticità della morte. Non osservo nessun dettaglio. Non ho il tempo di vedere i tuoi occhi, la tua bocca, le tue braccia, perché le pagine scorrono veloci, però posso vedere i tuoi movimenti, inafferrabili ma vivi. Dopo averti visto salutare, compaio io nel libro. Mi baci, mi spogli, mi accarezzi, mi lecchi, mi penetri, mi abbracci, mi sollevi, siamo nella doccia, mi insaponi, mi lavi, mi asciughi, ci rivestiamo, usciamo. Fuori a cena. Non a morire. Una cena a base di ostriche e vino. Niente male questa introduzione del primo giorno: aggrapparmi non a te, ma ai tuoi movimenti.

Continuo ad ascoltare attentamente l'istruttore, seduta assieme ai compagni di corso intorno a questa piccola piscina di fianco a quella principale. La temperatura dell'acqua nella piscina piccola è più alta e consente una resa maggiore, perché anche il freddo fa aumentare la richiesta di ossigeno del corpo. Siamo in dodici, compresa me. Quando l'istruttore conclude la breve introduzione, entriamo in acqua, che ci arriva solo alla cintola. Ci chiede di formare un cerchio tenendoci per mano. Dobbiamo rilassarci e prendere una grossa boccata d'aria prima di lasciarci galleggiare, a faccia in giù, in superficie. Inspiro tutta l'aria che posso e, come ha detto di fare l'istruttore, mi abbandono a faccia in giù. Tiro fuori la testa dopo un minuto e tre secondi. So che il record mondiale è di sette minuti. Invidio quei sette minuti di pace. Ma non importa. È il mio primo giorno. A parte uno, tutti gli altri sono ancora immersi quando riprendo a respirare. Osservando il protocollo di sicurezza, non rompo il cerchio e ogni trenta secondi stringo le mani ai due compagni di fianco, a uno la sinistra e all'altro la destra. Loro rispondono stringendo le mie. Stanno bene. Continuano a galleggiare a faccia in giù e stanno bene. Credo che non dimenticherò mai l'immagine di loro che galleggiano in cerchio, del tutto rilassati e affratellati dal fatto di restare sospesi insieme nell'acqua. Per la prima volta dopo tanto tempo non ho paura, mi sento bene, tranquilla, e accompagnata in una cerchia di sconosciuti. E per la prima volta dopo vari mesi, Yoro torna a sferrarmi un calcio. È di nuovo qui, la gravidanza è ripresa oggi, proprio nel giorno in cui imparo a respirare di meno. Credo che Yoro sarà – come me – una donna abituata a trasformare il pane in pesci e l'acqua in vino. Questi miracoli non li ha fatti un qualche dio, bensì un uomo buono che, sicuramente come noialtre, ha fatto del suo meglio con quel poco che aveva a disposizione. Stando in acqua mi accarezzo il ventre. Sento che si muove. So che giunta a questo stadio della gravidanza Yoro starà occupando buona parte dell'utero e il liquido amniotico sarà diminuito, quindi mi pare curioso che torni a manifestarsi proprio mentre sono circondata dall'acqua. Il mio liquido interno diminuisce, e intanto quello esterno, tutta l'acqua della piscina, mi circonda, mi contiene; mentre io imparo a controllare il bisogno di respirare, i polmoni della mia piccola sono quasi pronti a conoscere l'aria. Ripenso alla gravidanza di mia cugina dopo l'esplosione, la pancia che si sgonfiava a partire dal sesto mese, quasi si fosse pentita, come se dicesse "mi rifiuto di venire a questo mondo", percorrendo a ritroso il cammino dal feto allo spermatozoo e dallo spermatozoo al nulla. Nella piscina succede il contrario, sembro essere io quella che torna indietro, che si ritrae da donna a embrione, mentre la nostra Yoro si impone ed è più forte, più espansiva, e cerca le acque sconfinate che si estendono al di là delle mie pareti uterine. Effettivamente, è come rivivere la gestazione di me stessa, e io, che ho sempre maledetto il terribile momento in cui il mio embrione ha deciso di scegliere entrambi i sessi, sento che mi sto riconciliando con me stessa, perché per la prima volta riesco a rendermi conto che quella vita informe che ero stata mesi prima di nascere palpitava con lo stesso cuore con cui ora la sto giudicando. Capisco che non ha senso maledire quell'indecisione del mio seme che al momento di germogliare non ha scelto un solo cammino al bivio tra il sesso maschile e quello femminile, perché quella decisione non è stata presa da altri ma da me. Tornare a quello stato di incoscienza prenatale mi permette di assumere la responsabilità della mia natura, così come assunsi la responsabilità di scegliere, a un certo punto, il sesso che ho mantenuto fino a oggi.

In quelle prime settimane, il tragitto da casa alla piscina ha continuato a chiedere il triplo del tempo necessario a percorrerlo, perché ogni tanto mi devo sedere su qualche gradino, e aspettare che passi l'attacco di angoscia. Ma questo non mi succede mai quando esco dalla piscina, e cammino a un passo normale e con il respiro regolare. Le passeggiate di ritorno mi ricordano che la mia vita, prima, per quanto dolore provassi, assomigliava di più a questi tragitti di ritorno in cui posso formulare pensieri libera da quel manto vischioso con cui l'ansia mi ottunde il senno al punto da farmi credere, migliaia di volte erroneamente, che morirò a metà strada.

L'allenamento in piscina mi offre sensazioni corporee che non avevo mai provato. Per esempio quando, immersa nell'acqua, prendo le mani di un compagno seguendo le norme di sicurezza e sento il suo polso battere sotto i miei polpastrelli. All'inizio, un battito normale, poi, gradualmente, noto che va rallentando, mano a mano che raggiunge il rilassamento totale. I battiti calano sempre di più, come una fiammella che, un secondo dopo l'altro, si spegne. E in tal modo sto trovando anche la cura definitiva al mio panico nei confronti della morte, poiché sono io quella che decide, quando il cuore rallenta dilatando le pause tra un battito e l'altro, di riprendere fiato e scegliere, nonostante tutto, di tornare in superficie. Tirare fuori la testa dall'acqua è la conferma del mio compromesso con la vita, è come sconfiggere la morte, tante volte quante immersioni faccio, e questa sensazione si moltiplica in mare, dove la pressione dell'acqua, per la profondità, esercita una sorta di abbraccio sul petto, che sento come la manifestazione fisica del fatto che qualcuno mi accoglie là sotto, e mi accoglierebbe laggiù per sempre, se lo desiderassi. Ma non voglio più questo, e a ogni prima boccata d'aria che inspiro riemergendo torno a nascere. Allora ricordo ancora una volta le storie che raccontava mia madre quando ero piccola, di quelle donne della nostra terra, le subacquee in apnea che raccoglievano molluschi, ostriche, alghe, spugne, polpi e, se avevano molta fortuna, perle.

Mi chiedo se questa predisposizione naturale per l'apnea non derivi, in realtà, da quelle storie o addirittura dalle mie nonne, che erano nate proprio nella regione di Wagu, nella penisola di Shima, prefettura di Mie, un luogo tradizionalmente noto per la presenza delle donne subacquee che ancora oggi tramandano di madre in figlia la tecnica che si utilizza da oltre due millenni, considerando che risalgono a così tanto tempo addietro le prime notizie di tale attività. Quando immagino quelle donne che, per maggiore comodità, scendono nude nelle acque fredde di quella zona del Pacifico, penso che i miei allenamenti siano soltanto un'illusione, quasi uno snobismo e, in nome delle mie radici, mi sento in diritto di viaggiare, un giorno, quando starò meglio, fino a Wagu, e dare volto, voci, gesti alle leggende che mi raccontava mia madre.

Sebbene l'apnea non mi abbia liberato dalla tristezza, mi ha comunque consentito di alleggerire il peso delle mie principali paure. Il mare e l'aria aperta, che avevano già cominciato a darmi sollievo con "Numero Irrazionale", hanno definitivamente archiviato gli anni in cui avevo cessato di funzionare in ogni senso. Il semplice contatto con la natura mi ha sottratto alle sedute mangiasoldi degli psicologi e ha infranto il meccanismo imposto dalla società, in modo da potermi rimettere in marcia. È finita la dipendenza dalla pseudoscienza, la ludopatia di quelle pareti tappezzate da diplomi assurdi. Adesso so che si può sopravvivere a tante morti, ma tuttora, ogni volta che sento un senzatetto sbraitare la propria alienazione in mezzo alla strada, sento che urla con la mia stessa voce.

Essendomi ormai ristabilita quasi del tutto, voglio compiere un viaggio di piacere, da sola, il primo dopo la tua morte, Jim. Mi sembra strano mettermi in viaggio per un motivo che non ha niente a che fare con la ricerca di Yoro. In un certo senso ritengo di stare tradendo la promessa che ti ho fatto di continuare a cercarla, e la certezza di portarla dentro di me non allevia del tutto il senso di colpa per essere venuta meno alla parola data, perché in fin dei conti, le acque non si rompono, per il semplice fatto che (sì, in certi momenti lo so) non sono incinta. Solo negli sprazzi di ottimismo mi dico che magari questa interminabile gestazione è reale, che forse si è presentata sotto questa forma la malattia radioattiva che ho sempre atteso, una malattia positiva il cui esito, anziché la morte, sarà una nascita. Pare che nascano ancora conigli con tre teste, allora perché il mio caso non può essere l'ennesima anomalia prodotta dalle radiazioni nucleari? Sarebbe una conseguenza radioattiva per una volta positiva: il mio desiderio fatto carne della mia carne, la mia creatura. E così preparo il viaggio, concedendomi di giocare con l'idea che potrei dare alla luce una creatura da un momento all'altro.

Agosto 1977. Sono arrivata nel piccolo villaggio di Wagu, giusto nel periodo di pesca delle donne, che si immergono da marzo a settembre. Ho portato con me la cagnolina. Quasi fosse una questione ereditaria, anche lei, come la madre, ha partorito dei cuccioli in tarda età. Dopo aver allattato per diverso tempo, ha le mammelle gonfie. Sembra piuttosto strano vedere quegli inconfondibili segni dell'allattamento in una cagna visibilmente anziana. Pensavo a quel dettaglio guardando le *ama* – così vengono chiamate le pescatrici subacquee – che entravano e uscivano dal mare, sempre nude, senza distinzioni di età, dalle *ama* più giovani, le apprendiste che cominciano a immergersi a tredici anni, chiamate *kachido*, e che restano più vicine alla costa, fino alle veterane, le *funado*, che riescono a raggiungere i trenta metri di profondità in apnea.

Dalla scogliera di Wagu ho ammirato per la prima volta un gruppo di *ama* scaldarsi al sole sulla sabbia di una caletta per poi tornare in mare. È stata la prima volta che ho visto, con i miei occhi, che quelle donne esistono realmente. Prima, avevo passeggiato per le stradine del villaggio di pescatori. Non c'era nemmeno un'auto. I modi di fare, di parlare, mi sono sembrati molto più rilassati rispetto alla mia Hiroshima natale. Tutto pare dipendere da un ritmo del tempo marcato solo da un orologio naturale, dall'alba al tramonto, un tempo che, pur essendo strettamente legato al lavoro in mare, risulta comunque più malleabile, più flessibile, per il fatto che segue il naturale trascorrere della giornata e non gli orari imposti da un lavoro compiuto al riparo dal sole, al chiuso di un ufficio, di una fabbrica, o della propria casa. In un angolo, una donna ha richiamato la mia attenzione in modo particolare. Seduta su una piccola panca, divorava molluschi crudi con un'avidità che mi ha spinto ad attaccare discorso con lei, e le ho chiesto se quei frutti di mare li vendesse. La donna, sulla trentina, ha risposto che in quel momento stava riprendendo le forze dopo l'immersione del mattino per affrontare l'immersione del pomeriggio. Era, dunque, una *ama*, che si era appartata dalle compagne per rifocillarsi in tutta tranquillità, perdendosi per una volta i pettegolezzi che si raccontano sempre tra loro durante quei momenti di riposo, e che rendono unite le donne del villaggio in una grande famiglia nella quale il mare – nonostante i pericoli, il freddo, la fatica – è diventato l'uomo in comune di tutte loro. È stata quella donna intenta a mangiare frutti di mare che mi ha indicato il punto sulla costa dove si immergevano, e una grande scogliera dove qualche minuto dopo sarebbe tornata insieme alle sue compagne sdraiate al sole.

Quando ho visto che una piccola barca si stava avvicinando alla spiaggia, ho immaginato che le donne sarebbero salite a bordo per l'immersione pomeridiana, e sono scesa di corsa. Non ho avuto neanche il tempo di pensare a quello che volevo dire loro. Arrivata lì, ho rivisto la donna dei frutti di mare che si era riunita al gruppo, e le ho chiesto se potevo salire sulla barca anch'io. Tutte hanno mostrato una certa perplessità. Ero vestita in un modo che, sebbene in città non sarebbe apparso granché elegante, lì, in quel villaggio, dove tutto pareva deciso con il consenso del mare, risultava forse eccessivo. Ma c'era un lavoro da svolgere, non si poteva perdere tempo, e così mi hanno permesso di salire a bordo.

La mia nuova amica si chiamava Tokumi. A parte un minuscolo *fundoshi* che le copriva a malapena il pube, lasciando allo scoperto le natiche, era totalmente nuda come le altre. Nei pochi minuti che avrebbe impiegato la barca a raggiungere il luogo dell'immersione, Tokumi mi ha spiegato che solo di recente veniva considerata una *funado*, cioè era entrata a far parte del gruppo delle veterane, quelle di rango superiore grazie alla loro abilità, che arrivano a una profondità di venticinque metri, o addirittura di più. Io, dopo un anno di allenamento, sono arrivata in apnea a un massimo di trenta metri, ma so che non è la stessa cosa scendere per poi risalire rispetto a scendere, lavorare alla raccolta e infine risalire. Occorrono notevoli doti fisiche e mentali per compiere il loro lavoro in acque che non superano i quindici gradi.

Arrivate al punto di immersione, si sono tuffate tutte con

un equipaggiamento che si limitava a una maschera, un paio di pinne, un *kaigane* per staccare i molluschi dalle rocce e una cesta galleggiante in cui metterli, che serviva anche come boa per riposarsi tra un'immersione e l'altra. Per scendere più velocemente usano piombi o pietre, e per risalire danno due strattoni alla corda legata alla cintola e allora il barcaiolo, l'unico uomo della spedizione, le tira su per facilitare la risalita.

Le guardavo immergersi e riemergere con il frutto della pesca, che infilavano nella cesta a cui si aggrappavano preparandosi a tornare sott'acqua. In quegli intervalli, respirando facevano un rumore che mi è sembrato così bello che da solo bastava a giustificare tanti sacrifici. Per riempire i polmoni con il massimo di aria possibile, quelle donne respiravano in un modo speciale che faceva loro emettere una sorta di sibilo. Ascoltarne una sola è ammaliante. Ma ascoltarne tre o quattro insieme lo è molto di più, perché ciascuna emette un sibilo di tonalità diversa. Mi sono messa a contare le immersioni di Tokumi, tra una serie di sibili e l'altra, e fin dove sono arrivata ne ho contate quaranta, più quelle compiute al mattino.

Quei suoni, il fruscio dei corpi che si immergevano, l'odore e il sapore del tè verde che il barcaiolo mi versava ogni volta che vedeva il mio bicchiere vuoto, il lieve oscillare della barca... tutto questo richiamava quattro sensi: l'udito, l'olfatto, la vista e il gusto. Sentivo che quei canali percettivi erano coinvolti, tranne il tatto. Comunque, non avevo bisogno di toccare nulla, né che qualcuno mi toccasse per sentirmi, dopo tanto tempo, eccitata sessualmente. Eccitata e attratta dal gruppo di donne, o per essere più precisa, dalle donne che stavano in acqua in quel momento. Così mi sono alzata, ho preso una maschera che avevano lasciato sulla barca, mi sono spogliata nuda e mi sono tuffata. Il barcaiolo ha detto qualcosa che non ho capito, ma non ha cercato di fermarmi. L'acqua era molto più fredda di quanto mi aspettassi. Per cercare di riscaldarmi ho cominciato a nuotare nella direzione opposta rispetto alle pescatrici subacquee, per non intralciare il loro lavoro. Una volta acclimatata, sono tornata verso il gruppo e ho cominciato a cercare Tokumi. Vedere tutte quelle donne che nuotavano nude mi è parsa la massima libertà che si possa avere pur nella schiavitù di un lavoro. Corpi naturali, così come erano, senza bisogno di nasconderli, ma nemmeno di esibirli, in un gruppo dove nessuna comandava e ognuna rispondeva ai soli ordini delle proprie capacità polmonari. Era quella libertà a eccitarmi, e avendo conosciuto le restrizioni di cui ero sempre stata vittima, sapevo quanto fosse importante potersi denudare senza il timore di rappresaglie. Se potessi arrivare a essere come quelle donne, penso adesso, se dopo il dolore della mia identità negata e delle successive operazioni che non sono mai riuscite al cento per cento, qualcuno mi fornisse un corpo normale, il mio corpo, cercherei un'occupazione che mi permettesse di stare nuda per la maggior parte del tempo. Ci andrei così in banca per incassare la tua assicurazione sulla vita: nuda. Hai mai notato quanto sono grigi gli impiegati della nostra filiale? Tutto quel contare denaro che non possono spendere non deve fargli granché bene. Entrerei là dentro nuda e con le banconote mi farei un perizoma, anzi, un "copripube", che sembra il nome di un animale. Mi guarderebbero tutti. Che vi succede?, direi. Non avete mai visto un copripube? Il copripube è un animaletto del Pacifico che si nutre di piccoli crostacei.

I miei seni operati non cambiavano forma nuotando in immersione. I loro, invece, si sollevavano e ondeggiavano, erano duttili, vivi come creature marine. Non volevo interrompere il gruppo, che staccava conchiglie dal fondo roccioso con i coltelli, e decisi di approfittarne per fare le mie immersioni solitarie.

Stando alla lunghezza delle corde, le *ama* dovevano trovarsi a circa diciotto metri di profondità ma, poco più in là del fondo pianeggiante dove stavano lavorando, c'era una specie di fossa molto più profonda a giudicare dal blu intenso, quasi nero. Mi piazzai nel punto in superficie che coincideva con quella fossa e presi a scendere, guadagnando un paio di metri in più a ogni immersione. Quando risalivo a respirare, mi aggrappavo per qualche istante al bordo della barca e poi tornavo a immergermi. Totalmente rilassata, superavo il livello dove lavorava il gruppo di *ama* e mi perdevo in quel buco nero. Non sapevo esattamente a quanti metri stavo arrivando, però sapevo che per almeno una metà della discesa non avevo bisogno di muovermi perché aumentando la profondità il corpo scendeva da solo. Questo effetto si verifica a partire dai quindici o venti metri, perciò una volta in superficie, quando potevo pensare in modo più chiaro, calcolavo che mi stavo immergendo a trentacinque metri circa. Senza dubbio troppi, per me, soprattutto perché nessuno mi controllava, ma quel richiamo che mi attirava verso il fondo era forte con o senza qualcuno a sorvegliarmi, e provavo un'irresistibile spinta a scendere un'altra volta, e a guadagnare, a qualsiasi costo, qualche centimetro in più a ogni nuova immersione. La pressione mi comprimeva i polmoni, e il corpo, dimenticatosi della respirazione, diventava così ricettivo che percepivo il tutto in ogni punto: nei polpastrelli, nell'ombelico, in gola. Ho rivissuto l'esperienza di sentire il cuore che rallenta i battiti, fino ad ascoltare le pulsazioni come un'eco che si allontana e si accomiata da te, sempre più flebile. Era il suono del cuore a riposo. Silenzio, mi sono detta, non pensare, il tuo cuore riposa. Gli ultimi echi erano quasi impercettibili, ma io restavo immobile a molti metri di profondità, perché sapevo che prima che l'eco si perdesse del tutto sarebbe arrivato l'angelo umano che mi avvertiva sempre che era tempo di risalire. Di solito sentivo il suo soffio sulla nuca, l'alito della vita che mi richiamava in superficie. Ma per qualche ragione quella volta l'angelo non è venuto, o io non l'ho sentito. La mancanza di ossigeno mi aveva fatto scivolare nello stato più pericoloso, a causa della piacevole sensazione che infonde: l'illusione di poter vivere senza aria. E così, provando un gradevole senso di pace, sono andata a fondo.

Ho sentito il calore sulla pelle e un liquido caldo in bocca. Riaprendo gli occhi ho visto il volto di Tokumi che mi sollevava la testa per farmi bere un po' di tè. Ho capito. Ero svenuta sott'acqua. E non era tutto. Mi hanno detto che, sicuramente, nella mia ultima immersione, prima di perdere i sensi sono scivolata in quella che viene definita "narcosi da profondità". Per gli effetti che produce l'azoto a causa della pressione, ho senza dubbio provato uno stato di euforia simile a quello che provocano certi narcotici, e questo mi ha fatto dimenticare che dovevo risalire. Allora ho raccontato alle *ama* ciò che mi era successo. Ho detto che all'inizio ho provato quella sensazione di allegria che mi dava l'illusione di non aver più bisogno di aria, di appartenere ormai al mondo acquatico. Infatti ho continuato a scendere senza pensare alla risalita, totalmente ignara dello stato confusionale in cui stavo scivolando. Il ricordo successivo era aver visto, mentre continuavo a scendere verso il fondo della fossa, tutte loro, le *ama*, intorno a me. Sul momento mi aveva stupito, ma come succede sotto gli effetti di certe droghe, non ti chiedi il senso di ciò che vedi. Nel lasso di tempo di appena un minuto ho vissuto, come in un sogno, un periodo molto più dilatato. A un certo punto ho notato che le mie nuove compagne mi guardavano da dietro i vetri delle maschere con espressioni di stupore. Dai loro occhi spalancati ho intuito che alle mie spalle c'era qualcosa di minaccioso. Allora mi sono voltata e ho visto una enorme vagina di balena. Mi è parsa bellissima, ancora di più di quelle umane, di un colore rosa pallido, ma di una consistenza che allo sguardo appariva levigata e traslucida come il ghiaccio puro. Volevo fare segno alle *ama* di avvicinarsi a guardarla assieme a me, ma loro non sembravano particolarmente colpite, fluttuavano come creature di quel mondo sottomarino, per le quali nulla poteva essere motivo di sorpresa a parte il pericolo che stavo correndo. Ho ripreso a osservare la vagina, che sembrava un cuore gigante che palpitava dilatandosi; è in calore – ho pensato – e quando ho guardato di nuovo le *ama*, stavolta sono stata io a metterle in allerta con gli occhi e indicando con un dito di guardare alle loro spalle. Una balena maschio, a poche centinaia di metri, avanzava veloce verso la femmina che stava proprio dietro di me. Le *ama* sono sparite, svanite nel blu, e io, che mi trovavo nel mezzo del desiderio di un maschio e di una femmina di notevole tonnellaggio, mi sono messa a nuotare con tutte le forze per non restare imprigionata tra l'ardore dei due ventri dei cetacei. Quando ho finito di raccontare questa storia, ancora emozionata, faticavo a credere che nulla di tutto ciò fosse mai accaduto. È vero che queste forme di allucinazione non sono affatto inusuali, e si sa che avvengono se si superano certe profondità e condizioni. Ma è anche vero che avevo sentito un aneddoto di Jacques Mayol riguardo il pericolo di rimanere schiacciato dall'ardore sessuale di due cetacei. Insomma, Jim, ancora oggi non sono sicura che tutto questo non fosse reale, e che le *ama*, per proteggere quel mondo che appartiene a loro di diritto, abbiano voluto farmi credere a un'allucinazione.

Ottavo mese: 1978-1999

Amore mio, sempre sola, decisi che trovandomi vicino a Tokio avrei potuto fare una visita a S. Sapevo, dalla nostra corrispondenza, che il negozio andava a gonfie vele e gli aveva messo un nome definitivo: Mille Sangui. Mi sembra un nome meraviglioso. Di fatto, ho pensato tante volte a questo concetto della purezza a partire dal sangue imbastardito, dalla mescolanza, l'incrocio, il meticciato. Per un attimo ho pensato che forse S me lo aveva sentito dire a suo tempo, ma non ha alcuna importanza, da qualsiasi fonte venga l'idea quel nome è il più adatto al suo negozio, tenendo anche conto che la catastrofe dell'Aids sta diffondendo la paura per la mescolanza, prima tra persone dello stesso sesso – uomo/uomo – ma ora pure tra eterosessuali. S ha messo un secondo nome sotto l'insegna MILLE SANGUI. Lo ha fatto scrivere tra parentesi, "Sì all'Aids". Con ciò, S si proclama contraria a certe campagne propagandistiche di presunta portata planetaria che ripetono in ogni paese: "No all'Aids". Da quando la sua insegna si è diffusa mediaticamente, il negozio è uscito dalla clandestinità diventando il punto di riferimento di innumerevoli minoranze. Il nome "Sì all'Aids" potrebbe essere preso da molti come un'offesa, una provocazione di cui non si sentiva il bisogno, soprattutto tra quanti non sono malati o si credono immuni al contagio, però l'Aids esiste, ed esiste nelle persone che ne sono affette. Ecco perché non si può dire no all'Aids, è come negare l'esistenza della malattia, il che è impossibile, e l'unico risultato che si ottiene con quello slogan tutt'altro che efficace è che il no all'Aids venga interpretato come un no al portatore, un no a chi ha l'Aids, e in tal modo non si emargina la malattia bensì il malato. Non immagini quante persone affette dal virus abbiano contattato S per ringraziarla di quel "sì" inequivocabile che significa inclusione e ha il valore di un abbraccio e, ovviamente, di resistenza alla malattia a partire dalla sua accettazione.

Grazie a S ho conosciuto la prima persona di un continente che io e te non abbiamo mai conosciuto: l'Africa. S è, come me, una cercatrice di identità, sebbene per motivazioni diverse dalle mie. Per lei ogni singolarità è un nuovo tesoro. C'è chi resta abbagliato dalla ricchezza, dal lusso, dallo status sociale; lei persegue solo il successo spirituale salendo quella sorta di scala a chiocciola formata da gradini tutti diversi tra loro: la sessualità. L'attrae tutto ciò che è singolare. Dunque, come dicevo, S ha coinvolto con il suo "Sì all'Aids" la prima africana che ho conosciuto. Si chiama K. È di Bamako, una città del Mali. Quando S me l'ha presentata non sapevo nemmeno di preciso in quale parte dell'Africa si trovasse il Mali. K è arrivata in Giappone grazie a un'innumerevole serie di pratiche amministrative alle quali S ha dedicato diversi anni di impegno. È una delle tante donne ripudiate nel suo paese natale poiché, a causa dell'infibulazione, che comprende l'amputazione del clitoride, non può partorire. E dico partorire perché lei può concepire, ma al momento del parto, per qualche motivo, il neonato muore nel breve transito dalla tenue luce interna allo splendore esterno. A quanto sono venuta a sapere, questi casi sono piuttosto frequenti, e in generale non è un valido motivo per costringere una donna a lasciare la propria terra, poiché alcune riescono a farsi accogliere da associazioni caritatevoli in città lontane dalla località di provenienza. Ciò che ha spinto questa donna a una rottura radicale, che l'ha indotta a lasciare il proprio paese, la propria lingua, le proprie abitudini, è il fatto di essere stata doppiamente ripudiata, perché nell'ultimo parto mancato si è aperta una fistola, un condotto o una sorta di fessura, tra la vagina, l'uretra e il retto, e ciò le provoca una permanente incontinenza di ogni sorta di fluidi corporali, con un conseguente fetore che ha provocato l'emarginazione sia morale che fisica. Nel caso improbabile che avesse trovato qualcuno disposto ad aiutarla, ben presto l'avrebbe respinta per un motivo che, per quanto disumano, sarebbe risultato al contempo fin troppo umano: il suo odore nauseabondo.

K è a Tokio da appena due giorni. La operano alla fistola la prossima settimana, e per fortuna si tratta di un intervento relativamente semplice. Ho notato che si tiene a una distanza esagerata, sicuramente perché non crede che i pannolini e le creme deodoranti disponibili a Tokio siano realmente efficaci. S mi aveva parlato del suo problema prima di presentarmela e io ho voluto rispettare il suo bisogno di starsene in disparte, anche se mi sarebbe piaciuto abbracciarla fin dal primo incontro. Non so se te l'ho mai detto, amore, ma i cattivi odori non mi disturbano affatto. Non che mi piacciano, ma non mi danno fastidio come ad altre persone, e poi, se c'è di mezzo l'affetto, un cattivo odore non mi impedisce di abbracciare qualcuno. Nella metropolitana di New York, come ben sai, spesso un solo senzatetto, che puzza di orina rancida e sudore, è in grado di svuotare un intero vagone. La gente si tura il naso e si copre la bocca con la mano o con la sciarpa, e sopporta così il tragitto fino alla fermata successiva, dove tutti scendono per cambiare vagone. Non gli importa minimamente che il poveraccio si renda conto della ripugnanza che suscita negli altri. "Che si lavi," pensano, ma non capiscono quanti motivi possono esserci perché una persona non si lavi, finendo per puzzare a quel modo. Se io restassi senza casa perché non posso pagare le fatture ospedaliere, non mi laverei più e porterei in giro i miei miasmi per tutti i luoghi pubblici. Ecco perché non mi sono mai turata il naso. Certo, l'odore mi disturba, però non mi risulta così ripugnante, e soprattutto apre nei miei condotti sensitivi una nuova sensazione: quell'odore, da qualsiasi persona provenga, è sempre lo stesso, è un odore democratico. Quando si è puliti, ogni persona emana un odore diverso. Quando invece abbiamo addosso il sudore e l'orina, facciamo tutti lo stesso odore. Ecco perché non mi infastidisce più di tanto, dato che solo in momenti come questi ho l'opportunità di sentire l'odore comune che, lo ripeto, non mi piace, ma mi permette di provare una sensazione fuori dall'ordinario e mentalmente piacevole. Ci sono cose che mi fanno molto più schifo, per esempio vedere una signora che si tura sfacciatamente il naso per un semplice odore. Sì, senza dubbio, se non avessi una casa e vivessi per strada lascerei anch'io che mi si formasse addosso una cappa di fetore, solo per dimostrare di essere radicalmente diversa da tutti quelli che spesso si turano il naso ma leccano il culo a chiunque pur di potersi comprare un profumo con cui camuffare la propria disumanità.

K ha vent'anni, e l'hanno mutilata quando ne aveva nove. Una notte, la madre e la zia l'avevano svegliata accarezzandole la testa e dicendole che nei giorni seguenti avrebbe mangiato meglio dei fratelli e si sarebbero presi cura di lei. Non capiva. Facevano tutto in silenzio e la madre e la zia bisbigliavano tra loro. Si era impaurita prima ancora di sapere cosa le stava per accadere. Era la prima volta che aveva paura di un familiare, e aveva detto a S che in fondo lo sapeva che quella notte le avrebbero fatto la stessa cosa che alla sorella maggiore e ad altre bambine del villaggio. Aveva sentito dire tante volte che era necessaria affinché la sventura non cadesse sulla sua famiglia. Dopo averle spiegato che doveva essere contenta perché nei giorni seguenti l'avrebbero accudita in modo particolare e presto sarebbe diventata una donna, l'avevano immobilizzata e costretta ad aprire le gambe, e a quel punto aveva sentito il taglio, provando un tale dolore che ancora adesso assicura di non riuscire a sopportare il suono di un urlo. Poi, per ricucirla, avevano usato spine di acacia, facendole ancora più male, e lei aveva urlato finché era svenuta.

Dopo l'amputazione K era rimasta distesa sul suo giaciglio per un mese. Qualsiasi movimento le provocava atroci dolori alla ferita. Aveva spesso emorragie, che le provocarono una grave anemia. Orinare le dava il panico, perché il dolore diventava insopportabile, e a volte la vescica le si gonfiava così tanto da pensare che sarebbe scoppiata. Mentre S e lei stessa mi raccontavano quella storia, ho compreso che K è la versione nera di tutto il dolore che ho provato dopo l'esplosione di Hiroshima. Quell'organo che intorno alla settima settimana di gravidanza assume una precisa definizione e diventa un pene o un clitoride, quella radice comune che rende l'intera umanità ermafrodita nei primi palpiti della vita, ci era stata estirpata, e questo ha inferto molto più dolore di quanto ne possa sopportare fisicamente una bambina, e più di quanto un adulto possa superare dal punto di vista psichico. Sebbene io mi contorcessi a Hiroshima e lei a Bamako, la mancanza di rimedi era la stessa. Non c'era niente per lenire il dolore. Niente per cicatrizzare la ferita lasciata da quello che ci era stato tolto. Nulla che alleviasse quell'orrore. Nemmeno il fatto che il suo villaggio fosse in pace e i familiari e vicini fossero al sicuro rendeva diverse le nostre situazioni, perché in quello stato di agonia è difficile pensare a quanto succede intorno. Che la mia famiglia fosse in salvo o sterminata non è che non mi importasse, ma in quel momento ero soltanto una pelle ricoperta di ferite, ustioni, pus, febbre, e quel genere di dolore assoluto, quando lo provi, è l'unica famiglia di cui ti preoccupi, quel dolore era mia madre, mio padre, i miei fratelli e il mio paese intero, e solo quando si attenuò pensai che tutti loro, i miei cari, il sangue del mio sangue, potevano essere morti. E in effetti lo erano. Morti per sempre.

Aver conosciuto K al Mille Sangui, essendo lei così legata al sangue, mi ha fatto pensare all'importanza di ciò non come sangue perduto, versato da un organo amputato, bensì come sangue che trasmette, sangue che circola o fluisce per portare un messaggio. Ho pensato alla malaria che hai patito in Birmania. Ogni volta che per un semplice raffreddore ti veniva la febbre mi preoccupavo che non ti fosse venuto un altro attacco e mi mettevo a tremare come se la malaria ce l'avessi io. Allora immaginavo quella zanzara colpevole di tutto, una *anopheles* femmina, perché soltanto le femmine succhiano il sangue per poi poter deporre le uova. A ogni attacco di febbre maledicevo quella femmina che poteva riattivare la malattia nel tuo fegato in qualsiasi momento e diffonderla in tutto il corpo, inviando il messaggio attraverso il sangue.

S e K parlavano, non ricordo bene di cosa. Io me ne stavo seduta e le guardavo. Osservavo gli occhi di K. Erano arrossati, per la stanchezza o forse per l'ennesima infezione urinaria. Il sangue, e anche gli occhi. Yoro, Yoro, Yoro, che tu sia maledetta. Questo sangue contaminato dal tuo mi ha dissanguato a furia di cercarti. È possibile perdere tanto tempo in qualcosa di più assurdo che cercare a vuoto? L'amore, sì, certo, si cerca per amore, ma mentre si cerca non si ama altro che ciò che non c'è. Un assurdo. Cercare per amare, anziché amare, direttamente, chi è presente, chi non si nasconde, chi non pretende che si sprechino gli anni a seguire le sue tracce. Ecco perché, Jim, se io potessi saltare di sangue in sangue, se potessi vivere altre vite, ti sarei fedele. Ti sarei infedele (ancora una volta). Mi annoierei come il sangue denso di un uomo pigro. Farei sanguinare il legno senza pensare ad altro che alla materia dell'albero. Falegname. Farei il falegname, e poi sarei l'uccello che dissangua la corteccia. Sarei anche la pallottola del cacciatore che attraversa il cervo. Veloce. Sangue di polvere sparata da un altro. Senza alcuno sforzo attraverserei pelo, pelle e carne, la mia destinazione finale, corpo caldo, animale, che mi seppellisce nel suo cuore, scongiurando una sepoltura al freddo. Gocciolerei in una grotta. Tornerei a conoscerti. Mi chiuderei come la tua glottide, che impedirebbe al mio sangue di scendere nella tua gola. Mi aprirei come era solita fare la mia (la mia glottide) per inghiottire la tua saliva generatrice. Immagino ora il suo effetto nel mio organismo. La tua saliva che fa sbocciare germogli che ondeggiano alla mercé delle correnti interne, nell'esofago, nelle viscere, sulle morbide pareti dello stomaco. Campi di villi simili a lunghi fiori nella primavera di un corpo che assorbe la luce attraverso la tua saliva. Fotosintesi. Erosintesi. Mentre tu dormi, io catturerei insetti con la lingua intrisa della tua ferita. Mi dimenticherei di te. Crederei nella pace. Farei la guerra. Farei l'amore in guerra. Sarei il dito indice che perfora il guscio di un uovo per sapere che sapore ha il tuorlo. Vivrei rannicchiata nella piramide oscura solo per il piacere di distendere i muscoli come se fosse la prima volta, muscoli forti, rossi, nel momento in cui entra quel raggio di luce che, per soli trenta secondi all'anno, la illumina. E di tanto in tanto – ma attenzione: solo di tanto in tanto – sarei di nuovo io, come potrei essere chiunque altro. Io adesso, io allora, e io nel mio lontano passato, vivendo simultaneamente il mio gattonare, i miei primi passi, nella ricerca, sempre la ricerca del tuo sangue: Yoro. Che tu sia maledetta per sempre, Yoro.

Ma non maledico Yoro quando la sento dentro di me. Perché c'è anche il mio sangue, quel sangue che trasmette al cervello l'informazione che sono incinta, e poco importa a questo punto se lo sia o no, perché comunque è un'informazione che, a volte per intere settimane, si ripete a ogni battito, senza tregua, di continuo, e rimbomba dentro di me come un messaggio in alfabeto Morse all'interno di un sommergibile. Sarà sicuramente questo il primo richiamo della vita che ci portiamo dentro. È lì, che emette segnali. Immagino che mai come durante una gravidanza si possa sentire che i cambiamenti del corpo, i segnali, questa costante ripetizione che qualcosa si sta trasformando, non provengono dal proprio corpo ma da un altro, che ti invade, il sangue del tuo sangue che, tuttavia, ti occupa come se fosse un essere diverso, fino al punto che quelli che stanno intorno a una donna incinta cominciano a prendersene cura come se dovessero proteggere il feto dalla madre. Che strano. È un'invasione che ben pochi uomini possono provare, a meno che non subiscano una metamorfosi. Coloro che hanno scritto di una metamorfosi hanno scritto di una gravidanza. Kafka è stato una madre come tante altre. Uno scarafaggio, un cigno, un toro, pioggia dorata. Se avessi vissuto per tutta la vita isolata e un giorno qualcuno mi dicesse che dal mio corpo uscirà un altro corpo, mi sembrerebbe molto più credibile pensare che posso trasformarmi in un insetto. Ci mettiamo le mani nei capelli quando ci parlano di magia, ma abbiamo normalizzato la gravidanza al punto da banalizzarla. Io no. Io dico: tutto questo può essere solo una magia, e per questo, non di rado, provo la stessa paura di colui che risvegliandosi scopre di essersi trasformato in uno scarafaggio. È sempre questo sangue, con la sua capacità di trasmettere, a far sì che, ogni tanto, mi sorprenda a controllare i pensieri, come se quel cervello ancora prematuro potesse registrare ciò che penso tramite questa via di comunicazione interna. Che succede in quei momenti in cui dubito dell'esistenza di mia figlia? Il suo Dna lo registrerà come una forma di disprezzo, come se non ci credessi o non la volessi? Cosa succedeva quelle volte in cui non mi importava più di vivere, neppure per lei? Non poter avere segreti è una sensazione insopportabile. A volte sono arrivata a detestarla considerandola una sorta di sorvegliante, una spia. Ma ho i sensi di colpa anche per averla detestata, o meglio, per come potrebbe avere influssi negativi sulla sua crescita il fatto che la detesti. E penso di nuovo al tuo sangue. Il sangue del padre, che ora circola anche dentro di me. E anche il sangue della tua famiglia. Quella tua sorella che non mi ha mai ispirato la benché minima tenerezza o simpatia è anche, finché circoli nelle mie vene, mia sorella. E quel sangue come segnale di allarme che qualcosa non va, le volte in cui credo alla mia gravidanza, certo; quel guardare ogni giorno se c'è del sangue nell'urina. E penso ancora una volta che non importa se la mia gravidanza è immaginaria, perché questa paura, la paura di sanguinare è sempre lì, o magari questa paura di sanguinare è la paura della realtà che la mia bambina non esiste, e allora il sangue sarebbe il segnale dell'aborto della mia fantasia. E poi c'è il sangue che fluisce dal cordone ombelicale e di conseguenza il mio ombelico comincia gradualmente a svanire. Io, che sono sempre stata così attaccata a mia madre, quando mi guardo l'ombelico sento che sto tagliano il cordone ombelicale che mi unisce a lei. Forse è proprio così nella realtà, l'ultima traccia del cordone che ci unisce a nostra madre si spezza per rendere possibile il cordone che ci unisce a nostra figlia. Come vedi, il cordone che mi univa a mia madre, quello che non ha potuto tagliare perché è morta a Hiroshima, lo taglia la vita. La vita, l'esplosivo più potente. Sentirò espellere dal corpo il tappo di sangue che segnala l'imminenza del parto? Immagino che uscirà fuori come un coagulo, come un'ostruzione, simile alle mestruazioni che defluiscono al mattino dopo essere rimaste trattenute per l'intera nottata, dense, scure per la pressione. Quanto vorrei sentire quel distacco. E quanto temo che non avverrà mai.

Signore, richiamo nuovamente la sua attenzione perché a questo punto smetto di trascrivere le mie lettere a Jim e torno a rivolgermi a lei. Continuo, dunque, con la mia testimonianza.

Sta venendo giù una pioggia torrenziale ed è alquanto improbabile che qualcuno venga a cercarmi finché piove così forte. E dopo, quando smetterà, lei lo sa, ci vorrà almeno un paio di giorni perché le piste ridiventino transitabili. Ma a quel punto sarò pronta a venirle incontro, per consegnarmi. Quindi, ora ho tutto il tempo di continuare il mio racconto. In realtà mi importa ben poco se ciò che le racconterò le importa o no, il fatto è che non ho altro da fare in questa capanna da cui al momento non posso neanche uscire fuori. L'unica cosa che posso fare è giocare con la sola persona che, in qualche modo, sta qui con me: lei. Cominciamo il gioco. Come senz'altro ricorderà, le dicevo che ci sono certe cose della mia vita che lei potrebbe capire solo se gliele raccontassi per gradi, se le centellinassi le informazioni. Non intendevo dire che lei non potrebbe capirmi se le raccontassi in un colpo solo gli avvenimenti che più mi hanno segnato o, in sintesi, l'Avvenimento che più mi ha segnato dopo la bomba di Hiroshima. Sono certa che capirebbe le informazioni essenziali. Questo non è difficile. Ma ciò che pretendo è di impregnarla. Mi piacerebbe, quantomeno, che una parte della mia felicità la impregnasse, una cosa che indubbiamente le brucerà, signore. Ecco perché comincio il mio gioco adesso che sta piovendo forte, un gioco di indovinelli, offrendole una prima traccia:

Pioggia.

Questa pioggia è la prima traccia. Goccia dopo goccia la sta bagnando, senza che lei se ne renda conto, nel corso di questo racconto. Lei sarebbe capace, ora, di riunire tutte le gocce che compongono ciò che ho scritto fin qui per dirmi quale sarebbe questo evento particolarmente significativo della mia storia che vorrei mettere in risalto? Scommetto di no. Mi permetta, quindi, di aprire un poco la finestra e lasciare che la pioggia schizzi lievemente questo testo mentre continuo a raccontare, tanto per vedere se in tal modo lei comincia, chissà, a intuire dove sto andando a parare. Se lo indovina prima che glielo riveli avrà vinto la partita, e in tal caso le faccio le mie congratulazioni in anticipo.

Ricorda il negozio di oggetti sessuali della mia amica S, quella che mi ha fornito l'arma del delitto? Le dirò che ha avuto un notevole successo, cosa che le ha permesso di acquistare un locale attiguo per allestire una biblioteca collegata al negozio tramite una porticina, in modo che il brusio dei clienti non disturbasse la tranquillità dei lettori. All'inizio mi stupì vedere quante energie spendeva per procurarsi una considerevole quantità di libri, acquistare il mobilio comodo ed elegante, le lampade individuali per ogni lettore sui lunghi tavoli di legno, perché non riuscivo a spiegarmi da un punto di vista razionale il collegamento logico fra il negozio e la biblioteca, né a giustificare il bisogno della lettura in un ambiente tradizionalmente così lontano, cioè l'ambito sessuale. Tuttavia, quando passavo dal negozio alla biblioteca, o l'inverso, non avvertivo un cambiamento brusco, bensì una transizione morbida, per cui, proprio leggendo, avrei ben presto trovato la spiegazione più semplice. L'organo più erotico del nostro corpo non sono i genitali, né la pelle, ma il cervello. È la ragione per cui nel corso della mia vita mi era capitato di sentirmi eccitata leggendo libri che, apparentemente, non avevano nulla di erotico. A eccitarmi era quell'organo sessuale primordiale che, attivando i pensieri, sfidandomi, attivava anche il mio desiderio. Scommetto che non ha ancora capito dove intendo condurla con tutto questo, e dico "intendo condurla" perché non mi importa che vinca a questo gioco, in tal caso la considererei un degno avversario. Vediamo, un'altra traccia, una goccia di pioggia dopo l'altra:

Il cervello, l'organo più erotico del nostro corpo.

Se lei ha accettato di stare al gioco è perché le interessa, e in un certo senso si potrebbe dire che le interesso anch'io, che sono l'altra giocatrice. Non è facile suscitare interesse. Suppongo che a questo punto lei mi attribuisca una certa intelligenza. Grazie. È così. Sono una donna intelligente. E allora, lei è abbastanza intelligente da riuscire a leggere cosa le sto dicendo tra le righe? Se lo è, la sua sagacia le permetterà di arrivare a un culmine genitale, prima che io glielo spieghi. Proprio come nella biblioteca di S, io sono il libro che attira la sua attenzione, ma anche il libro che le anticipa il mio finale.

Ho trascorso molte ore nella biblioteca. C'erano giorni nei

quali potevo dire che ero contenta, ma mi ritrovavo inesorabilmente sola. Jim era morto da tempo, e con lui era morta anche la ricerca esterna di Yoro (non quella interna, che mi portavo sempre dentro), e questa frase scritta tra parentesi potrebbe essere un'altra traccia da seguire, che potrei esprimere così: io mi portavo Yoro dentro. Ma mi lasci proseguire, forse quest'ultima cosa la capirà meglio alla fine del racconto. Mi pareva che l'amore per Jim, l'amore che avevamo condiviso, appartenesse a un'altra vita, mi sentivo ormai scollegata da quei tempi andati. Eppure, nonostante che in apparenza la mia vita fosse per molti sensi una nuova vita, mi portavo appresso il vuoto di quella precedente. Continuavo a sentire il peso degli otto mesi di gravidanza, ma senza smettere di sentire l'assenza. Il mio ventre si manifestava pieno e al contempo deserto. Legga questa citazione, che ricopio da uno dei miei taccuini, citazione attribuita da Okakura al filosofo cinese Lao Tse, forse parzialmente modificata:

"L'essenza di una stanza risiede nello spazio vuoto rinchiuso tra le pareti e il tetto, e non nelle pareti stesse e nel tetto. L'utilità di una brocca d'acqua consiste nel vuoto in cui può contenere l'acqua, non nella sua forma o nel materiale di cui è fatta. Il vuoto tutto può, perché tutto contiene."

A volte pensavo di essere una brocca il cui vuoto non aveva senso, una brocca senza acqua, o magari piena di acque che non si sarebbero mai rotte. Neanche l'acqua per mantenere umida la terracotta, né da offrire a chi pensava che con me avrebbe saziato la propria sete.

Terza traccia:

Il vuoto tutto può, perché tutto contiene.

In quelle circostanze, la lettura mi alleviava non poco la

solitudine, ma non qualsiasi lettura, bensì, principalmente, le testimonianze di persone che, come me, avevano trasmesso nei loro scritti il proprio isolamento assoluto. Sapere che altri avevano passato qualcosa di simile mi faceva sentire meno sola, sebbene fossero morti da tempo. Mi sembra triste, ora che ne scrivo, questa cosa di sentirmi accompagnata da morti, ma il solo fatto di leggere che qualcuno aveva vissuto situazioni simili alle mie me lo faceva sentire vivo, presente, quasi mi appoggiasse fraternamente una mano sulla spalla mentre leggevo ciò che lui o lei aveva scritto anni o secoli addietro. Lei lo sapeva che in alcuni paesi hanno cominciato a studiare la maniera di avvertire gli abitanti del futuro, o di altri mondi, tra milioni di anni, del pericolo delle discariche nucleari? Il linguaggio sarà completamente diverso, e allora come fare a mettere in guardia sulla presenza di siti di scorie nucleari quelli che nasceranno o visiteranno il nostro pianeta tra migliaia di generazioni? Per fortuna oggi abbiamo la possibilità di comprendere quasi tutto quello che è stato scritto in precedenza, tanto è ancora giovane la vita sulla terra. In quella biblioteca, come potevo non considerare miei contemporanei scrittori morti da appena qualche secolo? Se mi leggessero tra mille anni, mi capirebbero ancora. Ecco, vede? Tra mille anni potranno ancora capire questo racconto, eppure, con certezza pressoché assoluta, non mi giudicherebbero allo stesso modo in cui lo sta facendo lei. Ascolti cosa le dico: la sua legge non è niente, nel corso del tempo. Niente. Non si potrebbe nemmeno usare il trito e ritrito termine di paragone con i granelli di sabbia. La sua legge non è neppure un granello di sabbia. La mia parola, invece, vale molto più della sua legge. La parola di chiunque, persino di chi non sa leggere, sopravvivrà per migliaia di anni a tutte le leggi odierne. La comprensione tramite il linguaggio è ciò che per me dà coesione a una stessa generazione, a una stessa famiglia.

Nei momenti peggiori pensavo a tutti coloro che, pur non essendo ancora vivi, mi facevano compagnia grazie alle loro testimonianze scritte. Forse erano morti proprio perché non potevano resistere alla malattia sociale, l'isolamento, l'incomprensione. Allora mi consideravo a tratti forte, a tratti una sopravvissuta, ma anche – per il fatto di vivere – esclusa da quel mondo che meglio mi comprendeva, l'*inframondo* dell'aldilà, le cui porte lei ha cominciato a dischiudere per me. Grazie. Lei è proprio un gentiluomo. Sebbene non le nasconda che a volte provo pena e non voglio andarmene, tanto vertiginoso mi appare adesso il trascorrere del tempo.

S aveva richiesto, pensando a me, un libro con la testimonianza più bella ed esplicita di un ermafrodito – così definito all'epoca – al quale al battesimo avevano imposto un nome da donna: Adélaïde Herculine Barbin.

Questo – principalmente – uomo nacque l'8 novembre 1838, nella cittadina francese di Saint-Jean-d'Angély, ma i suoi diari sono stati pubblicati solo pochi anni fa. Non solo mi sono commossa per la cosa più ovvia, la sua intersessualità, ma anche per qualcosa di ben più profondo: la sua onestà, la semplicità e purezza che dimostra spiegando ciò che era, in un'epoca nella quale non trovava scampo al pubblico ludibrio. Fin dalle prime pagine ero stata catturata dall'assoluta coscienza dell'autore riguardo al proprio tragico destino già nei primi anni di infanzia, quando nessuno, neanche lei stessa, o lui stesso, assolutamente nessuno conosceva l'eccezionalità del suo corpo. Fu un visionario della propria tragedia, e nonostante questo fu capace di amare. Proprio come me.

In una parte del diario Herculine spiega che il dottore, constatando che nell'adolescenza era più maschio che femmina, disse che la sua madrina aveva fatto la cosa giusta, chiamandolo Camille. Camille, nome sia maschile che femminile. Questo significa che il sesso di Herculine Barbin era stato percepito come indeterminato, fin dalla nascita, da almeno una persona, la sua madrina. Era successo anche nel mio caso: il mio sesso veniva percepito come ambiguo, ma io non avevo avuto nemmeno una madrina che mi chiamasse con un nome adeguato a ciò che ero. La questione del nome mi ha sempre ossessionato. La verità è che non ho mai capito perché dobbiamo vivere per tutta la vita con un nome che ci ha dato qualcun altro. Credo che il nome sia quanto di più sacro abbiamo, ci accompagna per l'intera vita, ci rappresenta davanti agli altri, e pertanto ognuno dovrebbe sceglierselo. Esistono cerimonie di ogni sorta, ma non esiste una cerimonia specifica nella quale ciascuno di noi possa confermare o rifiutare il nome che ci hanno dato. Nasciamo, e ancora non abbiamo neanche aperto gli occhi che già hanno inciso il nostro nome imposto sull'ultima lapide di marmo. Per quanto mi riguarda, mi rifiuto di accettarlo. Lo sceglierò io il nome da mettere sulla mia tomba. Per favore, faccia scrivere, semplicemente, "H, di Hiroshima". Non saprà mai quale nome mi hanno dato alla nascita. Sia il mio sesso che il mio nome sono stati un'imposizione, il risultato di una nomina sbagliata, una sorta di irresponsabile puntata in una partita a carte. La posta in gioco non erano soldi ma la mia vita, quando ero a malapena un pezzetto di carne indifeso che, sicuramente, avvertì la frustrazione dei genitori che non potevano annunciare orgogliosi una delle due parole fatidiche di ogni nascita: "bambino" o "bambina". Ancora avvolta nella calda bava di mia madre, forse notai la delusione, il silenzio o la vergogna di coloro che si sforzavano di immaginarmi fuori da quel limbo indeterminato di ciò che non è pene né vagina.

Nei referti medici, riportati dalla stampa, un certo dottor Chesnet descrive lo stato di Herculine – che chiamavano abitualmente Alexina – nel 1860, quando aveva ventidue anni ed era andato da lui perché accusava forti dolori provocati, sicuramente, dai testicoli inguinali, cioè i testicoli che non erano scesi e risultavano quindi invisibili. Il medico stilò un referto che compare negli *Annales d'hygiéne publique et de médicine légale*, e che ho strappato dal libro senza alcuna remora, perché avevo l'impressione che, sebbene non corrispondesse al mio caso, mi apparteneva, dato che non ho mai avuto accesso ad alcun genere di referti ufficiali – tassativi – riguardanti il mio corpo.

Quarta traccia, questa un po' più esplicativa:

Non ho mai avuto accesso ad alcun genere di referti riguardanti il mio corpo.

Nemmeno io, dunque, potevo immaginare cosa sarei arrivata a scoprire. Non potevo contare, al contrario di lei, su nessuna traccia o indizio. E affinché non perda la bussola, gliene do un'altra: ciò che sono arrivata a scoprire non è Yoro. Questa, in realtà, non è una traccia, gliel'ho già detto prima che l'ho trovata, sebbene dire che l'ho trovata non è del tutto esatto. Ma questo, che verrà chiaramente spiegato, ora non importa.

Ciò che intendo dire è che conoscere Yoro, dopo averla cercata per tutta la vita, non sarebbe affatto il dettaglio rivelatore. Si concentri sull'altro evento della mia vita con cui ho iniziato il gioco.

Il referto che ho menzionato diceva di Herculine:

"(...) è mora, altezza 1,59. I tratti del volto non sono ben caratterizzati e permangono incerti fra quelli di un uomo e una donna. La voce è abitualmente quella di una donna, ma a volte durante la conversazione o tossendo si mescolano tonalità gravi e maschili. Una leggera peluria ricopre il labbro superiore; si notano alcuni peli di barba sulle guance, soprattutto su quella sinistra. Il petto è da uomo, piatto e senza apparenza di seni. Le mestruazioni non sono mai comparse, con grande disperazione della madre e di un medico che ha consultato, il quale si è dichiarato impossibilitato a far comparire il flusso periodico. Gli arti superiori non presentano le forme tondeggianti che caratterizzano le donne ben fatte; sono di carnagione scura e leggermente pelosi. Bacino e fianchi sono maschili. La zona pubica è provvista di un pelo scuro alquanto folto. Separando le cosce, si nota una fenditura longitudinale, che si estende dal monte di Venere fino alle vicinanze dell'ano. Nella parte superiore c'è un corpo peniforme, lungo tra i 4 e i 5 centimetri fino all'estremità formata da un glande ricoperto da un prepuzio leggermente piatto nella parte inferiore e che non è mai stato perforato. Il piccolo membro, ben lontano per le dimensioni sia da un clitoride che da un pene in stato normale, può, a detta di Alexina, eccitarsi, indurirsi e allungarsi. Tuttavia, l'erezione propriamente detta deve essere molto limitata, essendo questo pene imperfetto trattenuto inferiormente da una specie di frenulo che lascia libero a malapena il glande."

Di questa parte del referto, ciò che mi colpisce di più è il modo di descrivere il sesso di Herculine come un membro che, per le sue dimensioni, è lontano dal clitoride quanto dal pene. Il mio stesso caso. Un nascituro troncato a metà strada fra il clitoride e il pene. Ma un nascituro non è esattamente questo, cioè né maschile né femminile? Perché non mantenere tale status finché il neonato non possa decidere da solo, una volta sviluppatosi dal punto di vista sia fisico che identitario? Invece no, per qualche ragione il sesso viene imposto dal martelletto di un giudice, e lo si chiama bambino o bambina, ragazzo o ragazza, uomo o donna, vecchio o vecchia.

Ma, come me, Herculine aveva ben chiaro che la sua testa e il suo cuore si sentivano attratti da un unico sesso. A Herculine piacevano le donne. Lei si sentiva uomo ma, allevata come una bambina, come donna, fino a diverso tempo dopo la pubertà fu sempre attorniata da compagne, e successivamente trovò lavoro come istitutrice in un collegio femminile dove conobbe il primo amore, una delle figlie della direttrice. Nelle sue fantasie sognava di sposarla, e invidiava l'uomo che alla fine avrebbe accampato quel diritto. Dormivano insieme ogni notte, e la madre della sua compagna credeva che tra loro vi fosse soltanto una commovente amicizia. Nei diari, Herculine non entra nei dettagli della sua sessualità con la giovane amica, ma risulta chiaro che erano entrambe, oltre che innamorate, sessualmente soddisfatte. Per questo mi ha stupito leggere un referto medico stilato otto anni dopo da un altro dottore.

E. Goujon, incluso nel *Journal de l'anatomie et de la physiologie de l'homme*, fa riferimento al caso di Herculine come a un caso di "ermafroditismo imperfetto". Cosa voleva dire il termine *imperfetto*? È forse mai stato riconosciuto un solo caso di ermafroditismo *perfetto* in tutta la storia della medicina? Per l'appunto, se si considera l'ermafroditismo come la mescolanza di uomo e donna, Herculine – tenendo conto dei dati dichiarati poco dopo da un altro referto – era perfetta, perché "la conformazione degli organi genitali esterni di questo individuo gli permetteva, pur essendo manifestamente un uomo, di giocare nel coito il ruolo sia di un uomo che di una donna", sebbene l'eiaculazione non avvenisse attraverso il pene che – stando a quei referti – non aveva un orifizio, ma attraverso la vagina, che a sua volta permetteva la penetrazione.

Quinta o sesta traccia, comincio a perdere il conto:

L'eiaculazione non avveniva attraverso il pene.

Ma il referto forense fornisce un altro dato che mi ha impressionato; un particolare affascinante, che induce all'ottimismo: Herculine aveva gli spermatozoi. Anche se lei non lo seppe mai. Fu stabilito da un esame al microscopio *post mortem*, quando il corpo di Herculine, all'età di ventinove anni, fu ritrovato in una misera stanza di una pensione a Parigi, morto per aver inalato il gas della stufa. Si era suicidato, o meglio, lo avevano suicidato. Dopo aver ottenuto di farsi cambiare lo stato civile, dopo essersene andato a Parigi per evitare le chiacchiere dei vicini, per cominciare una nuova vita, dopo tanti sforzi e illusioni, il risultato fu che era troppo tardi. Gli amici gli avevano voltato le spalle. La società, che lo aveva istruito e accettato come donna, non aveva i mezzi adeguati per reinserirlo come uomo. E neppure una grande città come Parigi era stata sufficiente a occultare il fatto che Herculine era una creatura diversa. Venendo a sapere che Herculine aveva gli spermatozoi ho provato una pena profonda, perché quell'uomo, alla fine, forse avrebbe deciso per una sorte diversa se avesse saputo che, essendosi visto negare la vita precedente, aveva la possibilità di intraprenderne una futura, formando una famiglia con tanto di discendenti, come aveva sempre sognato. E invece stava lì: morto, solo, dopo aver riposto le speranze in quella città, Parigi, che gli piaceva perché gli dava la sensazione di essere stato dimenticato. Fino a che punto può arrivare a pesare la solitudine se un uomo arriva a preferire l'oblio? Fino a che punto Herculine aveva sofferto la solitudine per voler diventare invisibile constatando che gli altri – incrociandolo per strada, rivolgendogli la parola – lo vedevano ma senza considerarlo in alcun modo? Preferì senza dubbio pensare che non lo apprezzavano perché non lo vedevano, piuttosto che dover constatare ogni giorno che non lo apprezzavano proprio perché lo vedevano. Quell'uomo aveva amato, voleva vivere, si era azzardato a non lasciare le cose come stavano decidendo di cambiare identità, ma era stato un fallimento. Aveva chiesto aiuto per anni, lasciando perfino il lavoro di istitutrice per il quale aveva tanto studiato, aveva fatto il cameriere, qualsiasi cosa, soffrendo la fame e, come lasciò scritto, "non c'è stata porta a cui non abbia bussato". Tutto ciò che all'inizio dei suoi diari è vita, verso la fine si tramuta in senso di morte. Lui si vedeva morto ben prima di togliersi la vita. Ecco perché leggere dell'esistenza degli spermatozoi mi rattrista. Mi chiedo cosa sarebbe successo se avesse saputo che la vita, quella vita che lui amava in modo del tutto naturale e desiderava prolungare, non doveva necessariamente finire con lui.

La cosa che mi ha commosso di più di questa testimonianza è la profonda onestà di Herculine – più tardi, Abel – nei confronti di se stesso, e la forza che lo spingeva a distinguere la propria sincerità dall'ipocrisia della società che lo circondava. Quando ho finito di leggere il suo diario, ho capito che Abel se n'era andato soddisfatto di se stesso. Questo mi conforta. È molto di più di quanto io possa sognare in tante occasioni, e mi ha dato sicuramente la forza per pensare che, se un secolo fa quell'uomo trovò il modo di giustificarsi mentre tutti lo accusavano, anch'io dovrei trovare il modo di giustificare la mia singolare maternità. Come minimo, avevo un fedele e forte compagno: lui, Abel Herculine.

L'ultima traccia:

La mia maternità ha trovato una giustificazione.

Fine del gioco. Se a questo punto lei non sa ancora di cosa sto parlando non è perché le tracce non siano state sufficienti, ma perché lei sicuramente è di quelli che leggono il foglietto con scritta la traccia da seguire come se l'obiettivo da scoprire fosse il foglietto stesso. Ma quello non è una traccia. Il foglietto non è l'obiettivo finale. Il foglietto è solo un indizio, così come il fumo è indizio che da qualche parte c'è il fuoco. Ma anche pensare che il fumo da seguire per rintracciare il fuoco sia contenuto soltanto nelle tracce sarebbe un errore, perché il fumo, come ben sa, si disperde nell'aria. Come avrei mai potuto trattenerlo in un pezzetto di carta? Tutto questo gioco è stato fumo, non si fermi soltanto alle tracce più esplicite.

Se non ha trovato il fuoco, ho vinto io. Non pretendo che si congratuli con me, però, se mi concede di esprimere un ultimo desiderio prima di morire, le chiedo di permettere a qualcun altro di leggermi. Ricordi cosa le ho detto a un certo punto: la comprensione, l'affetto di un solo lettore sarebbe sufficiente a consolarmi. Se qualcun altro, adesso, mi sta leggendo, significa che lei ha esaudito questo ultimo desiderio. La ringrazio.

Nono mese: 1999-2011

Dopo aver trascorso un lungo periodo a Tokio, decisi di tornare a New York, sperando in una vecchiaia serena. Erano diversi anni che non tornavo nel mio appartamento. Ero piena di paure, dal timore di aprire la porta e svenire percependo l'odore di Jim fino all'inquietudine, più prosaica, che mi suscitava immaginare le pessime condizioni in cui lo avevano lasciato i vari inquilini. Non potevo sapere che quella mattina, tersa come la mattinata del 4 agosto a Hiroshima, avrebbe segnato un'altra tappa, forse l'ultima, della mia storia.

La prima cosa che notai, sul mobile nell'ingresso, fu la posta ricevuta da quanti non avevano il mio indirizzo di Tokio. Scorsi le varie buste finché vidi, in uno dei mittenti, il nome "Yoro". Lei può immaginare cosa provai leggendo, per la prima volta, il nome Yoro su una busta. Dopo tanti anni con la voglia di avere un figlio prima di conoscere Jim, dopo tanti anni a cercare Yoro convertendola in mia figlia per amore di Jim, dopo tanti anni senza cercarla perché la sentivo dentro di me (o chissà, magari solo per non dover pensare continuamente a Jim), mi ritrovo, come mittente di una lettera, il suo nome. Niente meno che il suo nome. E nient'altro, perché non c'era né cognome né indirizzo. Ma quando la osservai più attentamente, notai il timbro postale: la lettera proveniva dallo Zaire, cioè da qui, da dove sto scrivendo, l'odierna Repubblica Democratica del Congo.

Anche se avevo conosciuto diversi paesi grazie a Jim, le nostre visite non erano mai durate abbastanza da adattarmi al ritmo del vero viaggiatore, che disfa i bagagli dall'altra parte del mondo e appena si è lavato i denti per la prima volta nel nuovo approdo si sente già a casa propria. Ma la cosa più importante è che ero del tutto impermeabile a qualsiasi genere di curiosità per i posti sconosciuti; di fatto, viaggiavo come un asino con i paraocchi, sa, quella cosa che impedisce la visione laterale. Il mio sguardo era sempre e unicamente rivolto in avanti, e davanti c'era solo Yoro. Di tutto il resto, i cibi esotici, la cortesia o l'ostilità degli abitanti del luogo, la storia del paese, i paesaggi, non mi importava assolutamente nulla. Quindi i miei viaggi, nel senso di conoscere il mondo, non mi avevano minimamente arricchito come persona, né mi avevano fornito qualcosa di simile alla disinvoltura cosmopolita, al punto che continuavo a sentirmi insicura fuori da Hiroshima, Tokio o New York. Avevo percorso tanti chilometri vedendo sempre lo stesso orizzonte: Yoro. E poi avevo smesso di cercarla, non c'era più alcuno scopo per viaggiare. Ed ero rimasta a Tokio. Finché, tornata a New York, lessi il suo nome su una busta spedita da un paese a cui non avrei mai pensato, e questo fu sufficiente ad affollarmi la mente di pensieri e dovetti sedermi sul divano, non so per quanto tempo, senza riuscire neppure ad aprire la busta né vedere nulla di ciò che avevo intorno, nello spazio dove avevo vissuto per tanti anni con Jim, con una buona parte delle mie cose, con alcuni dei suoi dettagli, con quei mobili che avevamo scelto insieme. Adesso che ci penso, credo che per un istante provai – pur con una sensazione di vertigine – qualcosa di simile alla gratitudine, perché la lettera era arrivata a destinazione ed era recente. Per il resto, le domande si susseguivano una dopo l'altra e in un modo così veloce e caotico che non riuscivo a soffermarmi su nessuna. Avevo sessantasei anni. Avevo sofferto tutto quello che lei ha potuto leggere fin qui. Molto. Avevo sofferto molto. A quell'età ormai avanzata mi ero fatta l'idea di condurre una vita tranquilla. E invece, quel nome riprendeva a chiamarmi, con la stessa, anzi, con maggiore intensità di prima. Yoro, con il semplice nome sul retro della busta, prima ancora che osassi aprirla, mi chiedeva aiuto, ero certa che non poteva chiedere altro, e lo faceva da un paese di cui ignoravo tutto, e del quale non avevo alcuna opinione, anzi: se avessi dovuto immaginare un luogo agli antipodi della mia cultura, quello era l'Africa. A parte l'incontro con K, la ragazza del Mali ripudiata dalla famiglia che avevo conosciuto a Tokio, l'Africa era sempre stata per me un posto immaginario. Non era reale, e sarei morta senza neanche prendere in considerazione la realtà di un intero continente, che situavo in uno spazio della fantasia. Come avrei potuto affrontare un viaggio simile da sola? Davvero Yoro mi chiedeva in quella lettera di aiutarla o – peggio ancora – di andare da lei? O magari voleva dirmi l'esatto contrario, che sarebbe venuta lei da me? Come vede, persino adesso, al solo ricordarlo, divento talmente nervosa che ho tralasciato il dettaglio più importante:

Yoro non sapeva della mia esistenza. Quindi la lettera doveva essere indirizzata a Jim. Neanche in quei primi momenti con la busta in mano mi resi conto di quel particolare fondamentale: per Yoro io non esistevo. Comunque, la aprii e la lessi. Dopo accaddero tante cose nel giro di cinque minuti. Urlai, piansi, frantumai il vaso che mi aveva regalato Jim e che non si era mai voluto rompere da solo, sopravvissuto persino a tutti gli inquilini, per continuare a perseguitarmi con l'assenza non solo di Jim, ma di tutto, di Yoro, di me stessa. Volevo anche strappare la lettera, dimenticarmene. Invece la misi da parte, e da allora la porto sempre con me. Ritengo che quel giorno entrai nel nono mese di gravidanza, che sarebbe durata ancora per molto tempo, ma che ora presentava un vantaggio: potevo prendere meno precauzioni, muovermi nella doccia senza il timore di scivolare, mi sentivo meno appesantita, perché Yoro non si stava più sviluppando dentro di me, ma fuori, e io dovevo trovarla per tagliare il cordone ombelicale, per cullarla, per cantarle anche l'amore di Jim.

Quando nelle prossime pagine leggerà quello che Yoro mi scriveva, signore, cerchi di immaginare cosa significasse per me. Legga dunque la lettera anche dal punto di vista futuro che lei conosce, e lo vedrà, se non assolto, almeno giustificato. Ho passato la prima metà della mia vita concentrata su Yoro, e la seconda metà, gli anni in Africa, cercandola con la costante paura di morire prima di trovarla, di non arrivare in tempo. E no, non arrivai, ma sì, arrivai. Lo capirà più avanti. Per ora diciamo che quando ci arrivai e venni a sapere cosa era successo, a quel punto non mi importava più di niente. Non so come spiegarmi. Volevo e vorrei trascorrere la vecchiaia con

Yoro, ma la grande missione della mia vita, abbracciarla, era ormai compiuta, e l'odio che provai per coloro che le avevano fatto del male fu in quel momento superiore alla possibilità, che qualcuno riterrebbe più ponderata, di inghiottire l'odio per passare con lei gli anni o i mesi che mi restavano da vivere. Era una strana sensazione. Cercando di ripensare a tutto ciò in una maniera logica, chiunque potrebbe concludere che avevo la responsabilità di stare con lei, darle tutto l'amore di Jim e il mio, ripagarla per la perdita e per i tanti anni di assenza. Tuttavia, quando ho avuto l'opportunità di vendicarla, di vendicare lei e non solo lei – anche questo lo capirà più avanti – l'ho fatto pur sapendo che comportava separarci nuovamente, e a questo punto per sempre, e che io sarei finita nelle mani della giustizia, la sua giustizia. Ma sa una cosa? Credo che in fin dei conti ho accettato di separarmi da Yoro per una ragione che dipende da quel senso di fatalità che ormai ci era stato imposto. Perché, mi dica lei, cosa avrei dovuto fare dopo averla trovata? Giocare a essere Jim? Giocare alla mamma finalmente appagata? Giocare alla famigliola felice, alla nostra età? Giocare a colmare il nostro tempo con uno scambio di storie e aneddoti, tutto quello che non sapevamo l'una dell'altra, come se fossimo due vecchie amiche che si rivedevano dopo tanto? La gente, spesso, ripete espressioni vacue, del tipo "recuperiamo il tempo perduto" o "aggiorniamoci". Forse, prima di incontrare Yoro, anch'io avrei usato questo genere di frasi fatte, senza pensarci, ma ora mi rendo conto che una frase fatta non è altro che un eufemismo con cui occultiamo ciò che queste frasi sono davvero: parole prive di senso. Il tempo perso non si recupera, e non ci si può aggiornare per un motivo molto semplice: siamo molto più che dati; anzi, direi che il novanta per cento di ciò che siamo non è informazione, ma ha a che fare con i sensi. Potevo raccontare a Yoro che le ricerche perennemente infruttuose, da un lato, e la perdita di Jim, dall'altro, mi avevano reclusa in una stanza per anni, che uscire per strada era come percorrere un tunnel rotante, che per anni l'avevo sentita realmente nel mio ventre e il ventre, di fatto, cresceva. Potevo dirle tutto ciò e molto altro ancora, ma sarebbe bastato a farle comprendere il mio amore? No. Anche se non è questo il caso, i dati si possono falsificare. Perché? Proprio per questo, perché non significano niente, sono intercambiabili, superflui. L'unica cosa valida da dire, e con un forte contatto fisico, era: "Yoro, sono qui. Senti, in questo abbraccio, tutto il peso della vita che ho speso a cercarti." Ed è vero che nella mia cultura il contatto fisico non è usuale neppure in casi estremi, ma è da tanto che sono un essere ibrido. È lo stesso, cambi pure, se preferisce, l'abbraccio con un gesto, e sarà la stessa cosa. Ciò che non vale, in nessun caso, è l'informazione. Se mi restasse un po' di vita davanti, potrei colmarla di dati e fatti, di vicissitudini condivise accanto a Yoro, e questo sì che ha un valore, il futuro da vivere insieme, ma per tre giorni che mi rimangono in questo mondo ho preferito assicurarmi che nessuno finirà più tra le mani di coloro che, in nome della pace mondiale, hanno abusato di Yoro. Io non avrò una divisa, signore, né un nome che possa incutere alcun timore, però ho un potere che hanno tutti, un potere abbastanza forte e molto più semplice di quanto si pensi prima di esercitarlo: il potere di togliere la vita agli altri. Ed è quello che ho fatto, senza bisogno di sventolare la bandiera della pace che loro infangano ogni volta che stuprano una donna. Ho fatto tutto da sola. Così, abbracciando Yoro, ho capito che bastava perché capisse ciò che doveva capire. Yoro sa tutto, sa di noi, sa di Jim e di me. Non c'è stato bisogno d'altro. Abbiamo sentito un'attrazione atavica, un'attrazione che ci univa da tanto tempo, qualcosa che ci avrebbe fatto riconoscere pur senza sapere cosa ci univa. È stato per la sensazione di sapere che tutto era ormai colmo, che mi sono permessa di diventare una criminale. Alla mia età. Ecco, vede. Senza il tempo né, ancora meno, la voglia di pentirmene .

Di seguito, legga se vuole la lettera di Yoro che lessi quel giorno, e che, standо al timbro postale, era stata spedita un mese e mezzo prima:

Caro papà,

entro pochi minuti un amico fidato verrà a prendere questa lettera per poi spedirla di nascosto. Qui le cose non sono facili e da anni tento di spedire questa lettera scritta, finora, solo nella mia testa per evitare che me la trovino. Le cose sono precipitate e mi hanno appena detto che oggi si presenta l'occasione propizia; quindi, comincerò dai dettagli più urgenti. Mi trovo da qualche parte dello Zaire. Cercami. Ti ricordi ancora di me? Sei l'unico affetto che ho. Tutte le famiglie dalle quali sono passata mi sono indifferenti. Non so se lo sai, ma ho dovuto vivere in cinque famiglie diverse. Una ogni due anni. Solo con te sono stata per più tempo, i miei primi cinque anni. L'indirizzo che scrivo su questa lettera è quello che mi hai fatto imparare a memoria. Ovviamente, ho vissuto sempre nella speranza che tu non abbia cambiato casa. Tutte quelle famiglie si sono prese cura di me, non lo nego, e di tutte ho sentito la mancanza a suo tempo, ma l'amore migliore che ricordo è quello che mi hai dato tu, anche se, essendo allora così piccola, non so se l'ho idealizzato. Ho tanta paura che tu sia morto, o che mi abbia ucciso nel tuo cuore, dove un tempo mi tenevi, come credo di ricordare. Non so dove mi tengono, papà. So solo che mi hanno portata nello Zaire che, mi sembra, è un paese enorme, e così instabile che ha persino cambiato nome. Adesso, se ho ben capito, si chiama Repubblica Democratica del Congo. Ma non ne ho la certezza, perché vivo sottoterra. Alcuni compagni di questa prigionia sotterranea dicono che presto ci porteranno in Namibia. Raccontano che là c'è l'uranio e la gente muore nelle miniere a cielo aperto dove si estrae; anche qui moriamo, sepolti mentre strappiamo minerali dalle viscere della terra. Loro almeno vedono il cielo ogni giorno. Quando riceverai questa lettera sarò probabilmente qui o da qualche parte della Namibia. Ma, dato che sei un militare, confido che tu possa trovare il modo di rintracciare il posto in cui mi trovo. Non so come sono arrivata qui. Un giorno stavo ancora dalla mia ultima famiglia, e quello dopo ricordo che mi hanno messa su un aereo diretto non so dove, con un uomo che mi sorvegliava, e poi su un altro aereo, e un altro ancora. Mi hanno costretta a lavorare in situazioni che ora non voglio né sarei capace di raccontarti. Alla fine mi hanno messa dentro una miniera, e qui mi trovo adesso. Certo, potrebbe essere una pista da seguire, ma mi hanno detto che in questo paese ci sono tantissime miniere come questa, quindi non ti sto dando molte informazioni. Ho sentito dire che siamo in una miniera di coltan nei pressi di Goma, però non ne sono sicura. Una delle torture che ci infliggono consiste nel mentirci a proposito del luogo dove ci troviamo, e ogni tanto lo chiamano con un nome diverso. Non possiamo fidarci per niente di quello che ci dicono. Crediamo solo a quello che vediamo. Alla morte, soprattutto. Molti compagni sono morti e nessuno dice nulla dopo la loro morte. A volte li abbandonano nello stesso posto dove muoiono, se non sono di intralcio, e finiscono sepolti lì dalla terra e dalle pietre spostate da noi che continuiamo a scavare con le mani. Siamo la nostra fossa comune.

Per qualche tempo le mie famiglie hanno stilato rapporti che poi spedivano a non so chi, fornendo informazioni sul mio stato di salute. Mi facevano domande di continuo. Ho passato una vita di analisi sottoponendomi a ogni sorta di esame. Non so quale malattia si aspettavano che contraessi, di fatto solo adesso comincio a sentirmi debole, per la prima volta, e ho paura che sia dovuto alla malattia che tutti sembravano aspettare. Se lo è, e se è grave, voglio morire accanto a te, papà. Ti saluto prima che vengano a prendere la lettera. Confido che ti arrivi. Ti sto aspettando. Non dimenticarti di me. Oltretutto, papà, sono incinta, la mia pancia sta crescendo, e continua a farlo in queste condizioni di miseria, di lavoro in gallerie per quattordici ore al giorno. Ho tanta paura. Voglio bene a questo bambino, anche se è il frutto dello stupro. È stato uno degli uomini armati, comunque qui tutti quelli che sorvegliano la miniera sono armati. Questa miniera, di fatto, è anche un arsenale. All'inizio me ne volevo sbarazzare, non ho mai voluto diventare madre, e meno ancora dopo essere stata violentata. Per giunta, non sono più tanto giovane. Sto per compiere trentanove anni. Più della metà li ho passati sottoterra. Come una morta. Mi sarei strappata via il bimbo da sola, ma non sapevo come farlo, e ho anche avuto paura di provarci. Adesso è l'unica compagnia che ho. Se vieni e non mi trovi, cerca lui, o lei. Affinché tutto sia più facile ho deciso di dargli un nome, che sia maschio o femmina, il mio stesso nome: Yoro. Qui c'è un tipo in uniforme spagnolo che mi ha detto che Yoro nella sua lingua significa piangere,[6] ma si scrive in un altro modo. Se c'è qualcuno che merita questo nome, quella sono io. Ho pianto tanto. Per favore, insisto, se non riesci a trovare me, cerca tuo nipote o tua nipote, che avrà il mio stesso nome, e prenditene cura in modo che nella sua vita possa contraddire questo nome. Io ho già pianto per me e per lei, e per i figli dei suoi figli. Non ti ho mai dimenticato. Sei mio padre.

Tua figlia, Yoro

Avevo sessantasei anni quando lessi quella lettera. Ero tornata a New York per riposare, per restare definitivamente nella dimora che un tempo avevo condiviso con Jim, e prendermi cura di me stessa mentre aspettavo – come sempre – che si manifestasse l'inesorabile malattia mortale. Avevo raggiunto quell'età e vivevo serenamente, senza più paure. Ma quella lettera mi tolse anni e anni. Quel richiamo di aiuto mi ringiovanì, questo non significa che fossi di colpo felice, né più bella, o più agile, ma mi restituì la paura che avevo trent'anni addietro. Paura perché sapevo che sarei andata a cercarla e, per cercarla, dovevo vivere, e per trovarla dovevo vivere ancora di più, e per vivere abbastanza dovevo avere, nuovamente,

6 *Lloro*, io piango, si pronuncia "yoro". (*N.d.T.*)

paura della morte, paura di non arrivare in tempo. Una paura doppia, perché sentivo che, ancora una volta, non si trattava solo di me, ma di due persone: lei e io. Quella paura mi diede innanzi tutto la forza. La forza di preoccuparmi di me e di lei, Yoro, che sentivo nuovamente dentro di me. A sessantasei anni sentivo il peso di una gravidanza in stato avanzato. Nove mesi di gestazione. Ero un'anziana incinta e tremendamente forte. Mi ricordai di mia madre. Quando ero piccola mi diceva sempre che avrebbe voluto darmi un fratellino, e che lei e mio padre ci avevano provato per tanto tempo, ma senza riuscirci. Me lo diceva con tristezza, quasi provasse vergogna, come scusandosi per non avermi dato un compagno di giochi, prima, e poi un compagno con cui dividere le mie pene o le gioie quando lei non ci sarebbe stata più, qualcuno con cui piangere la sua morte. Aveva un certo intuito. Mia madre. Sembrava, più che altro, che avesse il presentimento che sarei rimasta sola troppo presto. Un fratello, se fosse sopravvissuto alla bomba, mi sarebbe stato di grande aiuto nella vita, senza dubbio. Altri occhi che avevano amato lo stesso seno materno e visto tutto il dolore che hanno visto i miei occhi mi avrebbero alleviato gran parte della tristezza che, fin da piccola, cominciò a pesarmi sulle palpebre.

Mia madre era solita dirmi che per ottenere qualsiasi cosa bisogna essere capaci di vedersi come parte integrante del desiderio da realizzare. La lettera di Yoro mi fece comprendere il senso di quelle parole. Grazie alla sua lettera ero capace di vedermi, credo per la prima volta, assieme a Yoro. Significava forse che l'avrei finalmente trovata? In ogni caso, quella specie di gravidanza che ormai sfiorava il momento del parto fu ciò che mi fece pensare a mia madre. Il caso volle che il giorno prima ricorresse la data del suo compleanno, e mi resi conto che, a differenza del passato, mi ero scordata di rivolgerle un pensiero, trasmetterle i miei auguri. All'improvviso Yoro e lei si fusero dentro di me, e cominciai a spiegarmi alcune cose. Pensai che mia madre, è vero, non aveva potuto rimanere incinta una seconda volta, ma quando me ne stavo raggomitolata nel suo utero e lei faceva un maglioncino di lana rosa, mia madre generò dentro di me un'altra bambina, per non lasciarmi sola. Ecco perché sono nata che ero già incinta. È per questo che mi sarei sentita, tanti anni dopo, gravida. In realtà, ho sempre vissuto da gravida. Gravida – il giorno in cui lessi la lettera – a sessantasei anni. Ed è anche per questo che alla fine avevo resistito, rimettendomi in sesto da situazioni che chiunque altro avrebbe risolto con un colpo alla tempia, una corda o un coltello. Avevo sopportato tutto grazie alla figlia che dentro di me aveva generato mia madre affinché mi facesse compagnia. Adesso credo che se posso stare da sola è per questo, perché di fatto non lo sono mai, sebbene così sembri agli occhi degli altri, persino ai miei occhi quando guardo me stessa. Deve essere sempre per questo che ho cura di me, e solo in rare occasioni ho bevuto alcolici. Mi sono nutrita di cibi sani, non ho mai fumato né provato alcuna droga. Per questo ho scelto attentamente chi poteva entrare nel mio corpo. Per questo graffio se mi attaccano. Per questo, nonostante tutto, e anche se non sapevo perché, non ho mai scelto di morire, né tanto meno darei la vita per qualcuno, neppure per mia madre se fosse ancora viva, neanche per Jim, sebbene a volte abbia pensato che per lui invece la darei. Ma no, non avrei dato la vita per nessuno, perché non sono una sola, bensì due. Per la mia bambina dentro di me, una bambina che, quando lessi la lettera, seppi che era Yoro. Yoro dentro di me, non dalla mia nascita, ma da prima, fin dal processo di formazione da embrione a feto, da feto a neonata. Il più grande tesoro che mi regalò mia madre, senza che io lo sapessi: la mia vitalità. È lei la mia forza, che mi dà energia. Tantissima energia. E la gente si chiedeva perché avessi così tanta vitalità, nonostante l'età. Finirai per essere esausta, mi dicevano quelli che ignoravano cosa mi portavo dentro. Non ho perso le energie perché la mia vita non era una vita sola bensì due. Oggi, più che mai, lo so. E lo saprà anche lei, quando vorrò raccontarglielo. Sono stata un corpo con due cuori, un corpo dentro l'altro. Deve essere questa la ragione per cui la mia cagnolina si avvicinava al mio ventre e ci appoggiava le orecchie come se fossero uno stetoscopio. Sicuramente ascoltava i battiti di Yoro e mugolava come il suono di un'ecografia, e credo che a Yoro facesse piacere la vicinanza della bestiola. Capivo che qualcosa le piaceva quando, chiudendo gli occhi, mi sentivo leggera e volavo come un'aquila inerte, un'aquila che si riposa nel volo di un'altra aquila. Avevo pensato diverse volte a quell'immagine. È questa la forza, il volo alto nella pace assoluta. Il regalo di mia madre. Sessantasei anni di gravidanza che non ho voluto interrompere, perché è vero che a volte può essere stato arduo portare il peso di tanta vita, ma sarebbe stato davvero inaccettabile abortire la figlia di mia madre. Il giorno prima ricorreva il suo compleanno e non avevo pensato a lei. Con la lettera di Yoro in mano, chiusi gli occhi e dissi qualcosa che esprimeva i miei sentimenti, più o meno così:

"Mamma, ieri era il tuo compleanno. Ero lontana e non ho potuto festeggiarlo con te. Ma ti sono grata per l'idea ingegnosa con cui hai accompagnato la mia vita. La mia bambina e io, la nostra bambina e io, ti vogliamo bene con la forza di due cuori che pulsano per la tua bellezza e generosità."

Quella lettera mi dava la forza necessaria per andare a cercare Yoro, per darla alla luce, ma più pensavo al viaggio e più mi inquietavo. Era la prima volta che affrontavo la sua ricerca senza Jim. E se ciò non bastava, alla mia età, la lettera mi aveva scosso anche per un altro motivo. Come lei avrà letto, Yoro diceva che l'avrebbero trasferita in una miniera di uranio. Uranio. Il principale componente della bomba che aveva distrutto Hiroshima e Nagasaki. Uranio. Tra le mani della mia bambina. Un minerale che è relativamente abbondante sulla crosta terrestre, ma il suo sfruttamento risulta redditizio solo nelle zone in cui c'è un'alta concentrazione, e preferibilmente in paesi dove non importa a nessuno dell'inquinamento che produce il processo estrattivo, non ai governanti e ancor meno alle multinazionali che sfruttano le miniere. Quindi, la maggior parte si trova nelle discariche del mondo, in quei paesaggi che non interessano a nessuno, dove l'aria può avvelenare i polmoni di persone che non hanno il benché minimo valore, i dimenticati della terra. L'energia nucleare è la più pulita – ho sentito ripetere tante volte –, ma mi creda, qualcosa ne so dell'uranio, e so che se escludiamo i rischi di incidenti nelle centrali situate nei paesi più o meno sviluppati, la fase più inquinante è la prima, quella estrattiva, non solo per l'ambiente e le città limitrofe, ma soprattutto per le persone che lo estraggono senza neanche sapere che le sta uccidendo. Ma anche se i minatori sapessero che la loro vita è in pericolo, continuerebbero a estrarre l'uranio, perché la morte per fame sembra sempre più imminente rispetto alla morte per radioattività. La fame si sente, consuma giorno dopo giorno, mentre una malattia causata dalle radiazioni è silente. Inoltre, lei sa bene che in Africa i lavoratori sovrabbondano rispetto alle offerte di lavoro. Ci sono mille formiche per ogni briciola. Se non vengono informati sui rischi a cui si espongono non è per il timore di rimanere senza manodopera, ma perché non c'è tempo da perdere; la regina bianca ordina di estrarre il materiale senza sosta. In Africa il tempo non è soltanto oro. Ha ancora più valore. Il tempo è uranio. I neri non meritano neanche di essere informati sui motivi della morte che li falcia, una morte a cui non rinuncerebbero, perché riempire la propria bocca o quella del figlio o dei figli o dei genitori è più pressante. La fame, questa legge fisiologica, non si nasconde, anzi, si manifesta. Le radiazioni, invece, sono la maniera che ha la morte di saziare la sua fame: il silenzio.

Uranio. Il solo nome sembrava provenire dall'inferno, come Urano, il dio figlio e sposo di Gea, la Madre Terra. Uranio aveva cambiato la mia vita. Mi aveva tolto i genitori, i nonni, gli amici, raso al suolo la mia città, distrutto il mio paese, insultato la specie umana, eppure continuava a rappresentare, per quasi tutti i paesi, l'oro più ambito, l'oro radioattivo che Yoro stava estraendo, con le mani, in qualche posto dell'Africa. Niente meno che in una miniera africana dove, senza ombra di dubbio, lo sfruttamento non prevedeva la benché minima misura di sicurezza che salvaguardasse l'incolumità di lavoratori che, come io stessa avrei constatato in seguito, possono essere definiti soltanto schiavi.

Le risparmio i dettagli dei preparativi del viaggio in Africa. In primo luogo perché devo concludere questa testimonianza oggi stesso. E comunque le dico una cosa, non mi sono mai soffermata granché sui tragitti. Quando vado da qualche parte, che si tratti di una distanza breve a piedi o un lungo viaggio in treno, passo direttamente dal paesaggio di partenza a quello di arrivo. In mezzo c'è sempre un grande vuoto che attraverso per infilarmi nel mio mondo. Non mi interessano gli itinerari, solo da dove vengo e dove vado, che nel mio caso non sono questioni esistenziali ma pratiche.

Mi limiterò a dirle che riuscii ad arrivare in un deserto perforato da una di quelle miniere, nello specifico la miniera di Rössing, in Namibia. Dato che i preparativi mi avevano impegnato per alcune settimane, decisi di cominciare da questo paese, dove Yoro scriveva che l'avrebbero portata, e da lì, se non l'avessi trovata, sarei passata in Congo.

La miniera di Rössing è nel deserto del Namib, a circa sessanta chilometri da Swakopmund, città coloniale tedesca dove ancora oggi – come ho potuto constatare nella mia ultima permanenza – si vantano dei loro edifici, dei loro ampi viali costeggiati da casette di fiaba, all'ombra delle palme piantate in un rigoroso ordine, tutte equidistanti tra loro, perfettamente allineate, come denti in una bocca curata dal miglior ortodontista tedesco. E sono orgogliosi non solo della loro urbanistica, ma anche delle particolari caratteristiche imposte al centro abitato, in confronto ad altri colonizzatori. Hanno costruito scuole, a quanto pare. Quanto erano buoni, i tedeschi. Quello che non dicono è che erano scuole esclusivamente per i bianchi. Però nei miei ricordi di Swakopmund non ci sono scuole, bensì quei campi di lavoro africani che costituirono le prove generali dei campi di concentramento che poi i tedeschi avrebbero introdotto in Europa, assieme a occhi, cervelli, organi vari di africani conservati nella formalina e destinati agli studi razziali. Solo pochi anni fa la Germania ha restituito alcuni dei teschi portati via dal paese. Adesso i discendenti dei coloni danno pacche sulle spalle ai neri orfani dei nonni, li salutano come colleghi, fanno il surf sulle dune del deserto, e invitano gli amichetti internazionali a filmarli con le telecamerine di ultima generazione sulla fronte, parlando in slang angloamericano. Poco tempo fa un'amica mi raccontava di due membri delle forze di pace delle Nazioni Unite che si buttavano giù dalle dune su una sorta di tavola scivolando malamente. Mi è parso ridicolo quanto la loro sedicente "missione di pace", che portavano a termine altrettanto malamente. Comunque, quei deserti sono ormai un richiamo turistico che si suppone produca ottimi introiti per il paese, oltre alle miniere. La stessa città di Swakopmund, allora come oggi, è un importante centro turistico. La zona è delimitata a ovest dalle gelide quanto attrattive acque dell'Atlantico, mentre il deserto del Namib segna le frontiere sugli altri tre lati. Il clima è umido, nuvoloso, ma pur sempre singolare, visto che le numerose navi che si incagliano sulle coste a causa della nebbia sono anch'esse un'attrazione, strani relitti che la gente, adulti e bambini, saccheggiano di ogni materiale per rivenderlo, fino a lasciarne solo la carcassa. Il turismo, una delle poche fonti di entrate del paese, è tuttavia minacciato dall'estrazione dell'uranio che viene esportato in Gran Bretagna, Francia, Stati Uniti e nel mio paese, il Giappone. Ma cosa me ne importa, ormai, a questo punto. Immagino che se ne scrivo è perché me ne importa ancora qualcosa, però preferisco andare avanti con ciò di cui mi importa davvero: Yoro, che speravo di trovare nella miniera nel deserto.

Un abitante dell'ultimo villaggio che visitai mi spiegò, tramite qualcun altro che parlava inglese, cosa avesse significato l'invasione del deserto. Compresi il valore che aveva avuto quella distesa di sabbia all'infinito prima della miniera. Le multinazionali beneficiarie del lucroso affare si giustificavano sostenendo che era un luogo idoneo perché si trovava nel mezzo del nulla. Come se il nulla non potesse essere altrettanto o più prezioso di un qualcosa, un centro abitato, una città. Ignoranti. Hanno fatto sì che il deserto perdesse la propria presenza. Hanno fatto scomparire niente meno che il necessario *nulla*, quel luogo indispensabile non solo per le minuscole forme di vita di animali e piante che lo popolavano, e che hanno cominciato a estinguersi, ma anche per gli abitanti dei villaggi vicini e per il turismo. Il silenzio è stato rimpiazzato dall'incessante rumore di macchinari e veicoli che, per giunta, emettevano di continuo un penetrante bip, bip, bip. Il vuoto, necessario come spazio mitico per abitanti lontani, e fondamentale come spazio fisico per abitanti vicini, si era riempito di piste e strade che serpeggiavano formando un'immensa spirale che, scendendo nel sottosuolo, si restringeva in un ovale formato da chilometri di giravolte, in fondo al quale innumerevoli mani scavavano come formiche in cerca del cancro.

Il signore che mi fece da traduttore nel villaggio mi mise sul palmo della mano un piccolo rettile, simile a un camaleonte, di colore rosa. Ne rimanevano ben pochi di quella specie, o quanto meno gli abitanti del posto non li trovavano più nella sabbia come una volta, mi dissero. Credo di non aver mai visto una creatura così bella. La bocca era piegata in un sorriso permanente, ma ciò che colpiva di più era la pelle, così sottile da risultare traslucida, e quando osservai meglio mi resi conto che i colori pastello – azzurro, arancione, un verde molto tenue – non erano tonalità dell'epidermide, bensì i colori dei diversi organi interni, che si intravedevano attraverso la pelle. Mi ricordò la leggenda di un'antica regina della Bretagna, della quale si narrava che avesse la pelle talmente delicata e diafana che, bevendo del vino, la gola le diventava blu al passaggio del liquido. Come faceva quell'animaletto, all'apparenza così delicato, a resistere al sole del deserto, che a me, in pochi minuti, aveva arrossato mani e braccia, e ogni altra parte non coperta? Come poteva quella creatura – che sembrava non del tutto formata, quasi fosse ancora dentro l'uovo – sopravvivere in quel posto? Aveva trovato il suo habitat sotto un sole spietato e, tuttavia, non riusciva a sopravvivere a qualcosa in apparenza meno potente del re degli astri: la mano dell'uomo.

Un giorno gli abitanti del luogo avevano visto arrivare autocarri, enormi quantità di macchinari pesanti, ogni sorta di apparati, una tecnologia a loro sconosciuta. La compagnia che avviò lo sfruttamento delle miniere negli anni settanta era la britannica Rio Tinto. Avevano promesso scuole, posti di lavoro e formazione tecnica per la popolazione ma, in realtà, gli anni erano passati e il livello di vita degli abitanti non era minimamente migliorato. L'unica cosa che aumentava era l'aspettativa di morte, a causa dell'inquinamento diretto o indiretto. I lavoratori venivano pagati poco o niente, e i profitti dell'uranio finivano fuori dal paese, o tutt'al più nelle mani dei governanti che avevano firmato le autorizzazioni per sfruttare le miniere. Pochi anni dopo, nel 1978, venne costruita una sorta di città prefabbricata a circa quindici chilometri dalla miniera. La battezzarono con il nome di Arandis, ed era destinata ai lavoratori di Rössing. Visitare l'insediamento e la miniera, come capirà ora che glielo racconto, significò per me un'altra discesa all'inferno. Prima ho scritto che gli inferni della mia vita non stavano uno sotto l'altro, ma tutti sullo stesso livello, e formavano un'enorme superficie dove ogni porta si apriva in un punto diverso a seconda della nuova sofferenza. Non li avevo mai visti come dolori graduali, scaglionati dal minore al maggiore, ma era la novità a far sembrare peggiore sempre l'ultimo della serie, anche se forse non era così. Ma ciò che vidi a Rössing fu davvero una discesa nell'Averno a tutti gli effetti, e trovandosi realmente nel sottosuolo, mi diede la sensazione che fosse ancora più perverso di tutti quelli conosciuti fino ad allora. La geografia della caduta faceva coincidere infine uno dei miei inferni con l'immagine sotterranea con cui viene tradizionalmente rappresentato.

Arandis mi ricordava Los Alamos, non solo perché l'infrastruttura spaccava il deserto, ma anche per il sole, il calore che dominava tutto come allegoria di ciò che si cuoceva lì dentro, il materiale atomico. Arrivando nella zona abitativa, un cartello rudimentale di cartone e filo di ferro annunciava "WELCOME TO ARANDIS". Già il cartello di per sé mi parve una macabra presa in giro, visto che dava il benvenuto in un posto che differiva ben poco dalle baracche dei campi di lavoro forzato. L'atmosfera era di profonda tristezza. I materiali e la disposizione delle casette rendevano l'insediamento molto più desolato di Los Alamos. Anche il fatto che la gente fosse lì per guadagnarsi il pane quotidiano – letteralmente, neanche per due giorni – in una situazione che non prevedeva alcuna speranza, come invece era stato a suo tempo nell'insediamento statunitense, contribuiva a creare quell'aspetto generale di grigiore e squallore.

Non c'era un'anima fuori dalle piccole abitazioni. Erano tutti a lavorare nella miniera, dove arrivai un'ora dopo. E vidi infine quell'ovale dell'inferno, l'immenso pozzo in cui lavoravano tanti neri – come aveva scritto Yoro nella lettera – a cielo aperto. Ricordo che quando lo avevo letto nella lettera avevo pensato che tale circostanza fosse almeno un fattore positivo, al confronto dei minatori che scavano nelle gallerie sotterranee. Ma quando misi piede a Rössing provai pena per Yoro, perché se davvero si trovava lì, il sole la arrostiva. Dovetti constatare ancora una volta che i dati non valgono niente. Niente. La maggior parte delle informazioni utili entra solo attraverso i sensi. Finché non sentii quel calore non potevo capire che c'era qualcosa di peggio che soffocare nell'umidità di una galleria: arrostire sotto il sole a picco che non solo brucia la pelle, ma anche gli organi, lo stomaco, la gola, le fosse nasali. Potei constatare quale scherzo sinistro avesse giocato un essere superiore: aveva steso un manto di fuoco invisibile tra il cielo azzurro e le nostre teste, sostenuto dall'alito di un drago condannato a non spostarsi di un centimetro da lì. A prima vista, non fui in grado di distinguere un solo volto bianco tra quelli neri. Dopo aver pagato la tariffa mi lasciarono scendere al primo livello della miniera. E potei così guardare verso il basso e osservare quella specie di cono rovesciato in cui si estraeva il materiale grezzo che poi sarebbe stato separato dal minerale.

Mi venne in mente l'immagine dei terrazzamenti delle coltivazioni in Perù, per sfruttare i terreni in pendio sulle montagne. La forma era simile, ma i colori ben diversi. In Perù predominava il verde, ad Arandis il giallo, una quantità di polvere gialla che ricopriva tutto, compresi i polmoni, anche se questo era impercettibile alla vista e veniva tenuto nascosto ai lavoratori. Ma bastavano pochi istanti per infrangere il nesso tra le terrazze vive del Perù e quel luogo, una miniera a cielo aperto che inquinava l'aria, le acque sia di superficie che sotterranee, devastava il paesaggio ed estingueva la flora e la fauna… Pensare che Yoro poteva essere lì mi strinse il cuore in una morsa ma, al tempo stesso, immaginare che si trovasse in una qualsiasi altra miniera lontano da quella zona mi colmò di angoscia. L'ansia era acuita da quel sole che, pur essendo ben protetta con tanto di berretto in testa, mi bruciava la pelle persino sotto i vestiti. Alcuni minatori portavano il casco, ma quasi tutti erano privi di protezioni. Non vedevo acqua da nessuna parte, nonostante il sudore bagnasse i volti di tutti. Nessuno alzava lo sguardo, non so se perché fossero abituati a tenere tutta la vita gli occhi a terra, o perché era l'unica maniera per evitare il sole sulla faccia. Il sole della loro terra che un tempo avevano amato diventava lì, al pari dei caporali, un sole umiliante che li costringeva a lavorare a capo chino dato che la durezza del lavoro non consentiva di usare berretti e neppure magliette. Le pelli scure erano in molti casi arrossate. Allora non sapevo, come so oggi, che anche la pelle dei neri ha bisogno di protezione. Vedere tutto quell'orrore in un solo giorno fu un'esperienza insopportabile per una persona della mia età. Mi sentivo improvvisamente spossata. Mi sedetti su una pietra, sola, triste, paralizzata, senza sapere da che parte cominciare. E sebbene avessi cercato un posto più o meno all'ombra, il calore era a un livello mai provato prima. Sembrava un'estate che condensava tutte le estati più torride. Mi si annebbiò la vista, e nel giro di pochi minuti sentii l'eternità del mio corpo che si decomponeva. Ne so qualcosa di certi processi. Sapevo che il sole stava cominciando, silenziosamente, a danneggiare le cellule con quel calore estremo, partendo dalla pelle. Solo una volta avevo dovuto sopportare un caldo simile, anche se molto meno intenso. Era stato nel continente americano, quando ero andata a Teotihuacán con S. I due calori si unirono e, a causa della stanchezza e dello stordimento, o per evadere da quella situazione, o forse per rimanere lì per sempre, persi i sensi e rivissi quella giornata in Messico.

Sotto il sole immenso, un signore che teneva in mano una pala di fico d'india, cactus commestibile e delizioso, ci chiese di osservare attentamente alcuni puntini bianchi. Avvicinai il viso e ascoltai la sua spiegazione:

"Sono le uova di un insetto, la cocciniglia, che si riproduce sulle pale del fico d'india."

Usando uno stecchino, l'uomo staccò con cura un minuscolo uovo e lo posò su un foglio. Schiacciandolo, comparve una macchiolina rossa sul bianco della carta. Allargò la macchia con la punta, formando un cerchio color granata. Poi forò il fico d'india ed estrasse una specie di bava, e con quella ricoprì la macchia. "E adesso," continuò, "per proteggere il colore si utilizza questo, il succo dello stesso cactus, che funge da fissatore e al contempo lo secca."

Toccai il piccolo cerchio con l'indice. Effettivamente, era già secco. Ritrassi il dito per lo stupore. Forse nel cerchio rosso vedevo uno specchio che rifletteva l'immagine di me stessa mentre mi disidratavo, perché era mezzogiorno, mezzogiorno nella miniera e mezzogiorno in Messico, e la temperatura continuava a salire, ma ero nella miniera o in Messico? Non mi ricordavo più, perché le molecole degli acidi grassi cominciavano a sciogliersi, le cellule si muovevano con maggiore fluidità, come spermatozoi in fuga, liberati dalla carica riproduttiva. Ma succedevano anche altre cose inquietanti. Per il calore, le membrane si stavano danneggiando e si frantumavano in parti minuscole, che erano repliche di parti di me, moltiplicate e ridotte in modo infinitesimale; e così, le molteplici copie di seni, ginocchia, caviglie, visibili solo al microscopio, scorrevano dentro di me come quelle code mozzate di lucertola che ero solita vedere da quando ero sopravvissuta a Hiroshima e che si agitavano spasmodicamente nel vano tentativo di riattaccarsi al corpo. Tutto questo accadeva anche ai neri che stavo vedendo. Come in Messico. Era la morte delle proteine. E allora desiderai il contatto con un'altra carne, altri liquidi, altri sudori, perché il corpo trova sempre la maniera di comunicare. Lo desiderai a Teotihuacán, non nella miniera, lì sentivo solo calore e deterioramento.

Il signore di Teotihuacán prese un'altra pianta, una specie di cardo. "Si chiama *chicalote*," disse, e si mise a spremerlo. La linfa era gialla, e la usò per disegnare, intorno al cerchio rosso, i raggi che mancavano al sole. Sangue animale e sangue vegetale.

La pianta era molto simile ad altre che avevo visto nel deserto della Namibia, così secche da non poter immaginare che potesse scaturirne un fiore il cui profumo si percepiva intensamente a diversi metri di distanza.

Guardavo il cerchio disegnato da quel signore, i raggi, e alzavo leggermente lo sguardo per osservare, nascondendomi dietro gli occhiali da sole, J che mi stava di fronte. S ci aveva presentati il giorno prima, e lui si era offerto di accompagnarci. Quell'uomo mi piaceva molto. Anche J guardava il cerchio dipinto, e così non notava che lo stavo fissando, e non intuiva a cosa stessi pensando. Ma non stavo pensando a lui come pensavo a tutto il resto, bensì

con quel tipo di pensiero
che non è lineare
come il viale dei morti,
ma vivo,
circolare,
percorrendo più volte il perimetro
della circonferenza che si allacciava alla coda
degli occhi con cui io lo guardavo, con la bocca
degli occhi con cui lui mi evitava.
Pensiero circolare come la miniera,
a spirale,
avvitato
verso l'interno.

Lasciammo il signore che ripeteva lo stesso disegno, seduto su una sedia sotto il sole. Il caldo sembrava non infastidire affatto quell'uomo, carne ignifuga che proiettava sulla terra un'ombra allungata come la lancetta di un orologio che si muoveva per tutti noi tranne che per lui. Per tutti, e in particolare per me, che sapevo di avere soltanto un giorno da trascorrere insieme a J, e sentivo il tempo passare nell'inesorabile movimento di quell'orologio la cui lancetta, ombra inafferrabile, non potevo fermare. L'orrore dell'ombra, sempre l'ombra, quel contorno incerto che non sa interpretare le braccia che si aprono per abbracciare qualcuno, e nel suo sbagliarsi proietta sul muro una croce da cui non passa, né passerà mai, il corpo in grado di salvarla.

Ho sete, dissi. Chiesi dell'acqua a J. Era già un po' che il mio corpo regolava il calore tramite l'evaporazione. Sudavo, perdevo sali, elettroliti.

Bevvi meno di quanto ne avessi bisogno, pensando (desiderando) che mancasse ancora un buon tratto di percorso. E io, che non mi ero ancora accorta delle bruciature che il sole mi stava infliggendo, sempre più visibili ed estese, notavo invece cosa succedeva dentro di me, i vasi sanguigni che cominciano a dilatarsi, cercando di irrigare le zone più superficiali per poi restituire il sangue raffreddato ai tessuti più profondi. Mi passavo la mano sulla fronte e sentivo il passo marziale di quell'esercito di microscopici meccanismi che si organizzava per alleviare il peso del calore.

J mi portò in un luogo dove – mi disse – senza bisogno di alzare la voce, potevamo farci sentire da molto lontano. Da lì, il sovrano ornato di piume si rivolgeva alla massa dei sudditi. Per fare la prova di quella straordinaria acustica, sussurrai a J:

"Riesci a sentirmi?"

Niente. J non mi sentiva. Ma una figura in lontananza che stava camminando verso l'orizzonte della vallata parve voltarsi. Strano posto, dove la vicinanza si proteggeva da se stessa con quell'opercolo (la porta organica) dietro il quale si ritrae la lumaca di mare; un coperchio che, pur avendo la forma di un orecchio, impedisce al mollusco di udire quando si chiude nella conchiglia. E si isola da tutto.

Il sole continuava a bruciare (era il Messico, era la miniera o era Hiroshima), sempre più forte, e il sistema immunitario continuava a enunciare la sua risposta biologica mediante l'arrossamento. Ma sembrava una catena di sordi: J non mi udiva. Yoro non mi udiva.

Come del resto nemmeno io udivo quel processo
che mi distruggeva
dall'interno,
lo schiocco fatale che subiva
l'acido ribonucleico delle nostre cellule.
Nessuno sentiva niente.
Eravamo troppo vicini.

Non risultò troppo arduo salire i gradini della piramide più alta, quella del Sole. Molto meno di quanto mi avessero preannunciato. Molto meno di quanto mi risultava scendere i gradini della miniera. Lo dicono tutti: la discesa è più dura della salita. In alcuni tratti della piramide la gente si fermava a riposare, forse non tutti per mancanza di forze, ma per quella sorta di scoraggiamento che, per le innumerevoli volte che loro o i genitori o i genitori dei genitori avevano menzionato nelle lunghe o brevi vite, si era andato accumulando come la polvere, e trasmetteva di generazione in generazione la genetica della demoralizzazione, passando di bocca in bocca il senso di sconforto che appesantisce le gambe e riduce la volontà, e rende rarefatta la parola.

Salire sulla piramide non fu per me difficile, ma fu deludente dover constatare che sulla cima non potevo vedere al di là della folla. Un folto gruppo di persone alzava le braccia assiepandosi intorno a un predicatore. Il rossore che prima mi segnava solo le spalle aveva cominciato a scendere verso l'alto, a salire verso il basso, ormai niente seguiva più alcun ordine, come un incendio che si propaga secondo il capriccio del vento. La miniera era come quella piramide alla rovescia, e là sotto la gente anziché levare le mani al cielo, verso dio, le affondava verso i demoni minerali del sottosuolo.

Mi muovevo sapendo che, a causa delle radiazioni ultraviolette, le cellule stavano liberando materiale alterato, provocando nelle cellule vicine e sane una reazione infiammatoria per sbarazzarsi di quelle danneggiate dal sole. Anche se le ustioni non mi facevano ancora male, cominciai ad avere la nausea, e seguendo un processo analogo anch'io volevo liberarmi delle persone danneggiate. E così chiesi a J di saltare una recinzione. Era stata messa lì per impedire ai turisti di uscire dal percorso segnato, dai limiti di sicurezza, dall'arredo urbano, dalla storia morta che avevano raccontato a tutti loro. Una recinzione insolente che separava il viale transitabile da ciò che era capace di transitare sulla carne. Insistetti: "Saltiamo." E saltammo. E a quel punto non dovevamo più camminare, perché altre cose camminavano sopra di noi. Non era la gente, perché quella era sparita dopo il salto. Erano altre forme di vita. Erano i blocchi di pietra enormi ma leggeri, erano le piantine che si aggrappavano discrete alle nostre scarpe proprio come si aggrappavano, chiedendo ben poco, alla pietra desertica. Era la vertigine del vero. Era la pace. Era la solitudine condivisa. E dopo il silenzio, la risata. Mi dipinsi una cosa sul palmo della mano: "Siamo stati qui e abbiamo riso, e ci siamo riposati."

Dietro le piramidi, salimmo sull'auto. Allora sì. Le bruciature cominciarono a farsi sentire, per entrambi, ma a me molto di più per via della pelle chiara. In quello spazio chiuso, il caldo, l'eccitazione, la secchezza della pelle che esigeva urgentemente una crema, o saliva altrui, o almeno una carezza… tutto questo, viaggiava su una macchina cieca, o semplicemente egoista, che non capiva di doversi fermare subito, per idratarci al più presto.

Durante una sosta ci limitammo a guardarci e avvisarci a vicenda:

"Ti sei scottata," disse J.

"Anche tu," risposi.

Certo, lui era di carnagione scura, e io bianchissima, ma il sole battente, il massacro delle cellule, la rigenerazione, a quel punto non distinguevano più la differenza tra le nostre pelli, la pigmentazione, la genetica individuale, e per tale ignoranza le bruciature potevano assicurare a qualsiasi sconosciuto di passaggio la curiosa coincidenza:

Venivamo entrambi dallo stesso posto,
entrambi eravamo rimasti esposti al sole,
avevamo passeggiato assieme,
e senza protezioni.

Ma ci era stato concesso un solo giorno. La parte finale si avvicinava. Il mio pensiero continuava a essere circolare come il vento interno di un tornado, che si sposta senza alterare la spirale del desiderio che attrae tutto verso di lui. Però, tristemente, il tempo si ostina a mantenere la propria forma, il tempo – allora come adesso – non era circolare come il mio pensiero, ma continuava a restare (o apparire) lineare come il *Miccaohtli*, il viale dei morti dove poche ore prima avevamo camminato insieme senza sapere, o forse sapendolo, che portavamo in giro il peso di noi stessi. Due chilometri sotto il sole, accalorati, con addosso un carico più pesante di un morto: il fardello della rinuncia, il rifiuto di un regalo che non ci sarebbe stato offerto un'altra volta.

Prima di tornare all'hotel dove alloggiavo con S, bevvi qualcosa con J, senza bicchieri né tavolo né sedie. Soltanto noi due e due lattine alla bancarella di una piazza sulla quale si affacciava la prima chiesa della Nueva España. L'unica luce era un lampione fioco, come la brace di una sigaretta nella bocca di un gigante che ci abbracciava impietosito. Ci accovacciammo, senza toccarci, nel petto del colosso. Emanava un buon tepore. Ma era già iniziato il silenzio, non imbarazzato per la mancanza di parole, bensì presagio della glaciazione che segue a un'intera èra (a un'intera giornata) di caldo torrido.

Arrivammo all'hotel a testa bassa, come per proteggerci, inopportunamente, da un sole che brillava di notte. Le scottature facevano un gran male. Il calore aveva propagato il desiderio verso le parti che il sole non aveva visto, né sfiorato, e che nemmeno noi avevamo visto né accarezzato. Il calore aveva inzuppato tutto come un liquido, la schiena, le labbra, la gola, il sesso. Chiesi dell'altra acqua.

Acqua.
Acqua per rinfrescare le scottature.
Acqua per dividere le acque dei petti rossi.
Acqua per affogare la dolce parola (*rimani*)
che non sarebbe stata pronunciata,
perché soltanto un giorno, o così credevamo,
ci era stato concesso.

E faceva così male la pelle (o il desiderio, che è la stessa cosa) che davanti all'entrata dell'hotel ci abbracciammo fugacemente, da irresponsabili, ignorando o mal interpretando il grido delle cellule, che sebbene zoppe, monche, cieche, ci chiedevano, ci pregavano, di concedere loro un flusso di umori che rimettesse assieme le membra sconnesse da quei duecentotrentotto gradini della piramide del Sole.

Ci lasciammo così, sapendo in anticipo ma con tristezza che le ferite si sarebbero rimarginate. Nessuno dei due avrebbe fatto ricorso a impacchi freddi, corticosteroidi, antinfiammatori. A quale scopo? La morte delle cellule è irreversibile. Sapevamo che, quando sarebbero spuntate le bolle per poi scoppiare e infine cicatrizzarsi, e la pelle avrebbe ripreso il suo colore invernale (pallido per me, olivastro per lui), avrebbero continuato comunque a bruciare.

Quando riaprii gli occhi vidi che mi trovavo su un altro gradino della miniera. Mi bruciava la fronte. Non mi aveva soccorso nessuno. Avevo una leggera contusione all'avambraccio. Neppure gli schiavi – ribadisco che quella situazione si poteva definire solo schiavitù – mi avevano aiutato, neanche trascinandomi all'ombra. Mi rialzai a fatica. Io, una donna anziana. Io, praticamente morta per il calore. Io, che rimpiangevo quell'amante messicano mancato, con ancora nelle orecchie il fruscio dei nostri corpi quando si erano sfiorati, mentre scendevo nella miniera.

Dopo essermi rianimata da sola – perché in fin dei conti sono abituata a farlo – tornai dall'interprete e con lui cominciammo a fare domande su Yoro ai lavoratori. Pur non avendo una sua foto recente, potevo contare su un vantaggio: la sua pelle bianca e i tratti orientali. Per fortuna mia e di Yoro – perché in quel posto nessuno avrebbe distinto un asiatico da un altro – la Cina non aveva ancora messo le grinfie su quella miniera e inviato lì, come avrebbe fatto in certi centri di sfruttamento delle risorse africane, prigionieri cinesi condannati ai lavori forzati che, se fossero mai sopravvissuti, si sarebbero visti ridurre la pena da scontare, anche se nella maggior parte dei casi chi accettava di essere deportato in Africa firmava una condanna a morte. Era l'unico vantaggio su cui potevo contare nella mia ricerca, la diversità fisica di Yoro rispetto al resto dei malcapitati. Ci rispondevano invariabilmente che lì non c'era nessuno con quelle caratteristiche, e ne approfittavano subito per parlarci delle condizioni di lavoro, ma sempre a bassa voce, intimoriti. Ci chiedevano soldi e aiuto, quasi in silenzio, ma come se urlassero, perché di fatto i loro mormorii erano urla. La gente che lavorava lì – ci dicevano – si ammalava. I caporali sostenevano che era per colpa loro perché fumavano e bevevano alcolici, ma quella non poteva certo essere la causa dato che i fumatori e i bevitori erano una minoranza. Ci dicevano che c'era qualcos'altro, volevano solo sapere di cosa si trattava. Nessuno dei dirigenti o dei medici della compagnia mineraria avrebbe mai ammesso che dipendeva dalla polvere radioattiva a cui diversi minatori erano esposti per ventiquattro ore al giorno.

Quando, tempo dopo, cominciarono a diffondersi le proteste all'estero, promosse soprattutto da attivisti antinucleari, si venne a sapere che i controlli che dovevano misurare i livelli di radioattività a cadenza quotidiana venivano effettuati solo una volta all'anno. Secondo i portavoce delle imprese che sfruttavano la miniera, i dati registrati indicavano che i livelli di radioattività erano sotto la soglia di pericolosità. Ma gli esperti indipendenti avvertivano del pericolo di non essere mai a livello zero, perché essendo la radioattività cumulativa, un giorno dopo l'altro – seppure a un livello inferiore a quello di allarme per un periodo di tempo breve, ma sempre superiore a zero – causava malattie derivanti dallo stesso ingrediente che serviva a rifornire di armi nucleari alcuni paesi: l'uranio.

Tanti anni dopo Hiroshima mi ritrovavo, dunque, in un luogo dell'Africa dove anche i medici obbedivano a ordini contrari a qualsiasi parvenza di umanità: accettavano di occultare ai malati la loro malattia, e per di più permettevano che continuassero a lavorare nelle stesse condizioni che li uccidevano giorno dopo giorno. Così lavoravano centinaia di poveracci, che morivano per un re straniero con quel loro incessante scavare sotto il sole della morte.

Yoro non era a Rössing né – a quanto pareva – era mai passata da lì. Oppure non c'era arrivata, o quello che diceva nella lettera lo aveva scritto perché mal informata o ingannata. O forse era semplicemente morta. Pensare a quest'ultima ipotesi, la sua morte, non cambiava i miei piani, perché ero decisa a dedicare il resto della mia vita a cercarla. Sarei morta in Africa. Quanto al mio morale, a volte crollava, certo, ma in generale ero arrivata ad averlo così basso per tanto tempo che non bastava un periodo di scoramento per farmi arrendere, ero ormai talmente abituata a vivere con dosi di tristezza costante che qualsiasi ricaduta non mi faceva sprofondare più delle altre. Avrei potuto dire che la mia dose di tristezza era una dose di mantenimento. Imparai la dinamica del dolore intenso: una corda da funambolo sulla quale l'acrobata, il ferito, non si preoccupa di perdere l'equilibrio passando da un'estremità all'altra. L'equilibrio non è un problema per chi deve solo preoccuparsi dell'unica acrobazia difficile da affrontare: riaffermare la volontà di non abbandonare la corda, di vivere in simbiosi con lei. L'importante è questo, non scendere mai, perché solo il peso del corpo impedisce alla corda di salire un po' di più, dato che il dolore tende ad aumentare per farci precipitare, a peso morto, dal cielo. Io ero nata vittima, così avevo ben presto imparato che non potevo rimanere al suolo, dove le formiche, i predatori, i cani, sarebbero stati attirati dall'odore delle mie carni perennemente lacerate. Il mio posto era su quella corda a tre metri di altezza. Non aspiravo a camminare come la maggior parte della gente, sulla terraferma, perché sapevo che dovevo concentrare tutti i miei sforzi nel rassegnarmi a camminare sulla corda tesa. Era sicuramente scomodo, ma si impara a vivere nella scomodità, l'importante era non elevarmi troppo in alto affinché, se fossi caduta, la botta non mi rompesse tutte le ossa o mi uccidesse definitivamente.

Ecco perché mi sono sempre mantenuta così, adeguandomi alla situazione, discreta, cercando di fare della scomodità il mio territorio, funambola ma al tempo stesso cosciente che da quei circa tre metri al di sopra del suolo potevo contare su un vantaggio rispetto agli altri: balzare dall'alto come una pantera che da un ramo si lancia sulla preda; avevo, quindi, la possibilità di attaccare da una posizione da imboscata, da un'altezza invisibile, come la bomba che era caduta su di me. Sebbene di minore potenza, in certi momenti mi sentivo come se fossi l'arma letale di Hiroshima, e ben presto avrei saputo chi sarebbero stati gli obiettivi della mia esplosione. Da allora, signore, non vivo più sulla mia corda. Il dolore si è attenuato. Sono tranquilla. Adesso che sto sul suolo, a volte sento la mancanza della tentazione di saltare, ma la vendetta mi ha rimesso i piedi per terra.

Gli unici due punti di riferimento nella lettera di Yoro erano la miniera di uranio situata in Namibia e quella di coltan nella Repubblica Democratica del Congo. Dopo il fallimento in Namibia, non sapendo da quale altra miniera cominciare – tra le innumerevoli che ci sono in Congo – decisi di partire da una delle più note, quella che si trova nei dintorni di Goma, nella provincia di Kivu Nord.

Presi alloggio in una casa con vista sul lago Kivu. Sembrava un luogo di notevole bellezza. Sembrava pulito. Invece quel lago era l'inferno, mi avevano avvertita prima di arrivarci. A circa trecento metri di profondità, il lago contiene trecento miliardi di metri cubi di diossido di carbonio e sessanta miliardi di metano, gas che funge da potenziale detonatore trovandosi nei pressi di un vulcano, il Nyiragongo. Questo rende il Kivu un lago esplosivo e se il gas che contiene dovesse salire in superficie, si espanderebbe nell'atmosfera provocando la morte di migliaia di persone. In teoria, potrebbe accadere in qualsiasi momento. Ma non avevo paura. Ormai ben poche cose mi facevano paura. Al tramonto, prima di andare a letto, guardando quell'apparente bellezza del lago pensai che, se un giorno fosse esploso, avrebbe buttato fuori anche il cimitero che contiene: le vittime del Ruanda. Nelle vicinanze, inoltre, c'è un campo di rifugiati. Cosa potrei mai raccontarle di quella zona che lei non sappia già. Quando più tardi entrai nell'accampamento capii che quel rifugio era come il lago, tranquillo solo all'apparenza perché, nelle sue viscere, un gruppo di caschi blu si dedicava ad angariare (o lo fa ancora?) i rifugiati e soprattutto le rifugiate, che con il sesso dispongono della moneta con cui si pagano più spesso gli aiuti internazionali. Sì, il blu dei caschi blu è lo stesso blu del lago Kivu. Un blu che ricopre il marrone. Ma di quei caschi blu mi occuperò più avanti.

Le vie di comunicazione della zona erano alquanto precarie, e nel giro di pochi giorni mi sarei abituata a misurare le distanze in termini di tempo. I chilometri non avevano alcun senso. La mancanza di strade rendeva impossibile stabilire una distanza in base a unità di misura dello spazio. Tutto, quindi, veniva misurato in tempi di percorrenza, per quanto approssimativi, perché le ore o i giorni necessari a raggiungere un determinato luogo dipendevano dalle piogge, da qualche albero caduto di traverso, dalla presenza inattesa di un controllo doganale improvvisato quanto illegale, o da una pallottola che dilatava il tempo impreciso dello spazio reale e lo trasformava nell'imprecisione del tempo infinito.

Ma, oltre al tempo, il giorno in cui partimmo in auto alla volta della miniera potei calcolare la distanza grazie a un altro fattore che indicava il graduale avvicinarsi alla nostra destinazione: cominciammo a incrociare numerose persone che camminavano cariche di sacchi sulle spalle. Molti erano adolescenti e bambini. Non che la cosa mi facesse chissà quale effetto, lei non creda che arrivata a questo punto mi scandalizzi nel vedere un bambino con un sacco sulle spalle. Comunque, sarebbe da ipocriti sostenere che quel bambino dovrebbe andare a scuola quando la sua famiglia, e quindi lui stesso, non hanno niente da mangiare. Però il coltan è un metallo subdolo, perché avendo una densità tra le più alte fra i metalli del pianeta, pesa molto, e un sacco da quaranta chili è relativamente piccolo, quindi uno come lei, vedendo quelle dimensioni ridotte, potrebbe dire – al pari di tanti altri – che persino un bambino potrebbe trasportarlo, e che se lo fanno stando così curvi è perché hanno il vizio di lamentarsi. Incrociammo tantissime persone, che dovevano spesso fermarsi a pagare il pedaggio imposto da gruppi armati, o dall'esercito regolare, una somma che pretendevano per lasciarle proseguire con il carico di minerale in città – dove avrebbero venduto a due dollari quello che in Europa sarebbe poi stato acquistato a seicento euro al chilo. Tutto questo lo avrei saputo dopo. Ma non importava granché, di qualsiasi cifra si trattasse, perché niente poteva giustificare quella catena di orrori che iniziava all'interno della miniera.

L'interno della miniera. Lo sa cosa fa la gente nell'interno di una miniera? Cerca. Per anni, per tutta la vita, sacrificando la salute, dedica il suo tempo, ogni sforzo, a cercare. Un'eterna ricerca di qualcosa, in questo caso il coltan, che la gran parte di quanti lo raccolgono non sa neppure a cosa serva, è curioso. Andai dentro le gallerie della miniera a cercare, ed ero perennemente circondata da gente che cercava. Gallerie scavate appositamente per tale ricerca. Magari, pensai, avessi avuto anch'io un tunnel, o mille, dove scavare. La ricerca che aveva guidato i miei passi fino a quel punto, si era sgranata in spazi immensi, in una enorme piana circondata da orizzonti senza limiti, e in quell'immensità non c'era alcun minerale da pulire, nessun pietrisco da separare dalla terra con cura, senza fretta, per prolungare la speranza di individuare quel materiale inestimabile che, fra tutti i minatori, avrebbe reso contenta soltanto me. Invidiavo, dunque, quel mestiere vecchio di secoli che è il lavoro in miniera; persino il fatto che in quelle miniere i lavoratori non contassero su nessun genere di macchinari e i processi di estrazione fossero totalmente artigianali mi appariva invidiabile, perché immaginavo che le tecniche di ricerca e raccolta del minerale passassero di bocca in bocca, di generazione in generazione, e che di conseguenza la ricerca si basasse su una sorta di autorità ancestrale sostenuta dal lavoro congiunto di diverse generazioni. Io, invece, ero una minatrice solitaria, nessuno mi aveva insegnato a scavare, nessuno mi aiutava a togliere l'acqua dalla mia galleria perché – l'ho già detto – la mia galleria era una spianata, e quando si allagava non c'era posto dove far defluire l'acqua, e io potevo soltanto aspettare, inzuppata, giorni, mesi e anni, che si asciugasse da sola. E nemmeno quelle lanterne sulle teste che vidi nella miniera di Goma mi sarebbero servite a niente, perché la mia ricerca si svolgeva alla luce del sole, e la sua abbacinante potenza, e non l'oscurità né i miei troppi anni, era il motivo per cui la mia vista calava sempre di più. Non avevo neanche le ventole con le quali i minatori smuovevano l'aria nelle gallerie nel tentativo di proteggersi dai gas, perché io lavoravo all'aria aperta, vagando tra le molteplici varianti che mette in campo il peggior nemico di ogni ricerca: la libertà assoluta, senza piste da seguire, senza consigli, senza una guida. Quei minatori del coltan, invece, spostavano le precarie ventole per poter respirare meglio. E quale ironia del destino pensare che, all'esterno, lontano dalle gallerie sotterranee, fiorisse su quella zona della terra ciò che viene definito, per la sua fitta vegetazione, il secondo polmone del mondo. I minatori, e in quel momento anch'io, eravamo microbi che attaccavano gli alveoli di quel polmone e anche altri, dall'esterno, lo aggredivano con il taglio degli alberi, gli eccidi degli abitanti e la svendita per cifre miserevoli delle terre a imprese multinazionali che, per di più, usavano quegli spazi a buon mercato come discariche senza alcun controllo. Povero secondo polmone del mondo, tubercolotico, tisico. Percorsi dunque molte gallerie, sostenute da tronchi ogni quattro o cinque metri, catacombe dove la gente viveva isolata dal mondo senza sapere che il frutto del loro scavare era proprio un componente indispensabile per le comunicazioni mondiali, il coltan, superconduttore fondamentale per la fabbricazione di telefoni cellulari, computer e armamenti di ultima generazione. Il coltan era la moneta che estraevano a prezzo di enormi sacrifici e che sarebbe servita a finanziare le guerre che uccidevano i loro genitori, i figli, loro stessi, che vivevano e agonizzavano sepolti da quella stessa moneta coperta da chili di terra.

Uscendo, notai che alcuni minatori cercavano il minerale usando piatti di metallo che muovevano nelle acque torbide del fiume, lo stesso procedimento dei cercatori d'oro. Sul fondo del piatto rimanevano pagliuzze nere e grigie: era il coltan. In quel luogo tutto era oscuro, non solo il materiale che cercavano e l'interno della miniera, ma anche l'esterno, i volti sporchi, la strana assenza del sole. Cominciai a chiedere di Yoro a quanti lavoravano fuori, che si passarono la domanda l'un l'altro finché arrivò alle orecchie di quelli che stavano all'ingresso della galleria, che a loro volta la passarono a quelli all'interno. La domanda, la mia voce, doveva arrivare fino alle reni della terra, pensai, per poi tornare – magari depurata, con una risposta positiva – dalla stessa bocca della galleria fino a me che aspettavo, seduta su una pietra, con i piedi immersi nell'acqua fangosa, che copriva le varici violacee nascondendole alla vista come le gallerie dove Yoro poteva trovarsi in quel momento.

Temevo che dalla galleria non sarebbe uscita nessuna voce. Ricordai il silenzio assoluto che regnava a Hiroshima una volta passati i primi giorni dall'esplosione di *Little Boy*. Nell'ospedale dove ero ricoverata i moribondi smisero di lamentarsi. Neanche i bambini piangevano più. Si udiva soltanto un mormorio di nomi sussurrati. Erano quelli che cercavano i familiari rimasti senza faccia, una strana esperienza, perché l'incontro non dipendeva da chi stava cercando ma da chi veniva cercato. I documenti, le carte, erano state le prime cose a bruciare nell'esplosione, così l'unica maniera di identificare i degenti era la voce del sopravvissuto. Se questi non aveva le forze per dire "sono io" alla bocca che si avvicinava al suo orecchio, allora il padre, o il figlio, continuava a sussurrare il suo nome nelle orecchie sbagliate. Trascorsi tanti anni da allora, adesso ero io quella che cercava una persona cara, aspettando che fosse lei stessa a identificarsi.

Finalmente la voce uscì e tornò a me. Neanche loro avevano visto un bianco lavorare lì negli ultimi anni. Dovetti ingoiare la risposta, così difficile da digerire che temevo di metterci più tempo a digerirla di quanto ne rimanesse al mio corpo per tenersi aggrappato a questo mondo. Mi spaventava immaginare il mio stomaco che digeriva la grande risposta – la risposta definitiva, l'informazione cercata per tutta la vita – impiegandoci così tanto tempo che mi sarebbe arrivata solo quando le mie orecchie, piene di vermi, non avrebbero più potuto ascoltarla, né tantomeno inviare il segnale al mio cervello, rattrappito in fondo al cranio, ridotto in poltiglia.

Signore, so che mi resta poco tempo. Tenterò di essere ancora più concisa, e dico *ancora* perché, nonostante tutte le pagine che ho scritto, ho cercato di risparmiarle alcuni dettagli, soprattutto da quando ho cominciato a pensare che da un momento all'altro possono arrivare a prendermi.

Ho vissuto per dieci anni una vita sotterranea. Persino quando uscivo fuori, tutte le immagini che mi passavano per la testa riguardavano l'interno delle miniere. Potrei dire che, pur avendo trascorso quasi quindici anni in questo continente, non riconoscerei niente che non fosse sottoterra. Su questo sono diventata un'esperta.

Che altro posso dirle della mia permanenza in Africa? Lei è nato in un continente bellissimo, per quel poco che ho potuto vedere quando stavo in superficie, ma lo stanno traforando in lungo e in largo, questo continente, lo stanno svuotando dall'interno, e un giorno lei si addormenterà sul suo letto, ma si sveglierà sottoterra, oppure andrà nella stanza di sua figlia, e aprendo la porta vedrà soltanto un profondo buco dove i minatori continuano a scavare gettando il materiale di scarto sopra il cadavere di quella bambina a cui lei, solo qualche ora prima, aveva rimboccato le coperte e dato un bacio nel suo lettino. Rimarrà aggrappato allo stipite della porta, paralizzato dalla visione della camicia da notte che scompare sotto il marrone, il grigio, il nero bluastro della carne di questa terra. E da quel momento inizierà a vedere come funziona l'ingranaggio terrificante. Vedrà il corpo sepolto che scivola dentro una galleria, come un bullone appena fatto che scorre sul nastro trasportatore di una fabbrica, dove nessuno pensa che sta costruendo l'arma che finirà per seppellirlo, cadendo giù come l'ennesimo bullone dal nastro trasportatore, e così via, finché questo continente sarà soltanto una grande fabbrica che sputa bulloni affinché un uomo di un altro emisfero possa sparare spendendo poco.

Ricordo che, poco tempo dopo il mio arrivo, mi invitarono a una festa dove vidi un celebre artista belga realizzare una scultura – o almeno così la chiamava lui – che ottenne elogi a profusione mentre io, con il tempo, l'avrei associata al massacro dell'Africa. Davanti agli occhi del personale dell'ambasciata del suo paese, invitato alla festa di inaugurazione della sua opera d'arte, afferrò un bidone di alluminio liquido e lo rovesciò sull'imboccatura di un formicaio. Aspettò qualche istante affinché il liquido si solidificasse, poi scavò, estrasse un blocco di terra, e lo ripulì con un getto di acqua sotto pressione, e alla fine mostrò l'intrico di minuscole gallerie scavate dalle formiche. L'alluminio argenteo metteva in risalto la bellezza di quel labirinto, ma lì dentro non c'era più traccia di vita. A volte penso che sarebbe l'unica salvezza per queste terre. Uno scultore gigante che rovescia piombo liquido nelle migliaia di gallerie di questo formicaio umano, prima che rimanga totalmente vuoto facendoci precipitare tutti dentro: uomini, elefanti, serpenti, antilopi, scimmie. Anche se per allora credo che sarò lontana da qui. Non sarò viva, né qui né in nessun altro luogo. Ma Yoro sì, Yoro è ormai in salvo e io me la rido di lei, signore. La disprezzo. Mi sento felice. Nulla mi toglierà questa felicità. Anche se dovessero torturarmi prima di giustiziarmi, penserei: "Le torture potranno durare uno, due, sette giorni. Ma la mia felicità durerà per l'eternità, più del mio corpo, più della mia coscienza, perché sarà un suono che si ripete a catena, il colpo che un gorilla dominante si dà sul petto per affermare il controllo di un pezzo di territorio, o il rumore della pioggia che riempie le crepe lasciate sul terreno dalla siccità." Lei non ha alcun potere sul sentimento che prevarrà in me: l'allegria, la risata aperta, la scintilla che rimane nell'aria, al di là dei limiti del corpo.

"Il Congo finisce per cambiare anche la migliore delle persone," ho sentito dire una volta a un militare delle Nazioni Unite. Si ricorda che le ho raccontato cosa successe un giorno nel programma televisivo statunitense *This Is Your Life*, che aveva ospitato nello stesso studio una vittima di Hiroshima e

William Sterling Parsons, il comandante dell'*Enola Gay* che sganciò la bomba? Bene, un paio di anni fa ho visto un altro esempio di registrazione che mi è parso squallido quasi quanto quella trasmissione. Lei sa già di cosa sto parlando, ma ripenso a quel lettore che continua a conservare la capacità di empatia, il lettore capace di provare dolore di fronte alle sofferenze altrui. A lui direi che c'è un video che fa parte del materiale con cui pretendono di formare il personale dell'organizzazione internazionale più grande al mondo, le Nazioni Unite. *The United Nations* dicono i suoi membri riempiendosi la bocca con queste parole quando le pronunciano, ma io affermo che questa organizzazione è stata creata per legittimare le azioni degli statunitensi agli occhi dell'opinione pubblica mondiale. Le Nazioni Unite, questa puttana dalle mille vagine aperte permanentemente verso la Casa Bianca. Il video a cui mi riferivo si intitola "Servire con orgoglio. Tolleranza zero nei confronti degli abusi e dello sfruttamento sessuale da parte dei nostri dipendenti", e si prende la briga di informare i funzionari dell'Onu in merito a questioni che – pensavo – qualsiasi membro delle Nazioni Unite dovrebbe conoscere fin troppo bene. Per esempio, il video definisce cosa si intende per "sfruttamento sessuale". Più avanti, con tutto quello che stava per accadere, questo video sarebbe stato uno dei pezzi con cui ho cominciato ad assemblare il puzzle che mi avrebbe permesso di capire la sinistra immagine finale. Adesso, mentre scrivo, mi immagino i membri della missione di pace dell'Onu seduti sulle sedie con una cartellina e una penna in mano, che prendono appunti mentre qualcuno spiega loro cosa si intende per "sfruttamento sessuale". A quanto pare, dunque, non è così scontato che chi lavora in difesa della pace sappia cos'è, per esempio, la pedofilia. Il video ripete in diverse occasioni l'enunciato di regole quali "offrire denaro, impiego, beni o servizi in cambio di sesso è proibito". Il video presenta anche alcuni casi, reali, come spiegazioni pratiche di tale teoria. Viene raccontato il caso di un'adolescente di sedici anni che era stata portata in Liberia a fare la prostituta, per restarvi reclusa in un locale chiamato Sugar Club. Vedendo davanti all'ingresso un veicolo dell'Onu, la ragazza pensa di essere in salvo, prova sollievo e corre verso l'auto a chiedere aiuto. Il conducente la stupra, e poi informa il proprietario del locale che la ragazza ha tentato di scappare. Un po' come in certe fiabe popolari, dove una principessa si perde nel bosco e quando scorge una casetta illuminata crede di essere finalmente in salvo. Non si rende conto che il peggiore pericolo sta proprio in quella casa, e non nel bosco, e lo capisce solo quando il soldato si apre la cerniera dei pantaloni. Un'altra storia educativa del video: un dipendente dell'Onu dava biscotti a una ragazza in cambio di sesso; l'aveva messa incinta per poi andarsene. La madre era sopravvissuta vendendo banane per mantenere il piccolo, guadagnando meno di un dollaro al giorno. Il bambino lo chiamavano, in modo dispregiativo, *mzungu tali tali*, che significa "non è bianco né nero"; un bambino diverso, che gli stessi medici congolesi rifiutavano di curare sostenendo di non conoscere il mistero di tale differenza in quel corpo meticcio. Così se ne vanno in giro i soldatini bianchi lasciandosi dietro mulatti qua e là. Gli stupri dei caschi blu più scuri di pelle o neri del tutto lasciano tracce meno evidenti. Però c'è un momento nel video che mi ha colpito in modo particolare. La candida e bigotta voce fuoricampo dice (l'ho trascritto sul mio taccuino): "Vi sono altre conseguenze per le vittime, oltre alla possibile discriminazione, la minaccia reale del contagio da Hiv e quella della gravidanza indesiderata, perché privare una persona della dignità è forse il peggiore dei danni che si possano arrecare." A quanto pare, l'Organizzazione delle Nazioni Unite si attribuisce anche facoltà soprannaturali: quella di togliere la dignità a una donna. Questi energumeni in uniforme credono che la dignità stia nella fica, e che loro abbiano il potere di oltraggiarla con il proprio cazzo. Ebbene no, signore, la dignità è un'altra cosa, e ovviamente, non viene alterata dagli atti commessi da alcuni di questi impostori.

Alla fine del video, nel caso non sia stato abbastanza chiaro o per evitare che il messaggio possa essere dimenticato, c'è il riepilogo delle regole che mi ha fatto venire in mente quello che di solito compare alla fine di una ricetta culinaria, quando vengono elencati gli ingredienti menzionati prima:

Ricordate:
No al sesso in cambio di denaro, lavoro, beni o servizi.
No al sesso con bambini.
Obbligo di denunciare lo sfruttamento e l'abuso sessuale.

MONUSCO. L'hanno chiamata così la missione di pace in Congo, acronimo di "Missione dell'Organizzazione delle Nazioni Unite per la Stabilizzazione della Repubblica Democratica del Congo". Ma credo che dovrebbe chiamarsi Mollusco, *mollusk* in inglese, *mollusque* in francese, l'animale viscido che si nasconde quando si avvicina qualcuno. Che nome mettono al loro mandato? Ah, sì, un mandato di "monitoraggio", cioè stanno lì per non fare niente, per giocare a carte, dato che in tali missioni inviano in Congo soldati che servono solo a contare i morti e stare a guardare. Sono i grandi guardoni del mondo, i *voyeurs* della morte, nel migliore dei casi, e nel peggiore, portatori di perversione.

La MONUSCO dispone di aerei, di armi ad alta tecnologia e dei migliori veicoli. In Congo la gente dice che la missione è lì per non fare niente, e pur avendo enormi risorse a disposizione le utilizza solo per trasportare minerali e commerciare con le compagnie che si incaricano poi di rivenderli sul mercato internazionale. Si dice pure che, in molti casi, i membri della MONUSCO vendono armi a gruppi ribelli, o le scambiano con oro e altri metalli preziosi, quindi finiscono per essere loro stessi che alimentano i conflitti interni. Il coltan lo chiamano "oro blu"; non so se per il colore, che in realtà è più vicino al nero, ma visto tutto ciò che sono arrivata a sapere, lo chiamerei così in onore dei caschi blu. La risoluzione 1857 delle Nazioni Unite assegna a questa organizzazione la responsabilità di vigilare e controllare le rotte dell'oro e del coltan. E qui siamo alla perdizione. La perdizione si raggiunge nel momento in cui nominano come giudice del criminale lo stesso criminale, quando il personale delle Nazioni Unite viene autorizzato internazionalmente a vigilare sulle rotte che generano la corruzione di cui è parte integrante. Signore, lei può dirmi mille volte che i caschi blu non hanno fatto niente. Io potrei dirle la stessa cosa: in effetti, non hanno fatto niente. Ma questo, ripeto, nel migliore dei casi, cioè quando si dedicano al lavoro di monitoraggio che, per quanto inutile e di spregevole cinismo, risulta idilliaco se paragonato a molte delle loro azioni. Lei può anche dirmi che sono una povera vecchia, che la mia testa non riesce a discernere con la rapidità di una mente giovane. A questo rispondo che è vero, che oggi, nei giorni in cui scrivo questa testimonianza, sono molto vecchia, ma dato che la mia testa è rimasta ferma per tanti anni, si è presa un lungo periodo di riposo addormentandosi nella follia, non si è logorata come altre della mia età, o come la sua, che sicuramente non ha mai dormito il sonno ristoratore dell'insania, perché i pazzi, mentre smettono di ragionare, e quindi di produrre, si staccano dal corrotto ingranaggio sociale, e scommetto che lei non si è mai voluto concedere che la pazzia annullasse la sua ambizione. Lei è molto assennato. Non c'è dubbio. È assennato oggi, ma quando arriverà alla mia età, si pulirà la bava con una banconota da cento dollari pensando che è uno strofinaccio.

Ora, mi dica, come è possibile che, dopo tanti anni, cittadini europei o statunitensi o di qualsiasi paese che si assegna da solo il diritto di difendere i diritti umani – e la conseguente superiorità con cui tali paesi sventolano la propria bandiera – siano capaci di stare a guardare giorno dopo giorno come i ribelli o gli stessi soldati dell'esercito regolare congolese massacrano in modo sistematico le donne e le bambine? Come lei sa, signore, in Africa in generale, e in Congo in particolare, l'economia familiare si basa unicamente sulla donna. Gli uomini non lavorano. Le donne fanno tutto. Vanno a prendere l'acqua, lavano i panni nel fiume, procurano il cibo. Le più fortunate riescono a vendere i pochi prodotti che ricavano dalla terra, sempre che le varie bande armate gliene lascino. Le bambine di quattro o cinque anni preparano da mangiare ai fratelli. Quando arrivai qui, rimasi stupita vedendo gli uomini che non facevano niente, giocavano a carte, o stavano seduti sulla porta di casa. Un giorno chiesi a uno di quegli uomini perché fossero solo le donne a lavorare. Mi rispose che gli uomini sono guerrieri, e non possono lavorare perché devono tenersi pronti a combattere in qualsiasi momento. Avrei ripensato a tutto questo qualche tempo dopo, ascoltando una donna intelligente e buona, che per rispettarne l'anonimato chiamerò V come valorosa. In Congo la donna – mi diceva V – è diventata un'arma di guerra. I ribelli sanno che tutto dipende da lei, e così, se la massacrano, se la stuprano, non potrà lavorare per diversi giorni. Alcune soffrono a tal punto che si tolgono la vita. Non c'è bisogno di ucciderle. Lo stupro sistematico è sufficiente a rovinare il paese. V ha raccontato una storia a tutti noi che partecipavamo a quella riunione informativa sulla situazione delle donne in Congo. Eravamo una ventina. La maggior parte europei. Lei sa già tutto ciò che ho dovuto vedere. Ebbene, mi creda se le dico che quando ho ascoltato il racconto dalla bocca di V ho visto, come se la vedessi per la prima volta, la crudeltà assoluta. Ho provato la stessa sorpresa, la stessa nausea, la stessa impotenza, la stessa voglia di urlare o di scappare via, da nessuna parte e ovunque al contempo. Ecco la storia di V:

V aveva un'amica che viveva nel suo stesso villaggio, Jeannette. I ribelli la sequestrarono con tutti i cinque figli. Per un'intera settimana la stuprarono, la torturarono, le infilarono bottiglie di acqua bollente nella vagina. Poi la sistemarono in una stanza e si presero cura di lei. Le diedero dell'acqua, le curarono le ferite per quanto era possibile. In quei giorni le diedero persino della carne. Jeannette non mangiava carne da tanto tempo. Allora chiese ai soldati perché la trattavano bene dopo averla ridotta in quel modo, e se per favore le lasciavano vedere i cinque figli. Uno dei miliziani rispose: "E ce lo dici adesso che vuoi vedere i tuoi cinque figli? Solo adesso, dopo che ti curiamo da una settimana? Adesso, dopo aver finalmente mangiato carne?"

V non ebbe bisogno di chiarire nient'altro. Non dovette dirlo, perché tutti noi avevamo capito di quale carne si trattava. Una signora si alzò, si aprì il passo a tentoni tra le sedie, con lo sguardo stravolto, in preda alla nausea. Fuori si udì un grido: "Per favore, un medico!" Un ragazzo era appena svenuto. Ovviamente non arrivò alcun medico, e ora quel grido di un bianco appena arrivato lì mi pare quasi un affronto. Un medico per curare una sensibilità ferita? V avrebbe forse dovuto avvertire che il suo racconto non era adatto a ogni tipo di pubblico? No, non solo non ci avvisò, ma nemmeno fece una piega di fronte alle nostre espressioni inorridite, a quell'urlo di qualcuno che aveva dovuto aspettare fino a quel momento per capire cosa fosse il vero dolore. V rimase ferma, con le mani sul tavolo, solenne, ci guardò negli occhi a uno a uno, e con voce serena disse: "*Je suis désolée.* Non volevo ferirvi, ma il Congo ha bisogno di aiuto."

Illuminazione: 2011-2014

Nonostante ciò che diceva nella lettera, Yoro non si era mai mossa dal Congo, però aveva cambiato miniera. Dall'estrazione del coltan era passata a quella dell'oro, in una miniera sempre controllata da bande armate, la miniera di Chondo. Quando vi arrivai lei non si trovava più lì, ma fuori dalla miniera accadde qualcosa che non dimenticherò mai. Un uomo pesava su una bilancia rudimentale l'oro che gli consegnavano. Su un piatto della bilancia c'era un fiammifero, e sull'altro metteva l'oro. Non capii il motivo, ma davanti ai miei occhi una donna venne sgozzata e derubata del suo pizzico di metallo prezioso, che passò dalla bilancia alle mani dell'uomo che le aveva tagliato la gola. Fu la prima volta che vedevo uno sgozzamento. Mi sono chiesta varie volte se mai vedrò il mio, se i circuiti dei miei occhi e del mio cervello continueranno a funzionare nell'istante in cui annuserò la terra che mi ricoprirà, l'ultima frescura della radice che forse si attorciglierà intorno ai miei fianchi come primo abbraccio di benvenuto nel nulla.

La miniera di Chondo era l'inframondo del terzo mondo. Era il settimo mondo. Non era possibile che sotto vi fosse qualcosa di peggiore. Ma oggi credo che vi sia sempre qualcosa ancora più sotto, qualcosa di peggio e abbastanza pesante da sostenere tutti gli strati che si ammucchiano sopra la sua superficie sepolta. Penso che, in realtà, non sono mai arrivata a vedere le solide fondamenta dell'inferno, eppure, sono scesa molto in profondità. Quando mi portarono alla miniera di Shinkolobwe – per fortuna l'ultima che avrei visitato – nella regione del Katanga, smisi di contare gli inferni. La discesa è infinita perché in questa discesa consiste il viaggio verso la morte; non esattamente la morte, bensì il viaggio dell'errabondo che non ha requie.

Lei saprà cosa si estrae nella miniera di Shinkolobwe. Io lo avrei saputo anche se non me lo avessero detto. Lo sa perché? Perché, mano a mano che ci avvicinavamo con la jeep, notavo che la vegetazione diventava sempre più rada e misera, più secca, ingiallita, morta. Anche i suoni che denunciavano la presenza degli animali si diradavano, fino a scomparire del tutto. Silenzio. Quando arrivammo il silenzio era assoluto. Davanti a me, un piccolo lago artificiale che i belgi, in seguito alle pressioni degli statunitensi, avevano creato per nascondere ciò che c'era sotto. Ma ciò che c'era sotto superava le dimensioni del lago, e la miniera continuavano a sfruttarla clandestinamente, il minerale dovevano esportarlo attraverso lo Zambia. Molti dicevano che si trattava di rame, secondo altri, cobalto. Può darsi. Ma quello che lì ha veramente un grande valore è l'uranio. Uranio, signore. Ancora l'uranio, sì, ma ciò che differenzia questa miniera da quella di Rössing è che il suo uranio non è un uranio qualsiasi. È lo stesso uranio usato per le bombe di Hiroshima e Nagasaki. A volte la vita è così, non è vero? Quando pensi di essere riuscita a staccarti da ciò che ti ha fatto tanto male, ti ritrovi in mezzo a un fiume che non ti porta alla foce ma alla sorgente, e allora devi scivolare per la seconda volta nelle stesse acque. Me ne stavo lì, in quella cava da cui aveva preso origine l'olocausto della mia città. Una miniera apparentemente chiusa di giorno, ma dove, di notte, molti lavoravano all'estrazione dell'uranio, che poi altri portavano fuori dal paese illegalmente, su camion che venivano controllati alle frontiere da rilevatori di radioattività inservibili, e per una mazzetta di dollari superavano facilmente qualsiasi revisione. In questa terra, lei lo sa, soltanto ciò che è inanimato ha il diritto alla vita. Le persone vengono uccise, gli animali si estinguono, la vegetazione bruciata, ma la materia prima del denaro, sopravvive. È il continente dei diritti umani del dollaro. L'uomo non è altro che un conduttore, un filo di rame. I dollari non ti salvano la vita, ma se riesci a restare vivo ti danno la possibilità di muoverti. Chi ha del denaro ed è ancora vivo, può muoversi, il denaro garantisce la mobilità, ma non la sopravvivenza, che dipende dal caso. Questo accadeva nel 2011. La seconda notte che trascorsi nella miniera di Shinkolobwe, sotto una galleria dal cui soffitto filtrava l'acqua radioattiva del lago, ebbi la conferma, infine, che Yoro era morta. Me lo aspettavo, lei non creda che non avessi messo in conto questa possibilità.

Se non ho voluto raccontarglielo prima della morte di Yoro è perché volevo che lei percorresse, almeno nel corso della lettura, gli stessi passi che ho fatto io. È così, scoprii che Yoro era morta, e questo accadde nel 2011, in una galleria dove piovevano le stesse gocce acide che caddero sulle bocche aperte della mia assetata Hiroshima. Lo scoprii quasi alla fine della mia vita e lo scrivo quasi alla fine di questa testimonianza, alla quale sicuramente mancano più pagine rispetto ai giorni che mi restano. Yoro. Morta. Ma non crollai, perché, come lei sa, ero già crollata tante volte che avevo perso la capacità di rattristarmi fino a quel punto. Le racconto una cosa. A me piace molto essere accarezzata. Ero arrivata a tediare il povero Jim per le innumerevoli volte che gli avevo chiesto di accarezzarmi le braccia, i capelli o le gambe mentre guardavamo un film, o prima di addormentarci. Qualche volta, per risparmiargli quel capriccio, provavo ad accarezzarmi da sola, ma non era la stessa cosa, le carezze mi rilassavano solo se era la mano di un altro a farmele. La spiegazione è – o almeno quella che mi sono data io – che la pelle prova piacere soltanto se il piacere arriva in modo imprevisto, a sorpresa, quando la carezza avviene senza che il cervello ne conosca l'intensità, il momento o il punto esatto in cui la si riceve. Ebbene, credo che con la tristezza succeda la stessa cosa. La tristezza, come il piacere della carezza, si produce su un terreno vergine, e affinché faccia effetto è necessario che accada come se fosse la prima volta. Nel mio caso, ho l'impressione che, di tante tristezze che ho vissuto, ormai nessuna possa cogliermi di sorpresa; sono un braccio, una gamba, un capello che ha provato tante volte la stessa sensazione da aver perso la capacità di rattristarmi. Tuttavia, potevo, e posso ancora, rallegrarmi, perché nonostante ciò che ho fatto sono una donna buona, e le persone buone non perdono mai la facoltà di provare gioia. In quel caso, sapere che Yoro aveva avuto una figlia, sebbene non compensasse la sua perdita, mi incoraggiò a riprendere la ricerca. Mi ero chiesta tante volte se la gravidanza di cui parlava nella lettera fosse andata a buon fine. Ebbi la conferma che così era stato, e anche che aveva chiamato la bambina, come promesso nella lettera che Jim non aveva potuto leggere, con il suo stesso nome, Yoro. Yoro, sua figlia, la nipote di Jim. E in un certo senso anche mia nipote, ma solo in un certo senso, o almeno è ciò che credevo prima di scoprire quello che ora le dirò.

Quello che ora le dirò l'ho letto in un documento datomi nella miniera da una donna che aveva protetto Yoro. Glielo aveva affidato temendo che qualcuno potesse strapparlo a sua figlia. In quel documento veniva riportato il cognome di Yoro, un cognome che Jim conosceva, ma che mi aveva sempre tenuto nascosto. Non lo aveva mai usato riferendosi a lei. Leggendolo, capii tutto all'istante. Esisteva, ovviamente, l'eventualità di una coincidenza. Ma non mi passò neanche per la testa. Capii che se quel cognome coincideva con il mio era dovuto al fatto che Yoro era carne della mia carne, sangue del mio sangue, ed era lo stesso motivo per cui nemmeno l'incontro con Jim era stato una coincidenza. Tutto acquisì un senso di colpo, giusto quando vidi innalzarsi il mio Universo, nell'attimo in cui, all'improvviso, si manifestò davanti ai miei occhi il significato di tutta la storia dei miei molti anni. Come ho detto, l'incontro con Jim non fu casuale. Jim mi aveva cercato perché io ero il padre della sua bambina, il padre biologico, e quando mi incontrò come la donna vera che sono, fu naturale che si innamorasse di quanto di più vicino a Yoro avesse.

Tutto questo a lei sembrerà complicato. Non lo è così tanto. Prima le ho spiegato che i medici statunitensi, nei giorni successivi all'attacco e per tutto il periodo dell'occupazione, non avevano il diritto di curare le vittime della bomba atomica. Ma godevano di altri diritti. Il diritto alla sperimentazione. Il diritto di estirpare un testicolo che la bomba non aveva danneggiato ed estrarne gli spermatozoi – apparentemente molto più forti di me – per inseminare un ventre anonimo di cui nessuno avrebbe mai saputo niente. Nacque Yoro, neonata destinata a illustrare, fin dal suo primo giorno e anno dopo anno, le conseguenze che la radioattività aveva su un feto, su un bambino, su un giovane… fin dove arrivasse viva. Ecco il motivo delle relazioni sanitarie che le famiglie affidatarie dovevano inviare periodicamente. Ma Yoro avrebbe cominciato a dare segni di radiotossicità solo qui, nelle miniere. La sua malattia radioattiva iniziò a manifestarsi quando lavorava con tonnellate di acqua atomica sulla testa, estraendo dalla roccia lo stesso materiale che l'aveva condannata fin dalla nascita, ma senza il quale non sarebbe mai nata. Yoro era una figlia di Oppenheimer; una bambina, e poi una madre, di uranio.

La stessa donna che mi consegnò il documento affidatole da Yoro mi disse che l'unica cosa che aveva fatto nei suoi ultimi giorni era stato pronunciare il nome di sua figlia, alla quale – nella speranza di renderne più probabile l'identificazione – diede, come ho detto, il suo stesso nome: Yoro, che in spagnolo ricorda il pianto. Non dimenticherò mai la richiesta che aveva scritto in quella lettera. Chiedeva a Jim di farsi carico della vita di Yoro per smentire quel verbo, *llorar*, piangere. D'altra parte Yoro, mia figlia, per me non poteva essere identificata meglio di così, visto che le avevano messo il mio stesso cognome, non so se come unica parvenza di compassione nei miei confronti come padre o se, al contrario, per semplice disinteresse, per disprezzo, pensando che Jim non avrebbe mai voluto o potuto trovarmi. Mi davano così poca importanza da lasciare il mio cognome a mia figlia, come uno che si nasconde nell'armadio non perché pensa che sia un buon nascondiglio, ma perché sa che nessuno lo cercherà lì dentro. E invece Jim mi ha cercata, mi ha trovata, e non mi ha mai detto chi ero io. Ho voluto bene a Yoro, l'ho cercata come se fosse mia figlia senza sapere che lo era, e ne ho pianto l'assenza per tutta la vita. Perché Jim me lo ha tenuto nascosto?, si chiederà lei. Non potrei dare una risposta certa. Probabilmente, trovarmi e scoprire che ero una donna aveva costretto Jim ad affrontare un difficile processo di assimilazione, e poi – immagino – aveva bisogno di un certo tempo per rivelarmi questa realtà; ma la morte, lei lo sa già, se lo è portato via troppo presto.

Quante volte mi sono chiesta dove fosse finito il mio sesso dopo l'esplosione. Quanti incubi ho avuto in cui il mio pene e i miei testicoli si trascinavano cercandomi invano. Jim sapeva, al riguardo, molte più cose di me. Le aveva sempre sapute. Sapeva dove era finito lo sperma dei miei testicoli, e ciò che aveva prodotto, la mia bambina. Sapeva di me le cose più importanti della mia vita, e mi aveva amata come nessun altro uomo o nessun'altra persona al mondo aveva fatto né potrebbe mai fare. Come la sua donna e come padre di sua figlia.

Come dicevo, nella miniera mi raccontarono che negli ultimi giorni Yoro madre ripeteva soltanto il suo nome, che era lo stesso di sua figlia. A qualsiasi domanda, rispondeva invariabilmente: Yoro. E non perché fosse impazzita, ne sono sicura, bensì per il bisogno di imprimere quel nome nella speranza che, magari, passasse di bocca in bocca finché Jim, una volta ricevuta la lettera, andasse a cercarla. Tornano a risuonare nella mia testa le parole di quella lettera: "Se non riesci a trovare me, cerca tuo nipote o tua nipote, che avrà il mio stesso nome, e prenditene cura in modo che nella sua vita possa contraddire questo nome." Mi piace pensare che, a parte la finalità pratica, Yoro avesse ereditato da me l'idea di dare molta importanza al nome proprio. Sicuramente condivido l'interesse per il nome con altre tradizioni orientali, più simili alle mie. Penso, per esempio, ai caratteri cinesi che si utilizzano per designare il "nome proprio", formati dalle parole "bocca" e "luna". Alcuni sostengono che sia dovuto al fatto che l'ultimo giorno di ogni luna si pronunciavano i nomi delle guardie imperiali che dovevano sostituire i compagni nei giorni successivi; secondo altri – e questa è la spiegazione che preferisco – l'etimologia avrebbe un'origine diversa: il nome del neonato veniva sussurrato dal padre alla madre al chiaro di luna. Lo si sussurrava, in effetti, come qualcosa di sacro. Chiamo me stessa H, il che non vuol dire che sia l'iniziale del nome che mi hanno dato i miei genitori, i quali non furono neanche in grado di rispettare il mio sesso. Ho scelto questa iniziale per un motivo concreto. Dopo aver saputo che Yoro aveva trovato il significato del suo nome in spagnolo, ho chiesto a un cittadino di quel paese come si dicevano certe parole, fino alla pronuncia di Hiroshima nella sua lingua. "Iroshima," ha risposto, "perché la *h* non ha suono, per questo la chiamiamo la lettera muta." L'esistenza di una lettera senza voce mi è parsa qualcosa di meraviglioso. È una lettera come me, con una presenza, un corpo, ma afasica. Allora mi sono resa conto che quello era il mio nome, quello dei muti, della mia città ridotta in cenere. Sono H, la figlia muta della muta Hiroshima.

A quanto mi disse la donna nella miniera, nemmeno mia figlia e mia nipote le avevano lasciate parlare granché. Alla morte di sua madre, Yoro bambina era rimasta indifesa. Fin dalla nascita era carne da macello. Innanzi tutto, essendo il frutto di una bianca e un nero, non era né bianca né nera, ma ciò che i congolesi chiamano *mzungu tali tali*. E poi aveva altre caratteristiche a renderla diversa. Essenzialmente la forma degli occhi e un collo piuttosto lungo. Per tale ragione un guardiano birmano che aveva aiutato la madre negli ultimi anni le aveva messo alcuni anelli dorati intorno al collo nella prima fase della crescita, così, diceva lui, se un leone l'avesse aggredita, la gola era protetta, ma poi diceva anche altre cose, tipo che nella sua terra quegli anelli erano un simbolo di nobiltà. Ma quali leoni. Quale nobiltà. Niente di tutto questo si vedrà mai sottoterra.

Morta Yoro madre, Yoro figlia venne portata in un campo di rifugiati a Goma. Quando arrivai in città tenni gli occhi bene aperti, e la prima cosa che vidi fu un'enorme presenza di prostitute. Assieme ai piccoli commerci, la prostituzione è il mezzo di sopravvivenza più usuale per una donna, che vende il suo corpo in cambio di denaro o di cibo. Perciò non capivo quale necessità potesse avere un militare di stuprare i minori, o pagare il sesso con bambine distribuendo biscotti e Fanta. Mi avrebbero spiegato il motivo più avanti, una volta arrivata nel campo di rifugiati. I militari volevano evitare qualsiasi rischio di contagio e le bambine avevano più probabilità di essere sane. Di fronte alla crescente richiesta, come era già accaduto prima in altri paesi, in Congo cominciavano ad arrivare prostitute da zone diverse, e si installavano lì per soddisfare i desideri dei membri dell'Onu che, per quanto lo si cerchi di nascondere, fanno parte di un meccanismo che comporta anche il traffico di minori.

In quel campo di rifugiati c'erano centinaia di vittime di stupri, comprese le donne, di minore o maggiore età, che a causa della violenza subita avevano avuto quello che alla fine tutti chiamavano un "baby MONUC", proprio così, un figlio frutto di uno stupro o di una transazione sessuale criminosa da parte di un membro dei caschi blu. Solo le bambine ancora troppo piccole per avere le mestruazioni si salvavano – per l'ovvia impossibilità biologica – dalle gravidanze. Lì ho potuto constatare io stessa, dalle testimonianze dirette, tutto quello che ho fin qui riferito. Nel tendone principale delle Nazioni Unite c'erano appesi ovunque poster che sancivano il divieto di rapporti sessuali con minori. Molte donne si presentano presso le sedi delle Nazioni Unite in cerca di aiuto. Lei si immagina cosa deve significare per loro trovare nel presunto rifugio tutti quegli avvisi rivolti al personale delle missioni di pace? Pensi che razza di fiducia può garantire la presenza di quei manifestini nella sede stessa di quelli che si suppone siano venuti nel paese in qualità di protettori. È come se uno arrivasse in un ospedale ferito e leggesse in sala operatoria un cartello che dice: "Uccidere i pazienti non va bene".

Una giornalista mi ha detto che a quei militari consegnavano assieme alla divisa un biglietto con elencate dieci regole di condotta che, assieme ai manifesti nei tendoni e il video di cui parlavo in precedenza, ribadivano il divieto di commettere abusi sessuali. Immaginare quei soldati, garanti della pace, con nel taschino questi biglietti in cui si spiegavano dieci regole così elementari mi risultava insopportabile. Dieci regole in un biglietto formato *pocket card*, come quelli che si usano per imparare il vocabolario essenziale di una nuova lingua, mentre vai in metropolitana o aspetti in una fila. Una maniera veloce di memorizzare, ma con un fondo di perversione: si trattava di memorizzare il divieto di commettere atti terribili, come se fossero una cosa nuova; cioè, in quei biglietti il verbo *stuprare* non era altro che qualcosa che bisognava imparare, in modo cosciente, a non fare. Imparare la lezione che dice "non devo stuprare" come si impara che in inglese *table* vuol dire tavolo. E si manda a memoria. E se lo dimentichi, tiri fuori il biglietto dal taschino, lo memorizzi di nuovo e si ricomincia. E se perdi il biglietto o la memoria o l'umanità, be', a quel punto aumentano le possibilità che non supererai l'esame nella vagina o nell'ano di una bambina. Tutto qui. L'importante, se ciò dovesse accadere, è il passo successivo: occultarlo.

Così è stato in Congo. Lei lo sa bene. Oltre ventimila militari sono venuti a proteggere il paese in quella che è stata la missione di pace più importante delle Nazioni Unite. Ma con la presenza dell'Onu in questo paese la situazione è solo peggiorata. Si dice che se finiscono i morti finisce il loro lavoro, e che quindi istigano i conflitti interni per continuare a incassare il doppio stipendio: quello dell'esercito del proprio paese e quello dell'Onu. Credo che all'inizio la gente nutrisse speranze, ma quando sono entrata in quel campo i rifugiati mi chiedevano solo quando li avrebbero lasciati in pace o in guerra, comunque senza tutte quelle truppe con il casco blu. La maggior parte delle vittime non aveva alcuna risorsa per accusare lo stupratore di turno, specie in un paese dove molte persone non sanno nemmeno il giorno o l'anno di nascita. Il personale più solerte faceva quello che poteva, ed era stata avanzata la richiesta di una banca del Dna dei militari per rendere possibile l'identificazione genetica, la prova della paternità dei baby MONUC e la conseguente incriminazione dei colpevoli. La maggioranza dei militari era favorevole alla creazione della banca dati, perché le denunce potevano ricadere su chiunque, compresi gli innocenti, sebbene in termini generali, colpevoli o no, l'intero Congo sia stato un immane complotto del silenzio da parte dell'unica organizzazione che nel paese disponeva di denaro e risorse.

Ho mangiato per diversi giorni nel campo di rifugiati, assieme ai soldati. La carne – mi dicevano mentre mi servivano – è argentina, il formaggio francese, il caffè colombiano, il cioccolato belga. Tutto pagato dall'Onu. E la mente, signore, che a volte ci induce a formulare pensieri vergognosi, mi ha giocato un brutto scherzo: mentre mangiavo mi sono chiesta perché qualcuno di quei militari non aveva neppure la decenza di pagare le bambine con un buon arrosto di carne e del cioccolato, anziché con Fanta e biscotti. Mi sembrava un peccato che i bambini del Congo non sapessero cos'è il cioccolato. Sorprendermi a pensare una cosa simile mi ha fatto paura. Ricordavo quello che mi avevano detto, che il Congo è capace di cambiare anche la migliore delle persone, e mi sono sentita, per un momento, più vicina ai criminali che alle vittime.

Nel campo di rifugiati di Goma, Yoro non era passata inosservata. Con i suoi cerchietti al collo, mi dissero che era andata a lavorare, volontaria, in una sorta di zoo che un pezzo grosso dell'esercito congolese aveva allestito alla periferia della città. Yoro doveva aver sicuramente pensato, a ragione, che in una terra dove le persone sono state animalizzate, uno zoo è un rifugio migliore rispetto a un campo di rifugiati.

Arrivando lì, vidi le distruzioni provocate dalla rivolta del giorno prima in città. Ma ero sicura che quello fosse l'ultimo passo, l'ultimo anello della catena che mi avrebbe portata a Yoro. Lo zoo. L'unica cosa che volevo era entrare nel recinto. Guardandolo dall'esterno, in rovina, insanguinato, echeggiante di urla di animali agonizzanti, pensai che anziché entrare da un cancello, la cosa più pratica fosse sborsare una certa somma di denaro, sempre in nero; l'unico nero che i bianchi, e pure i neri, rispettano. Ma non ci fu bisogno di pagare, perché gli incendi del giorno precedente avevano distrutto buona parte del perimetro, anche se, a quanto mi risulta, lo zoo era stato abbandonato molto prima nelle mani di dio, che lì non esiste.

Quello che è accaduto mentre mi addentravo tra le rovine non dovrei scriverlo perché lei non se lo merita. Non si merita che le racconti cosa ho provato quando ho incontrato Yoro. Mi stimerei ben poco se mi concedessi di scrivere anche solo tre parole che la possano aiutare a immaginare quel momento. Questo riguarda soltanto il mio cuore, ed è stato talmente bello e doloroso al tempo stesso, che non intendo sprecare un solo minuto a spiegarle quanto quell'istante abbia cambiato la mia vita. Però l'ho spiegato al mio Jim morto, quando ho ritrovato la calma sufficiente per farlo, una volta raggiunta la necessaria lontananza dal momento febbricitante in cui l'ho vissuto. Aggiungo qui di seguito la lettera che ho scritto a Jim, come se pensassi davvero che avrebbe potuto leggerla; scritta dalla vita. Forse il lettore clemente e umano vorrebbe conoscere i dettagli che hanno preceduto la fine della mia storia, se un giorno lei decidesse di condividere con altri questa testimonianza, esaudendo il mio ultimo desiderio. Lei può saltare le pagine che ho scritto per Jim e passare direttamente alle ultime, dove spiego l'unica cosa che realmente le interessa in questo caso: il mio crimine.

Lo zoo di una città in guerra, amore. Immagina cosa sia lo zoo di una città in guerra. Nessuno che non lo abbia visto potrebbe immaginare che lì si sente, molto di più che fuori, il dolore delle persone. Non si dà il giusto peso alla morte della gente quando vedi la gente morta. Io avevo già visto tanti morti che ormai mi sembravano tutti uguali. La morte della gente si vede meglio in uno zoo di animali selvaggi abbandonato dagli uomini; nei ventri flaccidi che gli ippopotami si trascinano dentro lo stagno artificiale dove resta a malapena un po' di acqua; nell'afonia dell'orango che, a forza di urlare, ha perso la voce e spalanca la bocca in un grido muto che tuttavia ti graffia i timpani. Fuori dallo zoo, morti e feriti sono tutti la stessa cosa. Unite dalla sofferenza, le persone perdono la propria individualità. Ma in uno zoo dove gli animali sono stati abbandonati dentro gabbie e recinti ogni specie manifesta il dolore di modo che ogni animale è diverso, poiché lo fa all'interno dei parametri del proprio essere: quello dell'orso, della scimmia, del leone, al punto che ogni animale è, nella sua natura, una delle tante sfaccettature che formano il diamante del cuore umano.

Ho sempre saputo che l'arca di Noè non conteneva animali, bensì l'intero spettro di sentimenti che una persona può provare. Aspirava a salvare l'allegria e l'infelicità in tutte le loro sfumature. Era questo il compito di Noè.

Se avessi visto gli occhi di Yoro, amore… Ti saresti innamorato di lei, nonostante fosse tua nipote, e nonostante il tuo amore per me. Io stessa ho provato un'attrazione particolare. Una sorta di attrazione genetica. Quanto è bella nostra nipote, figlia della mia figlia biologica, e che bello che sia stato tu a cercarmi, facendomi sentire sua madre senza bisogno di dirmi che lo ero. Me lo avresti detto se fossi vissuto di più, lo so, ma questo adesso non importa. In realtà non è mai importato, perché sono arrivata a lei attraverso le stesse strade che avrei percorso se avessi saputo la verità, e forse il fatto di averlo ignorato mi ha dotato di un po' più di pazienza quando dicevo a me stessa: coraggio, non preoccuparti, perché cercare la figlia di un altro non dovrebbe essere così importante. Ma quando l'ho vista per la prima volta ho capito che proveniva dalla mia sequenza genetica. Sono cose che si sanno senza bisogno di averle studiate. È così importante il legame di sangue, amore mio, da essere in grado di farci intuire i misteri del cromosoma umano? Ho sempre pensato di no, che il sangue non è importante, e voglio ancora pensarlo, perché ho vissuto con l'idea che, malcreata da mia madre, erroneamente identificata da familiari e medici, sono nata per conto mio. Tuttavia, quando Yoro mi ha guardata, ho sentito che il cucciolo del cucciolo che avevo portato in grembo per tanti anni mi riconosceva, mi annusava, e mi osservava da capo a piedi come se fosse affamata, forse cercando il capezzolo da donna che mi hanno negato alla nascita, condannandomi ad avere un seno piatto da uomo triste. Ma Yoro era lì, a rendermi madre e nonna in un colpo solo. È stato così facile. Quando l'ho vista è scomparso tutto. Come in una sala parto, solo lei, appena nata, esisteva. La sua presenza era tutto. Persino tu sei sparito in quei primi momenti. Il parto, amore, non è stato doloroso. Intendo dire che è vero ciò che tutte le madri ripetono come se fosse un luogo comune: quando Yoro è venuta alla luce, nulla di ciò che avevo sofferto prima faceva più alcun male. È difficile da spiegare, non è che realmente nulla mi facesse più male, ma di fatto la sofferenza è come se facesse parte di un film che potevo vedere scena dopo scena, ma senza sentirlo.

Dopo tanti anni passati a cercare Yoro, incontrarla è stato come rincontrare te. Gettare acqua sulle tue ceneri ai piedi di un albero e vedere le tue membra rialzarsi. Fino a riaverti intero ed eretto. Gli occhi di Yoro erano i tuoi, ma con lo scintillio di una stella che si scalda sotto la pressione degli anni. Avevano la tua espressione. E anche quella della guerra. Lei, così giovane, e già con quello sguardo sul punto di esplodere di rabbia, di calore. Ma era buona. Si è chinata ad accarezzare la pelle incartapecorita di un coccodrillo. L'animale non si muoveva. Se fosse stata una persona, avrei pensato che era morta, ma in un coccodrillo l'immobilità e la tristezza sono la stessa cosa, e la tristezza, si sa, è un albero dalle foglie perenni.

Camminavamo piano, guardando in tutte le gabbie. Molte erano aperte. A una cinquantina di metri abbiamo visto una tigre che si avvicinava. Si riconosceva dalle strisce. Le strisce del manto erano l'unica cosa che rimaneva. Strisce senza tigre. Non riusciva a muoversi. Tentava di avanzare con le sole zampe anteriori, trascinandosi dietro quelle posteriori, così lentamente che non temevamo nulla. Una volta arrivata davanti a noi si è fermata e ha dato un morso all'aria, affamata com'era; si era ridotta a questo tutta la sua forza felina, al vano tentativo di un camaleonte di catturare una mosca.

Yoro è bellissima, amore, ma colpisce soprattutto la sua bontà. Accarezzava le sbarre di ferro come se fossero carne ferita. Entrava nelle gabbie con rispetto, come se non volesse risvegliare i morti. Abbiamo visto un elefante giovane, era ancora vivo. Sdraiato su un fianco, ha proteso verso di noi la proboscide, che ancora una volta mi ha ricordato un'immagine ricorrente nei miei incubi: pelle di serpente dopo la muta; ma io sapevo che era del mio pene, dei miei testicoli. Tutto dipendeva da Yoro. Una proboscide non era più il simbolo del mio sesso che mi cercava per tutta Hiroshima, ma era soltanto questo, una proboscide di elefante. Yoro e io abbiamo trascorso molte ore cercando di raccogliere la poca erba rimasta in giro, e un po' di mangime, e acqua nelle altre gabbie. Per l'elefante. Era molto debole. Yoro gli posava il cibo davanti alle cavità nasali sull'estremità della proboscide affinché l'annusasse, e poi glielo metteva in bocca mescolato a un po' d'acqua. Sembrava che fosse cresciuta accudendo elefanti malati. Magari era stato davvero così. Per ora non so nulla di lei. Come potrei farle certe domande. Non le ho neanche detto chi sono. Ma io credo, Jim, credo che lo sappia. Se tu potessi vedere come mi guarda. Lo sa come l'ho sempre saputo io, anche se tu non me lo hai mai detto, con quella comunicazione silenziosa che si trasmette da un corpo all'altro. Comunque, glielo dirò. Devo pensare a come farlo. Come dirle, con le parole, perché abbiamo consumato una vita, l'unica che avevamo, cercando sua madre, cercando lei. Era la nostra unica vita, Jim. Una vita quasi intera dedicata alla ricerca di questo tesoro che tu non hai potuto vedere.

Siamo andate allo zoo per sette giorni. I primi sei siamo uscite da lì a piedi. L'ultimo, amore mio, l'ultimo, Yoro è uscita sul dorso dell'elefante. Se avessi visto. Era mansueto. Cercava di evitare con le zampe i corpi distesi al suolo. Quando sono salita su anch'io, mi sono resa conto che, vista da due metri di altezza, la desolazione aumenta. Ho saputo così che l'intera città era stata un campo di battaglia. È per questo che i re e gli dèi non meritano perdono, perché più stai in alto e meglio si vede il paesaggio, e più si potrebbe prevenire la guerra.

Cavalli scheletrici vagavano e annusavano i resti umani. Li mordevano. La dieta erbivora durata migliaia di anni veniva sostituita da quella carnivora. Cose della guerra, che può mutare tutto. Ho notato che i cavalli, amore, diversamente da quanto succede ad altri animali, muoiono senza un lamento, il loro modo di manifestare il dolore è il silenzio. Morirò silente come un cavallo o lancerò un grido da maiale sgozzato che congeli di colpo tutto il silenzio che ho sofferto? Abbiamo percorso la città per almeno un'ora quando l'elefante, dopo aver riacquistato la memoria ancestrale, ha rivolto la proboscide al cielo e, con un barrito, si è sbarazzato di noi. Buttate a terra, abbiamo sentito il rimbombo delle sue zampe che si allontanavano senza più schivare le facce di quanti, con lo sguardo ormai vacuo, gli avevano tolto la libertà. Due caschi hanno scricchiolato sotto le sue zampe. Il rumore mi è piaciuto. Su uno dei due c'era scritto "pace". La materia solida non cola, mentre le cervella soldatesche spiacciate potevano formare rivoli liquidi e finire, forse, nelle lagune della vera Pace, la pace che quei militari avevano ridicolizzato. Soltanto un anno prima una donnetta viziata e tutta elegante nel suo tailleur aveva pronunciato un discorso femminista nella sede dell'Organizzazione delle Nazioni Unite. Ma il mondo non si rimette in sesto grazie alla candida voce di un'attrice. Il mondo si rimette in sesto con le zampate di un elefante che, nella sua corsa, imprime la propria memoria. Tu mi hai insegnato che l'uguaglianza non si chiede per favore. L'uguaglianza non si discute. Un tempo era così. Ora è diverso. L'unica maniera di difendere i neri e le donne è una zampata di elefante. Il mondo non comprende più le parole.

Jim, amore. Io che non ho mai creduto vi sia niente al di là della morte ti sto scrivendo. Visto? E ti scrivo così, in maniera disordinata, perché mi accorgo adesso che non ti ho raccontato la cosa principale. Avrei dovuto cominciare dicendoti che Yoro era una delle attrazioni dello zoo. Sì. Come qualsiasi altro animale. Ti chiederai perché. E io so che non ci sei più, che non mi leggerai, che è assurdo scriverti, eppure, cerco le parole adeguate per dirti in maniera delicata che Yoro porta al collo cinque anelli di bronzo. Un peso di oltre un chilo grava sulle sue clavicole. Chi lo avrebbe mai detto che nostra nipote, con gli occhi da giapponese, la cui madre abbiamo cercato sempre, sarebbe stata una donna giraffa dalla carnagione scura. L'ho trovata accovacciata nella sua gabbia. Una catena era attaccata a uno degli anelli del suo collare e agganciata alle sbarre. "Un guardiano mi ha detto che la Birmania è in guerra." È stata la prima cosa che mi ha detto. Solo più tardi ho pensato che tu avevi sofferto le pene dell'inferno in Birmania. C'è ancora un conflitto in quella terra? Credo di non aver pensato subito a te in quel momento perché quando Yoro ha menzionato la Birmania, lo ha fatto come per giustificarsi di tutte le guerre, in un modo che non mi è parso strano, piuttosto una maniera discreta di chiedere perdono per qualsiasi conflitto. Ti ho già detto che la caratteristica predominante in Yoro è la bontà. E me lo ha detto nella mia lingua madre, in giapponese. La lingua che – mi avrebbe poi raccontato – le aveva insegnato sua madre per proteggersi, affinché nessuno le capisse quando parlavano tra loro. Tutto il suo essere era un gomitolo di tristezza, a parte il collo, lungo e dorato. Guardava una minuscola gabbietta ai suoi piedi. Dentro c'era un grillo. "Un insetto e una donna giraffa si assomigliano in una cosa," mi ha detto, "se ci togli un anello, non siamo più niente." Suppongo che sia così. L'insetto si dissangua, il collo della donna si spezza. Quando l'ho liberata dalla catena, ci ha messo un'ora a dire un'altra parola. Allora, ha cominciato a raccontare.

Prima di dirti ciò che credo mi condurrà al termine della mia vita, devi sapere che Yoro mi ha raccontato, passo dopo passo, la storia che aveva portato sua madre, nostra figlia, dal Giappone all'Africa. E il fatto è che sua madre non si ammalava. Come sai, i referti medici che le famiglie inviavano periodicamente riportavano sempre una situazione stabile. Yoro era stata una neonata forte, una bambina resistente, un'adolescente sana. Il progetto segreto, quella neonata da inseminazione in provetta che era stata messa al mondo per studiare come e di cosa si sarebbe ammalata, l'esperimento sulle radiazioni atomiche, cresceva senza alcun problema di salute, ed era risultata così forte per tanto tempo da far cessare l'interesse di quanti gestivano il progetto. Si erano sbarazzati di lei perché troppo sana. E affinché non parlasse l'avevano mandata, dopo aver firmato un contratto lavorativo fasullo, nelle miniere di questo continente dimenticato, dove alla fine le radiazioni accumulate avrebbero concluso la sua esistenza. Così è stato. Tutto semplice, e al contempo difficile. Dal Giappone all'Africa, Jim. Dovevamo venire in Africa insieme. Come abbiamo fatto a non pensarci. L'origine. Della donna. Di Yoro. Oggi questa cicatrice, il cheloide sulla mia guancia sinistra a forma di continente africano mi sembra, più che mai, pieno di significati, come un capriccio del destino inseguito per tanti anni: trovare Yoro.

E poi, sì, Yoro mi ha raccontato chi l'ha portata, dopo la morte di nostra figlia, prima nel campo di rifugiati di Goma, e poi allo zoo, dove non solo veniva esibita come attrazione turistica, la donna giraffa – lei pensava e accettava di esserlo –, ma anche come richiamo sessuale. Chi entrava lì dentro poteva abusare di Yoro e intanto vedeva gli animali intorno che erano a loro volta oggetto di abusi. Ricorderai, amore, quanta pena ci aveva fatto Sandy, la nostra femmina di orango del Borneo, umiliata, prostituita. Le condizioni di Yoro erano del tutto simili. Capirai, allora, quello che intendo fare, e lo approverai. A Yoro, fortunatamente, restava la forza di indicare, qualche giorno dopo, il casco blu che l'aveva condotta, con l'inganno, dal campo di rifugiati alla gabbia nello zoo.

Ma questo sarebbe avvenuto qualche giorno dopo. Quando ci siamo conosciute parlava a malapena, e piangeva per gli animali che erano morti nell'ultima sparatoria. La prima notte abbiamo dormito nella gabbia. Due donne in una gabbia e, dentro, un'altra gabbia con un grillo. Mi ha ricordato un'antica consuetudine cinese. Le concubine si addormentavano al canto di un grillo chiuso in una gabbietta che, si dice, era quasi sempre d'oro. Ho pensato che gli anelli al collo di una donna giraffa erano solitamente d'oro. Yoro invece aveva il collo chiuso da ferraglia, e la gabbietta del suo grillo era fatta di legno. Quando mi hai portata in Thailandia ci avevano detto che lì allevano grilli perché sono aggressivi. Ricordi? Li fanno combattere e la gente scommette. Tu allora mi avevi regalato un grillo perdente. Aveva una zampetta ferita da un morso e non serviva più per i combattimenti. Appendemmo la gabbietta allo zaino. Le prime notti il grillo cantava. Amore mio. Le prime notti cantava, e ascoltando quel canto ho stretto la mano di Yoro per tentare di dormire, per la prima volta da quando te ne sei andato, sotto il gradevole peso del tuo abbraccio.

Non so dove arriveranno le parole di questa lettera, ma so che aver trovato Yoro non è, come pensavamo, la fine del viaggio. Il finale non potrei metterlo per scritto, sarebbe un rischio inutile, soprattutto tenendo conto del fatto che non lo puoi leggere. Devi sapere che il rischio a cui mi riferisco non riguarda Yoro, che in questo momento si troverà ben accolta dalla mia fedele amica S. Il rischio di cui parlo è solo la paura di rovinare il finale che voglio imprimere a questa storia. Ma se tutto va secondo i miei piani, e se sei sopravvissuto alla morte e te ne stai lassù, o qui accanto, è possibile che presto te lo racconterò io stessa. Amo la vita, ma perderla è una possibilità che aumenta man mano che vado avanti in questo viaggio. E tu sai che non mi sono mai posta dei limiti.

Signore, Yoro e io siamo rimaste in attesa per qualche minuto in una piccola buca sotto la recinzione del campo di rifugiati. Lei, certo, questo non lo sa. Yoro conosceva bene quel posto perché da lì le passavano dall'esterno, quando viveva nel campo, un po' di cibarie che non doveva giustificare alle autorità. Mi ha raccontato che una volta alla settimana verso la mezzanotte si udiva un fischio, il richiamo per lei e altri cinque rifugiati che, attraverso la buca, ricevevano gli aiuti che uno sconosciuto passava loro. Immaginavo quel gruppo di sei persone nel cuore della notte; erano simili a gatti affamati, che accorrono avidi al richiamo di una voce che a loro non importa minimamente a chi appartenga. Quella dipendenza dalla carità senza nome mi sembrava più tipica degli animali che delle persone. Dopo qualche minuto di attesa, abbiamo sentito dei passi e siamo rimaste silenziosamente nella buca. Ho appoggiato la mano su qualcosa di duro, ruvido; ho temuto il peggio, un corpo freddo, ma era la radice di un albero. Ho guardato verso l'alto ma non ho visto il tronco né i rami, niente. Mi è tornata in mente la leggenda del baobab, l'albero che era stato condannato per la sua smisurata bellezza a crescere alla rovescia, sottoterra. Me ne stavo lì con Yoro, nello stesso strato di terra dove stava la radice di un albero condannato all'oscurità come una talpa. Su questa terra le cose più belle non sembrano misurarsi sopra il livello del mare, ma tutto, persino la luna e le stelle, gli uccelli e le nuvole, tutto sta nel sottosuolo, sotterrato, atterrito. Il morto e l'alpinista stanno entrambi sottoterra. Com'è possibile che chi, a forza di piccozza, fatica e muscoli, sale su una vetta per trovare aria pura, orizzonti e libertà, non riesca a vedere di più di ciò che vede il morto? In quale momento è stato seppellito questo continente sul quale la vita correva, volava, ululava di piacere? È importante che lei sappia queste cose che mi passavano per la testa prima del finale. Non è che, per questo, lei mi comprenderà meglio, ma voglio sia chiaro, innanzi tutto, che amo la vita, perché questo mi pone molto al di sopra di lei.

Mentre aspettavamo rintanate nella buca che i piedi delle persone lì vicino si allontanassero, ha cominciato a piovere. Era una pioggia leggera ma abbondante. La terra ha preso a inzupparsi e la mia mano è affondata un po' di più. Ho toccato un'altra parte della radice. Mi è entrato il freddo nelle ossa. Per un attimo ho temuto di essere morta anch'io. Poi ho pensato che il freddo è la caratteristica dei morti che sentono solo i vivi. Ho deciso, quindi, che ero viva. A volte essere morti o vivi mi sembra solo questione di decidere se uno è morto o vivo. Ho continuato a valutare il mio stato: sebbene non avessi mangiato niente per l'intera giornata, non avevo fame. E neanche sete. Il mio ultimo pasto era avvenuto il giorno prima, una ciotola di riso condivisa con Yoro. Erano trascorse molte ore anche dall'ultima volta che avevo bevuto dell'acqua. Avevo la bocca secca, ma senza sete. Lo stomaco vuoto, senza accenni di fame. Era come se quella secchezza e quel vuoto fossero destinati a ricordarmi che i vivi necessitano di acqua, cibo, e io invece, pur avvertendone l'assenza, non avevo bisogno di niente. Niente. Non sentivo il bisogno di mangiare né di bere. Allora, ero morta? Ho guardato Yoro e tutti i dubbi si sono dissipati. Eravamo vive. O magari si trattava solo di questo, la questione di decidere che eravamo vive.

Quando quelli che se ne stavano in piedi davanti alla recinzione se ne sono andati, ho visto che Yoro teneva la testa appoggiata di lato sulla terra. Non volevo attendere oltre, ma lei mi ha afferrato il braccio per trattenermi dentro la buca. Diceva che i ragni facevano una certa musica tessendo le loro tele, che le larve crescendo producevano un rumore simile al ronfare di un gatto quando si stira. Mi assicurava che tutti quei suoni infinitesimali sono indubbiamente belli, e aveva imparato a distinguerli nelle miniere. Apprezzava quelle forme di vita che per anni erano state la sua unica compagnia, vite a cui nessuno badava, che si schiacciano sotto le scarpe o semplicemente si ignorano. Allora mi ha detto che aveva paura. Ed è successa una cosa, signore, che non posso dimenticare. Yoro ha allungato una mano, e alla luce della mia piccola pila ho visto cosa voleva mostrarmi. Una formica volante aveva disteso le ali sul palmo della sua mano, formando una croce, e non è che io sia cristiana né creda a tante cose, ma ho dovuto credere che quello era il modo in cui la natura aveva deciso di condividere la nostra situazione. Una lumaca spuntava dalla sua conchiglia, e dopo aver lasciato sul suo braccio una scia umida come un bacio prolungato, ha ritratto i cornini ritirandosi dentro la conchiglia. Un uovo di lucertola si è incrinato affinché Yoro potesse vedere – e il gesto mi è parso evidente nella sua generosità – lo spettacolo della nascita prematura di una minuscola creatura. Tutte quelle vite minime stavano con Yoro. Sulla mia pelle non c'era nessun animaletto. Tutti stavano sulla pelle di Yoro, accarezzandola a modo loro. Credo che se Yoro non fosse stata in grado di camminare, l'avrebbero sorretta; migliaia di schiene minute l'avrebbero sostenuta e trasportata a faccia in su, rivolta al cielo stellato. Ma lì c'ero io a poterle dare una mano, e dopo averle tolto con cautela quella quantità di vita che si era posata su di lei, l'ho aiutata a salire, finalmente, dall'altra parte della recinzione.

Era notte fonda, e il terreno ridotto a un pantano per la pioggia abbondante. Dovevamo procedere con estrema attenzione per non fare rumore con i piedi che sguazzavano nel fango. Per fortuna la tenda che cercavamo non era troppo lontana dalla buca da cui eravamo entrate e comunque, nel peggiore dei casi, era improbabile che qualcuno senza uniforme si sentisse disturbato dalla nostra presenza, visto che le mosche non infastidiscono le mosche ma le persone, e lì non c'erano persone, perché chiunque vi entrasse finiva per diventare un insetto nero che si disputava con altri insetti neri l'immondizia del mondo. Essendo un campo di rifugiati, la logica faceva pensare che la recinzione servisse a proteggere quelli dentro da eventuali minacce esterne. Ma non era affatto così. Come ho già raccontato, molti rifugiati avevano trovato lì una guerra nella guerra, e in quel posto gli aiuti umanitari venivano venduti più cari che all'esterno.

Quando ho visto la tenda, prima ancora che Yoro me lo dicesse, ho capito che era quella che cercavamo. Non era difficile. Oltre a essere illuminata, da fuori si sentivano risate e una musica che solo avvicinandoci sono riuscita a riconoscere. Un rock and roll: si trattava, di preciso, del grande Jerry Lee Lewis che cantava *Great Balls of Fire*. Grandi palle di fuoco. Era ciò che sentivo nell'esofago. Sa una cosa? Mi è venuta voglia di ballare, davvero. Non so se lei abbia mai sentito o ricordi questa canzone. Ho in mente l'immagine nitida del bellissimo Lee Lewis, con la camicia aperta, il torace giovane e forte, che suona il piano agitando il ciuffo della chioma bionda che si solleva in alto ogni volta che dice *Kiss me, baby*, per poi farsi una gran risata davanti alle migliaia di fan che urlavano il suo nome. Anch'io mi sarei graffiata la faccia per Jerry. Mi è sembrato paradossale che da quella tenda immonda provenisse la sua musica, l'energia di quel grande talento che suonava per celebrare la bella insolenza della giovinezza, la libido eterna, il no alla guerra del rock and roll. Era l'essenza della denuncia e dell'impegno dei geni del rock, una sorta di spirito sportivo che rifiutava le differenze di fronte all'euforia comune del ritmo corporeo e psichico.

Il soldatino che Yoro ha indicato stava assieme ad altri due. Era un'immagine grottesca vederli giocare a carte con i loro caschi blu. È possibile che gli altri due fossero di quelli buoni. Per la verità non mi sono posta il problema. Provavo una rabbia in crescendo, e la musica mi dava una vitalità che, unita all'ira, si convertiva in una carica di violenza che non avevo mai conosciuto. Ad ogni risata di quei tre militari, un'altra palla di fuoco mi entrava nello stomaco e si metteva in coda dietro quelle accumulate fino in gola. La sorprenderebbe sapere quante palle di fuoco possano starci in una persona prima che esploda. Certo, non avrei fatto esplodere me stessa. Non volevo essere io quella che sarebbe saltata in aria. Ero contenta, con mia nipote per mano giusto in tempo, al termine della mia vita. Aveva smesso di piovere da poco. Gli occhi di Yoro riflettevano la luce della tenda. Un'altra palla di fuoco mi avvampava dentro. Ho lasciato la mano di Yoro e ho fatto il giro della tenda versando il combustibile alla base della tela. Continuavo ad ascoltare la musica: *Kiss me, baby, woo-oooo, it feels good*. Sono tornata al punto in cui stava Yoro. Ho tirato fuori da una borsa l'arma del delitto. Non so se lei ricorda che le ho detto che era stata la mia amica S a fornirmi quell'arma. Si trattava di una replica perfetta, in plastica, del fallo mesolitico di cui ho raccontato in precedenza, un pene lungo diciotto centimetri che qualche donna o uomo primitivo doveva aver usato circa undicimila anni fa. Mi era sembrato straordinario che quella scissione nei costumi sessuali rispetto all'Altro fosse avvenuta circa centodieci secoli prima della cosiddetta rivoluzione femminista. Per questo motivo avevo chiesto a S che mi procurasse una replica, prima ancora di sapere che io stessa, più tardi, avrei messo una miccia in quella che doveva essere l'uretra. Mentre sistemavo bene la miccia ho pensato a quando, anni addietro, nel Giorno del Ringraziamento, avevo lanciato un tacchino molotov durante una rivolta a Harlem. Mi sono ripetuta diverse volte:

Lanciarlo con un'angolazione fra i 30 gradi (affinché fosse più efficace nello scoppio) e i 45 gradi (per farlo arrivare più lontano).

Ho acceso la miccia davanti alla tenda. Ho guardato il fuoco che avanzava verso il glande, materiale infiammabile, e prima che raggiungesse il prepuzio ho lanciato il pene mesolitico all'interno della tenda dove i tre militari giocavano a carte, e tutto è avvampato di colpo. La musica di Jerry Lee Lewis si è fermata prima che cessassero le urla di quegli uomini cavernicoli.

Si ricordi l'inizio di questa testimonianza, la prima pagina che ho scritto. Era questo l'incendio. Lei lo sapeva, quello che non sapeva era tutto ciò che è avvenuto nella mia vita tra quell'incendio che apriva e ora chiude la mia testimonianza. Ecco dunque il finale. La tela bruciava con la velocità della pelle sintetica. Stringevo la mano di Yoro. Mi accorsi che tremava, e lo faceva al ritmo del crepitare dell'incendio. Il tremito di Yoro sembrava conferire al fuoco qualcosa che il suo suono non aveva: materia. Yoro e le fiamme erano schiena e petto di un unico essere, indissolubili come lo sono il tamburo e il suo rullare. E così, attraverso di lei, sentivo nella mano l'ultimo schiocco dell'anima di un tavolo, di un boccale di latta, dei tubi metallici che sostenevano la tenda. Concentrarmi sulla sottigliezza di quei dettagli non significava che non mi importasse nulla che persone e cose stessero bruciando davanti a noi, ma ho imparato a controllare l'impulso di correre via nelle situazioni più critiche, di piangere, di cercare un rimedio all'irrimediabile. Non volevo battere ciglio. Chiudere gli occhi troppo di frequente è come iperventilare. Mantenere costante il battito delle palpebre fa risparmiare ossigeno, energia, e mi aiutava a far sì che le gambe non cedessero. Solo così sono riuscita a rimanere in piedi. Solo così ho potuto tenere lo sguardo fisso su quanto stava accadendo. Certo che avevo paura. Certo che provavo compassione. Però mi controllavo, non solo perché se mi fossi lasciata andare altri mi avrebbero sbranato, ma anche perché non volevo che un solo muscolo si contraesse di rabbia, né di pena. Non un muscolo. Lo avevo promesso a lui. Avevo promesso a Jim che non avrei più contratto un muscolo per rabbia o pena. Soffermarmi su questi pensieri, guardare da una certa distanza quel calore che mi era vicino quanto la mia pelle, mi ha aiutato a mantenere la promessa. Ho cercato la tranquillità, a modo mio, in quel filo della memoria che tiro quando ho bisogno di rievocare qualche ricordo che mi aiuti a restare impassibile. L'ho ritrovato. Il filo. Il filo che ho tirato era quello della morte di Quang Duc, il monaco che a settantasei anni si era dato fuoco davanti ai miei occhi e a quelli di tanti altri monaci in una strada di Saigon. Si era immolato cercando la libertà, si era dato fuoco da solo, e mentre le fiamme lo avvolgevano non aveva alterato minimamente la sua postura meditativa, nessun movimento, nemmeno il più impercettibile. Io e gli altri monaci piangevamo, senza opporci alla sua decisione; qualcuno chiedeva aiuto, per salvargli la vita, lo faceva per lui, ma al tempo stesso contro la sua, perché lui doveva bruciare per porre fine alla persecuzione, conquistare la pace per i suoi fratelli e per tutti coloro che, come me, hanno bisogno di non battere ciglio mentre affrontano un incendio. Ho ritrovato la serenità. Il calore dei teloni in fiamme mi allontanava da lì, da quel presente, e ravvivava il calore del monaco che avevo visto bruciare a Saigon, e così, più ardeva la tenda di rifugiati, più tornavo, senza muovermi, verso il momento in cui moriva Quang Duc. Così come il tremito di Yoro sembrava dare corpo al crepitio delle fiamme, anche i gemiti di noi che amavamo il monaco parevano dare suono al suo silenzio, perché lui, che bruciava vivo, non emise una parola, un grido, neppure un fruscio che esprimesse un lamento, un dolore, un rimprovero.

Così, senza un lamento, senza un dolore, senza un rimprovero, mi sono allontanata dal campo di rifugiati con Yoro, che a quel punto aveva ormai imparato ad abbracciarmi e baciarmi, e mi aveva chiamato tante volte nonna, e altrettante nonno.

Ringraziamenti e riferimenti

Grazie a Ana Laura Santamaría e Alejandra Toro, per tanto amore. A Gloria Noriega, che salvava tartarughe su una spiaggia della Florida e mi inviava il suono del mare che ascoltava in quel momento. A lei devo anche tante immagini sul buon sangue che avvolge una gravidanza. A María José Villegas Arévalo, perché c'è sempre, e cosa più importante, perché sempre è, verace. A Sandra Medina Lozano, per la nostra amicizia nell'infanzia, e perché osa raccontare i suoi timori, i suoi amori, con profondità e in ogni dettaglio; sa che la sua bontà la protegge. A Isabelle Champaney, che è sopravvissuta al morso di un serpente, dandomi così il tempo di ringraziarla per l'aiuto nei miei giorni francesi. Ad Ana Carmen Martínez, che ha trascorso molte ore a indagare sui meravigliosi meandri di chi non è né uomo né donna. A José María Cabeza Laínez, che una notte, in una steppa della Cina, ascoltò un padre che sussurrava all'orecchio della moglie il nome del loro primo figlio, e me lo ha raccontato come qualcosa di sacro.

A Felipe R. Navarro e Ernesto Calabuig, per l'aiuto negli

allenamenti che mi hanno permesso di attraversare a nuoto lo stretto di Gibilterra, traversata senza la quale non so se avrei potuto scrivere questo romanzo, che ho immaginato in buona parte mentre nuotavo, durante lunghi mesi di disciplina acquatica.

Voglio anche citare alcune delle opere di cui ho tenuto conto mentre scrivevo questo romanzo, e rimarcare la mia gratitudine agli autori.

La frase "l'abbraccio impossibile della Venere di Milo" è un verso di Rubén Darío che compare nella poesia *Yo persigo una forma*, incluso in *Antología poética* (Edaf, Madrid, 1988).

"*No desnudos, sino a través del velo / son deseables los senos*" (Non nudi, ma attraverso un velo / sono desiderabili i seni) è una traduzione di Octavio Paz della poesia *Retórica*, di Kalidasa. Mi scuso per non essere riuscita a rintracciare i dati del libro dove ho letto questa frase.

Quando parlo del Progetto Orione, lo faccio basandomi su un articolo pubblicato sulla rivista *Science* il 9 luglio 1965 (volume 149, numero 3680). Lo scrisse Freeman J. Dyson e si intitola *Death of a Project*.

Nel libro cito anche frammenti o dati di opere quali *Herculine Barbin, llamada Alexina B.* (Talasa, Madrid, 2007); *Nagasaki. Las crónicas destruidas por MacArthur*, di George Weller (Crítica, Barcellona, 2007); e *Hiroshima*, di John Hersey (Vintage, New York, 1989).

Marina Perezagua

Oceani

Narratori italiani

1. Elena Stancanelli, *La femmina nuda*
2. Viola di Grado, *Bambini di ferro*
3. Veronesi, Stancanelli, Perroni, Parrella, Nesi, Missiroli, Llera Moravia, Garrone - Albinati, Falco, Covacich, Colombati, Codignola, Brera, Andreose, Abbate, *Smash. 15 racconti di tennis*
4. Aldo Nove, *Anteprima mondiale*
5. Sandro Veronesi, *Un dio ti guarda*
6. Susanna Tamaro, *La Tigre e l'Acrobata*
7. Giovanni Mastrangelo, *Il sistema di Gordon*
8. Mauro Covacich, *La città interiore*
9. Edith Bruck, *La rondine sul termosifone*
10. Crocifisso Dentello, *La vita sconosciuta*
11. Diego Marani, *Vita di Nullo*

Narratori stranieri

1. Michael Cunningham, *Un cigno selvatico*
2. Tahar Ben Jelloun, *Matrimonio di piacere*
3. Petros Markaris, *L'assassinio di un immortale*

4. Guillaume Musso, *La ragazza di Brooklyn*
5. Laird Hunt, *Neverhome*
6. Joël Dicker, *Il libro dei Baltimore*
7 Chinua Achebe, *Le cose crollano*
8. Wole Soyinka, *Sul far del giorno*
9. Paulo Coelho, *La Spia*
10. Emanuel Bergmann, *L'incantesimo*
11. Jessie Burton, *La musa*

Noir

1. Gilda Piersanti, *Giallo Caravaggio*

Finito di stampare
nel mese di marzo 2017
presso
Grafica Veneta S.p.A.
Via Malcanton 2 – Trebaseleghe (PD)

Printed in Italy